EL
PUBLICANO

JOSÉ NEPTUNO MARTÍNEZ

A la memoria de Don Saúl Ortíz Soto.

— CAPÍTULO 1 —

Eran las seis de la mañana del día anunciado y el funcionario electo ya se encontraba en camino hacia Palacio Nacional. Había salido de su departamento con bastante anticipación. Tenía que ser puntual. No se podía dar el lujo de caer en ningún contratiempo pues, dentro de una hora, sería presentado ante los medios de comunicación y ante el país en la conferencia matutina del presidente Raymundo Osvaldo Lúevano Alvelais. Por fin se iba a revelar su misteriosa identidad. Era principio del mes de mayo, pero el ambiente a esas horas era aún bastante fresco. El alba anunciaba un gran día, un gran futuro. A bordo del Uber, el chofer sintonizaba la estación de radio *Contrapunto*, que en esos momentos trasmitía el espacio informativo del afamado y veterano conductor de radio y televisión, Paco Iturriaga. Iturriaga se había convertido en uno de los más férreos críticos del actual presidente y de sus políticas «populistas».

«Considerando las últimas cifras, ¿qué explicación dará ahora el presidente Lúevano Alvelais ante el nulo crecimiento económico del país? ¿Cómo justificará que, por culpa de sus políticas de nulo respeto a la ley e instituciones, cada vez son más las inversiones que se cancelan en el país? ¿Qué dirá de la corrupción que había jurado erradicar? Hoy vemos que las cosas están igual o peor que antes. Hoy, las señales son claras. No me queda duda. Tal y como se los he venido anunciando, estimados radioescuchas, la grava del camino al comunismo se está asentando; era sólo cuestión de tiempo. Todas las señales están presentes», decía con voz compungida, Paco Iturriaga.

El candidato electo se llevó los dedos al puente de la nariz.

—¿Puede cambiar de estación, por favor? —pidió con disimulado enfado, y sin más echó un último vistazo al discurso que había preparado para su presentación ante la sociedad mexicana. No contenía una sola línea de adulación ni frases sacramentales huecas, de relumbrón, burdas copias de los sentimientos de la nación de Morelos, que solían fusilarse los burócratas y políticos de pacotilla. Desde un principio tenía que dejar en claro que él sería diferente en todos los sentidos. Era importante.

Al punto de las seis y media de la mañana se encontraban ya en el Centro Histórico de la Ciudad de México. En menos de dos minutos arribarían al Zócalo capitalino. El funcionario electo pidió que lo dejaran sobre Pino Suárez, esquina con Venustiano Carranza, a la altura del edificio de la Suprema Corte de Justicia de la Nación. Caminaría hasta Palacio Nacional como un ciudadano de a pie. Nada de ostentación ni muestras de superioridad. Como próximo funcionario del pueblo, quería empaparse del espíritu histórico que emana de los palacios virreinales aledaños; quería impregnarse del nacionalismo. La caminata le ayudaría a estructurar sus ideas y relajarse un poco. Le agradó la idea de ver la primera luz del día reflejada en una desolada Plaza de la Constitución, en especial, en la majestuosa Catedral Metropolitana. Un caudal de acontecimientos históricos se le vinieron a la mente al ver aquellos testigos de piedra y cantera. Sonrió al advertir que estaba soñando despierto, pues se imaginaba a sí mismo como alguien que haría historia. Empezaba a vivir el momento. Más que nervios, sentía emoción. Su vida estaba a punto de cambiar.

Un día antes, el presidente había anunciado que daría a conocer el nombre de la persona que habría de ocupar el puesto que quedó vacante. Su identidad se estaba manejando con gran sigilo; quería evitarse a toda costa cualquier filtración de información. El presidente sólo se limitó a señalar que no se cometería el mismo error con esta designación. Se buscó un perfil intachable, no contaminado por la corrupción de la pasada administración que aún los acechaba. La presión para el presidente era mucha. Todos estos factores generaban gran expectativa en la prensa y en amplios sectores de la sociedad. No era para menos, pues no se trataba de cualquier nombramiento, sino de uno que iba a ser pieza clave dentro de la aún joven administración del presidente Raymundo Osvaldo Lúevano Alvelais —ROLA, por sus iniciales—. El elegido tendría a cuestas la gran responsabilidad de cumplir con la principal promesa de campaña del presidente en cuanto al tema de los impuestos: aumentar la recaudación a niveles históricos, lo cual resultaba fundamental para poder cumplir con los cientos de programas sociales que se habían creado y que requerían de una inyección constante y sonante de recursos públicos. En la misma tónica se había prometido combatir sin miramiento alguno la evasión y defraudación fiscal, sobre todo el tráfico de facturas apócrifas emitidas a través de empresas fantasmas que tanto daño hacían a la recaudación fiscal. Práctica mañosa de la que se abusó en la anterior administración.

Ejemplo de ello fue el ignominioso "Fraude Maestro", por medio del cual se desviaron miles de millones de pesos de las arcas públicas para destinarlos a campañas políticas y otros turbios destinos, entre ellos, las cuentas bancarias de los cientos de funcionarios corruptos involucrados, utilizando un esquema de triangulación de empresas fantasmas y universidades improvisadas de dudosa calidad educativa, para fingir contrataciones millonarias de todo tipo de servicios inexistentes.

—A todos aquellos defraudadores del fisco, ya se les acabó su minita de oro. Ahora sí, a pagar impuestos como todos los mexicanos decentes —declaró a la prensa el presidente.

Los partidos de oposición manifestaron, sin disimulo, su escepticismo ante ese nombramiento, que más bien sería un cambio de estafeta, pues la persona que al inicio del actual gobierno fue nombrada para tales efectos se vio obligada a renunciar al verse envuelta en un bochornoso caso de corrupción cuando salió a la luz pública su estrecha relación con un grupo de empresarios que estaban siendo investigados por temas de lavado de dinero, y que además poseían carpetas de investigación debido al "Fraude Maestro". «¿Por qué habría de ser esta nueva persona diferente?». Esto representaba un gran reto para el presidente, pues la persona seleccionada tenía que ser alguien integro, inquebrantable, incorruptible, con antecedentes tan cristalinos como el agua, conocedora de la materia, alguien que no estuviera ligado a partidos políticos, agrupaciones sindicales y grupos empresariales que pudieran tener esqueletos escondidos en el clóset. «¿Existe en el país una persona que cumpla con tan estricto perfil? Tendría que designarse a un santo», condenó, de manera burlona y severa la prensa, pues en un país en donde la corrupción es endémica, se antojaba una tarea imposible. Las dudas poco pesaban, ya que el presidente afirmaba tener un as bajo la manga con el que le taparía la boca a sus opositores.

Estaban ya instalados en el imponente Salón de la Tesorería del Palacio Nacional, en donde el presidente acostumbraba dar sus conferencias matinales. El espacio nada tenía que ver con la austeridad patriótica de la cual tanto se había ufanado en campaña. Aquello era un lugar digno de eventos protocolarios de la realeza. Para gran parte de los asistentes, en su mayoría miembros de la prensa y demás medios de comunicación, les resultaba difícil mantener la concentración, pues quedaban impactados ante la majestuosidad del recinto, iluminado a la perfección, adornado con impresionantes pisos de mármol veneciano y mosaicos, hermosos faroles en ambos costados del salón, portentosas vigas que sostenían el techo y decoraciones palaciegas que invitaban a entrar en un trance arquitectónico. Ese sería el lugar en donde se daría el anuncio. El recinto estaba atiborrado, había mucha gente de pie. Los acarreados del gobierno hacían mucho bulto, y muchos consideraban esas conferencias matinales como un circo mediático del presidente, un espectáculo grotesco de manipulación mediática.

— CAPÍTULO 2 —

En punto de las siete con cinco minutos, apareció el presidente Lúevano Alvelais acompañado de varios miembros de su gabinete, quienes con gran prontitud tomaron su lugar en unas sencillas sillas colocadas al lado izquierdo del podio del presidente. La primera silla quedó huérfana. Todo mundo asumió que ahí se sentaría el misterioso funcionario. Pero, ¿por qué no estaba presente?, murmuraban los periodistas entre sí.

—Cómo les gusta hacerla de emoción, ¡me cae! —comentaba con cierta desaprobación, y a manera de queja uno de los asistentes.

—Muy buenos días tengan todos ustedes —dijo el presidente para abrir la conferencia—. Quiero agradecer su presencia hoy, miércoles 8 de mayo de 2019. Es un día especial, un día histórico no sólo para mí, sino para el país, pues hoy les daré a conocer muchos datos de gran relevancia. Entre ellos, cifras del crecimiento económico que harán palidecer a nuestros adversarios políticos. Les tengo también una sorpresa en cuanto al avance de nuestros principales proyectos para el sexenio…

Lo que siguió a ese anuncio, fue una larga letanía de cifras, estadísticas, proyecciones y estimaciones no sólo irrelevantes sino inentendibles para la mayoría de los presentes, situación que se fue alargando por más de cuarenta minutos, hasta que uno de los periodistas, harto de escuchar lo que él consideraba datos estériles, se envalentonó y decidió interrumpirlo:

—Señor presidente, ¿nos podría hablar acerca del nuevo nombramiento? —los demás periodistas, que se mostraban impacientes, se unieron a la petición en un solo murmullo, porque lo que en realidad interesaba en ese momento era el mentado nombramiento.

La expectativa generada no era para menos, pues se iba a nombrar al nuevo presidente del Sistema Administrador Tributario —o SAT, por sus siglas—, máxima autoridad fiscal del país y órgano de la Administración Pública Federal encargado de aplicar y vigilar el cumplimiento de las leyes fiscales, así como de la recaudación de los impuestos más importantes. Esta dependencia era temida y hasta aborrecida por gran parte de los mexicanos, acostumbrados por generaciones a despreciar el pago de impuestos a gobiernos corruptos, expertos en destinar los tributos a la creación de fortunas inimaginables de varios políticos despreciables. El SAT no estaba exento de corrupción, pero eso estaba a punto de cambiar con el nuevo nombramiento. El presidente estaba decidido a trabajar de la mano con el nuevo titular de la dependencia.

—No coma ansias. Todo a su debido tiempo. Buenas cosas pasan a aquellos que saben esperar —contestó al periodista con tono bonachón y haciendo un guiño.

El presidente prosiguió exponiendo otros temas por varios minutos hasta que la desesperación se extendió como un virus y varios miembros de la prensa empezaron a interrumpir y a pedir la palabra.

—Señor presidente, ¿quién será la persona que vendrá a sustituir al anterior presidente del Sistema Administrador Tributario, Israel Alcántara?

El presidente advirtió la impaciencia que estaba empezando a envolver el recinto, por lo que no le quedó de otra más que dar el tan esperado anuncio.

—Hoy daremos a conocer al pueblo de México el nombre de la persona que será pieza fundamental en nuestra lucha por erradicar todas aquellas prácticas del pasado, que se utilizaban para defraudar a la nación a través de la evasión fiscal. A todos aquellos mañosos que estaban acostumbrados a no pagar impuestos, valiéndose de lagunas legales y de grandes firmas de asesores fiscales deshonestos, hoy les digo que sus días están contados. Nuestra nación ha sufrido un desfalco por parte de esos defraudadores del capitalismo salvaje que, al no pagar impuestos, a quien en realidad hacían daño era al pueblo de México. Una de las formas más viles de corrupción es la evasión fiscal. Pero todo esto está por cambiar, compatriotas, pues estoy convencido de que con la llegada de una persona honesta, incorruptible, y dispuesta a darlo todo por la nación, será más que suficiente para lograr nuestro objetivo. A partir de hoy, nuestro país se convertirá en un ejemplo en el cumplimiento de las leyes fiscales y de la recaudación de impuestos —señaló el presidente con gran emoción, tomando una postura casi ceremonial—. ¡Por favor, hagan pasar al doctor! —pidió a uno de los guardias presidenciales, quien procedió a abrir una pequeña puerta ubicada en una de las esquinas.

Por la puerta entró un hombre que fue rafagueado por cientos de flashazos provenientes de las cámaras de los reporteros. El salón de la Tesorería se ensordeció con murmullos y voces atropelladas que trataban de reconocer al personaje que, de entrada, no les pareció conocido. El hombre se intimidó un poco y caminó con cierto nerviosismo, sosteniendo en su brazo derecho una carpeta ejecutiva de piel. Titubeante, volteaba a ver a la marejada de reporteros que lo acechaban, tratando de evitar el contacto visual con ellos, y temiendo que en cualquier momento se le fueran encima. Caminó algunos metros hasta situarse enseguida del presidente. La prensa lo escudriñó de pies a cabeza, murmuraban, indagaban, trataban de reconocerlo para ser los primeros en revelar su identidad. Era un hombre que daba la apariencia de estar a finales de sus cuarentas, de complexión delgada, poco atlética y con manos largas de pianista. Caminaba con los hombros un poco encorvados hacia el frente, rasgo que se acentuaba un poco por su elevada estatura. Debía andar rozando el metro ochenta y siete. De tez pálida, facciones finas, nariz ancha pero bien proporcionada, cejas pobladas que resaltaban sus ojos negros, y frente alta; su cabello era ondulado y oscuro, aunque con algunas canas asomándose, y lucía ligeramente desacomodado, como si lo hubiera sorprendido una ráfaga de viento. A pesar de su aspecto desaliñado, cualquier dama le habría aceptado —con facilidad— una invitación para una pieza de baile. Su expresión era ambivalente, pues, así como mostraba sencillez y amabilidad, del mismo modo reflejaba cierta dureza. Ese día vestía un traje gris oscuro, fuera de moda, con una corbata que terminó por desgraciarle el aspecto. Se podría decir que el sentido del buen vestir era un concepto desconocido para él. Los periodistas más ácidos tendrían argumentos para señalar que el funcionario vestía con el traje de lágrimas y risas, ese que se utiliza tanto para funerales como para festejos. En otras administraciones, el haberse presentado con ese aspecto a un evento de semejante envergadura le habría costado una fuerte reprimenda por parte del cuerpo de asesores de imagen del gabinete. «¡Que alguien le preste un saco a ese pobre hombre!», hubieran exigido como último recurso. Las cosas eran diferentes en la actual administración. La austeridad en vestimentas eran un rasgo admirable, pues entonaba a la perfección con la austeridad patriótica que había sido lema de campaña de Lúevano Alvelais.

—Mexicanas y mexicanos, tengo el honor de presentarles al doctor Gregorio Ballesteros, quien a partir de hoy despachará en la jefatura del Sistema Administrador Tributario, y cuyo nombramiento hoy mismo será ratificado por el senado —anunciaba el presidente con gran emoción mientras daba un fuerte apretón de manos al nuevo presidente del SAT, quien, a su vez, hacía una breve reverencia, inclinando la cabeza al presidente en muestra de agradecimiento. La prensa seguía captando el momento, mientras lanzaban cientos de preguntas atropelladas que se mezclaban entre sí, convirtiéndolas en ruidos ininteligibles—. Antes de cederle el uso de la palabra al doctor Ballesteros, quiero dar a conocer a todos ustedes la trayectoria académica y profesional de nuestro nuevo paladín tributario —refirió el titular del Ejecutivo, sin poder ocultar el orgullo que ello le generaba, como si se tratara de un padre presumiendo los logros académicos de su hijo. Acomodó algunas hojas en el podio presidencial, aclaró su garganta y leyó—. El doctor Gregorio Ballesteros es licenciado en Derecho por el ITAM, graduado con mención honorífica. Cursó una licenciatura en Economía en la UNAM. Cuenta además con estudios de posgrado en Finanzas, Ciencias Penales y Criminología. Realizó un doctorado en Administración Pública en la Universidad de Yale, en los Estados Unidos. Ha escrito cientos de artículos y tratados sobre derecho fiscal, derecho económico y derecho parlamentario, entre muchos otros temas. Durante varios años trabajó para una importante firma legal en la ciudad de Washington, D.C. Antes de aceptar mi invitación, el doctor Ballesteros se desempeñaba como consultor privado en temas de fintech o tecnologías financieras y en otros temas de vanguardia —hizo una breve pausa para observar la reacción de la prensa y los demás asistentes, pues quería saber si estaban impresionados con el currículum de su nuevo gallo. Los críticos de su gobierno aprovechaban cualquier oportunidad para sacar a relucir la incompetencia y falta de especialización de los funcionarios que ocupaban puestos claves en su administración. ¿Querían un tecnócrata? Aquí lo tenían—. Por último, debo presumirles que el doctor Ballesteros habla a la perfección el inglés, francés, y en una de esas, hasta el latín —dijo esto último esperando causar risas entre los asistentes. Algunos sonrieron por compromiso. Los acarreados soltaron las carcajadas—. Creo que, con este nombramiento, los enemigos del fisco, aquellos barones del capitalismo, deben estar en extremo preocupados. A nuestros adversarios políticos, que tanto criticaban el falso hecho de que en mi gobierno incorporamos a puro incompetente, sin la preparación suficiente para tomar las decisiones que se requieren, en estos momentos la envidia les debe estar causando urticaria —dijo al final, con sorna—. Podría seguir hablando de la trayectoria del doctor Ballesteros, sin embargo, creo que es mejor cederle el uso de la palabra. Pido un fuerte aplauso para él.

El doctor Gregorio Ballesteros se colocó en el podio con algo de nerviosismo. Acomodaba la carpeta que llevaba consigo y agradecía al presidente, llevándose la mano al pecho e inclinando un poco la cabeza, volviendo a mostrar su agradecimiento. Acomodó el micrófono para ajustarlo a su altura. Se colocó sus gafas de lectura, carraspeó un poco y tomó la palabra. El presidente se situó a su costado derecho, sonriente.

—Muy buenos días tengan todos ustedes. Quiero agradecer su presencia el día de hoy, así como el interés mostrado por mi nombramiento, que al final de cuentas resulta prioritario para el país, considerando la importancia de los impuestos y la recaudación. Ya el señor presidente les habló de mi trayectoria, aunque considero que no era necesario haber entrado en tanto detalle, pues estoy seguro que les debe haber resultado bastante aburrido. Con sólo haber mencionado que soy abogado, con algunas horas extras de estudio, hubiera sido más que suficiente —dijo con una sincera modestia y sencillez, lo cual agradó a los presentes. Primer punto a favor del presidente—. No me voy a cansar de agradecer de manera infinita al señor presidente por haberme conferido tan grande honor y, sobre todo, por haber tenido la confianza de depositar en mis manos una responsabilidad de semejante magnitud; créame, señor presidente, no lo voy a defraudar ni a usted, ni a la nación —ambos se miraron e intercambiaron un solemne ademán reverencial con la mano derecha—. Hace algunos minutos el señor presidente mencionó dos puntos que son claves, y en los cuales habré de centrar mi gestión frente al SAT: el cumplimiento de las leyes fiscales y la recaudación de impuestos. Es una verdadera vergüenza que México siempre ocupe los últimos lugares en recaudación de impuestos a nivel mundial. Se ha dicho, a manera de broma, que en nuestro país el deporte nacional es la evasión fiscal, y déjenme decirles que lejos de ser un chiste se trata de una triste realidad. Es lamentable que sea una práctica obligada y recurrente en la que muchos asesores fiscales inescrupulosos, entre ellos abogados, contadores y financieros, se aprovechan de las imperfecciones de nuestras leyes para alentar las mil y una formas de defraudar al fisco. Los grandes empresarios, al servicio de intereses mezquinos, se han valido de triquiñuelas muy ingeniosas y complejas a través del uso de sofisticados mecanismos corporativos. ¿Y qué decir del fenómeno de los infames factureros de los que ya habló el presidente? Aquellos que burlan al fisco a través de la simulación de operaciones por medio de la venta de facturas que se utilizan para deducir grandes cantidades para no pagar impuestos. Fenómeno que priva al pueblo de miles de millones de pesos que podrían destinarse a obras públicas, servicios de salud y educación —enfatizó Ballesteros, con el rostro compungido. Lúevano Alvelais asentía—. Pero, como ya dijo el señor presidente, ¡llegó el fin de las malas prácticas fiscales! —señaló con gran efusividad, lo cual generó aplausos de varios miembros del gabinete y de un gran número de los asistentes. El doctor Gregorio Ballesteros se mostraba emocionado, su nerviosismo comenzaba a desvanecerse—. Sin embargo, no todo es culpa de los empresarios ni de los contribuyentes. Debemos reconocer que las malas prácticas fiscales fueron generadas por la negligencia y permisividad gubernamental del pasado, y por haber creado leyes deficientes con huecos por todos lados. Nunca se buscó hacer una reforma integral, sólo se optó por ponerles parches aquí y allá, lo que me recuerda a la anécdota de aquel marinero que en lugar de haber construido una barca fuerte con materiales de calidad prefirió usar material improvisado que se desgastó tanto, que un buen día en altamar empezó a tener fugas por todos lados, las cuales quiso tapar con cada uno de sus dedos, hasta que completó los veinte y terminó hundiéndose. Lo que es peor: se solapaban esas leyes ineficientes con conocimiento de causa, pues los que estaban al mando, sabían cómo sacar provecho de ello. Sin embargo, todo esto está a punto de cambiar… —cuando Ballesteros terminó de decir estas palabras, se encendió una pantalla gigantesca que estaba al fondo del escenario y se comenzó a proyectar el logo institucional del Sistema Administrador Tributario. Luego, apareció un título en el que se leía lo siguiente: "Pilares de la transformación fiscal". El doctor Gregorio Ballesteros caminó hacia la pantalla y con un pequeño control empezó a cambiar las diapositivas—. Al primer pilar lo denominamos "Una reforma integral a las leyes fiscales para recaudar de manera histórica" —cuando leyó este punto, se empezó a generar un gran alboroto entre los asistentes, pues había sido promesa central de campaña del presidente el compromiso férreo de no subir ni crear más impuestos.

Lúevano Alvelais interrumpió y tomó la palabra:

—Tranquilos —hizo un gesto con la mano—, no se espanten. Tal como lo prometí, e incluso me atreví a firmarlo ante notario, no vamos a subir impuestos. Eso es lo que quisieran nuestros adversarios, pero no les vamos a dar gusto, ¿verdad, doctor Ballesteros?

—Es correcto, señor presidente. Esta reforma va encaminada a crear y a fortalecer las leyes que nos permitan verificar de una manera más fácil, oportuna y eficiente el cumplimiento de las obligaciones fiscales. Por supuesto, respetando los derechos de los contribuyentes. No es necesario elevar los impuestos cuando se tienen leyes eficientes. Buscaremos que nuestras leyes premien a los pagadores cumplidos, otorgándoles grandes incentivos. En este punto, al presidente se le ocurrió una gran idea que habremos de implementar de inmediato —dijo esbozando una gran sonrisa, que en cualquier otro funcionario se hubiera visto como una adulación; sin embargo, en el doctor Ballesteros se vio como un gesto de sinceridad—. Consiste en organizar "rifas fiscales", en la que participarán los contribuyentes más cumplidos y en caso de salir sorteados, podrán concedérseles exenciones de impuestos —Ballesteros hizo una pausa y observó a los asistentes, quienes para ese momento discutían entre ellos, mostrando conformidad—. El segundo pilar, lo denominamos "Validar a los cumplidos y auditar a los incumplidos" —hizo una breve pausa que aprovechó para darle un sorbo a una botellita con agua que tenía a la mano—. Tal como lo refirió el señor presidente, vamos a confiar con gran plenitud en los contribuyentes, pues como ya lo dijimos, estos pilares de los que estoy hablando ayudarán a generar un nivel de confianza recíproco. Pero ojo, así como habrá incentivos para los cumplidos, debo señalar que haremos leyes que castiguen de una manera más enérgica a todos aquellos que defrauden al fisco. En administraciones pasadas no se aplicaban sanciones a los defraudadores y cuando se intentaba hacerlo, a los tribunales no les quedaba de otra más que darles la razón en juicio, por tratarse de leyes mal hechas. Eso se acabó —dijo haciendo un ademán tajante. Los aplausos subieron de tono—. El tercer pilar se denomina "Tecnología fiscal coordinada". ¿A qué nos referimos con esto? A que habremos de aprovechar todos los avances tecnológicos para facilitar la labor fiscal a través de la digitalización de bases de datos, y del establecimiento de procedimientos electrónicos de auditoría. Es aquí en donde entra la palabra clave «coordinada», pues habré de trabajar muy de la mano con el titular de la Unidad de Investigación Financiera (UIF), así como del Fiscal General de la República, para intercambiar información relevante que nos ayude con nuestra labor. Por último, al cuarto pilar lo denominamos "Programa amigo fiscal", que será implementado a nivel nacional para facilitar el pago de impuestos a todos los contribuyentes. Hoy en día, es complicadísimo pagar impuestos por tantas normas burocráticas que tenemos, por eso hay tanta informalidad. Nos habremos de centrar en crear campañas masivas de inscripción al padrón fiscal. Se acabó esa época de trámites engorrosos; para ello, habremos de diseñar plataformas y aplicaciones digitales que sean muy fáciles de usar. Nos habremos de enfocar en cambiar esa mala imagen que se tiene del fisco. Queremos que nos vean como alguien que les tiende una mano amiga. Sé que la labor no será nada fácil, pues han sido años y años de malas prácticas fiscales en ambos lados de la cancha, pero lo vamos a lograr, pues hay disposición para ello. Pero lo que hará que las cosas funcionen, en realidad será el apoyo del señor presidente, con quien habré de tener una estrecha comunicación y colaboración.

Hubo una gran ovación por parte de los asistentes a la conferencia matutina. Los aplausos se prolongaron por varios minutos. El doctor Ballesteros y el presidente se dieron un fuerte apretón de manos, la emoción de ambos era evidente. Su presentación fue elogiada por la prensa. El perfil de Gregorio Ballesteros había causado muy buena impresión, a pesar de que nunca se había oído su nombre dentro del ambiente político. Era un total desconocido, y aunque ahora su trayectoria profesional era del dominio público, nada se conocía de su vida privada. Algunas personas que llegaron a tener trato con él coincidieron en que era una persona en extremo reservada. «No le gusta hablar de su vida personal», revelaron. Muchos otros vieron todos estos detalles como algo bueno, pues sería muy difícil corromperlo al no tener compromisos políticos con nadie.

«Un gran acierto del presidente Raymundo Osvaldo Lúevano Alvelais, el nombramiento del Doctor Ballesteros como titular del SAT», se leía en el diario *Tiempos Financieros*. «A temblar todos los factureros y defraudadores fiscales, pues ya llegó su verdugo», se leía en *La Nación*. La conocida periodista, Julieta Dohrn, comentó en su programa radiofónico:

«Me sorprendió el nombramiento del doctor Gregorio Ballesteros al frente de tan importante institución como lo es el Sistema Administrador Tributario. Me atrevería a decir que es el hombre con más preparación de toda la administración del presidente y, además, me agrada que sea una persona que no está vinculada con partidos políticos ni con otros grupos de poder. Jamás se ha visto involucrado en escándalos políticos y al parecer tiene una reputación intachable.».

Su comentario, sin embargo, contrastó con la opinión de Paco Iturriaga de *Contrapunto*:

«Otra vez nos quieren dar atole con el dedo a los mexicanos con un nombramiento de relumbrón. Sí, podrá estar muy preparado y estudiado el señor, pero de nada le va a servir frente al autoritarismo del presidente ROLA, quien le dará un margen de maniobra, para todos fines prácticos, nulo. Se habla de recaudación a niveles históricos. ¡Ja! Para que lo recaudado sea despilfarrado en programas sociales con tintes electoreros. Usted, querido radioescucha, ¿cree con toda sinceridad que un hombre desconocido en el mundo político, que parece un ratón de biblioteca, de aspecto escuálido, se le pondrá al tú por tú al presidente de la república ante decisiones difíciles? Por supuesto que no. Lo mismo se nos había prometido con el anterior presidente del SAT y ya vimos el fiasco que resultó», dijo emitiendo un suspiro burlón. «Seamos sinceros y sin el ánimo de ofender al doctor Ballesteros, todos sabemos que su función no será otra más que la de ser el nuevo pelele del presidente ROLA que, como todos los demás funcionarios, se dedicará a decirle que sí a cualquiera de sus ocurrencias. Creo que le hubiera convenido más al doctor Ballesteros haberse quedado en el agujero de donde lo sacaron».

— CAPÍTULO 3 —

Las oficinas centrales del SAT se encontraban instaladas en una imponente torre monolítica de cristal negro, de treinta y cuatro pisos, ubicada sobre la avenida Paseo de la Reforma, en la colonia Tabacalera, en la Ciudad de México, muy cerca del Centro Histórico. La mayoría de los capitalinos ignoraban o tal vez no les interesaba conocer el nombre de dicho edificio, sólo se referían a él como la torre negra. En el piso treinta y tres se encontraba el despacho del recién nombrado presidente, quien al día siguiente de su nombramiento se presentó en punto de las ocho de la mañana, es decir, una hora antes de la habitual entrada. Prefirió anticiparse a que las oficinas se atiborraran de burócratas para evitar que al verlo llegar se le dejaran ir a rendirle pleitesía aduladora para quedar bien con él, como si se tratara de una deidad llegando a la tierra. Le desagradaba la idea de tener que saludar a medio mundo, desde la voluptuosa secretaria hasta el señor de la limpieza, y fingir aprenderse sus nombres y demás faramalla. Algunos de los directores de áreas se ofrecerían a darle un recorrido por el lugar, otros tantos aprovecharían la ocasión para ser los primeros en ver temas urgentes con él, no faltarían los típicos lamebotas y aduladores que se presentarían ante él con el letrero del mejor empleado del mundo pegado en la frente y con la intención de obtener un ascenso o un mejor puesto. Las solicitudes de selfies con el nuevo presidente para presumirlas en redes sociales no se harían esperar. Él prefería la discreción, no llamar la atención; pasar desapercibido en la medida de lo posible. Tenía un plan que llevar a cabo y no podía darse el lujo de perder el tiempo en nimiedades. Estaba convencido de que, durante su encargo como presidente del SAT, no estaba para hacer amigos ni socializar, sino para cumplir con el encargo que le había dado el señor presidente.

Gregorio Ballesteros lo tenía claro: no sería el típico funcionario de primer nivel que se mudaría al Olimpo, tal como lo había hecho su antecesor, Israel Alcántara, quien, en su corta gestión, había caído en todo tipo de excesos y abusos. Prueba de ello era la ostentosa oficina que se había acondicionado, empezando por la ampliación que hizo en su privado, sacrificando algunas oficinas aledañas para contar con el espacio necesario para poner un elegante recibidor, una mesa de trabajo de diseñador para doce personas, unos lujosos sillones de descanso y una cocineta para los aperitivos —incluyendo un frigobar, así como un enfriador de vinos—. El escritorio de caoba que utilizaba era impresionante. Abusando del presupuesto, jugó con los espacios para instalar un cuarto de baño con regadera y un extenso clóset en el que guardaba sus trajes de diseñador de más de tres mil dólares por pieza. La decoración era moderna, con adornos y accesorios importados. Cuadros de fotógrafos y artistas plásticos renombrados decoraban las paredes. Aquella oficina, más que la de un alto funcionario, se asemejaba a la de un acaudalado corredor de bolsa de Wall Street. El gran mérito de Israel Alcántara al frente del SAT fue demostrar su buen gusto por la decoración.

El nuevo presidente del SAT necesitaba ponerse a trabajar cuanto antes, pues para poder llevar a cabo un programa tan ambicioso como el que había presentado tenía que hacer cambios importantes, lo cual parecía una labor titánica ahora que tenía a su cargo a más de treinta mil empleados y cientos de oficinas en todo el país. No la tenía nada fácil. La primera decisión que tomó fue desmontar la ofensiva y ostentosa oficina de su antecesor. Ordenó reducir su tamaño a la mitad. Aprovechó el sobrado espacio para reconstruir pequeñas oficinas privadas que pudieran ser utilizadas por aquellos funcionarios que fuera a designar. Al ser él un catedrático, ordenó que se hiciera lo necesario para montar una pequeña biblioteca y una sala de estudios. Como hombre institucional, y haciendo caso a la austeridad patriótica del gobierno en turno, ordenó al área de recursos materiales de la dependencia que se vendieran los muebles y accesorios más lujosos, quedándose sólo con aquellos que resultaran más funcionales. Decidió conservar una preciosa litografía del famoso cuadro de Rembrandt, *La ronda nocturna*. Consideró oportuno tomar la decisión de prescindir de los servicios de las dos asistentes personales que fueron contratadas por Alcántara, que a leguas se notaba que no habían sido elegidas por sus capacidades laborales, sino más bien por su belleza física y por algunas otras habilidades que de inmediato dedujo Ballesteros, pues cuando una de ellas se presentó ante él le dijo, mordiéndose de manera muy sutil los labios, que estaba a sus órdenes para cualquier cosa que necesitara

—incluso en fines de semana y a cualquier hora—. Pero el doctor Ballesteros no estaba para ese tipo de cosas.

La siguiente decisión que tuvo entre manos fue la de elegir a su personal de confianza y equipo de trabajo. Resultaba imperioso rodearse de los mejores elementos que fueran afines a su plan maestro. Buscaría a los más capacitados, con las mejores cartas de presentación y habilidades, pues el reto que tenía enfrente era enorme. A la par de ello, estaba obligado a llevar a cabo una extensa limpieza burocrática en toda la dependencia. Necesitaba deshacerse de los malos elementos, detectar los nidos de corrupción y mafias internas. A los que identificara como un potencial peligro para el desarrollo de sus planes y los del presidente, los correría sin tomar en cuenta antecedente laboral alguno. De darse el caso, aplicaría las sanciones administrativas correspondientes. Tenía que ser duro en ese aspecto y así mandar el mensaje de que con él las cosas serían diferentes. Habría cero tolerancia. Ballesteros no estaba para hacer amigos. Haría las cosas diferentes, tal y como lo empezó a demostrar al poco tiempo.

— CAPÍTULO 4 —

En los días que siguieron a su nombramiento, Ballesteros realizó una inspección de campo en las oficinas del SAT, aprovechando el bajo perfil que lo caracterizaba, pues su aspecto físico y su forma de vestir lo hacían parecer como un burócrata de poca monta. Era tanta la carga laboral que pesaba sobre los empleados del SAT, que era muy probable que pocos hubieran prestado atención a la designación de Gregorio Ballesteros como nuevo presidente. La primera parte del plan la llevó a cabo en el piso que ocupa la Administración Central de Verificación Estratégica de Impuestos, una de las áreas más importantes de la dependencia, pues ahí se programan las auditorias fiscales más importantes del país. Faltando veinte minutos para las nueve de la mañana, Ballesteros arribó al piso que ocupa esa área, en la cual laboran más de ciento veinte empleados. Era un espacio grande con varias filas de cubículos que formaban una especie de laberinto burocrático. Al fondo se encontraban varias oficinas privadas que eran ocupadas por los administradores, cuyo puesto era el equivalente al de un director de área en cualquier empresa. Los privados más pequeños eran ocupados por jefes de departamento. Ballesteros echó un vistazo a su reloj mientras recorría los pasillos y observaba de manera diligente cada uno de los espacios. En su rostro era visible una expresión de molestia pues, a esa hora, sólo estaban presentes dos personas, más el personal de limpieza. Trató de no impacientarse, ya que aún faltaban quince minutos para la hora de entrada. Tomó en consideración que en una ciudad como la de México, el llegar temprano al lugar de trabajo podía resultar un reto difícil de cumplir. Reflexionó acerca del hecho de que había personas que, ante tales circunstancias, se veían obligadas a salir de sus casas con al menos dos horas de anticipación para poder llegar a tiempo. Con el ánimo más tranquilo, siguió haciendo la inspección.

A los pocos minutos, los cubículos se encontraban ocupados casi en su totalidad. Estos cubículos, en su mayoría, estaban decorados con todo tipo de parafernalia que les daba ese toque característico de oficina gubernamental. El doctor sonreía mientras los iba recorriendo, hasta que se detuvo en uno que encontró despejado y vacío. Decidió instalarse ahí para desempeñar su papel de burócrata encubierto. Se sentó, se recargó y comprobó que a la destartalada silla giratoria aún se le podían sacar algunos años de servicio. Puso las manos sobre el escritorio y lo recorrió con ellas. Asintió, tratando de sentir empatía por todos los funcionarios que ahora dependían de él.

En punto de las nueve con veinte minutos el lugar se empezó a abarrotar. El bullicio propio de las grandes oficinas se empezó a sentir. Empezaron a escucharse voces y algunas risas. Saludos por aquí, saludos por allá. El ambiente se empezó a impregnar con el olor a café de oficina. No faltó el discreto olor a fritanga que provenía de los tupperwares rellenos de huevos revueltos y chilaquiles, así como burritos de los que, por las prisas, no alcanzaban a desayunar en sus casas. Como si se tratara de una orquesta sinfónica electrónica afinando sus instrumentos, tonos de teléfonos de oficina y celulares empezaron a escucharse al unísono. Gente apresurada se dirigía a sus lugares y otros se tomaban su tiempo para saludar a medio mundo, contar algunos chascarrillos y los últimos resultados de éste o aquel partido de fútbol. Ballesteros observaba con atención, tomando notas mentales. Se percató de que eran pocos los funcionarios que se ponían a trabajar de inmediato, pues la gran mayoría perdía el tiempo en terminar de maquillarse el rostro, en el caso de las mujeres, y de ponerse a revisar las páginas deportivas en internet para analizar los datos estadísticos de la jornada, en el caso de los hombres. Salvo por algunas miradas curiosas que advirtieron la presencia de un extraño, nadie reconoció al nuevo presidente del SAT.

Observó su reloj. Los minutos habían transcurrido. Se empezó a impacientar cuando observó que los privados de los administradores y jefes de área aún se encontraban vacíos; «jefes de jefes», reflexionó. Un funcionario de aspecto simpático se había instalado a un lado del cubículo que había elegido Ballesteros. Era un joven abogado cuya edad debía oscilar entre los veintinueve o treinta años. Buena apariencia, cabello ondulado con un buen corte, vestía traje a la medida y corbata que se ajustaba bien a su figura delgada. Ponía esmero en cuidar su apariencia. Se encontraba acomodando con diligencia sus expedientes mientras repasaba algunos documentos. Al observar a Ballesteros, le dio los buenos días y le preguntó:

—No lo había visto por aquí, ¿es usted nuevo?

—Así es, me acaban de contratar. Hoy empiezo, me estoy terminando de instalar.

El joven abogado lo observó con suspicacia. Por un momento Ballesteros pensó que su ardid se iría al carajo, pero no fue así.

—Pues bienvenido —le extendió la mano—; mi nombre es Roberto Sáenz, pero aquí todos me conocen como "el Robert". Me desempeño como abogado tributario, ya sabe, encargado de dar seguimiento a ciertos juicios, sentencias, hacer ciertas modificaciones a la resolución miscelánea fiscal y un sin fin más de tareas. Verá que se va a divertir bastante en esta área, pues una cosa sí le digo: trabajo no le va a faltar —remató con ironía.».

Ballesteros lo observó por unos instantes y sonrió.

—Mucho gusto, Robert. Yo soy el licenciado Greg, que es como todo mundo me identifica —sonrió. Aprovechó la informalidad de la presentación para camuflar su nombre—. También soy abogado. Según lo que me instruyeron, y entre las muchas funciones que me asignaron, voy a ser el encargado de vigilar que se cobren de manera correcta los impuestos. Vengo con la intención de hacer lo posible, ya sabe, ser un verdadero agente de cambio en la institución —dijo mientras expresaba una sonrisa orgullosa.

Roberto sonrió.

—¡Excelente!, me gusta su actitud. Veo que es usted del tipo idealista. La clave del éxito es no perder el ideal y, sobre todo, la brújula, si es que sabe a lo que me refiero.

Ballesteros lo observó con simpatía, sobre todo porque el joven abogado no tenía la menor idea de con quién estaba hablando.

—¿Dónde trabajaba, Greg?

—Pues aquí y allá, como dicen; vengo de la iniciativa privada. Estaba enfocado en aspectos legales de temas financieros. También hacía trabajo de consultoría para entes privados y gubernamentales —enarcó las cejas e hizo una expresión como restándole importancia al tema—. ¿Cuánto tiempo llevas en el SAT?

—Estoy por cumplir seis años. Empecé haciendo mi servicio social y ya después me contrataron. Cuando logré ingresar para mí fue lo máximo, tenía grandes expectativas, del tipo idealista, pensando que para estas fechas ya sería, como mínimo, jefe de departamento —dijo con resignación, apretando un poco los labios.

—¿Eso significa que no estás contento con tu trabajo?

—No es eso, no me malinterprete. Me gusta mucho lo que hago, la materia fiscal es algo que me apasionaba desde la universidad. Acá entre nos, he de confesarle que lo que me desanima es que siento como que no me toman en cuenta; que no valoran mi trabajo. Me he seguido capacitando, tomando todos los cursos que puedo, estudiando todas las reformas fiscales. Soy de los que siempre llega temprano y se va al último, y ¿para qué? Siempre le dan las mejores oportunidades al menos capacitado, al más recomendado, a la amante del jefe en turno… Como dice el dicho, premian al incumplido y castigan al cumplido. Pero usted ya se dará cuenta de cómo funcionan las cosas en el mundo burocrático.

Ballesteros asintió con empatía.

—Comprendo. Y tomando en consideración que soy nuevo en el puesto y aún no conozco a nadie —se le acercó como si le quisiera preguntar una confidencia—, ¿qué consejos me puedes dar?, ¿qué detalles debo conocer para no cometer errores?, ¿de quién me debo cuidar?

Roberto lo observó por unos instantes y se quedó meditando un poco su respuesta.

—Pues mire, aquí el trabajo duro lo hacemos nosotros. Somos los que en realidad arrastramos el lápiz, como dicen de manera coloquial. Los burros de carga, los que nos quedamos hasta tarde y a los primeros a quienes cortan la cabeza en caso de cualquier bronca. Lo que le puedo recomendar es que lleve un registro detallado de cualquier asunto que le turnen o le pidan, para que no lo vayan a agarrar en curva en caso de cualquier problema y no le achaquen muertitos ajenos, pues hay mucha corrupción. No sé si me explico… —Ballesteros asintió—. Otro consejo que le puedo dar es que no deje que se le acumule el trabajo, pues nadie lo va a ayudar. Procure estar siempre al día, ya que de lo contrario puede quedar sepultado en un altero de pendientes, la gran mayoría con vencimientos fatales, y como se ha de imaginar, los jefes no hacen nada. Su única función es firmar oficios y vacaciones —soltó una carcajada.

—Ya que tocas el tema, ¿qué me puedes decir de los jefes?

—Pues acá entre nos a ellos les vale madre el trabajo de campo, la gran mayoría son unos huevones que, como le digo, son expertos en cargarnos la mano con el trabajo que a ellos les asignan y no quieren hacer. Prueba de ello, como ya podrá haberse dado cuenta, es que a estas horas ni siquiera han llegado. Hay unos descarados que vienen llegando como a eso de las once de la mañana. Se hacen pendejos un rato, llega la hora de la comida y ya no regresan. Mire —se le acercó y le dijo en voz baja— ese que viene llegando, es uno de los jefazos —Roberto lo señaló con la mirada—, es el licenciado Agustín Valtierra, Administrador Estratégico de Fiscalización; es uno de los mandamases aquí. Ha sobrevivido a varias administraciones. Depende del Administrador Central de Auditoria, otro sujeto que brilla por su ausencia y corrupción. Pero es Valtierra y su grupo los que dirigen el negocio aquí. Jefes de facto. Se dice que detrás de él hay gente muy poderosa. Por eso no lo han podido correr.

A pesar de que Ballesteros ya sabía a qué se refería, quiso jugarle al inocente

—¿A qué te refieres?

—¿Qué pues, mi Greg?, hasta parece nuevo —dijo riéndose. Agustín Valtierra recorrió los pasillos con altanería, comportándose como si fuera el presidente del SAT. Extendía saludos como si estuviera dando bendiciones. Era un sujeto bien parecido, moreno claro con barba al ras y bien delineada, cabello con corte moderno, de buena estatura, cuarentón. Vestía con traje de diseñador azul oscuro a cuadros y se alcanzaba a asomar en su muñeca un gran reloj dorado de pulsera. De los más finos, sin lugar a duda. Ballesteros se agachó con disimulo para que no lo fuera a reconocer. El administrador entró a su oficina y, con inmediatez, fue seguido por varias personas, todos, en promedio, de la misma edad. Entre ellos, un sujeto regordete de traje que se dirigía a él con gran familiaridad, y una mujer vestida con un entallado conjunto ejecutivo a la moda. Cerraron la puerta detrás de ellos—. El Agus, como le dicen todos aquí, es bien descarado, ni siquiera la disimula, trae automóviles último modelo, viste mejor que el secretario de Hacienda, come en los mejores restaurantes, sale con las mejores mujeres y cuando digo las mejores, me refiero a las mejores. Usted sabe que donde hay billete, hay buena nalga —dijo con un guiño—. Casi todos los fines de semana se va Acapulco y según las malas lenguas se dice que hasta un depa tiene allá. Como quien dice, el Agus es el *cappo di tutti capi* —soltó una risita—. Ese que entró con él es su mano derecha, es el licenciado Memo Jiménez, subadministrador de fiscalización "3" —volvió a asumir un tono de voz sigiloso y continuó—. Ellos son los que controlan el business fiscal aquí. Por unas módicas cantidades arreglan todo tipo de auditorías, avalan deducciones multimillonarias, autorizan devoluciones de impuestos de más de seis ceros, mandan a la congeladora asuntos que tienen tintes de defraudación fiscal. Pero el negocio más lucrativo que ofrecen es la inmunidad fiscal. En fin, si algún día los llegan a correr sin darles liquidación, poca mella hará sobre su cota, no tendrá la menor importancia, pues ya deben estar podridos en dinero.

Ballesteros frunció el ceño.

—Pero, ¿cómo van a justificar esos millones de pesos en sus cuentas bancarias?, digo, ¿qué va a pasar si algún día el mismo SAT los llega a auditar? ¿Cómo van a justificar tanto dinero? No creo que paguen impuestos —preguntó Ballesteros.

Roberto soltó una carcajada y le dio una palmada en el hombro.

—¡Ah qué mi Greg!, se me hace que usted debió haber sido sacerdote, tiene demasiada buena fe —Ballesteros se sonrojó un poco—. Ellos mismos se blindan desde el punto de vista fiscal, que es otro de los "servicios" que venden. Algo le mueven dentro del sistema central para avalar ejercicios fiscales en lo que el contribuyente ande mal. Aunque no lo crea, capturan dentro del sistema pagos ficticios de impuestos. Para justificar sus ingresos, ya sabe, aplican la clásica: poner negocios y empresas a nombre de sus esposas, amantes, familiares, hermanos. Se hacen ver como si fueran empresarios exitosos. Con decirle que la hermana del Agus acaba de inaugurar una plaza comercial en una zona muy exclusiva —dijo Roberto apretando los labios y enarcando las cejas.

El doctor Gregorio Ballesteros seguía tomando notas mentales de todo lo que le estaba revelando Roberto. Su táctica para detectar a los corruptos estaba dando resultados. Gracias a que había pasado desapercibido pudo obtener información valiosa. Lo que no se explicaba del todo es cómo era posible que Roberto Sáenz, quien le había dado la impresión de ser una persona muy observadora, no lo hubiera reconocido. Se quedó pensativo, analizando la situación. Conjeturó que derivado del gigantesco organigrama del SAT y de la corrupción, existía una preocupante desorganización al interior, lo cual explicaría la falta de interés general por enterarse de lo que pasaba a su alrededor. Esto podía significar algo muy delicado. El presidente del SAT no tenía un control efectivo sobre la dependencia y ésta era gobernada por tribus o mafias de poder, como lo dejaba ver el caso del afamado Agus. Tal vez por eso a nadie había dado importancia al nuevo nombramiento del presidente del SAT.

—Robert, una última pregunta, para ya no quitarte más tu tiempo y ponernos a trabajar. ¿Qué opinas del nombramiento del nuevo presidente del SAT?

—Mira Greg, no me la va a creer, pero con tanta chamba que tengo encima, ni siquiera me he podido enterar bien del tema. Han sido varios días los que me he tenido que quedar hasta tarde en la oficina. Con decirle que ni tiempo he tenido de visitar a mi novia —dijo arqueando las cejas y señalando hacia una torre de expedientes que tenía apilados en una esquina de su escritorio—. Usted sabe que ese tipo de nombramientos es pura politiquería. Es un pasamanos para seguir robando; no cambia nada. Esperemos que el nuevo presidente pueda hacer un cambio y que no vaya a caer en los vicios de su antecesor que sólo le dio más poder a las mafias internas y se llenó de dinero los bolsillos. Ya se enterará con mayor detalle de la anécdota del harem que montó en su oficina particular. Pero eso, mi estimado Greg, será motivo de otra larga charla para cuando tengamos más tiempo.

Gregorio Ballesteros esbozó una sonrisa y asintió. Estaba satisfecho, por lo que decidió seguir haciendo su recorrido por otras áreas antes de que se desvaneciera su halo de invisibilidad. Para justificar su ausencia, se excusó con Roberto diciéndole que tenía que acudir al área de recursos humanos a firmar algunos papeles. Se despidió.

— CAPÍTULO 5 —

Cuando el doctor Gregorio Ballesteros se dirigía a la salida, uno de los pasillos llamó su atención. Se detuvo en el cubículo en donde estaba sentado un sujeto obeso, con la B de burócrata marcada en la frente. Estaba viendo en la pantalla de su computadora una recopilación con los goles más emblemáticos de Messi. El tipo ni se inmutaba. Tal descaro le hizo hervir la sangre, pero optó por la mesura. No podía echar a perder su coartada, ya habría ocasión de tomar cartas en el asunto. Se colocó atrás del sujeto y le dijo con algo de sorna:

—¡Caray, amigo! Se le nota lo tenso que está por tanto trabajo, no vaya a usted a ser víctima de estrés laboral.

El sujeto le volteó a ver de reojo y le contestó:

—Pues ya ve, aquí nomás en la hora del desestrés —dijo, con marcado acento chilango, sin inmutarse en lo más mínimo—; además, a ti qué te importa, pinche ruco metiche. Tú a lo tuyo, ¿no? El doctor no le contestó y siguió su camino.

Así recorrió varios pisos y áreas del edificio, obteniendo datos que le resultaron de interés y de utilidad. Hubo algunos lugares donde lograron reconocerlo, pero fueron pocos. El último recorrido lo hizo en el mezzanine de la torre, en donde se encontraba ubicado un amplio comedor para los empleados. Aprovechó la ocasión para pedir un espresso. Eran pasadas las dos de la tarde y, a pesar de que todavía no era la hora de la comida, se encontró a un nutrido número de personas que portaban el gafete del SAT sentados en las mesas, platicando como si estuvieran en algún restaurante en fin de semana. Especial atención le llamó un sujeto que estaba a sus anchas leyendo el periódico, desparramado, con los pies sobre otra de las sillas. Vestía de traje, corbata desajustada y, por la expresión adusta en su rostro, parecía una burda caricatura de una rana con anteojos. Su gafete institucional estaba acomodado sobre la mesa como si fuera un naipe. Ballesteros caminó hasta el mostrador del comedor, tomó su espresso y se dirigió hacia donde estaba el holgazán. Se sentó en una mesa contigua, quedándole el sujeto a mano derecha. Ballesteros observó que leía la sección de política: —¿Mencionan algo acerca del nombramiento del nuevo presidente del SAT? —preguntó de manera amable, pero con tono serio.

El sujeto, sin inmutarse, apretó los labios y entrecerró los ojos dando a entender que la pregunta le fastidiaba. De mala gana contestó:

—¿Se refiere al mamarracho ese con finta de bibliotecario? —apartó la vista del periódico y volteó a ver a aquél que tuvo el atrevimiento de interrumpirlo. Se topó con el rostro del doctor Ballesteros, que lo observaba con ojos de hielo. El tipo quedó petrificado, como si hubiera visto los ojos de la Gorgona. El infeliz estuvo a punto de caerse de la silla, pues lo reconoció de inmediato. Su rostro se puso bicolor, primero rojo y luego blanco. No podía articular palabra alguna, sólo balbuceos—. ¡Se… señor…!, una disculpa, yo… yo no me refería a usted, pensé… —trataba de hilar palabras, empezaba a sudar con profusión.

Ballesteros esbozó una sonrisa:

—No se preocupe, tranquilícese —le dijo con tono sereno y continuó—. ¿Qué acaso no tiene trabajo pendiente?

—¡Claro que sí, señor licenciado! —contestó el sujeto, como si se estuviera dirigiendo a un sargento del ejército. Se levantó con torpeza de su lugar, retirándose de ahí a toda prisa y haciendo reverencias sin dar la espalda. Fue tal su nerviosismo que tuvo que regresarse, pues había olvidado su gafete. Al final salió corriendo como si estuviera a punto de cagarse. La reacción del sujeto alertó a los demás comensales y terminaron de manera abrupta sus improvisadas reuniones sociales abandonando el lugar a toda prisa, no sin antes hacer una reverencia con la mano y el rostro al nuevo presidente del SAT, a quien ya habían reconocido.

A la semana siguiente de la inspección de campo que llevó a cabo el nuevo presidente del SAT, se vino una oleada de despidos de personal de todas las áreas y niveles. Entre otros factores, la decisión de Gregorio Ballesteros estuvo basada en el análisis que realizó a un buen número de expedientes laborales de varios funcionarios con puestos claves, respecto de los cuales determinó que no cumplían el perfil y además tenían varias actas por faltas administrativas acumuladas. El primero en salir fue el sujeto que fue sorprendido viendo videos de Messi, quien, al dársele la noticia, quiso amedrentar a la persona de recursos humanos con amenazas. Adujo ser gente de Valtierra y, al ver que nada le servía para defender su causa, se puso violento, azotando las manos sobre el escritorio, amagando con hacer caer todo tipo de venganzas. Al final fue desalojado del edificio por varios guardias de seguridad a quienes se les instruyó olvidar toda regla de cortesía. Igual suerte corrió el hombre a quien le gustaba leer el periódico como si estuviera en su casa, ya que sólo le restó irse con la cola entre las patas.

— CAPÍTULO 6 —

Para poder llevar a cabo parte de su plan, era necesario desarticular los grupos de poder internos. Los primeros en la lista del doctor Ballesteros eran Agustín Valtierra, Administrador Estratégico de Fiscalización, Memo Jiménez, Subadministrador Estratégico, Verónica Nava, la hermosa jefa de departamento y, además, amante de Valtierra, así como otras personas que formaban parte de su grupúsculo. De acuerdo con lo dicho por Roberto Sáenz, así como por información que obtuvo de diversas fuentes, el equipo de Valtierra era el principal enemigo a vencer pues, además de la corrupción fiscal en la que estaban involucrados, se comportaban como los jefes de facto de la institución. Ponían sus propias reglas y a nadie rendían cuentas. Valtierra había intentado, durante varios días, presentarse ante el nuevo presidente del SAT; sin embargo, se topó con todo tipo de impedimentos por parte de la nueva secretaria de Ballesteros. Fue sólo cuando se encontraron fortuitamente en uno de los elevadores, que ambos coincidieron.

—Vaya, hasta que se me hizo conocerlo, doctor Ballesteros —dijo Valtierra soltando una sonrisita sarcástica.

A Ballesteros le incomodó el comentario y, fingiendo no haberlo reconocido, le preguntó:

—¿Con quién tengo el gusto?

Valtierra volteó a ver a Memo Jiménez. Ambos sonrieron.

—Soy el licenciado Agustín Valtierra, Administrador Estratégico de Fiscalización.

—Un placer —contestó Ballesteros de una manera muy seca, mientras le extendía la mano.

—Igualmente. Doctor, si no es mucha molestia, me gustaría exponerle algunos temas en privado, ¿sería posible que me concediera unos minutos?

Ballesteros sabía que no le quedaba de otra más que recibirlo. No era prudente mostrar su rechazo de manera tan abierta. No podía revelar sus intenciones y ponerlo sobre aviso. Sería, además, buena oportunidad para estudiar más de cerca a Valtierra. Accedió y se reunieron en la recién acondicionada oficina de Ballesteros. Valtierra se mostró sorprendido al ver la renovación. Gregorio Ballesteros se mostró amable con Valtierra, ya que sólo se dedicó a escuchar la larga perorata que éste le soltaba respecto a sus logros al frente del puesto. Conforme la conversación avanzaba, y al ver que los disimulados anzuelos que le había lanzado a Ballesteros no habían picado, Valtierra decidió mostrarse cauteloso y no hablar más de la cuenta. Supo que su relación con el nuevo presidente, a diferencia de la anterior, sería un hueso duro de roer. Ambos se despidieron con una gran cordialidad que resultó evidente en lo fingido.

A pesar de que en las dependencias gubernamentales era común pedirle la renuncia a altos funcionarios sin mayor explicación cuando había cambios de titulares, sabía que, en este caso, no era conveniente deshacerse de ellos sin tener una justificación de peso, pues, al parecer, se trataba de peces gordos. A pesar de contar con todo el respaldo del presidente, había que respetar ciertas formas. Tenía que actuar con cautela y de manera estratégica, pues no sabía quién podría estar detrás de ellos. Además, resultaba fundamental llevar a cabo una investigación a fondo de los actos de corrupción que se les achacaba, y conseguir las pruebas necesarias para aplicarles todo el rigor de la ley y dar el ejemplo, como le había prometido al presidente. Para poder lograrlo, Gregorio Ballesteros necesitaba a una persona de confianza que pudiera actuar de manera encubierta, capaz de infiltrarse en el grupo, ganarse su confianza y vigilar muy de cerca las actividades de Valtierra.

CAPÍTULO 7

Cuando le avisaron a Roberto Sáenz que debía de presentarse de manera inmediata en la oficina de recursos humanos, fue algo que no le cayó de sorpresa. Desde el momento en que se percató de que su compañero temporal de trabajo, el tal Greg, no era otro más que el mismísimo presidente del SAT jugándole al agente encubierto, supo que sus días en el SAT habían terminado. «¡Cómo pude haber sido tan pendejo!», se recriminaba con acritud. Cuando se levantó de su lugar para ir a su destino, algunos de sus compañeros le lanzaron miradas compasivas. Casi podía leerles el pensamiento: «fue un placer haber trabajado contigo, arrieros somos y en el camino andamos». Algunos de sus más fieles compañeros de trabajo trataron de darle ánimos mientras caminaba al patíbulo. Pero por más que quiso ocultarlo, sus mejillas se hincharon un poco y los ojos se le pusieron vidriosos. Tendría que posponer sus planes de boda, reestructurar la deuda de su automóvil nuevo, adiós a todo.

Entró en la recepción de la oficina del jefe de recursos humanos y la secretaria le dio el pase de manera inmediata; al parecer la ejecución sería sin preámbulos. Ingresó, se cerró la puerta. El jefe de recursos humanos estaba sentado en su silla giratoria, dándole la espalda al escritorio. Se escuchó su voz.

—Toma asiento por favor.

Roberto se sentó y no pudo evitar que las piernas le temblaran un poco. Cuando el jefe se giró en su silla, Roberto se quedó helado, casi al punto del desmayo, hasta la visión se le nubló un poco, pues el que estaba sentado en el lugar era el doctor Gregorio Ballesteros quien, con expresión inmutable, observó a Roberto y le preguntó:

—Qué tal Robert, ¿cómo estás? —Roberto estaba paralizado. Por más que quiso hablar no fue capaz de articular una sola palabra. Quince días antes le había parecido una persona sencilla y simpática, hoy era una figura que le imponía un respeto casi reverencial. ¿El título hace a la persona? Sintió miedo al verse frente a Ballesteros, pues pensaba que su presencia ahí sólo podría significar una fuerte reprimenda, o incluso una paliza antes de ser despedido. Estaba claro que el doctor se había sentido humillado por no haberlo reconocido, por no haberle dado su lugar, además de haber soltado la lengua como un vil chismoso. «Se la quiere cobrar en persona», pensó, casi de manera paranoica. Al observar que el pobre de Roberto se estaba poniendo blanco y sudaba frío, Ballesteros trató de tranquilizarlo, lanzándole una sonrisa amigable—. Tranquilízate Robert, no fuiste citado para lo que te imaginas, no te vamos a correr, pues no hiciste nada malo. —Al escuchar esas afirmaciones, recobró un poco el color, pero aún seguía sin entender nada. ¿Qué estaba haciendo Ballesteros ahí?—. Disculpa toda esta faramalla, pero lo tuve que hacer de esta manera porque necesitaba hablar contigo sin llamar la atención. Te cité aquí, pues si lo hubiera hecho en mi oficina hubiera dado lugar a chismes, y ello afectaría la propuesta que te quiero hacer.

A pesar de haber recobrado el color y un poco la compostura, Roberto ahora se sentía más confundido. No encontraba qué decir. Lo primero que se le ocurrió hacer fue disculparse:

—No hay ningún problema doctor, no me tiene que dar explicaciones, al contrario, soy yo quien debe hacerlo y quiero ofrecerle mis más sinceras disculpas por haberme comportado como un asno. Estoy en extremo apenado por no haberlo reconocido y haber hablado de más —dijo con un leve temblor en la voz.

—No tienes que disculparte. Aprecio tu sinceridad y es por eso que te mandé llamar. Te voy a hacer una pregunta: ¿puedo confiar al cien por ciento en ti? —le dijo, mirándolo directo a los ojos.

—Por supuesto que sí, doctor, estoy a sus órdenes.

Ballesteros sonrió.

—Excelente, no esperaba menos de ti. Desde que te vi supe que eras una persona de fiar, además me pude percatar de que trabajas duro, tan es así que ni siquiera te alcanza el tiempo para cuestiones personales. Mira, voy a ir al grano. Necesito que seas mis ojos y oídos en la torre. Quiero que me des santo y seña de todo lo que ahí acontece. En particular, respecto de todas las actividades que lleven a cabo Agustín Valtierra, Memo Jiménez y demás personal involucrado con ellos.

A Roberto lo tomó por sorpresa esa proposición. No era cualquier cosa. Se esperaba todo, menos eso: convertirse en un soplón, un espía de actividades que involucraban actos de corrupción y hasta posibles delitos. Había cierto riesgo en ello, sin embargo, cualquier conflicto interno que ello le pudo haber generado se disipó de inmediato, pues quien le estaba encomendando la misión era el presidente del SAT, el jefe máximo. Ponderó también el hecho de que a Valtierra y a su séquito no les debía nada. Esto representaba la oportunidad que tanto había estado esperando para colocarse en los escalafones más altos dentro del SAT. Sin duda, era una oportunidad de oro.

—Cuente conmigo, doctor, yo lo apoyo en cualquier cosa que necesite —dijo con una emoción que reflejada en su rostro.

—Te lo agradezco —respondió sonriendo—. Sé que lo que te estoy pidiendo no es nada fácil, por lo que serás muy bien recompensado —tomó un expediente que tenía sobre el escritorio y lo hojeó, viéndolo con detenimiento—. Veo que tienes un buen expediente, tus superiores han calificado muy bien tu desempeño y no tienes queja alguna. Observo también que tu paga mensual no es la adecuada para una persona con tus cualidades por lo que, a partir de hoy, estarás ganando el doble, ¿te parece?

Roberto no pudo ocultar su alegría, tras lo que dijo, con gran efusividad:

—¡Por supuesto que sí, doctor! ¡No tengo forma de agradecerle esta oportunidad!

—Creo que no tengo que decirte que todo lo que estamos comentando queda entre nosotros. No puedes comentar con nadie el más mínimo detalle, incluido lo del aumento de tu sueldo, ¿queda entendido? —dijo Ballesteros, con expresión fría y cortante.

—Por supuesto.

—Te tienes que comportar como si nada hubiera cambiado. Seguirás en tu mismo puesto y lugar de trabajo. Tu discreción debe ser total. En su debido momento, vendrán los cambios y te colocaré en el lugar que te corresponde. Por lo pronto, si te preguntan cuál fue el motivo de tu presencia en el área de recursos humanos, señalarás que se te hizo un fuerte llamado de atención y que se te levantó un acta administrativa. Punto.

—Enterado doctor, así lo haré.

Gregorio Ballesteros se quedó conforme y procedió a instruir a Roberto acerca de la manera en que debía infiltrarse y reportarle toda aquella información que lograra conseguir. Le entregó un teléfono celular con adecuaciones tecnológicas especiales, y le proporcionó una cuenta de correo electrónico encriptada para la comunicación y envío de todo aquello que resultara necesario para la investigación. Roberto se sentía muy emocionado y agradecido con la misión que le había encomendado el *mero mero*. Se sentía como una especie de agente secreto de película de acción, cuya misión era desenmascarar a los malos. Su vida estaba a punto de cambiar. Le gustaría haber salido de la oficina del jefe de recursos humanos brincando de la emoción, sin embargo, todos lo vieron salir con la cabeza agachada y con cara de adolescente regañado.

— CAPÍTULO 8 —

Habían pasado varias semanas desde el nombramiento de Gregorio Ballesteros como presidente del SAT. Estaba terminando de colocar todas las piezas del ajedrez en las posiciones adecuadas para poder llevar a cabo las jugadas claves que le permitirían llevar a cabo sus planes de manera exitosa al frente de la dependencia. Los despidos masivos de personal fueron históricos, se dieron como nunca, lo que fue cuestionado con severidad por el propio secretario de Hacienda, valiéndose de su superioridad, al ser cabeza de sector, pues dentro de la jerga de la Administración Pública, el SAT es un organismo desconcentrado de dicha secretaría, es decir, dependiente de ella. Sin embargo, Ballesteros justificó con ahínco sus decisiones, las cuales contaban con el aval del propio presidente, según le explicó al secretario. No había de qué preocuparse, pues todos los huecos, serían ocupados por el personal mejor calificado, comprometido al mil por ciento con la dependencia. A largo plazo todos ganarían.

El organigrama del SAT está formado por una enorme maraña organizacional, con cientos de áreas y puestos de trabajo, cuya esquematización podría asemejarse a una especie de sistema circulatorio o bien, a una mítica ramificación de algún enorme árbol surrealista, a tal grado que la peor pesadilla del área de recursos humanos era que les llegaran a pedir un análisis de puestos o una reestructura organizacional. Al frente de las áreas de mayor importancia dentro del SAT, como lo son las Administraciones Centrales de Auditoría Fiscal, Jurídica, de Recaudación, de Aduanas y Comercio Exterior, Ballesteros nombró a personas de su entera confianza, quienes contaban con probados conocimientos técnicos y experiencia. Estas personas eran el equivalente a los generales de un gran comandante que, bajo su mando, serían los encargados de hacer que se erigieran al pie de la letra los "Pilares de la transformación fiscal", el flamante plan de trabajo que Ballesteros expuso el día de su presentación ante el país.

El personal de confianza de Ballesteros estaba integrado por dos mujeres y dos hombres. La primera de ellas, la licenciada Diana Rendón, estaba al frente de la Administración Central de Auditoría Fiscal. Originaria de la ciudad de México, abogada egresada de la UNAM, había realizado estudios de posgrado en la universidad de Princeton en los Estados Unidos y tenía una maestría en Impuestos por el ITAM. Recién había cumplido cuarenta y ocho años, por lo que contaba con la madurez necesaria para el puesto al que muchos llamaban el terror de los contribuyentes. Según el escueto comunicado de prensa dado a conocer en la página de internet del SAT, la licenciada Diana Rendón se había desempeñado en la iniciativa privada, tanto en importantes firmas legales, como en grandes empresas. Era una mujer corpulenta, sin llegar a ser obesa, de facciones toscas y cara de pocos amigos. Siempre utilizaba el cabello recogido con un chongo. Su aspecto se asemejaba más al de una estereotipada y estricta jefa de enfermeras, que al de una jurista tan preparada. Todo lo contrario era la licenciada Sabine Colombo, quien era una guapísima mujer de treinta y seis años, piel de muñeca de porcelana, cabello negro y lacio extendido más allá de los hombros, finas facciones, ojos color miel y un espectacular cuerpo de maestra de yoga, que era una de sus actividades favoritas en sus tiempos libres. Era originaria de Hermosillo, Sonora, pero había vivido casi toda su vida en la ciudad de México. Quedó a cargo de la Administración Central Jurídica, la defensora legal del SAT ante los tribunales y donde hiciera falta hacerlo. Abogada egresada de la Escuela Libre de Derecho, realizó una maestría en Derecho Constitucional, así como una especialidad en Contabilidad e Impuestos en una de las más prestigiosas universidades del país. Su último puesto lo había desempeñado como directora de Defensa Fiscal en la reconocida firma Hirst & Müller, con sede en la ciudad de México.

El puesto de Administrador Central de Recaudación fue ocupado por el licenciado Joaquín Marín, abogado egresado de la Universidad de las Américas en Puebla. Marín, a la par, contaba con una licenciatura en Contabilidad y una maestría en Impuestos. Se había desempeñado como director general de Recaudación de Rentas en el gobierno del Estado de Puebla y era el socio principal de una importante firma de consultores fiscales en la capital de ese Estado. Acababa de cumplir cuarenta años, de estatura baja, rechoncho, nariz ancha, cara redonda y en su cabellera se asomaban entradas que auguraban una muy segura calvicie. Algunas personas que lo conocían afirmaban que el licenciado Marín tenía pinta de comediante, incluso al punto de afirmar que tenía cierto parecido con el actor Joe Pesci.

El encargado de dirigir las aduanas en el país fue el licenciado Matías López Dueñas, cuyo perfil era el más rudo y agreste de todos. No era para menos, pues la administración de las aduanas siempre ha sido una tarea complicada. Ello, en gran parte, por los más de tres mil kilómetros de frontera que se comparten con los Estados Unidos, además de los miles de beneficios que genera, es un imán para la corrupción y para el crimen organizado. Estaba por cumplir cuarenta y seis años. De tez morena clara, parecía un ídolo prehispánico de piedra por sus facciones cuadradas. Usaba barba al ras, delineada. Fanático de la metrosexualidad, era un sujeto de estatura media a quien le gustaba ejercitarse, muy fornido, cosa que aprovechaba para vestir ropa ajustada, al grado de que ante cualquier movimiento brusco que hiciera estaría en peligro de desgarrar su vestimenta como si fuera Hulk. Originario de los Mochis, Sinaloa, se graduó como abogado en la Universidad Autónoma de su Estado natal. Al poco tiempo de recibir su título había ingresado a la Policía Federal de Caminos, en donde permaneció por espacio de cinco años. Por algún motivo no explicado salió de la corporación, pero por sus buenos contactos se pudo colocar en las filas del SAT, como oficial aduanal adscrito a la aduana de ciudad Juárez. Antes de ser seleccionado en el equipo de Ballesteros, estuvo asignado en el Aeropuerto Internacional de la ciudad de México como subjefe de aduanas, puesto de alto riesgo en todos los sentidos, sobre todo por la constante amenaza del crimen organizado y sus seductores tentáculos. Era alguien que conocía el teje y maneje de las aduanas en el país, nadie le vendría a contar nada. Tenía el material suficiente para escribir un anecdotario, o quizá un confesionario. «Es alguien que aplicará todo el rigor de la ley a aquel que se quiera pasar de listo, por ello, es la persona indicada para el puesto», afirmaba enfáticamente el propio Ballesteros ante algunos cuestionamientos que anduvieron circulando en torno a su nombramiento.

—— **CAPÍTULO 9** ——

Sábado por la tarde de mediados de julio. Una banda de jazz tocaba a ritmo alegre "Light my fire" de The Doors. La bella vocalista imitaba la sensualidad de Morrison en sus movimientos y expresiones. Su sensual voz y los acordes de guitarra resultaban hipnóticos. Los amplificadores estaban ecualizados a la perfección para que la música no dominara por completo el ambiente y se tragara las conversaciones. El escenario era un enorme jardín lleno de árboles frondosos de todo tipo. Las altas bardas estaban cubiertas en gran parte por hermosas buganvilias que resaltaban la majestuosidad de la lujosa residencia de las Lomas de Chapultepec en la que se encontraban. El ambiente era festivo entre los invitados, dominado en su mayoría por hermosas mujeres vestidas con diminutos y ajustados atuendos, luciendo fabulosas cabelleras de todos colores y estilos. A cualquiera que llevaran con los ojos vendados a aquel lugar, podría ser engañado con facilidad de encontrarse en la mansión de Hugh Hefner. Los meseros iban y venían sirviendo con gran puntualidad a todos los demandantes de bebidas alcohólicas las marcas más exclusivas. En una de las esquinas del gran jardín se encontraba instalada una enorme barra de buffet de comida mexicana que contenía un sinnúmero de platillos de las treinta y dos entidades federativas del país. Los invitados se formaban en fila para deleitar su paladar. Existían todos los ingredientes necesarios para que aquello se convirtiera en una bacanal.

En uno de los extremos del jardín estaba erigido un elegante kiosco de diseño americano, decorado con elegantes y alargados sillones en pares que formaban eles invertidas y al centro, una mesa de diseño moderno, sobre la cual se dejaban ver botellas de whisky y coñac de las mejores marcas. Era una zona en donde el acceso estaba restringido, pues estaba custodiado por unos guardaespaldas de aspecto tosco y de miradas aniquiladoras. Sentado a sus anchas estaba Agustín Valtierra, vestido como si fuera actor de telenovela, olfateando el cuello y acariciando las piernas de una despampanante rubia que estaba sentada sobre su regazo. Enseguida de él, se encontraba Memo Jiménez, quien portaba un saco de gamuza color verde, camiseta blanca abierta al pecho, jeans y un tipo de zapatillas modernas sin calcetines. Por su complexión regordeta, cara redonda y colorada, cabello tipo emperador Marco Aurelio, daba el aspecto del típico *mirrey*. Se movía al ritmo de las canciones que se escuchaban al fondo. Estaba en pose de dandi abrazando y toqueteando a una voluptuosa morena que enseñaba unas piernas que serían la envidia de cualquier atleta. En el extremo del kiosko se encontraban amontonados un pequeño grupo de personas, entre ellos dos de las gentes de confianza de Valtierra: Pepe Alvídrez y Enrique Arguelles quienes, sonriendo con los labios cerrados, y sosteniendo un vaso en su mano, bailaban y susurraban al oído de sus respectivas parejas lo que se adivinaban ser frases sugestivas, pues ellas reían con cierta complicidad picaresca.

—¿Qué tal le están pareciendo las asesoras de negocios que le asigné, Don Eusebio? —preguntó Valtierra a un hombre sesentón que tenía enfrente, de aspecto burgués, cabello entrecano cortado y peinado a la perfección, traje de diseñador, y quien en esos momentos parecía estar en estado de gracia, pues se encontraba abrazando y gozando de la compañía de dos mujeres ucranianas que parecían gemelas angelicales. A su lado estaban dos personas que lo acompañaban, que si bien, también estaban siendo bien atendidos, mostraban cierta timidez.

—Son las personas más profesionales con las que me he topado, estimado Agustín. Estoy convencido de que haremos negocios por un largo tiempo —respondió con gran efusividad Don Eusebio.

A Valtierra le brotó una sonrisa de lado a lado y dijo con gran efusividad:

—¡Salud!

Don Eusebio Neumann era un poderoso empresario del ramo de los transportistas, además de dueño de una cadena de mueblerías que tenían presencia en varias partes del país. Valtierra había organizado la fiesta en su honor, pues era uno de sus principales clientes y estaban por cerrar un importante negocio: una planeación fiscal para la venta de varios inmuebles valuados en cientos de millones de pesos, lo cual le implicaría un ahorro astronómico en impuestos a Don Eusebio y para Valtierra significaría una ganancia exorbitante en honorarios. Ameritaba echar la casa por la ventana para dejar más que feliz a Don Eusebio. Agustín Valtierra tenía la costumbre de agasajar a sus clientes predilectos con grandes fiestas privadas, ya sea para cerrar negocios o para mostrar su agradecimiento por los que ya se habían llevado a cabo, en donde el gancho principal eran las hermosas damas de compañía procedentes de Venezuela, Brasil y Ucrania. La residencia en donde se encontraban ubicados estaba localizada en una zona exclusiva y discreta de la ciudad de México. Se había adquirido exprofeso para eso, pues en ocasiones, las celebraciones se podían extender por varios días y eran necesarios espacios grandes para hospedar a importantes huéspedes.

Era un secreto a voces el hecho de que Valtierra llevaba a cabo arreglos fiscales por debajo de la mesa, pero nadie sabía el verdadero alcance de lo que implicaban esos turbios negocios, pues el ilustre Administrador Estratégico de Fiscalización era un hombre en extremo acaudalado, al igual que todos sus subalternos, quienes vestían con las mejores ropas, usaban relojes y joyería de diseñadores exclusivos y conducían vehículos premier. Su principal fuente de ingresos era la venta de perdones fiscales. Durante el último mundial de futbol, tanto él como sus más allegados y clientes predilectos se habían ido al país sede, a ver los partidos de la selección. Para disimular los altos ingresos que de ninguna manera podían justificarse con el sueldo que ganaban dentro del SAT, utilizaban a sus parejas, cónyuges y demás familiares, para que a través de ellos recibieran los pagos en sus cuentas bancarias, justificándolos, a su vez, con negocios a sus nombres, casualmente exitosos y redituables. Para llevar a cabo sus operaciones clandestinas, Valtierra contaba con unas oficinas en una residencia que se encontraba ubicada en una zona exclusiva de Polanco, en la ciudad de México, en donde se reunía con los clientes. La habían adquirido a través de una inmobiliaria prestanombres que a su vez la tenía dada en comodato a nombre de otra empresa. De esa forma se perdía en la llanura corporativa. Aprovechaba la gran influencia y acceso que tenían dentro del SAT para ofrecer servicios de planeación fiscal a través de empresas fantasmas, montadas en oficinas improvisadas en pequeños locales comerciales diseminados a lo largo de todo el país. Para cumplir con el requisito legal necesario para la constitución de empresas, utilizaban prestanombres que por lo general eran personas de escasos recursos económicos, algunos con primaria o secundaria trunca, ancianos o incluso, personas que tenían varios años de haber fallecido. Los arreglos que más dinero les dejaban eran las auditorías guiadas para desaparecer o validar omisiones millonarias en el pago de impuestos o para avalar millonarias deducciones provenientes de gastos e inversiones inexistentes, así como la autorización ciega de ingentes devoluciones de impuestos, que en su mayoría resultaban improcedentes. Otro de los arreglos consistía en bajar la guardia en los juicios fiscales para obtener sentencias favorables a los contribuyentes.

La banda de jazz había sido sustituida por un mariachi que en ese momento cantaba «Sigo siendo el rey». La noche era absoluta, los asistentes estaban entrados en copas y con gran jubilo coreaban: «con dinero y sin dinero, hago siempre lo que quiero y mi palabra es la ley». Valtierra daba rondines por el lugar comportándose no sólo como una celebridad sino como un rey. En esos momentos sentía que la canción había sido escrita para él, todo el mundo se acercaba a saludarlo como si fuera un *don* de la mafia. Se sentó a la mesa en donde estaban varias parejas y apoyó el codo de tal manera que su Rolex Daytona dorado fuera visible a todos. Soltó algunas frases insulsas y malos chistes a los que todos respondieron con risas de compromiso. Fue interrumpido cuando apareció Memo Jiménez, su mano derecha, quien se acercó y le dijo al oído.

—Si me disculpan por favor —dijo Valtierra mientras se levantaba de su lugar.

Caminó junto con Jiménez, quien le había avisado que Don Eusebio acababa de salir de una de las habitaciones.

—Por la cara que tenía —dijo Jiménez —debe haberse llevado el agasajo de su vida. Esas ucranianas lo han de haber dejado seco —soltó una carcajada.

—¿En dónde está? —preguntó Valtierra.

—Se acomodó de nuevo en el kiosco. Aprovecha que está en estado de júbilo para que lo termines de dejar presto para la junta del lunes —dijo soltando un guiño.

Habían acordado reunirse el lunes por la mañana para llevar a cabo la reunión de trabajo en la que llevarían a cabo las millonarias transacciones. Valtierra y su equipo habían solicitado unos días de vacaciones en el SAT para justificar su ausencia. Llegó al kiosco y ahí estaba Don Eusebio, ya sin corbata, mucho más relajado y con una sonrisa de oreja a oreja. Había un mesero sirviéndole comida y algunos tragos.

—Don Eusebio, ¿cómo lo están tratando?

—De maravilla, mi estimado amigo, me han tratado igual o mejor que a un sultán.

Valtierra arrimó un pequeño asiento y se sentó a su lado. Ordenó que le sirvieran algo de comer. Intercambiaron algunas anécdotas y chistes, antes de llegar a la parte que más le interesaba a Valtierra; la operación que llevarían a cabo el lunes. Ya tenía todo listo, incluso un notario público acudiría a las oficinas secretas a formalizar las escrituras necesarias. Don Eusebio, que estaba de buen ánimo, le prometió a Valtierra que en cuanto quedara lista la operación, vendría un caudal de negocios adicionales relacionados con sus mueblerías. Las cosas no podían marchar mejor y por ello la celebración se extendió hasta el domingo.

— CAPÍTULO 10 —

Lunes de mediados de julio de 2019. Eran las nueve en punto de la mañana. El ambiente se sentía fresco. Se percibía un agradable aroma, casi campirano, proveniente de la abundancia de árboles de la zona que se encontraban humedecidos por la lluvia que los envolvió durante la madrugada. Un lujoso Mercedes Benz C 300 negro, seguido de una Suburban blindada color blanco, arribaron a una residencia amurallada con una enorme barda decorada con cantera y un portón grande moderno con división para cochera, ubicada en la calle Galileo de la colonia Polanco. El portón se abrió y dio paso al vehículo. Un guardaespaldas trajeado descendió de la Suburban e ingresó, mientras el conductor del vehículo blindado se estacionaba en un lugar conveniente y estratégico. Del Mercedes descendió don Eusebio Neumann, seguido de otras dos personas. Los tres personajes vestían con impecables trajes ejecutivos y cargaban sus respectivos portafolios. El Eusebio de la fiesta del sábado y el Eusebio del día hoy eran personas en extremo diferentes, casi irreconocibles, pues éste último tenía un aspecto taciturno, casi sacerdotal. En el interior había tres sujetos de traje cuya función era hacer las veces de agentes de seguridad del "despacho". Fueron recibidos por una joven mujer de lentes, vestida también con un conjunto ejecutivo, quien les dio la bienvenida y les indicó que la siguieran hasta un elegante espacio que incluía oficina y sala de juntas, lugar en donde se llevaría a cabo la reunión. La residencia fue acondicionada como oficina, y al parecer habían utilizado a los mejores arquitectos y decoradores para tales efectos. La decoración era moderna, con cuadros de artistas vanguardistas y fotógrafos experimentales. Nada que don Eusebio, hombre de mundo, no hubiera visto antes. Sin embargo, dio buena calificación al lugar. Se acomodaron en la sala de juntas y la asistente que los acompañó les ofreció café y té. Don Eusebio se hacía acompañar por su contador y su jefe de finanzas. A los pocos minutos llegó Valtierra con su séquito de asesores y operadores, que estaba formado por Memo Jiménez, Verónica Nava, Pepe Alvídrez y Enrique Arguelles. Junto con ellos, ingresó el licenciado Santiago Riverol, notario público número 97 de la ciudad de México, acompañado de su asistente, una joven abogada de aspecto intelectual, con el cabello recogido y unos lentes que le quedaban grandes. Sólo se dedicó a pelar los ojos, pues se mostraba intimidada ante la presencia de tanta gente importante.

—Buenos días a todos, por favor no se levanten —dijo Valtierra, mientras se acercaba a don Eusebio y le daba un fuerte apretón de manos—. Este es un gran día, sin lugar a dudas. Ya tenemos todo listo para llevar a cabo la operación.

Todos se arrellanaron en sus respectivos lugares. Verónica conectó su laptop a un proyector y mostró en pantalla los números y demás detalles financieros de la operación. Se trataba de una compraventa de cuatro inmuebles propiedad de don Eusebio y sus empresas. Dos de ellos eran terrenos y los otros dos eran enormes bodegas. Todos en su conjunto estaban valuados en un poco más de quinientos millones de pesos y la operación consistiría en una triangulación financiera. Los inmuebles se venderían a las empresas fantasmas de Valtierra a valores muy bajos, casi ridículos, de tal forma que el impuesto sobre la renta que pagaría por la operación sería bajísimo. Una vez hecho lo anterior, las empresas fantasmas de Valtierra venderían a los compradores reales, a precio normal y sus empresas absorberían el impuesto mediante una estrategia fiscal interna, por medio del uso de varias figuras contractuales. Regresarían gran parte de la ganancia y ahorro del impuesto sobre la renta a don Eusebio a través de otras empresas. Todas ellas serían eliminadas del radar fiscal del SAT y jamás podrían reclamarles el pago de impuesto alguno. Era una movida magistral que dejaría a Valtierra y a don Eusebio unas ganancias millonarias. Ahí mismo se llevarían a cabo las transferencias bancarias, así como la escrituración de las compraventas, por ello la presencia del notario. La operación financiera y corporativa llevaría varias horas, pero todo quedaría listo en el transcurso del día.

En la sala de juntas había bastante movimiento, todos los presentes estaban con el celular en mano, haciendo llamadas y contestando mensajes. El contador y el jefe de finanzas de don Eusebio daban cátedra de ajetreo, verificando números, hablando a los bancos para asegurar que los límites para las transferencias bancarias estuvieran autorizados y no se presentaran contratiempos. El notario dirigía a su asistente, quien estaba preparando las escrituras de las compraventas. Como los socios de las empresas fantasmas de Valtierra eran prestanombres y sería difícil obtener sus firmas, en el despacho contaban con una persona especialista en falsificar firmas, las cuales serían avaladas por el notario. Verónica se estaba coordinando con su equipo y haciendo algunas llamadas, mientras Valtierra contestaba dudas normales de la operación que le planteaba don Eusebio y, a pesar de que el primero estaba nervioso, no podía ocultar su rostro de satisfacción, pues el día de hoy sería un poco más rico. Había prometido a su equipo un viaje de celebración a Las Vegas, all inclusive.

En el momento en el que el guardaespaldas que se quedó esperando afuera de las oficinas quiso tomar su radio para dar aviso a su compañero, fue demasiado tarde, pues ya se encontraba paralizado y encañonado.

—¡Baje del vehículo con las manos en alto y no haga nada estúpido! —le ordenó, con tono furibundo, quien le estaba apuntando en la frente con una Glock 19. Al bajar, el guardaespaldas fue sometido y subido con prontitud a un vehículo. Mientras esto pasaba, un grupo de cuatro encapuchados con uniforme oscuro y armados hasta los dientes sostenían un ariete con el cual pretendían abrir el portón. Atrás de ellos se encontraban otros cuatro encapuchados preparados para infiltrarse de inmediato en el domicilio. Portaban fusiles de asalto en posición de ataque. Mientras tanto, en la sala de juntas donde se estaba llevando a cabo la operación, todo marchaba con normalidad hasta que se escucharon a los lejos tres fuertes golpes seguidos de voces atropelladas. En un principio, pensaron que se trataba de un temblor, por lo que la primera reacción que tuvieron fue seguir el protocolo utilizado en los casos de sismos a los que están tan acostumbrados los capitalinos. Debían mantener la calma. Sin embargo, el último golpe que se escuchó había sonado tan brutal, como si se hubiera tratado de una explosión. Todos se miraron con asombro, tratando de adivinar lo que había pasado en realidad. El otro guardaespaldas de don Eusebio, que se había quedado en el recibidor custodiando la entrada, al observar que venían unos encapuchados corriendo, en una reacción irracional, pensando que podía enfrentarse a ocho sujetos armados hasta los dientes, quiso desenfundar su arma, pero quedó sólo en una tonta intención pues recibió un fuerte culatazo en el estómago y otro en el rostro, lo cual lo hizo caer en seco como un costal. Los tres vigilantes de Valtierra estuvieron a punto de orinarse del susto. El teléfono de la sala de juntas comenzó a timbrar. Valtierra se levantó de su lugar para dirigirse a la puerta y tratar de averiguar qué diablos estaba pasando. La puerta fue abierta por un violento empujón por parte de los encapuchados, que a punto estuvieron de estrellarla en el rostro de Valtierra. Con gran agilidad ingresaron seis de ellos apuntando a todos los presentes con los fusiles de asalto.

—¡Policía Federal Ministerial! ¡Dejen todo lo que tengan sobre la mesa y que no se les ocurra hacer ninguna estupidez! —vociferó uno de los encapuchados.

Don Eusebio no daba crédito de lo que estaba pasando, se puso tan pálido que poco le faltaba para verse transparente. Lo primero que pensó fue que se trataba de un secuestro y que los uniformes que portaban eran falsos. El contador y el jefe de finanzas estaban con los ojos casi fuera de sus órbitas. El notario Riverol tuvo la ocurrencia de tomar su celular para intentar hacer una llamada. Tal vez fue una reacción inconsciente, pero le costó caro.

—¡¿Qué no me escuchaste, hijo de la chingada?! ¡Les dije que no se movieran! —gritó a todo pulmón el encapuchado mientras le apuntaba como si estuviera a punto de soltarle un tiro. La asistente del notario estuvo al punto del desmayo. Dicho esto quedaron todos, ahora sí, paralizados. Verónica Nava estaba sollozando, asustada. Valtierra era el único que estaba de pie. No sabía qué hacer, tenía las manos arriba. Todo estaba pasando tan rápido que no lograba hilar un pensamiento coherente.

Quedó claro que no se trataba de un grupo de secuestradores ni de sicarios cuando entraron cuatro sujetos de trajes oscuros, con una enorme placa dorada colgada sobre el cinto, la típica charola, además de pistolas enfundadas a sus costados. Dos de ellos eran jóvenes y los otros dos no tanto. El que tenía el mayor rango hizo una seña a uno de los encapuchados para que sacara de uno de sus chalecos una cámara de video y empezara a grabar todo lo que estaba a punto de acontecer.

—Vaya, veo que está toda la pandilla reunida. Tal y como decía mi maestro de secundaria cuando nos agarraba haciendo desmadres en el salón: «Así los quería agarrar, canijos, con las manos en la masa» —dijo el oficial con sorna, soltando una risita nefasta. Se identificó como el comandante Ernesto Solís, de la policía federal ministerial—. Mis compañeros aquí presentes son el comandante Hernández y ellos dos son los agentes Castro y Lara —dijo, señalando a los más jóvenes—. El motivo de nuestra presencia en este lugar es para cumplir una orden de aprehensión girada por el juez 15° de distrito en materia penal del primer circuito, por los probables delitos de defraudación fiscal, operaciones con recursos de procedencia ilícita, cohecho, peculado y enriquecimiento ilícito, presuntamente cometidos por los ciudadanos Agustín Valtierra, Guillermo Jiménez, José Alvídrez, Verónica Nava y Enrique Arguelles, todos ellos funcionarios públicos. De igual manera venimos a cumplimentar orden de aprehensión en contra del ciudadano Eusebio Neumann, por su probable participación en los delitos de defraudación fiscal y operaciones con recursos de procedencia ilícita.

—¡Esto es un atropello y una vil calumnia! ¡Exijo ver a mi abogado! —protestó con amargura don Eusebio, que temblaba no sólo de coraje sino de miedo.

Valtierra, al igual que su equipo se volteaban a ver entre sí, tratando de encontrar una explicación lógica a todo lo que estaba sucediendo. Verónica Nava sollozaba y se le empezaban a asomar las primeras lágrimas.

—De igual manera, como estamos investigando una denuncia que señala que en este lugar se estaban llevando a cabo hechos y conductas que pueden constituir la comisión de delitos y por encontrarse en flagrancia, tenemos la obligación de proceder a la detención de todos los demás que están presentes, así como de asegurar todos los bienes que encontremos en el lugar —dijo el comandante Solís, con algo de prepotencia y sin esconder lo mucho que estaba disfrutando la detención de tanto personaje de alcurnia, pues lo sentía como una especie de acto de justicia social, ya que por lo general le tocaba arrestar a puro pillo muerto de hambre.

Dicho lo anterior, se empezó a sentir en el ambiente algo de histeria colectiva. Don Eusebio se levantó de su lugar, exigiendo a gritos ver a su abogado. Sus dos empleados imploraban y alegaban al unísono sobre su inocencia; el notario empezó a lanzar amenazas en tono iracundo:

—¡Aquí se está cometiendo un abuso de autoridad y una violación evidente a nuestros derechos humanos! Ahorita mismo voy a hacer constar todo, en actas de hechos, pues tengo fe pública. ¡Ya verán el gravísimo problema en el que se acaban de meter!

Al observar el desorden que se estaba generando, el comandante Solís ordenó a sus dos agentes y a varios de los policías ministeriales que actuaran de inmediato y pusieran orden a la situación. Sacaron las esposas y empezaron a realizar las primeras detenciones. El comandante Hernández se dirigió a Valtierra y le preguntó:

—¿Agustín Valtierra? —éste asintió de manera instintiva—. Queda usted detenido. En este acto hago entrega y doy lectura a la cartilla de derechos que asisten a las personas en detención.

Valtierra con los ojos encendidos, el rostro enrojecido y las quijadas apretadas le dijo al comandante:

—No te imaginas el problemón en el que te estás metiendo, cabrón. Ahorita que haga una llamada, vas a ver cómo se les va a caer su teatrito, ¡y los que van a acabar en la cárcel van a ser ustedes! ¡No tienes idea de con quién se están metiendo! —dijo amenazante y con extrema prepotencia.

De pronto, escuchó a alguien que dijo en voz alta:

—Yo sí se a la perfección con quién me estoy metiendo; con un corrupto y con alguien que, por años, se ha robado el dinero de los mexicanos.

Valtierra volteó y se quedó con el rostro torcido al ver que la voz pertenecía al presidente del SAT, el doctor Gregorio Ballesteros, que justo se encontraba parado en la entrada de la sala de juntas con una sonrisa y un aire triunfal, uniformado también para la ocasión con una chaqueta con el logotipo del SAT y la bandera de México en el hombro izquierdo. Detrás de él se encontraban dos de sus administradoras estrellas: Diana Rendón y Sabine Colombo. También se coló un reportero y un camarógrafo de uno de los noticieros locales.

—¡Eres un hijo de tu puta madre, Ballesteros! Todas esas arbitrariedades que has estado cometiendo desde que tomaste posesión del puesto, lo único que van a generar es que se te caiga en pedazos tu efímera presidencia. No tienes ni la menor idea de cómo se administran los impuestos en el país. Estás tocando fibras muy delicadas y te va a cargar la chingada, ¡ya lo verás! —Valtierra le gritaba como un energúmeno, fuera de sí.

Aprovechando que el camarógrafo y el reportero estaban en ángulo justo, Ballesteros aprovechó y soltó una frase teatral:

—Yo lo único que sé es que el día de hoy libramos al país de uno de los hombres más corruptos de los últimos tiempos.

Ballesteros, en coordinación con la policía ministerial y derivado de una minuciosa investigación, había logrado montar un impresionante operativo para acabar con el reinado de corrupción y defraudación fiscal que tenía armado Agustín Valtierra y su equipo, quienes, de facto, eran los que en realidad mandaban en el SAT aprovechando la impunidad de la que habían gozado por tantos años sin que nadie les pusiera un alto, más que nada por las complicidades y sobornos millonarios con los que apaciguaban a todos aquellos que los cuestionaban. Parecía algo genético el hecho de que, en México, como lo había dicho en su frase célebre el general Álvaro Obregón: «no hay quien aguante un cañonazo de cincuenta mil pesos». Afuera de la oficina clandestina de Valtierra se encontraba otro numeroso grupo de policías ministeriales, así como una veintena de reporteros y cámaras de televisión. El lugar estaba acordonado para no dejar pasar a la muchedumbre que se había acercado al lugar. Parecía que el operativo se hubiera montado para detener a algún peligroso narcotraficante y es que, en verdad, esa era la intención. Dar un gran espectáculo mediático para mandar un mensaje de que el nuevo presidente del SAT iría con todo en contra de los defraudadores del fisco. Les daría el mismo trato que a los capos de la droga. En total hubo diez detenidos a quienes sacaron por la puerta principal. Los reporteros se abalanzaron sobre ellos, tomando ráfagas de fotografías y lanzando las inoportunas e incómodas interrogantes de rigor: «¿Por qué lo detuvieron? ¿Cómo responde a las acusaciones?» Todos iban con la cabeza agachada, pues no podían tapársela ya que estaban esposados, deseando en esos momentos, con toda el alma, ser tortugas para esconder sus caras en el caparazón. Valtierra no podía ocultar su enojo y frustración. A don Eusebio lo atormentaba un tremendo ataque de vergüenza. ¿Qué iban a decir de él en el mundo empresarial? La reputación de sus empresas se iría al diablo. Su imagen de líder, esposo y padre ejemplar, benefactor de causas sociales, quedaría hecha añicos.

Cuando apareció Ballesteros en el lugar, los reporteros lo rodearon. Enseguida de él se plantaron sus flamantes administradoras. Estaba listo para dar su primera conferencia de prensa en donde daría cuenta al país de este duro golpe a la defraudación fiscal.

—Doctor Ballesteros, ¿qué nos puede decir del operativo que se llevó a cabo el día de hoy? —preguntó una reportera, acercándole el micrófono.

—El operativo que llevamos a cabo fue resultado de una minuciosa investigación que realizamos para identificar a un grupo de funcionarios corruptos que, con gran pena, debo reconocer formaban parte del SAT. En complicidad con varios empresarios y utilizando sofisticados esquemas, simulaban operaciones para defraudar al fisco con miles de millones de pesos, e incluso no descartamos lavado de dinero. Hoy fue el inicio del fin de todos aquellos que se dedican a robar el dinero del pueblo, aprovechándose de las lagunas legales y torciendo la interpretación de la ley. Tenemos detectados a muchos despachos de supuestos asesores que se dedican a la planeación fiscal, pero sabemos que su verdadera finalidad es defraudar al fisco.

—Doctor, una pregunta ¿entonces, la planeación fiscal es mala? —inquirió otro de los reporteros.

La pregunta pareció tomar por sorpresa a Ballesteros, quien frunció el ceño con disimulo.

—La planeación fiscal que se hace aprovechándose de los huecos y errores en la ley sí es mala. Con algo de pesar debo añadir que son muchos los errores legislativos que existen en nuestras leyes fiscales, sin embargo, parte del encargo que me hizo el señor presidente, aparte de combatir a la defraudación fiscal, fue el de ayudar a corregir todos esos errores que tanto dinero nos cuesta a los mexicanos.

Un reportero con cara de ardilla y voz chillante se abalanzó sobre Ballesteros poniéndole muy cerca del rostro un teléfono celular con el que estaba grabando, lo cual generó que la corpulenta Diana Rendón, con una mueca de molestia, tuviera que intervenir para empujar al entrometido sujeto.

—Doctor Ballesteros, ¿nos puede dar los nombres de los detenidos?, ¿es verdad que entre ellos está el empresario Eusebio Neumann? ¿Nos puede dar el nombre del líder de la banda?

—Me temo que no puedo darles nombres y mayores datos, debemos respetar el debido proceso legal —dijo, con tono solemne.

Ballesteros agradeció a los reporteros y se retiró a toda prisa del lugar, al igual que los policías federales y ministeriales. Ya habían subido a los detenidos a unas camionetas blindadas que arrancaron de inmediato. Los presentes se empezaron a dispersar y algunos fotógrafos siguieron tomando fotografías, sobre todo porque les llamó la atención que Ballesteros se había subido en un Tsuru color guinda con él al volante. Lo acompañaban las integrantes de su equipo, Diana y Sabine. Uno de los reporteros se apresuró a anotar en su libreta lo que sería el encabezado de su publicación: «El doctor Ballesteros dando ejemplo de la austeridad patriótica».

Ese mismo día, por la tarde, se publicó la noticia en todos los medios de comunicación nacionales, tanto impresos como de internet y redes sociales. Los encabezados se leían: «Duro golpe a la defraudación fiscal, el presidente del SAT va con todo»; «Cae conocido empresario por defraudación fiscal y lavado de dinero»; «Desarticulan a poderosa banda de defraudadores fiscales»; «¿Corrupción en el SAT? A partir de hoy, eso ya es cosa del pasado: doctor Gregorio Ballesteros». La famosa periodista Julieta Dohrn comentó en su programa de radio:

«En un sorpresivo operativo llevado a cabo por el SAT en coordinación con la policía federal ministerial y, escuche usted bien, encabezado por nada más y nada menos que por el mismísimo Gregorio Ballesteros, presidente del SAT, se logró la detención de dos personajes importantes. El primero de ellos es el licenciado Agustín Valtierra, quien hasta hoy se desempeñaba como Administrador Estratégico de Fiscalización en las oficinas centrales del SAT. Al parecer, este sujeto encabezaba una especie de cártel fiscal, por llamarlo de alguna manera, en donde, en complicidad con varios funcionarios, se dedicaban a desaparecer adeudos fiscales, autorizar devoluciones de impuestos improcedentes, auditorias guiadas, así como a ofrecer planeaciones fiscales a través de empresas fantasmas para, escuche usted bien, lavar dinero y defraudar al fisco. El desfalco que Valtierra hizo durante varios años al fisco se estima, según cifras extraoficiales, en más de tres mil millones de pesos. El segundo detenido fue el conocido empresario mexicano, Eusebio Neumann, magnate de los transportes y mueblerías, pues, al parecer, era el cliente preferido de Agustín Valtierra, y en el momento de la detención se encontraban haciendo una operación de defraudación fiscal, ¡por varios miles de millones de pesos!», dijo esto último con gran efusividad resaltando la exageración de la cifra.

«¿Así es como va a querer llevar las cosas el presidente ROLA y su desangelado lacayo, el titular del SAT?, ¿usando la intimidación y el terrorismo fiscal? Pobre país, pobres contribuyentes ¡Caray!», dijo Paco Iturriaga en su transmisión en vivo por YouTube, emitiendo un triste suspiro y llevándose la mano a la frente, haciendo uso de su habilidad actoral que había adquirido a lo largo de los años. Era un viejo lobo de mar en los medios de comunicación. Entrado en sus sesenta, bajo de estatura, con las cejas pobladas, cabello entre cano y escaso, anteojos redondos, daba un aspecto afable y cuando hacía gesticulaciones histriónicas causaba cierta gracia entre sus seguidores y burlas entre sus detractores, que cada día, desde el inicio de la gestión de Ballesteros, eran más.

Ballesteros empezaba a ser visto como una celebridad, pues los medios de comunicación habían elogiado su actuación, sobre todo por el hecho de que se había involucrado de manera directa en el operativo, algo que era insólito, pues los anteriores presidentes del SAT dirigían las cosas desde la comodidad de sus lujosas oficinas. A su vez, elogiaban su sencillez y austeridad, ya que a diferencia de otros funcionarios de tan alto rango, Ballesteros conducía un Tsuru viejo, se negaba a usar chofer y asistente personal, se vestía con ropa pasada de moda y el único lujo que se le podía atribuir es que usaba un Apple Watch, «pero de los baratos», como había respondido a tono de broma a la pregunta expresa que le hicieron en una entrevista. El presidente Lúevano Alvelais lo había felicitado en su conferencia matutina desgastándose en aclamaciones.

— CAPÍTULO 11 —

En la torre negra, oficinas centrales del SAT, Ballesteros había logrado imponer una especie de disciplina militar basada en una sutil intimidación disfrazada que cobró más fuerza con el operativo que serviría como advertencia para todos aquellos que le quisieran coquetear a la idea de valerse del puesto para sacar provechos fiscales. La puntualidad se había convertido en el nuevo estándar. Todos los funcionarios llegaban puntales, no les quedaba de otra, pues Ballesteros había ordenado poner un reloj checador, con reglas estrictas de operación, en donde al tercer retardo se descontaba medio día de sueldo y al quinto se descontaba el día completo. Esta medida cayó como una broma pesada de mal gusto, pues según lo que se comentaba en los pasillos, había unos pobres infelices que tenían que salir de sus casas a las cuatro y media de la mañana para poder llegar puntuales. Se hacían filas para el reloj checador y era común ver conatos de pleitos entre los que llegaban al filo de la hora con urgencia de checar para no recibir el descontón. Igual disgusto generó el hecho de que también la salida se tenía que checar. Se había acabado la mala práctica de irse antes de la hora de salida, sobre todo los viernes, en donde la gran mayoría suspendía labores a las dos de la tarde. Adiós al viernesito social. Ahora sería visto con buenos ojos aquel que se quedara horas extras, pero con la irónica salvedad de que éstas no se pagarían. Había algunos que comentaban que el ambiente se había vuelto denso en las oficinas, pues las personas se sentían observadas y ahora todo mundo se tenía que cuidar las espaldas de espías encubiertos, para no ir a cometer errores o indiscreciones que los pudieran hacer caer en las garras de la temida contraloría interna que estaba en pleno funcionamiento, algo que todos veían como el equivalente al tribunal del santo oficio por su forma de interrogar y sancionar a los funcionarios públicos sospechosos de corrupción.

Ballesteros nombró contralor interno del SAT a Rubén Félix, un nefasto sujeto de comportamiento servil que se desempeñaba como jefe de departamento en el área central de recursos humanos. Algunos se preguntaron qué demonios había visto Gregorio Ballesteros en él, pues era despreciado por un buen número de personas por su despótico comportamiento. Era un tipo enjuto, con el rostro chupado, anteojos redondos que resaltaban su mirada altanera, cabellos erizados, escaso bigote y barbilla que parecían una manifestación de hormigas. Tenía la costumbre de siempre vestir un desajustado traje negro a rayas. En secreto, todos le apodaban "Díaz Ordaz" por su parecido con el expresidente, en particular por su sonrisa dientona. La Contraloría Interna era el área encargada de investigar y sancionar a todos aquellos servidores públicos de la dependencia que incurrieran en malas prácticas y conductas en el desempeño de sus funciones. Desde pasadas administraciones, la contraloría había implementado una práctica ignominiosa, criticada con severidad, y que consistía en el uso de la prueba del polígrafo a la que eran sometidos los funcionarios para medir su nivel de confiabilidad y honestidad. Los resultados, como era de esperarse, eran en extremo subjetivos, ya que era una prueba estresante que se aplicaba al azar y sin previo aviso. Se valía de preguntas invasivas en lo que tocaba a la privacidad y creencias de la persona en cuestión, razón por la cual y por recomendación de organismos de derechos humanos, la prueba había caído en desuso, aplicándose en casos muy excepcionales y a ciertos funcionarios. Las cosas cambiaron con el Díaz Ordaz. En uno de sus primeros actos como contralor, había mandado no sólo desempolvar los polígrafos, sino adquirir equipos nuevos. Para aminorar las protestas que de inmediato soltó el personal, justificó su decisión argumentando que en las pruebas del polígrafo aplicarían los métodos más modernos, avalados incluso por el FBI y la CIA. No había nada de qué preocuparse, pues cumplirían con las observaciones realizadas por los organismos de derechos humanos. «Quien nada debe, nada teme», señalaba de manera presuntuosa.

Gran parte del éxito del operativo contra Valtierra se debió a la valiosa información que logró obtener Roberto Sáenz. Gracias a su carácter afable, se le facilitaba relacionarse con las personas. De la misma manera, ayudó el hecho de que al poner empeño en su trabajo y tener la habilidad de fijarse en detalles que para otros resultaban imperceptibles, tuvo acceso a documentación incriminatoria de gran utilidad, y hasta le sirvió el chisme soltado por un fulano allegado al grupo de Valtierra, a quien le gustaba alardear de más. Se trataba de un burócrata de medio pelo que tuvo la suerte de ser uno de los asistentes a la bacanal organizada por Valtierra en honor a don Eusebio. En una verborrea derivada de su nulo sentido de la discreción, contó con lujo de detalle a varios de sus compañeros de chamba, entre ellos Roberto, gran parte de lo acontecido ese día, incluyendo la presencia de don Eusebio.

—Hubieran visto, el ruco ese andaba fascinado con dos güeritas a cada lado, ¡me cae! —había dicho soltando una carcajada.

En otro de los casos, como si los astros se hubieren alineado a favor de Roberto, tuvo la fortuna de que el Agus en persona, valiéndose de su superioridad jerárquica, le hubiera instruido pasar por alto ciertos puntos resolutivos contenidos en una sentencia que, de cumplirse, hubiera negado una devolución de impuestos multimillonaria a uno de los clientes de Valtierra. Toda esta información había sido como oro molido para Ballesteros.

Roberto fue muy felicitado por Ballesteros y su equipo.

—No sólo le has hecho un gran servicio al SAT, sino al país —le dijo, dándole una palmada en el hombro. Para protegerlo de cualquier represalia a la que pudiera ser sujeto, y para evitar revelar su fuente, Ballesteros decidió dejar a Roberto en su mismo lugar y puesto—. Al menos de manera temporal. Ya después vendrían los ascensos y demás reconocimientos. Por lo pronto te necesito en donde estás —le había dicho.

— CAPÍTULO 12 —

El nuevo presidente del SAT ahora enfocó sus esfuerzos en hacer una limpia de malos funcionarios a nivel nacional. Primero se centró en las oficinas estatales, en donde se deshizo de los servidores públicos del nivel más bajo en el escalafón, para después enfocar sus baterías en los titulares, quienes se comportaban como amos y señores de sus territorios, beneficiándose de arreglos fiscales indebidos.

Ballesteros quería centralizar la operación del SAT, por lo que su plan incluía el cierre de una gran parte de las oficinas de provincia. Sólo se quedaría con aquellas de las ciudades más importantes del país, en las cuales ejercería un control más directo. Le expuso al presidente sus motivos, entre ellos el de eficientar la labor fiscalizadora al eliminar burócratas ineficientes que eran con facilidad corrompidos. Lo que más gustó a Lúevano Alvelais fue todo lo relativo a los cientos de miles de millones de pesos que se ahorrarían del presupuesto con esa centralización. Ballesteros trabajó en un plan para tales efectos. Un viernes por la mañana de finales de julio, convocó a sus cuatro administradores centrales a una reunión a puerta cerrada. Estaban instalados en la oficina que se había acondicionado Ballesteros, en la cual los lujos eran sólo un recuerdo. Decorada de manera austera, con algunos cuadros, entre ellos, la fotografía oficial del presidente de la república, acompañada de la tradicional bandera de México con su mástil que se estila en las dependencias gubernamentales, además del cuadro que conservó de Rembrandt. A simple vista, se podían observar sus títulos universitarios y algunos reconocimientos. Recién colgada se encontraba la fotografía de su nombramiento que tanto orgullo le daba.

Estaban los cinco, sentados en una pequeña mesa circular, trabajando entre expedientes, hojas sueltas, organigramas. Tomaban notas con afán en sus laptops. Ballesteros había dado la orden de que por ningún motivo los interrumpieran. El orden del día que seguían consistía en tres puntos: poner orden en lo que ellos identificaron como un severo descontrol fiscal; acciones en contra de grandes defraudadores fiscales; y la puesta en marcha del plan para aumentar la recaudación, que incluía el lanzamiento de un programa de inteligencia artificial que les permitiría conocer en tiempo real quiénes estaban o no pagando impuestos. Los pilares de la transformación fiscal estaban erigiéndose.

—La primera administración en la que debemos enfocarnos es la de Monterrey, que es una de las más importantes. Las estadísticas indican que es de las que más recauda, pero a su vez es la que mayores índices de impugnaciones en tribunales tiene. Un gran porcentaje de las sentencias son adversas al fisco, pero ya abordaremos ese tema con mayor detalle —dijo con tono airado Diana Rendón, dando a entender que podría haber corrupción en los jueces y magistrados, mientras le extendía unas gruesas carpetas a cada uno de los presentes—. Aquí encontrarán los datos de los funcionarios que representan un problema. Tenemos santo y seña de sus actividades, incluidos los reportes de la Comisión Nacional Bancaria y de Valores en donde se muestran ingresos irregulares en sus cuentas.

Las carpetas de investigación de Diana Rendón se encontraban integradas a la perfección, se asemejaban más a la de una investigación criminal que a la de una administrativa; contenían elaborados diagramas que mostraban fechas, así como flujos indicando el origen y destino del dinero de los funcionarios sospechosos. Se podían observar fotografías tomadas de manera subrepticia y sin respeto al derecho a la privacidad, en las que se les mostraba en varias actividades extralaborales: comidas, eventos sociales, compras en tiendas y centros comerciales; incluso había algunas que podrían resultar comprometedoras como entradas y salidas de moteles de paso: festín para los mal pensados. Se llegó al extremo de incluir fotografías de sus respectivas redes sociales, las cuales fueron de gran utilidad para asumir estándares de vida no correspondientes a su realidad económica. Víctimas de su propio exhibicionismo.

—El contralor Rubén Félix se encargará de supervisar las entrevistas con los funcionarios de Monterrey. Creo que le va a dar mucho gusto estrenar sus nuevos polígrafos. Está que se lo comen las ansias por ello —dijo Ballesteros, emitiendo una sonrisa que terminó convirtiéndose en una carcajada generalizada—. Por su parte, sería bueno que ambas vayan a platicar con los jueces y magistrados de Monterrey, para que les expongan la nueva realidad fiscal —remató Ballesteros lanzando una mirada a Diana y Sabine, lo cual se entendió como una orden implícita.

Ambas asintieron—. Licenciada Colombo, ¿cómo va el caso de la defensa fiscal de la constructora de Monterrey? —preguntó Ballesteros con semblante serio mientras hojeaba un expediente. Este caso involucraba la simulación de operaciones fiscales por más de cuatrocientos millones de pesos.

—Tenemos lista la resolución del recurso de revocación que interpusieron los abogados. Desestimamos todos sus argumentos a pesar de todas las pruebas que presentaron —Sabine soltó una leve risita—, y hemos confirmado la simulación de operaciones. Debo decir que advertimos un pequeño riesgo en algunos de los fundamentos legales de la resolución original. Sería difícil defenderlo, pero creo que lo podemos llegar a controlar, tal y como te lo había comentado —resolvió, mientras lo observaba, lo que generó que Ballesteros asintiera pues ya había recordado el tema.

—No podemos perder ese caso, sobre todo por las implicaciones que puede tener con el proceso penal que le estamos siguiendo al cómplice del gobernador. Es un caso primordial para el señor presidente. Son peces gordos que no podemos dejar escapar —dijo Ballesteros, llevándose la mano a la barbilla.

—No te preocupes, recuerda que tenemos el plan B en contra del socio y además estamos integrando un expediente penal de defraudación fiscal a nombre del dueño de la firma de abogados de Monterrey, que están llevando el caso del socio del gobernador. Para nuestra suerte, tiene bastantes esqueletos en el clóset. De una u otra forma los vamos a atrapar —dijo Sabine, tratando de poner cara de mala, lo cual sólo consiguió hacerla ver más adorable.

—Me parece bien, hay que seguir muy de cerca ese caso —dijo Ballesteros—. Joaquín, ¿tú también andas cocinando algo?, ¿es correcto?

Joaquín aclaró su garganta y dijo:

—Es correcto, doctor. Como dijo Sabine, el dueño de la firma de abogados no era ninguna perita en dulce. Tenía muy escondidito un fuerte adeudo fiscal que nunca pagó y menos garantizó. Es evidente que alguien le estaba echando la mano. Pero ya le estamos preparando un operativo para irle a cobrar. El muy desdichado, vive en una pequeña choza —soltó una sonrisa sarcástica—, no le van a volver a quedar ganas de incumplirle al fisco —dijo, tratando de parecer un tipo duro pero por su aspecto generó el efecto contrario.

—¡Bien! Bien, eso me gusta —respondió Ballesteros frotándose las manos mientras dirigía su mirada a Matías López Dueñas, quien estaba sentado en pose solemne, luciendo un traje que se le ajustaba a la perfección, y valiéndose de su porte caballeril para lanzar una mirada discreta a Sabine—. ¿Cómo va el tema de las aduanas, Matías? Pude ver en tu informe que te encontraste con un desorden y un nido de corrupción.

—Nada que no hayamos podido controlar, Gregorio —contestó con presunción—. Gracias a los buenos elementos que contraté en las aduanas y a los contactos que tengo en varias corporaciones policiacas, pudimos barrer la basura y frenar en seco a todos aquellos que quisieron dar algo de batalla. Ya sólo tengo algunos pendientes con la aduana de ciudad Juárez y tengo que hacer algunos ajustes en el aeropuerto de la Ciudad de México. Estamos por publicar las nuevas Reglas de Comercio Exterior que pondrán a temblar a los fayuqueros y a los que importan vehículos de manera ilegal. Ya les mandé el mensaje de que con el licenciado Matías López Dueñas no se juega. Al buen entendedor, pocas palabras. Pero, en general, puedo decir que vamos bastante bien —dijo con la prepotencia que se podía permitir una persona con tan alto cargo.

La reunión de los altos mandos del SAT se alargó durante casi todo el día. Se analizaron detalles que resultaban importantes para que el plan de Ballesteros tuviera éxito. Se tomaron varias decisiones importantes y se definió el plan de ataque que llevarían a cabo en contra de los evasores fiscales. Lo que más pareció complacer a Ballesteros fueron los acuerdos que tomaron para lograr una recaudación de impuestos más efectiva y expedita, sin tener que llevar a cabo los largos y tediosos procedimientos de auditoría, que además eran desgastantes y daban pocos resultados. Contaban ya con la herramienta perfecta, algo que en otras administraciones fue desaprovechado por completo. Los cuatro administradores estamparon sus firmas en el documento final, al que denominaron "Ponte al corriente en tus obligaciones fiscales". Diana había propuesto otro nombre, que estaba más apegado a la realidad de lo que implicaría ese plan, sin embargo, Ballesteros lo descartó de inmediato, por no ser tan amigable. Una vez firmado el documento, el presidente del SAT le dio una rápida lectura y estampó la firma que le dio plena validez y lo convirtió en normatividad interna de observancia obligatoria para el SAT. Llamó a su secretaria y le pidió que lo turnara al área correspondiente para su divulgación en toda la dependencia y para su puesta en marcha de manera inmediata. La reunión general terminó. Ballesteros le pidió a Sabine Colombo que se quedara, pues necesitaba darle a conocer los detalles de un importantísimo proyecto que le sería encomendado.

— CAPÍTULO 13 —

Durante los meses siguientes, las auditorias fiscales se incrementaron como en ningún otro sexenio. Las notas periodísticas señalaban con sarcasmo que estaba cayendo una tormenta de auditorías sobre los contribuyentes. Los contadores y abogados fiscalistas no se daban abasto con tanto trabajo. Cualquier omisión o comportamiento atípico en el pago de impuestos era detectado con precisión por un sofisticado programa de inteligencia artificial adquirido en anteriores administraciones, al que nunca se le había sacado todo su potencial más que para alardear de él por haber costado miles de millones de pesos, y colocar a México como el cuarto país —después de Estados Unidos, Reino Unido y Alemania— en tener algo parecido para ser más eficientes desde el punto de vista recaudatorio. Ballesteros se había dado cuenta de su potencial y decidió sacarle todo el provecho posible. Era un algoritmo capaz de realizar sofisticados cálculos y cruces de información de manera rápida y precisa, para determinar con una precisión impresionante los impuestos omitidos por cada contribuyente, valiéndose de la nutrida base de datos que le proporcionaba la digitalización casi total de la economía.

Gran ventaja daba el que ahora la facturación y contabilidad se llevaban de manera digital. Las leyes bancarias y financieras, además de las reglamentaciones para evitar el blanqueo de capitales, obligaban a cualquier institución de crédito, incluyendo casas de bolsas, aseguradoras, centros cambiarios y tiendas departamentales, a reportar cualquier operación financiera al SAT a través de la Unidad de Investigación Financiera (UIF). Ni siquiera las aerolíneas se salvaban, pues debían reportar santo y seña de cualquier boleto de avión que vendieran. Para el algoritmo, los candidatos favoritos para el reclamo de impuestos omitidos de manera presuntiva eran aquellos viajeros frecuentes y aquellos que pagaban todo con tarjetas de crédito. El algoritmo lanzaba una alerta de discrepancia fiscal cuando alguien gastaba más de lo que declaraba al fisco, dando como resultado que la diferencia era considerada una omisión de impuestos. Nadie puede gastar lo que no tiene. Así de sencillo.

Con tan sólo presionar un botón, Ballesteros ahora tenía el conocimiento de la situación fiscal de cualquiera. Ese tipo de información otorgaba poder y el presidente del SAT ahora era su portador. Debía cuidar con celo que no cayera en las manos equivocadas, ni se le diera un mal uso. No hay que abusar del poder. Cierta contradicción existía en lo anterior, pues Ballesteros había expresado un malestar sobre algo que a su parecer lo maniataba para poder llevar a cabo su plan recaudatorio. Resultaba ser que el SAT dependía en gran medida del visto bueno de la UIF para la toma de ciertas decisiones, dependencia que estaba obligada a proteger el secreto bancario y por ende la seguridad de sus usuarios, sobre todo en lo relativo al congelamiento de cuentas bancarias, que por lo general sólo se autorizaba en investigaciones que estuvieran relacionadas con el lavado de dinero, el financiamiento al crimen organizado y en los procesos penales en curso por defraudación fiscal. También se permitía disponer de los fondos de cuentas bancarias, pero sólo cuando el adeudo fiscal había quedado firme, listo para cobrarse, lo cual sólo era posible una vez que los largos procedimientos de auditoría y los siempre presentes juicios fiscales, con sus respectivas chicaneadas y artimañas dilatorias, hubieren concluido. Para cuando ello pasaba, el fisco se encontraba con cuentas bancarias tan desoladas como una casa abandonada.

Por esa razón Ballesteros le había expresado al presidente la necesidad de que el SAT contara con mayores facultades para llevar a cabo el congelamiento de cuentas bancarias en casos no sólo de créditos firmes o defraudación fiscal, sino de incumplimientos en el pago de impuestos. En otras palabras, lo que en realidad deseaba era tener la facultad de cobrarse a lo chino.

»—¿Por qué si tenemos todos los elementos para saber que una persona le debe impuestos al país y esa persona tiene dinero en sus cuentas bancarias, no puede el fisco cobrarse de ahí? ¿Por qué darle todo el tiempo del mundo a ese deudor para que vacíe sus cuentas o lo saque del país? —había dicho Diana Rendón en una acalorada entrevista radiofónica que había tenido con Paco Iturriaga, quien, con sarcasmo, le había replicado:

»—Caray, licenciada Rendón, ¿es que acaso usted no ha oído hablar de algo que se llama "debido proceso legal"?

»—Usted no me está escuchando bien, por eso dije que si se tenían todos los datos y elementos suficientes —contrarreplicó Diana con tono enérgico.

»—¡Válgame!, entonces lo que usted pretende es que desaparezcan los juicios fiscales para que el SAT pueda cobrar más rápido, ¡caray! —dijo esto último con un suspiro de "no doy crédito de lo que me está diciendo usted".

Diana Rendón, sin perder la compostura ante la altanería de Iturriaga, cuya intención era exhibirla ante su audiencia, meditó un poco su respuesta, dio un leve respiro y contestó:

»—En lo absoluto, nosotros siempre respetaremos el derecho de los contribuyentes a acudir a juicio a defender sus derechos y en caso de que ganen, el SAT de manera inmediata les restituiría cualquier dinero que se hubiera tomado de sus cuentas bancarias, incluso con actualizaciones.

Iturriaga soltó una gran carcajada aderezada con bastante sorna. A Diana no le quedó otra más que tragarse el coraje.

Conforme avanzaba la gestión de Ballesteros al frente del SAT, se intensificaba lo que se consideraba por todos como una guerra fiscal dirigida en contra de los defraudadores fiscales. Ballesteros atacaba de manera frontal y sin tregua. El SAT trabajaba a marchas forzadas y sin descanso. Los primeros en la mira eran las empresas con ingresos multimillonarios, sin importar su giro, pues ahí era donde mayor fuga de impuestos había. Lanzó un bombardeo masivo de procedimientos para declarar la simulación de operaciones en contra de empresas fantasmas y personas sospechosas de emitir facturas que amparaban operaciones falsas para generar deducciones millonarias de impuestos. Ese frente se peleó a través de operativos que se llevaron a nivel nacional para desmantelar grandes firmas de contadores y asesores financieros que, dentro de su cartera de servicios, ofrecían planeación fiscal por debajo del agua a través del uso de empresas factureras. Eran grandes grupos que, según el dicho de Ballesteros, tenían décadas operando con total impunidad. Se caracterizaban por estar ubicados en modernas torres corporativas en las zonas más exclusivas de la Ciudad de México. El modus operandi que utilizó el SAT fue el mismo con el que pusieron fin al reinado de Valtierra: operativos sorpresa con el uso de la fuerza pública en su máxima expresión, valiéndose de elementos de la policía federal y ministerial, y del decomiso de computadoras y expedientes por considerarlos como parte del *corpus delicti* o cuerpo del delito. Por supuesto, no podía faltar la presencia de los medios de comunicación, quienes llegaban en el momento justo, argumentando que una fuente anónima les había pasado un tip, siendo que se suponía que esos operativos eran confidenciales. «Ellos se encargarían de mostrar a todo el país las acciones que el gobierno estaba llevando en contra de la corrupción», según había declarado de manera reciente el presidente Lúevano Alvelais para tratar de aminorar las quejas. Hubo un caso en que se llegó al extremo de usar un helicóptero en un operativo que se realizó en una torre ejecutiva ubicada en Polanco, en donde varios elementos de la policía federal habían descendido en el helipuerto de dicha torre, como si se tratara de una película de acción.

En los operativos de mayor trascendencia, se apersonaba Ballesteros con su *entourage* para supervisar las acciones, dar su parte informativo y aprovechar la presencia de los medios para mandar un mensaje a todos los contribuyentes, invitándolos a mantenerse al corriente en el cumplimiento de sus obligaciones fiscales. Se estaba convirtiendo en toda una celebridad. Hubo gran crítica por parte de algunos medios de comunicación, en específico de parte de Paco Iturriaga, quien argumentaba que los operativos resultaban muy costosos para el erario y que en realidad no eran necesarios, máxime que a través de juicios de amparo terminaban siendo declarados inconstitucionales. «Imagínese usted lo que implica organizar la movilización de tantos elementos; es más que evidente que Gregorio Ballesteros, lo único que busca, es intimidar a la ciudadanía», según había comentado en su espacio informativo.

El área de comunicación social del SAT hizo un trabajo magistral para difundir, con bombo y platillo, todas estas acciones y operativos que se estaban llevando a cabo. En las redes sociales, sobre todo en Facebook, cientos de miles de usuarios apoyaban y aplaudían las acciones del SAT. «Este gobierno sí que va a poner en orden a todos los empresarios que no pagaban impuestos»; «El presidente ROLA no es como los otros presidentes corruptos, amafiados con los defraudadores del fisco»; «Yo apoyo al 100% al SAT, ¡A pagar, rateros!»; «Con Ballesteros, se acabó la época del no pago de impuestos».

Gracias a estos operativos se empezaron a girar órdenes de aprehensión por defraudación fiscal a diestra y siniestra. Los abogados fiscalistas y penalistas se vieron beneficiados por este fenómeno que, bajo el lema de que con la libertad personal no se podía escatimar, podían darse el lujo de cobrar jugosos honorarios. En el lado de las aduanas, López Dueñas presionaba con grandes decomisos de mercancía y también turnó una gran cantidad de expedientes a asuntos penales por el delito de contrabando. Por el lado de la recaudación de impuestos, el administrador Joaquín Marín presionaba fuerte a través de embargos sobre deudas fiscales no pagadas ni garantizadas. Se embargaron cientos de inmuebles, vehículos, mercancías, joyería, intervención de negociaciones, maquinaria y todo aquello que fuera embargable. Los depósitos fiscales estaban abarrotados. Dentro de todas estas batallas fiscales, hubo un caso de embargo que causó gran revuelo en todo el país por lo vistoso del operativo y por el lugar en donde se llevó a cabo. Fue en una residencia de lujo ubicada dentro de uno de los fraccionamientos más exclusivos de América Latina. El inmueble era propiedad de un acaudalado abogado, dueño de una importante firma legal en la ciudad de Monterrey, quien estaba dentro de la mira del SAT.

Gracias al uso del algoritmo, se pudieron generar amplios listados de candidatos a ser auditados por parte del SAT a nivel nacional, y es aquí donde entraba en juego parte del plan de Ballesteros. Para tratar de obviar la auditoria, se aprovecharía el efecto disuasivo que los operativos estaban generando entre los contribuyentes, que más que otra cosa, era temor a que les cayera el SAT. Parte del plan consistía en extender de manera masiva algo que el SAT denominaba: "Amables invitaciones fiscales", un documento informal personalizado, fuera de cualquier procedimiento, en donde, según la redacción plasmada: "…se les invitaba a ponerse al corriente en sus obligaciones fiscales, dado que de la base de datos con la que contaban, se habían detectado algunas inconsistencias que era necesario corregir, por lo que se les instaba a acudir a las oficinas más cercanas a su domicilio fiscal o a comunicarse a un número 800…".

El plan empezó a dar bastantes buenos resultados, pues una gran cantidad de contribuyentes, a lo largo de todo el país, se acercaron de manera voluntaria a ver cuáles eran las inconsistencias fiscales que se les habían detectado; una vez entablado el contacto, el funcionario del SAT en turno, junto con un auditor, de la manera más amable posible, le mostraba al contribuyente cuáles eran los "números" que les arrojaba el sistema y con una frase sacramental, que no era otra cosa más que un burdo guion, le decían: «Créame que no hay nada mejor que estar al corriente con el fisco, si paga estas diferencias de impuestos no sólo no pagará multas, sino que evitará auditorías. Además, podrá participar dentro de las rifas fiscales que estaremos organizando; igual y usted es uno de los afortunados. No deje que un adeudo fiscal se le venga encima como una avalancha». Listo, con esta frase se estaban ahorrando meses e incluso años de tediosas auditorías. Era casi como un hechizo que hizo que empezaran a caer abundantes monedas en la caja del fisco.

Algunos analistas políticos y periodistas, entre ellos Iturriaga, cuestionaban lo que ellos consideraban como un actuar demasiado agresivo por parte de Ballesteros, a quien acusaban de no hacer distinción alguna entre contribuyentes cumplidos e incumplidos, de tratar a todos como criminales, de aprovechar el poder del SAT para presionar a los contribuyentes a través de la intimidación. «Una guerra en donde agarraron parejo y están pagando justos por pecadores», argumentó Iturriaga. Gregorio Ballesteros argumentó que lo único que estaba haciendo era apegarse al plan-normatividad que habían aprobado, cuya principal finalidad era invitar a los contribuyentes a ponerse al corriente de manera voluntaria, nada más. Los que anduvieran bien, no tenían nada de qué preocuparse.

— **CAPÍTULO 14** —

Eran las once de la mañana de un jueves de principios del mes de septiembre del 2019. A pesar de que se suponía que ya para esas fechas el clima tendría que empezarse a poner más agradable, más fresco, ese día estaba haciendo un calor infernal. Nada extraño de los climas extremosos de Chihuahua, en donde en un mismo día se podían hacer presentes todos los fenómenos meteorológicos posibles: como el frío extremo por la noche, la nieve por la mañana, el sol y el calor al medio día, las ráfagas de viento por la tarde y el cielo despejado por la noche. Así de extremo podía ser el clima en la ciudad de Chihuahua, y así de extrema era la resaca con la que cargaba Luciano Almonte quien, en cuanto llegó a su despacho, se encerró en su oficina. Le había pedido a su secretaria un café bien cargado y un par de alka seltzers. Por ningún motivo se le debía interrumpir. Cualquier reunión, cita, llamada o diligencia, estaba cancelada ese día. «No entiendo por qué me dejé sonsacar por ese cabrón de Rivera, se suponía que nomás se trataba de una comida de negocios y un par de cervezas», se recriminaba a sí mismo. Se recostó en un pequeño sofá que se encontraba instalado en una esquina de su oficina, cerró los ojos y sintió que todo le daba vueltas aún. Nadaba en lagunas mentales. Repasaba la película. La memoria más reciente que tenía era la de haber despertado en la casa de Rivera, en una cama, enseguida de una mujer desnuda a quien pudo enfocar en cuanto su visión dejó de ser borrosa. En ese momento no tenía ni la menor idea de quién era; pensó en el clásico cliché ¿qué pasó anoche entre nosotros? Observó su reloj y vio que eran las seis con quince de la mañana. Como pudo se levantó, se vistió, se dirigió a la cocina a buscar algo para paliar la sed y para quitarse esa sensación de boca pastosa. Ni pista de Rivera. Ni ganas de encontrarlo. Botellas de vino regadas por todos lados, así como de cerveza, al igual que remanentes de comida sobre la mesa. Todo le dio asco. Abrió el refrigerador de Rivera, dueño de la casa, con la esperanza de encontrar un clamato o cualquier cosa que se le asemejara. No encontró ni madres, «no había ni una jodida coca cola», pensó con enojo. Sólo un desabrido jugo de naranja, lo cual en esos momentos hizo que se le revolviera el estómago. Se tuvo que conformar con una botella de agua. Como pudo, llegó a su casa y mal durmió un par de horas, para luego bañarse e irse al despacho pues tenía bastante trabajo pendiente. No se podía tomar el día libre.

Recostado en el sofá de su oficina, empezó a armar el rompecabezas de recuerdos de la noche anterior. La identidad de la mujer desnuda y el recuerdo aún fragmentado del agradable encuentro que tuvieron en la víspera apareció en su mente. Una de las amiguitas de Rivera. Tenía una sonrisa en el rostro, que se vio interrumpida cuando el teléfono de su oficina empezó a timbrar sin cesar. A pesar de que el sonido le taladraba los oídos, decidió ignorarlo. En cuanto el sonido cesó, se volvió a relajar. Se puso iracundo cuando empezaron a tocar la puerta de su oficina de manera apresurada:

—¡Licenciado! Abra la puerta, es urgente —dijo Imelda, su asistente.

Se levantó a regañadientes.

—¡Casi tumba la puerta, caray! Adelante, pásele —dijo mientras se acomodaba en su silla.

—Licenciado, perdón, sé que me dijo que no lo interrumpiera, pero lo están buscando de la empresa Arco Sistemas de Riego Agroindustriales. Me dicen que lo han estado tratando de localizar en su teléfono celular, pero que los manda a buzón.

Tomó su celular con preocupación, no vio ninguna llamada perdida. Sintió alivio. Se dio cuenta de que le estaban llamando al *otro* teléfono. Lo tomó, observó la pantalla y arrugando el ceño se dio cuenta de que estaba descargado.

—¿Qué problema tienen? —preguntó de mala gana.

Con cara de preocupación y de manera tajante, Imelda contestó:

—Tienen al SAT en sus oficinas. Son varios auditores y al parecer están con mala actitud. Les urge hablar con usted. La noticia despabiló por completo a Luciano, quien sintió que el corazón se le aceleraba. De seguro era taquicardia causada por la resaca. Se quedó meditabundo por unos instantes y le pidió a Imelda que lo comunicara cuanto antes con el contador de la empresa y que le hablara también a Julio Velasco.

Unos minutos después sonó su teléfono de escritorio y tomó la llamada. En ese momento se asomó Julio en la puerta sin saber si entrar o no. Luciano le hizo una seña para que lo hiciera y se sentara frente a su escritorio. Puso el altavoz.

—Te he estado marcando como loco, Luciano, ¿por qué demonios no contestabas? Estás bueno para un apuro —reclamó José "Pepe" Villa, administrador de la empresa.

—No te me aceleres Pepe, se me descargó el celular. A ver, ¿cómo está la cosa? ¿Qué pasó?   —Pues nomás nos cayó el SAT; vienen a iniciarnos una visita domiciliaria. Son cuatro auditores. También viene con ellos un chilango. Es de la central de auditoría. Nos van a revisar dos ejercicios fiscales y nos están pidiendo que les entreguemos hasta las perlas de la virgen. Por lo pronto, no les voy a entregar ni madres, me voy a esperar hasta que me mandes a alguien de tu gente.

—Ni se te vaya a ocurrir hacer esa pendejada, Pepe. No se te vaya a ocurrir ponérteles a las patadas. Recuerda el protocolo que siempre hemos platicado para cuando se presente uno de estos casos. Tú, relajado, proporciónales todo lo que te pidan y dales todas las facilidades, ¿me entiendes? Recuerda que no hay nada que esconder, ¿correcto? ¿Presentaste todas las declaraciones de impuestos, en tiempo?

—¡Por supuesto! Así se hizo y no les quedamos a deber nada. No entiendo cuál puede ser la bronca.

Luciano sí se imaginaba cuál podría ser el motivo. Estaba siguiendo muy de cerca los operativos fiscales puestos en marcha por parte del SAT, ya le habían pasado algunos pitazos. Era cuestión de tiempo, pues la empresa tenía cuatro años consecutivos teniendo ingresos multimillonarios derivados de su actividad principal: la venta e instalación de sistemas de riego agrícola a gran escala, con presencia en varios Estados del norte. Pero, así como recibía, también pagaba impuestos muy elevados al fisco. A pesar de ello, era de las empresas candidatas del SAT a ser auditadas.

—Entonces, ¿aquí te espero o vas a mandar a Julio? —preguntó Pepe.

Luciano se quedó pensativo, observando a Julio.

—Mira Pepe, creo que por lo pronto es mejor no hacer tanto alboroto. No es conveniente llamar la atención y más si son varios auditores, incluyendo a un central. Les puede parecer raro ver a tantos abogados. Mejor atiéndelos tú, actúa lo más normal posible, como debe ser. Entrégales todo lo que te pidan.

—No la friegues Luciano, no me dejes solo. ¿Qué tal si se me salen las cosas de control? —dijo Pepe, preocupado y con un tinte de reclamo.

—¿Y por qué habrían de salirse las cosas de control? Todo está en orden; ¿qué no? —preguntó Luciano con tono enérgico.

—Pues sí, pero ya sabes que me pongo muy nervioso —dijo con resignación.

—Ahí está. En cuanto terminen de levantar las actas, me las escaneas de inmediato para analizarlas y ver qué procede.

Pepe accedió —aunque no de buena gana— y terminaron la llamada. Luciano y Julio se observaron por algunos segundos con una pincelada de reticencia reflejada en sus rostros, pues a pesar de que en apariencia todo debía estar en orden, una auditoría fiscal en las actuales condiciones era motivo de preocupación, más cuando revisaban más de un ejercicio y gente de ciudad de México estaba supervisando las cosas.

—¿Qué piensas, Luciano?

—Espero que sólo se trate de una revisión de rutina. Ojalá que a Pepe y a su equipo de contadores no se les haya pasado algún detalle —respondió Luciano apretando los labios.

—¿A qué crees que se deba la presencia del central?

—Espero que sea pura faramalla, parte de la política mediática de intimidación que traen los de SAT. Vamos a esperar a ver las actas que levanten hoy —hizo una breve pausa mientras tamborileaba los dedos sobre el escritorio—. No nos queda más que esperar —Julio asintió—. Cambiando de tema, ¿qué noticia me traes del tribunal? ¿Qué pudiste averiguar?

—La próxima semana sesionan y resuelven. El secretario que trae el caso es muy buen amigo mío. El proyecto de sentencia venía bien y uno de los magistrados lo vio con buenos ojos. Las pruebas y los argumentos que hicimos valer fueron contundentes. No hay forma de que nos den palo —señaló Julio con una gran sonrisa.

—Esperemos que así sea, mi estimado —dijo dando un pequeño manotazo sobre su escritorio—. Ya han calentado mucho ese asunto. Me urge ya tener esa sentencia y terminar con este asunto que tanto dolor de cabeza nos ha causado —respiró hondo.

—La próxima semana Luciano, la próxima semana —sonrió Julio.

Ambos abogados se quedaron un buen rato analizando y poniéndose al corriente sobre varios temas del día a día. El que más destacó fue el relato de la sonsacada que había sufrido en la víspera por parte de Fausto Rivera, gerente de la agencia BMW en la ciudad de Chihuahua, quien además de cliente de Luciano era alguien con el que había entablado una excelente relación. Fausto era un cuarentón y recién divorciado, al igual que Luciano. La reciente soltería de Fausto le estaba dando un segundo aire, y éste aprovechaba para darle vuelo a la hilacha. Le gustaba alardear de que ahora podía hacer todas las cosas que le estaban prohibidas durante el matrimonio. Le encantaba reventarse como universitario y enganchar veinteañeras que estuvieran en busca de sugar daddies. Fausto estaba dispuesto a darles regalos caros a cambio de un muy buen rato. La vida comienza después de los cuarenta, rezaba un adagio. Tenía varias cosas que lo alentaban a ello: su abultado sueldo como gerente, sus jugosas comisiones por la venta de vehículos premier, su relación con la gente de la "alta sociedad" y el reciente estreno de su residencia en una zona exclusiva de la ciudad. Por su parte, Luciano ya había tenido suficiente de pachangas de alto nivel, eso fue en otros tiempos, cuando era otro y otras las circunstancias. Había pagado las consecuencias de ello. Esa parte de su vida ya la quería dejar atrás, no era bueno coquetear con viejos demonios. Aceptó a regañadientes reunirse con Rivera, sólo por consideración a la importancia que le representaba a su pequeño despacho, la agencia BMW como cliente.

«Algo tranqui», le había dicho Rivera al invitarle unos drinks para agradecer y celebrar un reciente triunfo legal obtenido por Luciano a favor de la empresa. Como buen vendedor que era, aprovecharía para poner en práctica sus recientes conocimientos en neuromarketing para, ahora sí, convencerlo de que cambiara su anacrónico Mercedes C 180 2010 por el nuevo BMW Serie 7 del año, que le parecía perfecto para él. Por supuesto que le ofrecía el mejor precio, las mejores condiciones de pago, servicios incluidos y garantía extendida sin costo adicional.

—Ya deshazte de ese mugrero, das pena, ¡güey! espantas a las morras y a los clientes —le decía en tono burlón—. Increíble que un abogado de tu calibre se comporte como un abogado de cuarta. —El horno no está para bollos, tengo que pagar pensión y viejas deudas, mi estimado —era siempre la repuesta de Luciano.

Aquello de drinks tranqui, terminó en una larga borrachera que inició en un conocido restaurante de la ciudad y terminó en la casa de Rivera.

Luciano observó su reloj, eran casi las dos de la tarde.

—¿Cómo andas de pendientes? —le preguntó a Julio—. Vamos, te invito a comer unos mariscos para terminar de recuperarme —le dijo y salieron de su oficina—. Imelda, el licenciado y yo vamos a salir. Cualquier llamada me la transfiere por favor.

Ella asintió y dijo:

—Claro que sí licenciado. ¡No olvide cargar su celular por favor! No quiero andar batallando para localizarlo —le dijo entrecerrando los ojos dando un aspecto de tía regañona.

Luciano le sonrió, aceptando el consejo disfrazado de regaño, pues había confianza entre ellos. Su relación laboral se remontaba desde los tiempos en que Luciano era parte de uno de los consorcios legales más grandes de México. A ella le tocó conocer su meteórico ascenso dentro del mundo legal, así como su caída en el abismo. Como fiel asistente, lo había salvado de varias situaciones escabrosas, incluyendo una en la que libró la cárcel por un centímetro, gracias al increíble nivel de organización, diligencia y cuidado que ponía en sus labores. Si no hubiera sido por que guardó constancias de gran trascendencia legal en el proceso que se siguió en contra de Luciano, otra hubiera sido su historia. Cuando se desintegró el consorcio y Luciano inició su pequeña práctica profesional, a la única que rescató de su anterior equipo fue a Imelda Ibáñez, una cincuentona de complexión petit y aspecto bonachón, pero con un carácter de los mil demonios cuando la hacían perder la paciencia. Era buena para decir verdades, y no porque fuera mala persona, sino porque así se lo dictaba su carácter norteño. Lo que importaba es que tenía la experiencia y capacidad necesaria.

CAPÍTULO 15

El despacho de Luciano se identificaba como Actiolegal. De nombre sencillo, poco presuntuoso, se encontraba establecido en unos disimulados locales comerciales de una sola planta, ubicados sobre la avenida Carbonel de la tradicional colonia San Felipe. Estaba en medio de dos locales. Al costado derecho, había una tienda de computadoras y servicios informáticos, dirigida por un peculiar ingeniero en sistemas que parecía salido de una película de eruditos informáticos de los años ochenta. Luciano acudía a él con frecuencia debido a las tribulaciones técnicas que suelen aquejar a las oficinas, sobre todo a las malditas impresoras que suelen hacer de las suyas en tiempo de urgencias legales. Se había convertido en su jefe informático de facto y les aplicaba descuentos por ser clientes frecuentes, o más bien, sus únicos clientes durante la gran mayoría del año. De no haber sido por Luciano, el negocio de computadoras se hubiera ido de manera estrepitosa a la quiebra. Al costado izquierdo se encontraba la típica tienda de regalos, globos y arreglos florales. No eran el tipo de comercios que uno esperaría encontrar al lado de un despacho de abogados.

El despacho apenas contaba con el espacio suficiente para una pequeña recepción ocupada por Imelda. La pobre mujer tenía que soportar a la odiosa máquina copiadora como compañera de espacio. Había dos oficinas de buen tamaño que eran ocupadas por Luciano y Julio. En un pequeño espacio, estaba instalada la abogada de batalla, a quien le tocaba lidiar con la burocracia de los tribunales y dependencias gubernamentales. También contaban con una diminuta sala de juntas en donde por lo general se instalaban algunos de los pasantes que en ocasiones los ayudaban. Para justificar la carencia de una sala de juntas, Luciano solía decir en tono sarcástico que sólo servían para perder el tiempo.

Actiolegal estaba integrado por Luciano, Julio, Imelda y Antonia Luján, mejor conocida como Toñita, una abogada con aspecto de luchadora, descrita así por su estatura y su aspecto rudo, capaz de someter a cualquier bravucón con su sola mirada. Tenía treinta y cinco años y gran experiencia para lidiar con situaciones difíciles, sobre todo de alto estrés, pues le tocó trabajar como actuaria notificadora en un juzgado civil y familiar. Vivió en carne propia situaciones de complejidad legal nada envidiables, como desalojos violentos en juicios de desahucio, audiencias en divorcios contenciosos en donde hasta los sartenes tenían participación; depósito de personas en casos de violencia familiar, custodias de menores de edad y demás casos no aptos para los de blando corazón. Llamaba la atención que no tenían publicidad del despacho, sólo contaban con una página web vacua y un perfil de Facebook con información bastante parca, escueta y desactualizada. Las escasas fotos publicadas no correspondían a la realidad. Era la típica fotografía publicitaria que uno encontraría en revistas de *socialité* mostrando apuestos profesionistas, muy atareados revisando documentación de alta trascendencia en una lujosa sala de juntas de una torre ejecutiva y a punto de tomar decisiones para cambiar el mundo. Cualquier especialista en marketing digital, los pondría de ejemplo en cómo ahuyentar clientes.

A Luciano Almonte le gustaba guardar un muy bajo perfil, no tenía redes sociales, evitaba en la medida de lo posible asistir a restaurantes lujosos y de moda, así como a bares y demás escaparates sociales, salvo que algún cliente o amigo insistiera en invitarlo, como Rivera, por ejemplo. A sus cuarenta y siete años, el estilo de vida que había llevado diez años antes, así como los problemas que le tocó sortear —incluyendo un matrimonio turbulento y un divorcio complicado, aguerrido, que aún suscitaba pequeñas escaramuzas por pensiones alimenticias y custodias legales de sus tres hijos: Jimena de nueve, Roberto de catorce y José Joaquín de dieciséis—, habían dejado en él ciertos estragos, como una lacerante úlcera péptica y un disimulado envejecimiento prematuro. Algunas canas abundantes se camuflaban en su ondulado cabello castaño claro. Leves arrugas se asomaban en su frente de tez pálida, al igual que un crecimiento de barriga por malos hábitos alimenticios que, por su mediana estatura, lo hacían verse un poco rechoncho. Nada quedó de su otrora esbelta figura y discreta musculatura adquirida cuando iba al gimnasio casi de manera religiosa, más que nada por su afición a ligarse esculturales mujeres. «¿Qué te pasó? Te ves bien jodido», le habían dicho con sorna algunos de sus amigos del pasado cuando se los llegaba a topar. Pero su nuevo aspecto no le caía del todo mal; había en él un toque de sobriedad y sabiduría. Vestía de manera discreta: jeans, camisa de vestir y zapato casual. Sólo usaba traje y corbata en casos especiales. Además, vestir de traje en los veranos de Chihuahua era una locura, el equivalente a meterse a un congelador en traje de baño. Sólo lo hacían los fantoches, los que buscaban apantallar, esa era su nueva forma de pensar. Lo sabía por experiencia propia; nada bueno trae la adulación. Fue dueño de varios vehículos de lujo, el último que conservó fue su Mercedes C 180 modelo 2010 color "gris ejecutivo", anticuado y pasado de moda para cualquier abogado de alto perfil. «Como te ven te tratan», lema de marketing de las firmas del Olimpo. Hasta ahí se había detenido el tiempo, su época de despilfarro.

Quienes lo conocían le daban el mote de anacoreta legal, era como si hubiere ingresado en una especie de retiro social. Otros llegaron a decir que parecía como si se estuviera escondiendo de algo. No siempre había sido así, hubo circunstancias que lo orillaron a ello. Luciano era egresado de la carrera de Derecho por la prestigiosa Ibero. Hizo una maestría en la Universidad de Georgetown en Estados Unidos y gracias a su gran inteligencia y astucia legal se había convertido es una especie de rockstar del derecho. Se casó con una hermosa mujer de la alta sociedad de Chihuahua. Tuvieron una boda de ensueño al estilo Televisa y una luna de miel en donde recorrieron Europa durante un mes. Su vida cambió por completo cuando ingresó al consorcio. De ahí, el estrellato legal fue total. Con ello vinieron dinero, viajes, fiestas, borracheras, mujeres, infidelidades. Derivado de los excesos y malas decisiones de negocios que involucraban a políticos y otros clientes de dudosa reputación, se vino una época turbulenta y los problemas cayeron encima como en el juego del efecto dominó hasta que su estilo de vida se convirtió en un tsunami que arrasó con todo. Un escandaloso fraude y severos problemas fiscales destruyeron al consorcio. Algunos socios terminaron en la cárcel, otros huyeron del país. Sólo su astucia legal, su inteligencia e Imelda, lo habían salvado del desastre.

Julio Velasco, el único socio de Luciano, era un abogado de cuarenta años, egresado de la Universidad Autónoma de Chihuahua, de aspecto apacible y amable y gigantón, pues medía casi el metro noventa. En su época de estudiante, fue jugador de baloncesto. Trabajó durante varios años dentro del área de Servicios Periciales y Ciencias Forenses de la fiscalía del Estado de Chihuahua. Aprovechó una beca que les dieron a los empleados de esa área para hacer una maestría en Criminalística. Lo único que sacó de provecho de ese trabajo. Como en todos los cambios de administraciones, cuando llegó el nuevo fiscal del Estado, se hizo un barrido generalizado en el que se encontraba incluido Julio. De nada le sirvieron sus años de experiencia y conocimientos en el puesto, pues de un día a otro se encontraba en la calle con la mirada perdida buscando el *ahora-qué*, con su caja de cartón llena de recuerdos laborales de su paso por la fiscalía, siendo reemplazado por la recién egresada sobrina de una íntima amiga de la esposa del fiscal. Compadrazgo mata currículum. Tiempo atrás había conocido a Luciano, con quien había formado una buena relación derivada de un caso que le tocó tramitar ante la fiscalía. Ambos se habían entendido bien. Y por azares del destino, si se le quiere ver de esa manera, cuando ambos se encontraban saliendo de los escombros de su ruina laboral y Luciano apenas iniciaba Actiolegal, se encontró a Julio en un Oxxo, intercambiaron los típicos saludos, y terminaron tomándose un par de cervezas, contándose sus respectivos andares por la vida y fue ahí donde Luciano decidió invitarlo a su proyecto.

— CAPÍTULO 16 —

A primera hora de la mañana del día siguiente, Luciano y Julio se encontraban en el despacho revisando las actas de auditoría que el SAT le había entregado a la empresa Arco Sistemas de Riego Agroindustriales. En llamada previa con Luciano, Pepe Villa se quejó con amargura acerca de los abusos y de lo que él sintió como amenazas por parte de los auditores del SAT. Se sentía víctima de vejaciones. Por su carácter nervioso, tendía a exagerar las cosas. Luciano se limitaba a escucharlo como un buen confesor, ya lo conocía. Pero al llegar a la parte de las observaciones plasmadas por los auditores, advirtió con preocupación que, en esta ocasión, las exageraciones de Pepe no eran infundadas. Resultaba ser que el SAT le cuestionaba la validez de una gran variedad de préstamos que había recibido la empresa, bajo el argumento de que los contratos no estaban certificados ante notario el mismo día en que fueron firmados por cada una de las partes, requisito no sólo ridículo, sino fuera de ley. Sin embargo, esa frívola observación traería como consecuencia que, a esos préstamos recibidos, se les considerara como ingresos no declarados. Las consecuencias fiscales de ello eran desoladoras, color rojo carmesí con fuerte tinte penal. Para agregar más sal a la herida, les estaban rechazando unas aportaciones al capital de la empresa, pues el SAT consideraba que éstas debían constar en actas de asambleas corporativas ordinarias y no en extraordinarias, como "erróneamente" lo había hecho la empresa. A pesar de que Pepe Villa les mostró a los auditores los estatutos de la sociedad, en donde se establecía con claridad absoluta que la forma correcta era como lo hizo la empresa, el auditor central sacó un as —de manera ilegal— de la manga, al argumentar que los estatutos estaban viciados y que tendrían que invalidarlos, así sin más. Hubo otras observaciones y exigencias que, al juntarlas, presagiaban un millonario adeudo fiscal.

—¡Son unos pinches abusones! Nos quieren joder a la mala y sin ningún sustento. Saben muy bien que estamos al cien en todo. Quieren valerse de cualquier detallito para chingarnos. Es un robo en despoblado —se quejaba con expresión enardecida Pepe Villa, que estaba al otro lado de la línea con Luciano, sudando del coraje, con la vena de la frente saltada, como si se hubiera comido un chile habanero—. ¿Cómo ves Luciano? Esto amerita que nos quejemos ante la PRODECON por la actitud tan arbitraria de estos desgraciados. Como veo las cosas, no nos va a quedar de otra, más que irnos a juicio, en donde les podemos partir su madre, por abusones. No se van a salir con la suya.

Luciano se quedó pensativo, no le gustaba para nada la agresividad con la que había iniciado el SAT la auditoría. Por la forma en que se estaban dando los acontecimientos en el país, ese comportamiento podría traer dedicatoria especial y podían ser varios los motivos. El primero y más evidente: los altos ingresos de la empresa. Era una presa fácil para fincarle un fuertísimo adeudo fiscal por supuestas omisiones fiscales. Ya había mostrado el SAT sus cartas: coacción con afán recaudatorio. El segundo, es que quisieran buscar algo más allá de los ingresos. Esto último no le gustaba en lo absoluto a Luciano. Una auditoría a una empresa tan grande podía alargarse durante más de un año, en donde los auditores del SAT se plantarían en la empresa e irían y vendrían como Juan por su casa. No convenía. Ante la evidente mordacidad fiscal que estaba empezando a imperar en el país, por más que estuvieran las cosas en orden, no se irían con las manos vacías. Un fuerte adeudo fiscal significaba una fuerte garantía para evitar embargos. Por ahí presionarían, además del escarnio público a la que pudiera ser sometida la empresa. Por si fuera poco, llevar el asunto ante los tribunales se antojaba arriesgado, pues la empresa hasta la fecha llevaba un récord impecable de cero batallas legales. Aunque tuvieran todas las de ganar en juicio, en ocasiones había batallas que era conveniente mejor no pelear. Acudir a la PRODECON, dependencia defensora de los contribuyentes ante los abusos fiscales, sería inútil, pues la nueva administración los empezaba a ver ya como un estorbo, como el patito feo de la Hacienda Pública, incluso corrían rumores que decían que al presidente le estaban aconsejando desaparecerla por corrupta, por estar coludida con contribuyentes corruptos. Luciano había tomado su decisión.

—Mira Pepe, me da mala espina el camino que pueda llegar a tomar esta auditoría. Ya en el pasado he visto muchas descarrilarse con malos resultados. Creo que lo mejor que podemos hacer es, aunque te duela con toda el alma y el bolsillo, allanarnos a esas observaciones. Ni hablar, si el tigre quiere más carne hay que dársela, so pena de ser despedazados. Hay que buscar un arreglo. Mándame a mi correo un cálculo del monto que se tendría que pagar para que la empresa se autocorrija.

—Pero ¡¿cómo chingados?! ¡¿Por qué?! ¡Ni madres, no estoy de acuerdo! —vociferaba y refunfuñaba Pepe, azotando el puño sobre su escritorio—. Esto nos va a dar un fuerte descalabro financiero para el cierre del ejercicio. ¡No estoy de acuerdo! —volvió a decir, mientras daba vueltas por toda su oficina, derramando bilis.

—No eres tú quien debe estar de acuerdo —dijo Luciano con tono críptico.

Pepe se llevó los dedos al puente de la nariz, renegó un poco, hasta que emitió un suspiro de resignación.

—¿Y crees que te avalen la decisión? —preguntó.

Luciano se la pensó.

—Creo que existe un noventa y nueve por ciento de probabilidad de que coincidan conmigo. En cuanto tenga la confirmación, te aviso de inmediato.

Con eso concluyeron la llamada. Luciano se quedó meditabundo por unos instantes en su escritorio, estaba estructurando en su mente las palabras que tendría que exponer para que la explicación fuera lo más clara y concisa posible. Le pidió a Julio que lo dejara a solas. La luz verde no dependía de él, ya que sólo le tocaba proponer y otros eran los que daban el «va» o «no va», según la opinión concienzuda que a él le tocaba dar. Tomó su otro celular, lo observó, se puso nervioso, siempre le pasaba lo mismo, el sentimiento era parecido al que se tiene cuando uno es joven y se quiere llamar por primera vez a la persona que le gusta para invitarla a salir; ese sentimiento de no sé qué en el estómago. Ese otro celular siempre lo ponía nervioso, sobre todo cuando recibía llamadas. Odiaba su atemporalidad. Tenía que contestarlas de inmediato. Cuidado con que por algún descuido se le pasara alguna llamada. Con una sola vez tuvo para entender a qué nivel de encabronamiento podían caer los del otro lado de la línea cuando no les contestaban. Que ni se le ocurriera llegar a perder el otro celular, eso ya sería otra historia. Se podía decir que estaba esclavizado a él. No podía quejarse: así era el jale, así le tocó. Aclaró un poco su garganta, manipuló la pantalla hasta dar con el ícono de marcación e hizo click. A los pocos segundos obtuvo respuesta, nada de saludos, directo al grano. Expuso el tema de manera magistral.

—Ok, queda claro. Te regresamos la llamada con la decisión —dijeron al otro lado de la línea.

Terminó la llamada, puso el celular sobre su escritorio, entrelazó los dedos de ambas manos y se dispuso a esperar a que le regresaran la llamada. En el inter no podía hacer otra cosa, pues simplemente le resultaba imposible: los fantasmas de la ansiedad e incertidumbre se lo impedían. La llamada era lo más importante. Era otro de los aspectos que le desagradaba por completo de esas malditas llamadas, tener que esperar. ¿Cuánto tiempo? No lo sabía, pero en su experiencia, lo máximo que tardaban en llamarlo era entre treinta y cuarenta y cinco minutos. De pronto, su concentración fue interrumpida por Imelda, quien entró a su oficina sin tocar la puerta.

—Licenciado, me pidió que le recordara acerca de…

Luciano la paró en seco.

—En estos momentos no puedo, Imelda, estoy esperando la llamada.

Ella lo comprendió de inmediato y se retiró. Estaban por pasar quince minutos, cuando sonó el teléfono. Cuando contestó la voz del otro lado de la línea dijo:

—Va.

— CAPÍTULO 17 —

La noticia le cayó como una bomba a Gregorio Ballesteros. Era el primer gran revés sufrido desde que tomó posesión en el cargo. Hasta la fecha, nadie lo había visto tan enojado, casi colérico, parecía otra persona, y a las primeras que les tocó conocer esa faceta inédita fueron a Diana Rendón y Sabine Colombo, quienes le dieron la noticia. A Agustín Valtierra y don Eusebio Neumann se les concedió un amparo para ser puestos en libertad de inmediato. Los procesos penales por lavado de dinero estaban a punto de derrumbarse como si fueran castillos de naipes por culpa de tecnicismos legales jugados con gran habilidad por sus abogados, expertos en navegar entre lagunas legales. Como los procesos penales por defraudación fiscal no eran considerados delitos graves en la actual legislación, con una módica fianza los señores pasarían los procesos en sus casas con gran comodidad hasta que se les dictara sentencia. Contrataron a los mejores abogados fiscalistas del país, considerados leyendas urbanas. Con toda seguridad arrasarían en la batalla fiscal como si fueran bárbaros saqueando Roma. Era cierto que los procedimientos fiscales de Ballesteros habían crecido como una gigantesca torre, pero también lo fue el hecho de que los juicios fiscales y amparos que promovieron los contribuyentes la derrumbaron como un mal jugado jenga. El criterio sostenido en la mayoría de las sentencias era coincidente y contundente: violaciones al debido proceso y garantía de seguridad jurídica. Los planes y expectativas del presidente del SAT comenzaban a tambalearse.

Gregorio Ballesteros azotó su escritorio con los puños. Entonces, con el rostro encendido, apretando las quijadas y con las venas del cuello sobresaltadas dijo:

—Pero ¡¿qué diablos me están diciendo?!

Se levantó de su silla, arrebató los informes que le extendieron y los observó y hojeó por unos instantes. Los ojos se le encendieron, apretaba los labios, comenzando a temblar del coraje y arrugando los documentos hasta despedazarlos y lanzarlos contra el piso. Igual suerte corrieron todos aquellos documentos, objetos e incluso la laptop que estaba sobre su escritorio, cuando con un barrido de manos acabaron en el suelo. Diana y Sabine dieron un paso atrás, se pusieron pálidas, sintieron miedo al ver el comportamiento de Ballesteros, que ahora parecía una versión moderna de Mr. Hyde. Temían que en cualquier momento ese desconocido se les abalanzara para estrujarlas o cachetearlas.

—¡¿Cómo pudo pasar esto?! ¡Con los mil demonios! ¡¿Qué carajos están haciendo?! ¡¿Qué clase de incompetentes son?! ¡Les dije que estos casos eran prioritarios! ¡Éstos en particular! —Gregorio exigía una explicación a gritos, manoteaba. Ni siquiera Diana, que era considerada la más ruda, la más entrona, se atrevió a contestar. Sólo se limitó a bajar la mirada. La estafeta correspondía a Sabine al ser la titular de la administración jurídica. Ella era la máxima autoridad en lo que tocaba a juicios fiscales. Por su tono de piel, la palidez que tenía encima la hacía parecer como una geisha. Volteó a ver a Diana, como pidiendo apoyo, pero ésta se limitó a agachar aún más la mirada, como diciendo «a mí ni me voltees a ver». Sabine no podía articular palabra alguna—. ¡Contesten! ¡Con una chingada! —soltó Ballesteros, con un grito en llamas.

—Hicimos todo lo que estuvo a nuestro alcance y lo que la propia ley nos permitió. Estuvimos también encima de los jueces —dijo por fin Sabine, con voz entrecortada y atropellada.

—Pues al parecer no fue suficiente.

—Acuérdate que el expediente por lavado de dinero no lo integramos nosotros. Fue responsabilidad de la UIF. Nosotros les dimos todos los elementos para que armaran bien la investigación pero, una de dos: o les tembló la mano a la hora de presentar la denuncia, o les llegaron al precio —contestó Sabine.

Gregorio se llevó las manos a la nuca, cerró los ojos y respiró hondo.

—Esos imbéciles de la UIF están llenos de puros pendejos y mediocres. Además, su titular es un pinche corrupto. Ya se lo he dicho al presidente, pero no sé por qué insiste en hacerse de la vista gorda. Tampoco me quiere autorizar mayores facultades. ¡Así está cabrón! Me tiene atado de las manos.

—En los casos de defraudación fiscal se las van a ver negras, ahí sí están muy bien amarrados los expedientes, no tienen para donde hacerse, están acorralados. Además, los créditos fiscales que les determinamos son multimillonarios; no van a tener forma de pagarlos —intervino Diana, ahora sí haciendo gala de su porte envalentonado.

—Discúlpame que te lo diga, pero eso y nada ¡es lo mismo!

—No coincido contigo, Gregorio. Para cuando les dicten sentencia dentro del proceso penal por defraudación fiscal, ahora sí irán directo a la cárcel.

Se escuchó una fuerte carcajada burlona por parte de Gregorio.

—No seas ilusa, Diana, me sorprendes. ¿Has escuchado hablar de la figura del resarcimiento del perjuicio fiscal al Estado? La ley permite a los imputados pagar el perjuicio fiscal sufrido por la Hacienda Pública en una sola exhibición, y en ese momento tenemos la obligación de desistirnos de la acción penal. Llegado el momento de la sentencia, para Neumann y Valtierra pagar varios millones de pesos será cosa de nada. Para acabarla de chingar, ahora los demandados podríamos terminar siendo nosotros por responsabilidad patrimonial y abuso de autoridad. Ya me imagino sus declaraciones frente a la prensa, voy a ser el hazmerreír de todos. ¡Con una chingada! —en un nuevo arranque de furia, tomó su silla y la lanzó a un extremo de su oficina, estrellándose ésta contra un librero y varios adornos. El ruido fue ensordecedor.

De inmediato entró la secretaría de Ballesteros para ver qué estaba pasando y con cara de los mil sustos preguntó:

—Doctor, ¿se encuentra bien?

—¡Lárgate! ¡¿Por qué demonios entras si nadie te llamó?! —vociferó, lo cual hizo que la pobre mujer saliera corriendo despavorida como un venado asustado al escuchar la detonación de un rifle. Ballesteros se asomaba por el ventanal de su oficina, contemplaba el horizonte lleno de rascacielos, se frotaba las cienes—. Con estas leyes tan laxas que tenemos nuestras metas recaudatorias serán difíciles de cumplir.

Sabine se le acercó y le puso la mano sobre el hombro.

—Ya tranquilízate, aún no hemos sido derrotados, todavía tenemos forma de ponerles piedras en el camino.

Gregorio levantó la vista y la observó. Diana tampoco se quiso quedar atrás en el pequeño momento de adulación al jefe y le dijo:

—Así es Gregorio, aún tenemos muchas armas. Sí tú me lo ordenas, mañana mismo les iniciamos una auditoría con un fuerte operativo. Yo misma me encargo de entregarles la orden.

Gregorio sonrió y dijo:

—No, Diana —hizo una breve pausa—. No les vas a iniciar una auditoría. Les vas a iniciar tres, cuatro o todas las auditorías que se puedan. Quiero que al cabrón de Neumann no sólo le audites todas sus empresas, sino también vas a llamar a cuentas fiscales a sus familiares, empezando con su esposa, hijos, hermanos y primos, de ser necesario. Quiero que les mandes a tus mejores auditores y los ahogues en requerimientos. Oblígalos a demostrarte hasta el último centavo. Al desgraciado ese de Valtierra le tengo reservada una muy buena, no se la va a acabar. Ahora sí van a sentir todo el peso del Estado; no les va a quedar otra más que pagar y pagar muy caro.

Diana soltó una carcajada y se sintió feliz de ver que su jefe no se iba a dejar derrotar tan fácil y que le estaba dando carta abierta para dejar ir todo el peso del fisco en contra de Neumann y Valtierra.

Ballesteros tomó una bocanada de aire y entrecerró un poco los ojos, tratando de tranquilizarse.

—Sabine, ¿tienes ya listo el proyecto definitivo en el que hemos trabajado? —preguntó después de unos segundos.

—Todo listo, ya está hasta empastado, tal como lo pediste —respondió Sabine con una sonrisa de oreja a oreja.

—Excelente —dijo, frotándose las manos—, mañana tengo cita con el señor presidente para presentarle la iniciativa de ley que le aconsejé. Le va a encantar —esbozó una sonrisa—. Fíjate que, viendo las cosas desde otro ángulo, la liberación de Neumann y Valtierra nos cae como anillo al dedo. Servirá para que el presidente vea la necesidad de darle el sí a nuestro proyecto. Si todo sale bien, esta misma semana se la presento a la presidenta de la Comisión de Hacienda en la Cámara de Diputados y de ahí para adelante.

Los tres sonrieron con algo de complicidad. El efecto Mr. Hyde había pasado y Gregorio volvía a ser el mismo de siempre, ese hombre tranquilo de aspecto erudito y sencillo que tanto había cautivado a todos por su austeridad. Como si nada hubiere pasado, le habló a su secretaria, quien entró con los nervios de punta, temiendo una fuerte reprimenda.

—Dígame, doctor —dijo con voz titubeante.

—Lupita, por favor dígale al licenciado Roberto Sáenz que venga de inmediato. Ah, y ahorita que me vaya a comer, que por favor limpien mi oficina —ordenó con gran amabilidad, como si se tratara de una limpieza de rutina.

Lupita observó desconcertada y asintió:

—Claro que sí, doctor.

Roberto llegó casi al instante a la oficina de Ballesteros.

—Pásale Robert, quiero hablar contigo. Toma asiento por favor —volteó a ver a Diana y a Sabine y les ordenó que los dejaran a solas. Cuando las mujeres salieron, Gregorio observó fijamente a Roberto—. Y bien, ¿ya me conseguiste lo que te pedí?

— CAPÍTULO 18 —

Dentro de las funciones de agente encubierto que estaba desempeñando Roberto por asignación de Ballesteros, éste le había pedido que le siguiera el rastro a una de las escorts favoritas de Valtierra. Una venezolana de piel morena con cuerpo de playmate, quien se identificaba con el nombre de Denisse Love. Sensación de Instagram, con cientos de miles de fervientes seguidores. Por las noches trabajaba en un exclusivo bar para caballeros de la ciudad de México. La finalidad era conseguir información que le permitiera averiguar la forma en que Valtierra contactaba a las bellas damas de compañía que utilizaba para amenizar los convites y bacanales que organizaba con esmero romano en honor de sus clientes más selectos. Estaba seguro de que encontraría algo con lo que podría hundir más a Valtierra y a su equipo. En un principio, cuando le planteó el tema, Roberto pensó que se trataba de una broma, algo así como una prueba a la que lo podría estar sometiendo Ballesteros, pero al ver que la cosa iba en serio, no le quedó más que preguntar con ingenuidad cómo haría él, un simple mortal, carente de todo indicio de galanura económica, para seducir a la Afrodita venezolana y obtener lo que le estaba pidiendo.

Ballesteros soltó una carcajada y le dio una palmada en el hombro.

—Qué pues mi Robert, hasta pareces nuevo. ¿Con qué ha de ser? Con la cabeza que tienes entre las piernas y con esto —le extendió un fajo de billetes en un sobre, que al contarlos sumaban trescientos mil pesos—. Son tu llave para obtener confesiones pasionales y los secretos más oscuros. ¡Nomás no me vayas a salir con que te enamoraste de la bella edecán! —Soltó una fuerte carcajada—. Considéralos como viáticos no sujetos a comprobación. Si llegaras a necesitar más, me avisas.

Durante algunos días Roberto pensó en la posibilidad de rechazar la encomienda de Ballesteros, sin embargo, llegó a la conclusión de que ello implicaría el fin de sus días en el SAT. Tenía muchos planes, no podía arriesgarse a quedarse sin empleo. Consideró que era más lo que tenía que ganar, que perder. ¿Qué tal si en un futuro ello le valiera para convertirse en la mano derecha del presidente del SAT? A Roberto no le quedaba de otra más que esconder su incomodidad en una fingida emoción. Para cualquier otro en su lugar, la petición hubiera significado un regalo divino. Es decir, a quien le dan pan que llore. Pero a Roberto no le cayó tan en gracia, pues le causó un escozor moral verse obligado a traicionar a su prometida, a quien, en sus casi cinco años de noviazgo, nunca le había sido infiel más que de pensamiento. No iba con su carácter; no es que fuera un fanático de la monogamia, pero sí le gustaba respetar sus compromisos, sobre todo porque estaba muy enamorado. Él era así y punto. Y a pesar de tratarse de una encomienda laboral ordenada desde el más alto nivel, no dejaba de sentirse fuera de lugar. «That's not on my job description», rezaba un adagio anglosajón. Tendría que meterse en ambientes que no estaba acostumbrado a frecuentar, preguntar por aquí y por allá, soltar billetes con individuos de baja calaña. Sacarle información a la escort de Valtierra no sería nada fácil, pues primero tendría que ganarse su confianza, lo cual no se daría en la primera cita. Para ser convincente, tendría que acudir en más de una ocasión y hacer uso de su mejor talante. ¿Qué pasaría si alguien sospechaba de él? ¿A qué venían tantas preguntas? Y sin embargo, los cuestionamiento que más le preocupaban eran: ¿Por qué no nos podemos ver hoy por la noche? ¿qué tienes que hacer que sea más importante? La coartada más trillada, pero a su vez más efectiva que se le vino a la cabeza, fue: «amor, se me vienen semanas muy pesadas en la oficina, voy a estar trabajando hasta tarde, no te voy a poder visitar».

Al cabo de algunos días, gracias al diligente desempeño de Roberto y a pesar de las barreras emocionales que enfrentó, su nueva incursión como agente encubierto del SAT dio resultados. Con la información que logró recopilar lograron determinar que la red de amiguitas de Valtierra se encontraba integrada por más de veinte mujeres, en su mayoría ucranianas, venezolanas y algunas colombianas. Las bellas mujeres habían ingresado de manera ilegal al país, algunas eran menores de edad y trabajaban en un table dance propiedad de un prestanombres de Valtierra quien, con el uso de sus influencias políticas, mantenía a raya a las autoridades competentes para que los dejaran operar sin mayores contratiempos. Justo lo que necesitaba Ballesteros para contraatacar. Prostitución y trata de personas serían las nuevas denuncias en contra de Agustín Valtierra. Después de una efusiva felicitación, Ballesteros premió a Roberto encargándole la titularidad del seguimiento a la denuncia penal anónima que se presentaría en contra de Valtierra.

—Coordínate con la licenciada Colombo para la integración del expediente. Nadie se puede enterar de que nosotros tuvimos algo que ver en esto, la denuncia debe ser anónima. No deberás tener la menor dificultad. Encárgate de ello —le ordenó Ballesteros.

Muy fácil para él decirlo, cuando quien hizo el trabajo sucio fue Roberto. Él fue quien se había metido en el fango.

«Cuando la bomba explote, yo seré el principal sospechoso», pensaba con escalofríos y con cierto disgusto.

— CAPÍTULO 19 —

La reunión con el presidente Lúevano Alvelais se había llevado a cabo a puerta cerrada en Palacio Nacional, en una palaciega sala de juntas que evocaba épocas virreinales. Era un miércoles de mediados de septiembre y en el encuentro habían estado presentes el propio presidente, el secretario de Hacienda, el titular de la UIF y Ballesteros. Se encontraban instalados en una elegante y alargada mesa de madera exótica. El presidente se encontraba sentado a la cabecera en la silla presidencial. La finalidad había sido presentar al máximo mandatario, una propuesta de reforma integral a las principales leyes fiscales, cosa que éste mismo le había encomendado a Ballesteros muy al inicio de su gestión frente al SAT. El presidente no era un gran conocedor de temas fiscales, así como de los mecanismos y tecnicismos que jugaban dentro de la política recaudatoria del país —incluso como él mismo lo había reconocido en más de una ocasión, dándole un matiz chusco, «en la única materia en donde siempre me sacaba ceros en mi época de estudiante, era en la de derecho fiscal», frase que siempre iba acompañaba de su característica risa—. Sin embargo, también reconocía que por eso se había rodeado de los mejores hombres. A Lúevano Alvelais lo único que le interesaba era combatir la corrupción y la impunidad a como diera lugar, además de recaudar lo más posible para tener recursos ilimitados para sus programas sociales. «Mira Gregorio, no me interesa cómo le hagas, pero diséñame una ley fuerte, que todo mundo respete y a la que no se le pueda dar la vuelta para pagar impuestos. El pueblo así lo exige», le había pedido con algo de vehemencia. La intención del presidente era buena y tenía que serlo, pues había sido su principal promesa de campaña: erradicar del país la corrupción, en la que se incluía la evasión fiscal de la que se aprovechaban todos los corruptos y empresarios gandallas de sexenios anteriores.

La reunión inició con un ambiente tenso, pues tanto el secretario de Hacienda, Adalberto Cos Guerrero, así como Ramiro Peralta, titular de la UIF, se quejaban con resentimiento por el hecho de que no se les hubiere consultado y pedido opinión acerca del proyecto de reforma fiscal que estaba presentando Ballesteros.

—Discúlpeme, señor presidente —carraspeó, enarcó una ceja y tomó la palabra Cos Guerrero, hombre en extremo institucional, con porte de actor de la época de oro del cine mexicano—, al ser yo el secretario de Hacienda, creo que el camino correcto era que primero se me hubiere presentado este proyecto a mí para revisarlo, discutirlo con mi equipo jurídico, hacer las modificaciones pertinentes y sólo entonces discutirlo con usted, no de la manera en cómo se está haciendo —dijo, lanzando una mirada llena de desdén hacia Ballesteros.

De entrada, se podía decir que tenía razón, pues dentro de la administración pública el secretario de Hacienda era cabeza de una secretaría de Estado y, a nivel jerárquico, el SAT estaba por debajo, al ser un órgano desconcentrado dependiente de la propia secretaría. Pero por cosas raras de la política mexicana, al presidente del SAT no lo elegía el secretario de Hacienda, sino que era elegido por el propio presidente de la República con la aprobación del senado, lo que de facto le daba un mismo rango. A Ballesteros el comentario del secretario le cayó como gancho al hígado, por lo que contuvo el coraje, apretó los labios y le lanzó una mirada fulminante. El presidente lo notó y trató de caldear los ánimos:

—No te me alebrestes Adalberto, así lo quise yo. El proyecto se lo encomendé de manera directa a Gregorio, sin intervención de nadie más.

La decisión del presidente no fue del todo espontánea, pues Ballesteros había manejado con habilidad sus piezas para persuadir al presidente sobre la conveniencia de que nadie más que él trabajara en la reforma. Sabía que si Cos Guerrero metía mano, pediría hacer cambios con la sola intención de pasarle por encima y restregarle su superioridad jerárquica. Su intervención lo único que lograría sería burocratizar el proyecto, postergarlo de forma indefinida y al final terminar en un conjunto de leyes blandengues, llenas de lagunas. «No es lo que necesita el país en estos momentos», le había dicho Ballesteros al presidente en su papel de hábil cortesano. Además, era fundamental dejar fuera de la jugada al secretario, pues lo veía como una forma de cobrarse viejas rencillas dentro de una evidente enemistad que existía entre ambos y que tenía su origen en el hecho de que, según algunos rumores que se manejaban en los callejones más oscuros de la política mexicana, quien se había pensado como opción para secretario de Hacienda al inicio del sexenio era el mismísimo Gregorio Ballesteros. Sin embargo, por grillas de partido y compromisos políticos más fuertes, fue desplazado por Adalberto Cos Guerrero, político de gran renombre en el país, varias veces diputado y senador, además de ser muy reconocido dentro del ámbito financiero internacional. Ballesteros era un personaje oscuro y desconocido dentro del mundo de la política. Nada tenía que hacer frente a una figura como Cos Guerrero, quien gozaba de un gran carisma, esencial para un político. El único impulso del que gozaba Ballesteros era una vieja amistad que tenía con el presidente que se remontaba a los años en que fueron compañeros de universidad. En su momento, llegó a pensar que la sencillez y bajo perfil, combinados con la gran inteligencia y preparación de su viejo conocido, alejado del clásico político presuntuoso, entonaría a la perfección con la imagen que le quería dar a su gobierno: una austeridad patriótica, en donde el pueblo se viera reflejado y se sintiera identificado con sus funcionarios. Su objetivo era borrar esa imagen del político encumbrado, inaccesible para el pueblo. Pero por el otro lado, sería mal visto designar como miembro del gabinete a un perfecto desconocido, según el consejo de los más cercanos colaboradores del presidente, manipulados tras bambalinas por el actual secretario, a quien, por alguna razón, Ballesteros no le generaba el menor ápice de confianza. La balanza terminó de inclinarse en su contra por un comentario que, según se dice, se manejó en los pasillos de la Casa Blanca, en donde veían con muy buenos ojos el que un hombre como Cos Guerrero quedara al frente de una secretaría con tanto peso. Por ese motivo, Ballesteros quedó fuera de la jugada y se fue a la banca. El presidente le había prometido que cuando los tiempos políticos fueran los indicados, lo integraría a su gobierno. Esperó hasta que la suerte le sonrió cuando fue llamado a sustituir a su antecesor dentro del SAT, quien tuvo que salir por el ya tan sonado escándalo de corrupción en que se vio envuelto. Algunos en el medio político decían con sorna que a Ballesteros le habían dado un premio de consolación.

La propuesta de Ballesteros consistía en adicionar y modificar diversos artículos del Código Fiscal, así como de otras leyes de naturaleza penal fiscal. De igual forma, planteaba hacer una reestructuración a la ley del SAT que le daría mayores facultades de fiscalización, o lo que era lo mismo, de actuación. De ser aprobada por el presidente, se enviaría al Congreso de la Unión a través de un decreto presidencial para su aprobación inmediata, aprovechando el hecho de que el partido del presidente tenía una mayoría aplastante en el poder legislativo. Cos Guerrero analizaba la propuesta, y a medida que avanzaba, su rostro mostraba una expresión como si estuviera leyendo una novela de Stephen King. Ramiro Peralta, titular de la UIF, también leía con detenimiento cuando se detuvo en una parte del documento que al parecer llamó su atención. Frunció el ceño. Señaló con el índice una parte del texto mientras lanzaba una mirada de reojo a Ballesteros, y con tono de reclamo mezclado con una pisca de altanería, alimentada por el hecho de que se sabía apoyado por Cos Guerrero, por su gran afinidad política, le soltó:

—Con que esas tenemos, eh, Gregorio. ¿Te quieres adjudicar la facultad de congelar cuentas bancarias a diestra y siniestra, sin tener que consultarlo conmigo? De entrada te digo que no estoy de acuerdo y que esta modificación en particular de ninguna manera va a pasar —la mueca burlona se acentuó más por la fisionomía de Peralta, quien era bajito de estatura, un poco regordete, de nariz pequeña y respingada y cejas pobladas, lo que a los ojos de Ballesteros lo hacía parecer como un comediante de pacotilla.

Ballesteros sintió que le hervía la sangre. Se acomodó en su silla, tomó un poco de aire, aclaró la garganta y soltó:

—Mira Ramiro, disculpa que sea yo quien te dé una dosis de realidad, pero en este asunto lo que tú opines o pienses no tiene validez alguna, o lo que es lo mismo, a nadie le importa. Como dice el refrán, en este entierro tú no tienes vela, así que mejor reserva tus opiniones para el Twitter. A ver si ahí, alguien te hace caso —soltó una carcajada.

Peralta peló los ojos, temblando del coraje. Lo único que lo contuvo de abalanzarse en contra de Ballesteros fueron dos motivos: el primero fue que de todos los ahí presentes, era el funcionario de menor rango y el segundo que no podía darse el lujo de hacer una escena en Palacio Nacional frente al señor presidente. El que se enoja, pierde.

El secretario de Hacienda lanzó con fuerza el documento sobre la mesa, su rostro expresaba desconcierto y enojo. Dejando atrás los formalismos, se dirigió al presidente por su nombre:

—Raymundo, tú sabes que siempre me he caracterizado por decirte las cosas de manera directa y sin tapujos cuando algo no me parece. Esta reforma es una verdadera aberración, de ninguna manera debe aprobarse en los términos en que está redactada. Te lo digo con toda sinceridad, es un acto de verdadero terrorismo fiscal hacia el sector empresarial, a quienes te vas a echar encima, sin mencionar a la clase media, que son los que más contribuyen. Reconozco que los índices de evasión fiscal en el país son elevados pero esto es demasiado. Le estás dando facultades casi omnímodas a este… tipejo —concluyó con una mirada despectiva a Ballesteros.

—Y entonces ¿qué propones Adalberto? ¿Tú cómo le harías para meter en cintura a los evasores fiscales? ¿Cómo le harías para acabar con la corrupción y aumentar la recaudación? ¿Cómo pondrías freno a los malos empresarios? —cuestionó el presidente.

—Pues en definitiva no de esta forma. Yo buscaría aplicar las leyes que tenemos con más rigor. Las leyes actuales son buenas, sólo hay que poner mayor atención en su aplicación; allegarse de funcionarios más eficientes. ¿Qué acaso por eso no fue el barrido masivo que hiciste en el SAT, para deshacerte de los malos elementos? —cuestionó de manera severa a Ballesteros.

—Tan buenas y eficientes son las leyes que mencionas que personajes como Eusebio Neumann y Agustín Valtierra hoy se encuentran en libertad, burlándose de todos los que sí pagan impuestos, y así como ellos, miles de evasores fiscales siguen aprovechándose de las ventajas de leyes que no tienen consecuencias —intervino Ballesteros, jugando de manera magistral la carta de los recién liberados.

—¡Eso se debe a tu incompetencia! —contraatacó Cos Guerrero, quien ya se disponía a seguir expresando su punto de vista cuando fue interrumpido de manera abrupta por el presidente.

—¡Basta de discusiones! ¡La reforma va y la última palabra la tengo yo! —dijo, levantando la voz y poniendo las manos sobre la mesa. Se hizo un silencio sepulcral—. Aunque esta reforma sea en apariencia dura y estricta, así debe ser. Como bien lo hace notar Gregorio, nuestras leyes fiscales siempre han estado amañadas a favor de los grandes capitales. Están hechas para beneficiar a los ricos y no a los pobres. Por años, los empresarios se han aprovechado de nuestras leyes blandengues. Es hora de que todos los evasores de impuestos empiecen a pagar lo que deben. No es justo que sea el pueblo, los de abajo, quienes siempre tengan que cargar con el peso de los impuestos, mientras que los que más tienen siempre se burlan de la ley, sin consecuencias.

—Discúlpame que te lo pregunte Raymundo, ¿pero ya la leíste? —preguntó Cos Guerrero.

—No necesito leerla, confío al cien por ciento en Gregorio y en lo que él diseñó. Es un jurista del más alto nivel, especialista en la materia. El deber del presidente es rodearse de los mejores para que las cosas que se les encomienda se hagan de forma impecable. Yo confío en ti con la venda en los ojos, para dirigir el destino financiero del país, y ¿acaso me pongo a leer todos tus proyectos? No, ¿verdad? Simplemente confío.

—Pero… no es lo mismo… en este caso…

—¡Suficiente! —interrumpió de manera enérgica el presidente—. No tiene caso seguir discutiendo por algo que no tiene vuelta de hoja —se levantó de su silla y con eso se acabó cualquier discusión, incluida la reunión.

Los disidentes supieron que era hora de callar. Ballesteros guardó sus palabras y puso expresión seria, a pesar de que el espaldarazo del presidente lo hizo entrar casi en un estado de gracia. No lo podía creer, había aplastado al señor secretario de Hacienda y a su bufón. «¿Quién está riendo al último?»

Si no fuera porque estaba en Palacio Nacional, Gregorio Ballesteros hubiera salido de la Sala de reuniones brincando y gritando. Ya sólo le restaba presentar a la Comisión de Hacienda de la Cámara de Diputados el proyecto que ahora se había convertido en un cuasi decreto presidencial. La reunión tendría lugar al día siguiente, a primera hora, en el recinto de San Lázaro y estarían presentes todos los integrantes que en total eran treinta y siete, incluida la presidenta y secretarios de dicha comisión. Esa reunión no debería representar mayor dificultad, pues el partido gobernante era mayoría, y si Lúevano Alvelais ya había dado el visto bueno no había mucho que discutir. Posteriormente, vendría su aprobación en el senado, lo cual sería un mero formalismo.

Ballesteros caminaba por uno de los grandes pasillos de Palacio Nacional. Se deleitaba por las decoraciones, observaba pinturas de héroes nacionales. En esos momentos, se sentía como uno de ellos. Se dirigía a la salida cuando fue interceptado por Cos Guerrero quien. con el rostro desencajado, le dijo:

—No cantes victoria, Gregorio, pues los de la Comisión van a rechazar tu proyecto y lo van a hacer añicos. De eso me encargo yo. Ni siquiera van a terminar de leer el primer párrafo cuando tu reforma ya se encuentre en el basurero de los proyectos legislativos. Para cuando te des cuenta, el presidente ya tendrá un nuevo proyecto, más acorde a la realidad.

—¿Te puedo hacer una pregunta, Adalberto? ¿Cómo andas en el pago de tus impuestos? Espero que no se te haya pasado declarar algún ingreso —respondió Ballesteros, sonriendo con los labios apretados para evitar reírse—. Ya no te quito más tu tiempo —dijo, y siguió su camino sin voltear atrás.

— CAPÍTULO 20 —

La cita en el palacio legislativo de San Lázaro para la presentación de lo que ahora era el decreto presidencial de reformas en materia fiscal estaba programada para las once de la mañana. Se esperaba que asistieran los treinta y seis diputados que integraban la Comisión de Hacienda de la Cámara de Diputados, más su presidenta, la diputada Ernestina Irigoyen. Gregorio Ballesteros decidió acudir sólo, sin su equipo. Pensó que mandaría un mejor mensaje político de esa forma. Austeridad ante todo. Por recomendación de Sabine Colombo, se compró un traje nuevo que consiguió en oferta en una tienda departamental muy socorrida por todos los burócratas. Lucía mejor que de costumbre, pues eligió un traje oscuro, pero no pudo evitar que la corbata no hiciera juego. Ballesteros estaba convencido de que para esas horas el desgraciado de Cos Guerrero ya habría movido sus influencias políticas en el Congreso para ponerlos en su contra. Por tal motivo, se preparó como si fuera a presentar una tesis doctoral. Preparó datos estadísticos, gráficas comparativas y proyecciones en cuanto a montos de recaudación. Llegó con veinte minutos de anticipación. Se anunció en la entrada de uno de los edificios en donde sería la reunión. Una joven edecán, con actitud amable y cordial le dio la bienvenida y le pidió que lo acompañara al Salón D, en donde se encontraba instalada una enorme mesa de trabajo que formaba una especie de U. En el centro de la figura se encontraba un moderno aparato que hacía las veces de proyector y estaba conectado a una gigantesca pantalla que les quedaría de frente. Sobre la mesa se habían puesto enormes manteles y se encontraba acondicionada como si ahí se fuera a llevar un banquete en lugar de una reunión de trabajo. Le sorprendió encontrarse con meseros vestidos de etiqueta dispuestos por todo el salón. Algunos terminaban de acomodar en los treinta y ocho lugares una fina vajilla de talavera. Otros iban y venían, acomodando los cubiertos, vasos y jarras de agua. Ballesteros era el primero en llegar y de inmediato identificó su asiento, pues cada lugar tenía una pequeña placa con el nombre de cada asistente. Le extrañó que a esa hora fueran a servir un banquete, pues era muy tarde para un desayuno y muy temprano para una comida. Se acomodó y sacó su laptop. De una pequeña maleta, sacó los juegos que contenían la propuesta de decreto de reforma. Le pidió de favor a uno de los meseros que los dejara en cada uno de los lugares. Por fin dieron las once en punto. Ni un alma, más que los meseros, quienes sólo miraban de reojo. Cuando volvió a observar su reloj, eran las once con diez minutos. Si había algo que detestaba era la impuntualidad. Trató de no perder la paciencia, pues los diputados por lo general no se caracterizaban por su puntualidad.

Por fin llegó la diputada Ernestina Irigoyen, acompañada de una joven diputada y un diputado, ambos integrantes de la comisión, ataviados con trajes y vestidos de diseñador exclusivo, como si estuvieran listos para un gran evento social, aunque para ellos todos los días era como asistir a un evento social. Se disculpó con Ballesteros por la tardanza atribuyéndolo al clásico «usted sabe cómo es esto de la agenda legislativa», acompañado de una risita muy amena. Aprovechó para hacer las presentaciones de rigor, pues no se conocían en persona, lanzándole una lisonja en la que se contenía lo mucho que había escuchado hablar de él y de sus grandes logros al frente del SAT. Ernestina era una simpática sonorense, a finales de sus cuarentas, bajita de estatura, y aún conservaba algo de la belleza de la que debió haber gozado en la plenitud de su juventud. Tenía el cabello negro y recogido con una cola de caballo. Su vestimenta era impecable, muy acorde a su edad. Desprendía una deliciosa fragancia a perfume de miles de euros, pues tenía una especial afición por los viajes a Europa. Ella había sido designada como presidenta de la Comisión de Hacienda, por sus supuestos conocimientos en materia fiscal, pues además de ser contadora pública, daba la materia de Contabilidad e Impuestos en una prestigiosa universidad de la Ciudad de México; claro, a través de su adjunta. Era integrante distinguida del Partido de la Renovación Nacional (PRENA), partido del presidente.

La diputada se había deshecho en pronunciamientos a favor de medidas más estrictas en contra de la planeación fiscal, sobre todo en contra de los famosos factureros. Apoyaba el discurso cada vez más populista de meter mano dura en contra del sector empresarial. Lo hacía más por adular al presidente que otra cosa, pues tenía grandes aspiraciones políticas. Los legisladores de oposición tachaban su discurso como hipócrita, pues se decía que en el despacho contable del cual era socia en su natal Sonora, su principal fuente de ingresos derivaba de la planeación fiscal.

Aprovechaba su influencia política para quitarse de encima a la competencia, decían algunos. Tomaron asiento, se sentó enseguida de él y de antemano se disculpó en nombre de varios de sus compañeros diputados que no podrían asistir a la reunión, pues les salieron asuntos urgentes que atender. «¿Más urgente que una reforma fiscal de gran trascendencia?», pensó Ballesteros, asombrado. Ernestina pidió que esperaran unos cuantos minutos más para permitir que llegaran los que se suponía que asistirían. Mientras tanto, llegó un chef, acompañado del jefe de meseros, quienes venían jalando algunos carritos que contenían los platillos que servirían de entrada. Los efluvios que empezaron a envolver el ambiente eran deliciosos, dignos de un restaurante de cinco estrellas. Les sirvieron café, panecillos y algunas entraditas para ir abriendo apetito. Les ofrecieron el menú *a la carte,* para ordenar lo que más les apeteciera. Aquel salón se había transformado en un improvisado restaurante de lujo. Ahí no escatimaban en gastos. Todo era cortesía de los contribuyentes.

Después de treinta minutos, sólo llegaron tres diputados más. La flamante diputada Ernestina Irigoyen se levantó de su silla para proponer un brindis en honor del doctor Gregorio Ballesteros y de su excelente gestión frente al SAT, seguida de una larga perorata que muy poco tenía que ver con el tema a tratar. El joven diputado que había llegado junto a Ernestina se presentó como Jaime Villaurrieta, legislador oriundo de la ciudad de Monterrey. No podía quedarse atrás, así que asumió un rol protagónico y atacó con otra perorata sobre sus logros legislativos descomunales, con un marcado acento de mirrey norteño. Era como estar viendo a un burdo imitador de Cicerón. Ballesteros lo observaba con descrédito, fingiendo un gran interés en lo que estaba diciendo. Cuando por fin se calló, Ernestina le pidió que iniciara con su exposición, no sin antes invitar a todos a degustar sus deliciosos platillos. «¿Era recomendable exponer un tema tan importante, mientras se tenía la boca llena? Bueno, así son las cosas en el ambiente político», reflexionó. Para empezar con su exposición, decidió utilizar su léxico más elevado y selecto. Tenía que lucirse para convencer. Habló a detalle de los puntos más importantes de la reforma. Explicó, como buen catedrático de universidad, diversas teorías en las que estaba basando las reformas propuestas. Los datos estadísticos y demás los reservaría para la sección de preguntas y respuestas. Los diputados que le estaban prestando atención lo observaban, pero sin dejar de saborear sus platillos. Eran dos los que desde el momento en que se sentaron, no despegaron sus presuntuosos rostros de las pantallas de sus celulares. Era probable que estuvieran trabajando en una iniciativa para regular los memes. Ballesteros deseó con toda el alma poder pedirles de la manera más respetuosa posible que, si no les interesaba el tema, por favor procedieran a largarse a la chingada. El diputado Villaurrieta lo observaba con gran atención, asintiendo como si estuviera entendiendo todo a la perfección, y por fin decidió interrumpirlo:

—Doctor, ¿te puedo hacer una pregunta?

Ballesteros asintió.

—Esta reforma que propones ¿permitirá sancionar con una multa fiscal a las agencias de carros que no emitan la factura de venta en tiempo? Te lo comento porque no te imaginas cómo me hacen batallar esos cabrones. Todavía es hora de que no me entregan la factura de mi nuevo Cadillac —dijo, encogiéndose de hombros.

La pregunta estuvo a punto de causar un corto circuito en el cerebro de Ballesteros. Eso era algo para lo que no estaba preparado, no por lo difícil, sino por su total impertinencia. En principio pensó que se trataba de una broma, pero observó en la expresión del legislador una honesta inquietud. Ballesteros pensó en la mejor respuesta que se podría dar a un político de esa calaña.

—Por supuesto que sí, diputado. Aquí ya se acabaron los privilegios, como lo ha venido señalando el señor presidente —contestó, haciendo un gesto de triunfo con el brazo.

—¡Eso está más que excelente doctor! —dijo con una carcajada.

—¡Bravo…! —dijeron los demás diputados.

Ballesteros siguió exponiendo por algunos minutos más. Y mientras tanto, llegó a dos conclusiones: nadie estaba entendiendo una palabra de lo que les estaba exponiendo y a nadie le interesaba en lo más mínimo. No tenía caso seguir perdiendo más el tiempo. Decidió irse directo a la etapa de preguntas y respuestas. Como podría esperarse, a todos les había quedado clarísimo el tema. No hubo preguntas. Ernestina le agradeció la exposición y pidió a todos los presentes que le dieran un aplauso, como si hubiera terminado de dar un curso motivacional. Dos fotógrafos oficiales del recinto de San Lázaro aparecieron.

—Volteen para aquí, ahora para acá —pedían los fotógrafos.

—Pues mira, Gregorio, ¿te puedo hablar de tú? Yo si tengo algunas dudas y, sobre todo, una preocupación —dijo Ernestina con semblante serio. Ballesteros frunció un poco el ceño y apretó con disimulo los labios. Se fueron a un lugar apartado en el salón, para tener algo de privacidad—. Ayer por la noche platiqué con el secretario de Hacienda y me expresó su inquietud por la reforma. Me dice que, a su parecer, resulta muy peligrosa, sobre todo para el sector empresarial. Otro tema que le preocupa tiene que ver con que, en su opinión, se te dotará de unas facultades que van más allá de la ley. Mira, conozco al secretario y en ocasiones tiende a exagerar mucho las cosas; sé además que el presidente te dio su voto de confianza en este tema, lo cual me tranquiliza bastante —dijo, haciendo una breve pausa para mirarlo a los ojos. Ballesteros prestaba atención—, por lo que te pregunto y quiero que me lo digas con toda sinceridad y honestidad: ¿Son fundados los motivos de preocupación que expresa el secretario?

Ballesteros se le acercó un poco y fijó su mirada en ella.

—En lo absoluto —respondió, de manera tajante—. Debo admitir que la reforma es estricta. Eso sí, pero es por una simple y sencilla razón: ahora sí habrá consecuencias legales para los que violenten las leyes fiscales. ¿Agresiva para el sector empresarial? Sí, pero sólo para aquellos que violenten la ley ¿Se dotará al SAT de facultades que van más allá de la ley? Eso es imposible. ¿Sabes por qué? —hizo una pausa y se llevó la mano a la barbilla tomando una pose reflexiva. Ernestina frunció un poco el ceño en señal de interrogación—. Es imposible que vaya más allá de la ley, pues… ¡esas facultades estarán establecidas *dentro* de la ley!

Ballesteros soltó una carcajada, la cual contagió de inmediato a Ernestina, quien era propensa a ello por su carácter tan simpático.

—¡Ay Gregorio!, me caes muy bien —dijo tomándolo del brazo, y aprovechando para coquetearle un poco.

Ballesteros le siguió el juego. Aprovechando el discurso político de cabecera de Ernestina en contra de la planeación fiscal y factureros, supo que era oportuno terminar de venderle por completo la idea.

—Como tú sabes, esta reforma está encaminada a castigar a los defraudadores fiscales, que se valen de la planeación fiscal, para dejar de pagar millones y millones de pesos de impuestos que podrían aplicarse en beneficio de la nación. Ernestina abrió los ojos, asintió con vehemencia y sonrió. Era el efecto deseado. Como todo buen político con aspiraciones de quedar bien con el partido en busca de escalar futuros peldaños, sabía que a una reforma de este tipo le podía sacar el máximo provecho. Todo era política y siempre era política al final de cuentas. Ballesteros lo sabía y quiso terminar de poner la cereza en el pastel—. Incluso, si así lo estimas conveniente, Ernestina, a la hora de que la presentes en tribuna, puedes atribuirte las partes más importantes de la reforma. ¿Qué te parece?

Por supuesto que la idea le fascinó, su rostro la delató por completo, no le quedó más que soltar una risilla y caer rendida a los pies de Ballesteros.

—¡Ay, Gregorio!, Está bien, dalo por hecho. Creo que no hay más que explicar, a todos no ha quedado muy claro. Lo que sigue es la votación y la aprobación, cosa de mero trámite.

— CAPÍTULO 21 —

Ballesteros se encontraba encerrado en su oficina. Le había pedido a su secretaría, Lupita, que no se le interrumpiera con asuntos fuera de su agenda. Nadie se daba cuenta cuando estaba dentro o fuera del edificio, lo cual de cierta manera generaba un efecto psicológico entre los empleados de no relajar para nada la disciplina, como pasaba en otras administraciones, cuando la entrada y salida del jefe por todos era conocida. Cuando el gato no está, los ratones hacen fiesta. Lo único que sabían es que Ballesteros llegaba temprano y se iba tarde, al menos eso era lo que quería que pensaran todos, cosa que consiguió al haber ordenado una modificación en el piso treinta y tres, que consistía en un pasillo privado que conectaba a un viejo ascensor de servicio que había mandado habilitar para su uso personal. Privacidad total. En cuanto llegó de San Lázaro solicitó la presencia de la licenciada Colombo. Sin embargo, ella se encontraba fuera de la oficina según le había comentado Lupita. A pesar de que Ballesteros estallaba de júbilo por su reciente logro, se mostraba serio y parco. A solas, en su oficina, observaba la pantalla de su computadora mientras repetía en voz baja una serie de palabras sin sentido. Una manía recién adquirida. Recibió a algunas personas para atender los típicos pendientes engorrosos de lo que se debe encargar el máximo jefe de una dependencia gubernamental: validación de esto, aprobación de aquello, no autorización de lo otro. Habló también con Roberto, con quien analizó los avances de la denuncia penal que interpondrían en contra de Valtierra. Una hora más tarde, Lupita le anunció la llegada de Sabine.

—Hágala pasar, por favor.

Como siempre, Sabine lucía despampanante. Traía puesto un vestido ejecutivo casual color azul marino que se ajustaba a la perfección con su figura moldeada por el ejercicio, acompañado con un cinto discreto, cuya única función era resaltar su delgada cintura. El perfume que usaba era seductor. El cabello suelto contrastaba con un maquillaje tenue, discreto. En cuanto entró se disculpó por la tardanza, atribuyéndola al maldito tráfico de la ciudad.

—Vengo de los tribunales colegiados. Estuve platicando con los magistrados acerca de varios amparos fiscales que nos urge que sean resueltos con la mayor imparcialidad posible. Entendieron muy bien el mensaje —soltó una mirada de complicidad—, pero cuéntame, ¿cómo te fue con los de la comisión? —preguntó, extendiendo con ligereza sus brazos y mostrándose expectante.

Ballesteros tomó el teléfono y pidió a Lupita que por nada del mundo se le fuera a ocurrir interrumpirlos. Se levantó de su lugar. Le resultó inútil seguir con el semblante serio. Esbozó una gran sonrisa, se encogió de hombros y abrió los brazos.

—Nuestro proyecto fue aprobado sin la menor objeción. Y, en realidad, era imposible que lo hicieran, pues no había nadie para hacerlo. De todos los diputados integrantes de la comisión, sólo asistieron seis —soltó una carcajada—. Es evidente que el tema no les importa en lo más mínimo.

Sabine se fue acercando con lentitud hasta donde estaba Ballesteros. Sonreía, pero no con cualquier tipo de sonrisa. Su mirada era penetrante. Extendió su delgado brazo y puso su mano sobre su mejilla con gran familiaridad. Después de hacerle una caricia, y sin dejarlo de mirar a los ojos, le dijo:

—Estoy muy orgullosa de ti, sabía que lo lograrías.

Ballesteros la tomó de la cintura y la acercó hacia sí con algo de violencia. Con la mano que tenía libre la tomó con delicadeza de la barbilla y le levantó el rostro.

—Esto fue un logro de ambos. Ahora sí, ya nadie podrá frenar nuestros planes —le dijo serio y con mirada penetrante.

Sabine no se contuvo y lo besó apasionadamente; él hizo lo mismo. Parecía como si el logro obtenido hubiera generado un efecto afrodisiaco sobre él. La tomó de las nalgas, le levantó el vestido, se la trepó, la puso sobre su escritorio, lanzó al suelo algunos papeles y carpetas que estaban encima. No dejaba de besarla; ella tampoco. Le lamía el cuello, jadeaba, jadeaban juntos. Sabine le desabrochó el cinturón con premura y le bajó los pantalones. Ballesteros le arrancó la tanga para penetrarla con total excitación. Ella gimió… lo tomó de la nuca… Baudelaire lo dijo: «El amor es un crimen que no puede realizarse sin cómplice».

— CAPÍTULO 22 —

Miércoles. El día tan esperado por Luciano. Se daría a conocer el resultado de la sentencia. Pasaban de las dos de la tarde, hora promedio en que se publicaban los listados de acuerdos y resoluciones del día en la página de internet del Tribunal Federal de Justicia Administrativa. Luciano estaba convencido de que ganarían ese juicio, no había razón para no hacerlo. Todos los argumentos los favorecían, pero también era consciente de que hasta no ver, no creer. Tenían buena relación con uno de los tres magistrados que resolverían, mismo que, con discreción, les había dejado ver que la sentencia venía en sentido favorable. Una semana antes, Julio había acudido a la Sala Regional del Tribunal, instalada en una casona vieja con arquitectura de la época del Porfiriato, ubicada en la colonia Zarco, de las más antiguas de la ciudad, para realizar la clásica litigada de oídas con los secretarios y magistrados. La última pequeña labor de convencimiento.

Luciano se encontraba en esos momentos con Rómulo Chávez, su jefe informático de facto, quien le estaba instalando las últimas actualizaciones en su computadora. Rómulo era de ese tipo de personas que a todo el mundo caen bien. Recién había cumplido treinta años, graduado un par de años atrás como ingeniero en tecnologías de la información, era fanático de los videojuegos y el ciberespacio. Tenía el cabello largo, la barba de guerrero medieval y la vestimenta de heavy metalero. Estaba en contra del sistema y del adoctrinamiento de las masas. Luciano siempre se quejaba de estar peleado con la tecnología, pero sabía que aquel que no estuviera al corriente en esos temas estaba condenado a convertirse en un analfabeta de los tiempos modernos. En Rómulo encontró una excelente fuente de información. Era su sensei tecnológico, decía bromeando. Le había enseñado algunos trucos para hackers principiantes y hasta lo había adentrado en el tema de las criptomonedas, de las cuales Rómulo era un aficionado, casi al punto del fanatismo. Decía que gracias al trading de criptos se haría multimillonario en poco tiempo.

—Nomás me falta más dinero para invertir —decía entre risas—. Lástima que entré demasiado tarde a este business. De haberlo sabido antes, hoy sería dueño de mi propia isla, viviría en una mansión y me comportaría como un sultán —le había dicho a Luciano, a quien en un principio le parecía todo ello una exageración—. No lo es, ¿sabías tú que un bitcoin en el 2011 promediaba alrededor de los treinta y un dólares?

—¿Y cuánto vale hoy? —había preguntado Luciano.

—Más de cien veces ese valor. Y se prevé que en un futuro pueda llegar a valer hasta un millón de dólares —Luciano se mostraba escéptico, entrecerrando los ojos.

Rómulo le daba disertaciones a Luciano de cómo en muy poco tiempo el bitcoin y otras criptomonedas sustituirían al dinero tradicional y derrumbarían las antiguas estructuras financieras. Le predecía cómo los días de la reserva federal y los bancos centrales estaban contados. Ese día estaba emocionado pues los mercados de criptomonedas tuvieron una buena racha y había obtenido buenas ganancias.

Estaban muy entrados en el tema cuando Julio los interrumpió.

—¡Ya están las publicaciones! —le expresó con emoción—. Pásale y siéntate —lo apresuró.

—Seguimos en contacto, mi buen —dijo Rómulo y se retiró.

Luciano empezó a mover el mouse de la computadora con desesperación, como si con ello fuera a lograr que los resultados aparecieran de inmediato en la pantalla. Tecleó el número del expediente en la casilla correspondiente, y posicionó el puntero sobre el ícono de búsqueda. Mostraban algo de tensión, nerviosismo. A ambos les latía con rapidez el corazón, sobre todo a Luciano que sentía como si se le fuera a salir. El internet tardó un poco en desplegar los resultados. Movió el ratón y por fin aparecieron en la pantalla todos los datos del expediente del juicio, acomodados en varias filas y columnas.

—Vete hasta la parte de abajo —apresuró Julio.

Luciano acomodó la pantalla de tal forma que ambos pudieran observarla. Buscaban el recuadro que decía: "Sentido de la resolución", que era donde se ponían los puntos resolutivos de la sentencia. Al verlo, ambos quedaron petrificados, fríos. Si aquello hubiera sido una competencia para ver quién se ponía más pálido, ambos habrían quedado empatados. El recuadro señalaba: "Sentido de la resolución: la parte actora no probó su acción. Se confirma la resolución". En pocas palabras: Se había perdido. Luciano y Julio estaban boquiabiertos, ambos tenían la misma expresión, fruncían el ceño.

—Esto está mal, debe tratarse de un error —dijo Luciano.

—¿Estás seguro de que pusiste bien el número de expediente? ¿No te habrás equivocado? — preguntó Julio, titubeante.

—Sí, pues aquí está el nombre de la empresa y los demás datos —decía Luciano mientras movía de arriba para abajo la página de internet, tratando de buscar con frenesí algo que debería estar desplegado en la pantalla: el verdadero sentido de la resolución.

Lo que debería decir el recuadro era: "La parte actora probó su acción. Se declara la nulidad lisa y llana de la resolución". Eso no era lo que estaban esperando, no tenía ningún sentido. Se volvieron a posicionar donde mismo. El resultado no cambiaba. Buscó el recuadro donde se capturaba el sentido de los votos de los tres magistrados. "Aprobado por unanimidad". Ningún voto en contra, lo cual habría dejado ver la opinión del magistrado que apoyaba el proyecto favorable, según lo había expresado.

—¡Cómo chingados! ¡Esto no tiene sentido! —dijo Julio alzando la voz con expresión de incredulidad total—. ¡El secretario me aseguró que había pasado el proyecto de sentencia favorable! —Tomó su celular para llamarlo, pues era buen amigo suyo, pero éste no le contestó.

Luciano estaba pálido, empezó a sudar, se llevó la mano a la frente.

—Esto no puede ser, debe tratarse de un error. Tal vez capturaron mal los datos —como si fuera una maldición, continuaba leyendo en la pantalla el sentido de la resolución: "La parte actora no probó su acción. Se confirma la resolución". Era imposible haber perdido ese juicio. Tenían todas las de ganar, las violaciones cometidas por el SAT en el procedimiento fiscal eran evidentes. El secretario y el magistrado les habían dado la razón, entre dientes. Qué explicación les daría a los directivos de la empresa. Él les había asegurado que el problema fiscal terminaría en esta etapa. Ahora las cosas se pondrían difíciles, pues tendría que irse al amparo, la última instancia. Qué necesidad de complicarse las cosas, cuando aquí se debió haber terminado todo, no sólo el problema fiscal sino la intranquilidad que lo había aquejado durante largo tiempo. Su principal preocupación era la explicación que tendría que dar a los del otro teléfono. A ellos no les gustaba estar al límite, y ahora podrían pensar que Luciano los había engañado o que incluso había hecho mal su trabajo, pues mientras más vueltas le daba al asunto, la posibilidad de haber perdido el juicio fiscal era de un cinco por ciento. Observó su reloj y vio que faltaban veinte minutos para las tres de la tarde, que era la hora en la que el tribunal dejaba de atender al público. Tenían que ir a hablar con el secretario e incluso con los magistrados para ver qué diablos había pasado y asegurarse de que no se trataba de un error. Esa era su esperanza—. Vámonos en chinga al tribunal, Julio. Apenas alcanzamos a llegar.

Iban a contrarreloj. En caso contrario tendrían que esperar hasta el día siguiente, lo que supondría una espera infernal. Salieron de forma intempestiva del despacho. Se treparon en el Mercedes de Luciano y arrancaron pillando llanta, como si fueran un par de detectives de serie de televisión. El tráfico era intenso, Luciano conducía en modo cafre. Llegaron a la avenida Zarco sobre la cual se encuentra el tribunal. Como no era una zona corporativa ni de oficinas, sino de antiguas residencias y haciendas de finales del siglo XIX, que poco a poco se habían ido acondicionando como salones de eventos y oficinas, ahí no había dónde chingados estacionarse. Tuvo que dejar su vehículo a varias cuadras del lugar. Faltaban cinco minutos. Tuvieron que correr. El guardia del tribunal ya no les quería dar la entrada, pero tuvo que ceder ante la amenaza de Luciano de poner una queja en su contra por prepotencia. Se dirigieron a toda prisa a las oficinas de los magistrados, hablaron con la secretaria del magistrado conocido para que les diera audiencia, y después de preguntarles sus nombres y anotarlos en una libreta, les pidió un momento para anunciarlos. Transcurridos un par de minutos, salió para informarles que el magistrado no los podía recibir pues estaba en una llamada muy importante. Mala señal. Con los otros magistrados corrieron la misma suerte. Peor señal. Buscaron al secretario, conocido de Julio, pero no lo encontraron en su lugar. Se dirigieron a la actuaría para ver si se podían dar por notificados de la sentencia para corroborar de una vez por todas su sentido. No se las notificaron, pues aún estaba en engrose, pero sí les confirmaron el sentido. Juicio favorable al SAT. Julio se llevó ambas manos a la nuca, soltó un suspiro. Luciano se masajeaba las sientes. Hacía mucho tiempo que no se sentía así. Viejos fantasmas del pasado regresaban a acecharlo. Se quedaron varios minutos parados ahí, en la actuaría, sin hacer nada, sin decir una palabra. Estaban idos. Salieron de su aturdimiento cuando un empleado del tribunal los invitó a retirarse, pues ya iban a cerrar. Salieron derrotados del tribunal, y por más que trataban de buscar una explicación, no lograban entender en qué habían fallado. Necesitaban leer la sentencia.

CAPÍTULO 23

Caminaban desconsolados rumbo al carro, y justo cuando lo iban a abordar alguien les habló. Voltearon desconcertados. Una persona se acercó y Julio lo reconoció. Era el secretario del tribunal y conocido de Julio, el licenciado Pedro Santacruz. Los saludó y les pidió que caminaran con él hacia la clandestinidad. Dieron vuelta en una calle que tenía grandes árboles en las esquinas, lo cual les dio cierta privacidad. Ambos abogados lo bombardearon con preguntas acerca del sentido negativo de la sentencia.

—Ese es el tema del que quiero hablarles. Las cosas se nos pusieron difíciles. Esto que les voy a decir tiene que quedar entre nosotros, no pueden comentarlo con nadie pues me estoy jugando el puesto y hasta el pellejo. Lo hago por el aprecio y confianza que te tengo, Julio —dijo Santacruz, observándolos con un aire de advertencia. Ambos asintieron—. La sentencia en un principio les era favorable. Incluso los magistrados avalaron el proyecto y lo iban a votar a favor. Sin embargo, una visita inesperada de los altos mandos del SAT los hizo cambiar de opinión. Las administradoras centrales, jurídica y de auditoria, vinieron en persona a platicar. Bueno, más bien a presionar a los magistrados. La reunión fue a puerta cerrada, pero supe que instaban a los magistrados a que, en la medida de lo posible, y en congruencia con la cruzada anticorrupción del presidente, dejaran de resolver a favor de los contribuyentes, bajo el argumento de que éstos y sus abogados se valían de las lagunas legales para dejar de pagar sus impuestos. Chihuahua era uno de los Estados con mayor índice de sentencias desfavorables al SAT, lo cual llamaba la atención y causaba sospechas en el alto mando. Como era de esperarse, los magistrados protestaron de manera enérgica ante tan descabellada petición y dijeron que de ninguna manera iban a permitir una intromisión tan artera por parte del SAT en la independencia que, como tribunal, tenían en la impartición de justicia. Su opinión cambió cuando la Central de Auditoría le entregó una carpeta a cada uno de los magistrados. «Tal vez esto los haga cambiar de opinión», les dijeron. Al ver el contenido, sus rostros expresaron total desaprobación. La palabra vil extorsión se escuchó en más de una ocasión…

—¿Qué contenían esas carpetas? —preguntó Julio.

—Eran órdenes de auditoría dirigidas a cada uno de los magistrados. Revisión de cinco ejercicios fiscales. El equivalente a recibir una paliza quíntuple. Sería muy desafortunado encontrarnos con ingresos no declarados y omisión de impuestos por parte de los señores magistrados del tribunal. «¿Qué pensarían los justiciables y la opinión pública?», les dijo en tono burlón una administradora de apellido Rendón.

Luciano y Julio se volteaban a ver, incrédulos, sorprendidos.

—¿Qué hicieron los magistrados? —preguntó Luciano con ingenuidad.

—Ustedes acaban de ver el resultado —contestó, con una triste sonrisa—. Con el nivel de vida que lleva un magistrado, es fácil encontrarles esqueletos en el clóset. No nos hagamos pendejos, en mayor o menor medida, todos tenemos pecados fiscales, ya sea por obra, omisión o mera ignorancia. Pagar impuestos en México es de lo más complicado que hay. El peso de la balanza se acaba de inclinar a favor del SAT —respondió al final, encogiéndose de hombros.

Una vez que regresaron al despacho, Luciano se encerró en su oficina, le pidió a Imelda que no le pasara ninguna llamada y que le cancelara cualquier cita pendiente. No tenía ganas de ver a nadie. Lo aquejaba un fuerte dolor de cabeza. Se tomó dos aspirinas. Enterarse de la sentencia desfavorable era una de las peores noticias que había recibido en mucho tiempo, tal vez la peor desde las épocas del consorcio. A ello se sumaba la revelación que les había hecho Santacruz. Le cayó como un balde de agua helada, como si hubiese sido un *bucket challenge* legal. En otras circunstancias, lo tranquilizaría el hecho de saber que, en juicio de amparo, con facilidad podría darle vuelta a la sentencia desfavorable y ganar el caso, pero en esta nueva realidad ya no sabía ni qué pensar. Sintió un nudo en el estómago al pensar que la misma presión que recibieron los magistrados podría replicarse a los jueces y magistrados del Poder Judicial de la Federación. De ser así, un nuevo revés dentro del amparo estaba garantizado. Por más que se tratara de un poder independiente, poco harían por defender su condición ante la amenaza de una auditoría fiscal, más con el manto de corrupción que se cargaban a cuestas. En el poder judicial los esqueletos eran del tamaño del de un Tiranosaurio Rex. De aquí en delante, sería mejor no moverle al avispero fiscal. Reflexionaba sobre todo ello cuando recibió un mensaje de texto en su otro celular. Sintió que se le iba el alma. Extendió con lentitud su mano para tomarlo de su escritorio. Aunque él no les había dado aún la noticia, ellos ya lo sabían. Se recriminó por no haberles avisado antes. Se le había ido el tiempo en disipar incredulidades. Les podría haber matizado la mala noticia con una frase alentadora: «El amparo sale facilísimo, no hay de qué preocuparse». Tomó aire, tembló un poco y encendió la pantalla del otro celular, lo desbloqueó y se fue directo al mensaje de texto: «¿Todo en orden, abogado? Esto no era lo que estábamos esperando, ¿verdad? ¿Problemas?». Frases frías, concisas, tajantes. Tenía que contestar de inmediato, no pensarla demasiado, pues daría a entender que estaba pensando en una excusa. Tampoco podía extenderse demasiado en explicaciones por aquello de "Explicación no pedida, culpa admitida". La respuesta sería fría, tajante y concisa. «Nada que no pueda solucionarse con facilidad», respondió. El reply que recibió fue como un golpe inesperado, lo dejó frío: «¿Seguro, abogado?». «Sí», tecleó Luciano, quien al momento cerró los ojos, deseando ya no recibir otro mensaje. Ya no lo recibió. Indicio de que aún confiaban en él. Alguien tocó a la puerta de su oficina, se enojó y gritó:

—¡Ordené que no me molestaran para nada! ¡Con una chingada!

—Soy yo —Julio abrió la puerta—. Necesito que veas algo. Estaba pálido. Sostenía un documento en la mano.

—¿Ahora qué pasó? —más malas noticias, pensó Luciano.

—Lee esto, lo acabo de imprimir. Estaba en la gaceta parlamentaria del Congreso de la Unión. Es un proyecto de reforma fiscal.

Luciano tomó el documento. Empezó a leer, se tomó algo de tiempo. A medida que avanzaba abría los ojos y la boca. Volteó a ver a Julio con el rostro desencajado, los ojos se le enrojecieron de inmediato.

—¡Pero qué demonios es esto! ¡¿Es una puta broma?!

— CAPÍTULO 24 —

La transmisión de la edición vespertina del programa de Paco Iturriaga acababa de comenzar. Transmitía por radio, televisión, YouTube y Facebook. El conductor estaba con la cabeza agachada, sentado en su escritorio y frente al micrófono. Sostenía en una mano un documento mientras se llevaba la otra a la frente. Empezó a negar con la cabeza, volteó a ver a la cámara y emitió un suspiro. Estaba inmerso, metido en su papel. Su rostro presagiaba las peores noticias.

«Esto es increíble. Es la segunda vez que lo leo y sigo deseando que sea una broma. La realidad nos ha alcanzado. Se los he venido advirtiendo desde que inició la gestión del presidente ROLA. No me creían. Esto que tengo es mis manos es el primer paso a la instauración de un régimen comunista. Estamos frente a la *venezualización* del país. Muchos se burlaban de mis afirmaciones, me tachaban de loco, de fanático, de conspiracionista» dijo Iturriaga, poniendo una expresión de consternación, digna de un premio al mejor actor. «Tengo en mis manos el proyecto de decreto de reformas a diversas leyes fiscales y penales, enviada por el presidente al Congreso de la Unión, misma que será discutida y votada esta semana en la cámara de legisladores. Se estarán

155

preguntando qué tiene de trascendente esta reforma. Según las declaraciones del presidente ROLA, se trata de una reforma sin parangón en la historia reciente del país, que combatirá sin cuartel a la corrupción y terminará con la evasión fiscal de tajo, lo cual permitirá recaudar montos históricos. ¿Quieren que les diga mi opinión? Esta reforma no sólo es una aberración jurídica, sino que se trata de una declaración de guerra en contra del sector empresarial. Es la legalización del terrorismo fiscal. Deseo con toda mi alma que nuestros legisladores no sólo no la aprueben, sino que además la desechen por completo. Estoy convencido de que así será. A pesar de que el partido del presidente ROLA tiene mayoría en el congreso, quiero pensar que la cordura y la decencia en ellos también es mayoritaria. Es evidente que el presidente quiere convertir al SAT en su brazo represor. De aprobarse esta reforma, el presidente del SAT será uno de los hombres más poderosos del país. Si así se lo propusiera, podría destruir con la artillería fiscal a cualquier adversario ¿Piensa que estoy exagerando?», se quedó viendo a la cámara por unos instantes y soltó una risa burlona. «¿A usted le da risa que los delitos fiscales ahora se puedan considerar al mismo nivel que el narcotráfico, secuestro, terrorismo, trata de personas, pornografía infantil? Le voy a leer las principales modificaciones: "Aquel que comenta los delitos de defraudación fiscal, contrabando o le determinen una simulación fiscal de operaciones, será considerado como miembro de la delincuencia organizada." Y espérese, apenas empieza la cosa. Se reforma también el Código Nacional de Procedimientos Penales para establecer que aquellos que cometan delitos fiscales no tengan derecho a fianza y tengan que pasar los procesos penales tras las rejas. Supongamos que usted es un empresario, que, como todos, su principal interés es generar negocios y producir empleos. Como cualquier empresario, usted encarga las cuestiones fiscales y contables a su administrador y contador. Éstos resultan ser pésimos en su trabajo y cometen una serie de errores que lo llevan a no pagar de manera correcta sus impuestos. El SAT lo audita y como su contabilidad está hecha un desastre, le determina una omisión de impuestos y una simulación de operaciones derivada del desorden administrativo. Entonces el SAT se pone rudo y decide interponer una querella en su contra por defraudación fiscal. Con esta reforma, usted y sus socios serían considerados como miembros de la delincuencia organizada. Y mientras se averigua si usted es culpable o no, lo cual póngale, podría durar de seis a ocho meses, usted estaría todo ese tiempo tras las rejas, sin derecho a fianza. ¿Se imagina?». Iturriaga recorrió su mano sobre su boca y su barbilla. «¡Qué horror!»

«Pero ahí no termina la cosa. Además, se reforma la ley de seguridad nacional, para establecer que los delitos fiscales sean considerados como una amenaza a la seguridad nacional ¿Esto qué significa? Pues que al considerarse que existe una amenaza para la seguridad, el Estado, a través del Centro de Investigación y Seguridad Nacional, podrá intervenirle al sospechoso de ser miembro de la delincuencia organizada, todas sus comunicaciones privadas, como lo serían teléfonos celulares, correos electrónicos, mensajes, correspondencia y demás. Esto es una terrible violación a los derechos humanos de todos los ciudadanos; sobre todo al derecho a la privacidad. De aprobarse, todos podremos ser presas de una extorsión por parte del gobierno. Pero la cosa se sigue poniendo peor, pues escuche lo siguiente: En los delitos fiscales de defraudación fiscal, contrabando y simulación de operaciones, no procederán acuerdos reparatorios que, en términos resumidos, son aquellos por los cuales el imputado y la víctima, que en este caso lo sería el fisco, llegan a un acuerdo para reparar el daño causado y de esa manera, terminar con la acusación penal. Y ¿qué cree? Con esta reforma, eso ya no será posible, no habría vuelta de hoja. En caso de ser encontrado culpable, terminará, si no el resto de sus días en la cárcel, si una buena parte de su vida.» Iturriaga volvió a observar la cámara, tenía los ojos vidriosos. Guardó silencio por unos instantes. Observó los documentos que estaba leyendo. Negó con la cabeza.

«No quiero seguir leyendo esto, pero tengo que hacerlo. Además de todo lo anterior, se modifican las leyes del SAT para darles mayores facultades de fiscalización y de actuación a todos los funcionarios de esa dependencia. Pero la que más llama la atención es que ahora el presidente del SAT tendrá la facultad de ordenar el congelamiento de cuentas bancarias de todo aquel que esté bajo sospecha de no pagar impuestos… Les dejo esta reflexión: En este país ser empresario es lo mismo que ser un narcotraficante o un terrorista».

— CAPÍTULO 25 —

El proceso de discusión y aprobación del decreto de reforma fiscal en la Cámara de Diputados, se convirtió en una mera trivialidad que debía ser aprobada a la brevedad, pues había asuntos de mayor importancia dentro de la agenda legislativa que tratar para ese día, como lo era la discusión del dictamen sobre la regulación del uso de la marihuana para fines lúdicos y, no de menor trascendencia, el análisis y discusión del aumento al aguinaldo de los legisladores para ese año, más un bono navideño que habrían de repartirse a manera de premio por la intensa labor desempeñada durante todo el periodo legislativo. El fin de año estaba casi a la vuelta de la esquina, el tiempo apremiaba para planear las compras navideñas en San Antonio y Houston, Texas. Al tema de la reforma sólo le dedicaron media hora. La diputada Ernestina Irigoyen subió a la tribuna para exponer los puntos más importantes del decreto, lo cual, lejos de ser una explicación, se convirtió en una larga letanía autocomplaciente. Le tomó la palabra a Ballesteros e hizo como propia la idea de la reforma fiscal.

—El señor presidente me pidió consejo en este tema pues, como ustedes saben, compañeros, soy experta en cuestiones fiscales —expresaba con una sonrisa de oreja a oreja. Su rostro estaba iluminado, tenía que aprovechar el momento para lucirse y tomar la estafeta del combate a la evasión fiscal.

La candidatura a la gubernatura, cada vez se veía más cercana. Mientras ella "exponía", los diputados aprovecharon el rato para ejercitar el chacoteo, otros para tomarse selfies con los nuevos iPhones que se habían asignado con cargo al erario, para el mejor desempeño de sus funciones. No pocos se acomodaron en sus cómodos asientos legislativos para reposar la resaca del día anterior. El diputado del Partido de los Trabajadores Mexicanos, un sujeto tosco de aspecto campirano con bigote al estilo Zapata, engalanado con sombrero Stetson, camisa a cuadros, pantalón y botas vaqueras, usó el tiempo legislativo para tirarse un faje discreto. Poco le importó encontrarse dentro del recinto legislativo para manosear a una de las edecanes que en esos momentos se paseaba por el lugar, vestida con una minifalda entallada y una camisa con un largo escote. «Como está buena, mija», se le oía decir. Cada loco en su mundo. Sólo un diputado independiente se encontraba poniendo atención a lo que exponía la diputada Irigoyen. Era un hombre mayor, que rondaba en los setenta años, vestido con un fino traje, lentes de armazón redondos y de aspecto sereno, lo cual le daba un porte de erudición. Al cabo de unos minutos tomó la palabra y preguntó:

—Señora diputada, quisiera expresar que a un servidor le inquietan ciertos puntos de la reforma, sentir que, si no me equivoco, ha sido expresado por el propio secretario de Hacienda. Resulta preocupante el hecho de que el SAT, con estas leyes, pudiera utilizar la fiscalización como un instrumento de represión en contra de la ciudadanía. ¿Qué nos puede comentar al respecto?

—No haga caso, ya ve usted como es exagerado el señor secretario. A últimas fechas nada le parece, cosa que yo creo se agrava por ser militante de un partido de oposición —dijo sin titubear—. Además, señor diputado, el que nada debe, nada teme. ¿Usted ya presentó su declaración? —la diputada soltó una simpática carcajada y el recinto legislativo rio al unísono.

En el Senado de la República, que estaba integrado también por una abrumadora mayoría del partido del presidente, la aprobación se llevó a cabo en un tiempo récord. Poco contó la voz y la oposición de los partidos minoritarios, a quienes no les quedó de otra más que aguantarse, conformarse con participar en algunos cambios del tipo de letra, así como agregar una coma por aquí y otra por allá. Las lenguas cizañeras señalaron que el día de la discusión en el senado, Lúevano Alvelais había llamado por teléfono al presidente de la mesa directiva para instarlo a que no le dieran tantas vueltas al asunto, pues el decreto era como un diamante que ya estaba perfecto, y al que los diputados le habían dado una buena pulida. Ya sólo restaba constatar su calidad y darle el visto bueno para su venta.

—¡Claro que sí, señor presidente!

El decreto de reforma a diversas leyes fiscales fue publicado en el Diario Oficial de la Federación a mediados del mes de octubre. Dentro del artículo primero transitorio se estableció que: "el presente Decreto entrará en vigor el 1º. de enero de 2020".

— CAPÍTULO 26 —

Víspera de año nuevo en algún lugar. El espacio era acogedor, justo para la ocasión. En el ambiente se respiraban efluvios a finas especias de temporada y otros aromas culinarios que anunciaban una deliciosa cena. "When we finally kiss goodnight, how I'll hate goin' out in the storm…", cantaba Sinatra. Preludio del festejo. Piedra y madera decoraban paredes y muros. Acogedoras alfombras hacían juego con los pisos de duela. Todo estaba rodeado de bosque. La mesa estaba servida para cinco, era un espacio privado. En otra área del lugar había un espacio acondicionado con sillones y asientos para más personas. "Happy new year" se leía en algunos de los elegantes arreglos colgados en algunas paredes. Se observaban botellas de Dom Pérignon Rosé, algunos tintos franceses y otros rosados de origen italiano. Louis XIII también estaba presente. Manjares sobre la mesa, una gran chimenea al fondo. El paisaje que se observaba a través de un ventanal era el de una hermosa estampa de temporada. Todos se mostraban joviales, sonrientes. Intercambiaban chistes y anécdotas. Los licores los habían puesto al punto. Tenían mucho que celebrar, el año nuevo estaba por comenzar, un gran futuro les esperaba para el 2020. Todos vestían de gala. Faltaban quince minutos para las doce.

—Pasemos a la mesa, dijo uno.

La persona que quedó en la cabecera llamó la atención de todos tocando con uno de los cubiertos y de manera sutil una alargada copa de cristal cortado, llena de champagne. La utilizaba a manera de campanilla. Vestía un elegante traje de diseñador a cuadros, con una corbata color de temporada. Todos callaron para prestarle atención, pues estaba a punto de dirigirles unas palabras. Aclaró su garganta:

—Estimados, este año que termina ha sido uno de los más importantes en mi carrera y estoy seguro de que en la de ustedes también. Ha sido un año de grandes retos, de grandes cambios estructurales. Hemos hecho una gran transformación. Logramos deshacernos de algunos que estaban en nuestra contra, de los estorbos, de los que no compartían ni estaban a tono con nuestra visión. A pesar de que nuestros planes empezaban a dar buenos resultados, teníamos obstáculos que no nos permitían avanzar como queríamos. Nos frenaban en muchos aspectos. Hay muchos que, a estas horas, aún siguen burlándose de nosotros, pero a partir de mañana todo eso cambiará. Mañana será el comienzo de una nueva era en la que todos vamos a ganar. A partir de la primera hora hábil del primero de enero, la gran mayoría la pensará dos veces antes de querer ponerse en nuestra contra. No quiero exagerar, y tal vez pueda sonar presuntuoso, pero siendo frío y objetivo a partir de mañana seremos los más poderosos en México. ¡Salud! —dijo el doctor Gregorio Ballesteros, alzando su copa, esbozando una sonrisa no tanto de alegría sino más bien parecida a la que soltaban aquellos conquistadores medievales en festines de celebraciones victoriosas.

Sabine, Matías, Diana y Joaquín contestaron al unísono. Se les veía contentos, joviales, exultantes.

—¡Salud!

Matías lucía un traje moderno ajustado, tal como le gustaba usarlos para presumir sus horas de gimnasio; Joaquín vestía un saco rosado a cuadros, una corbata con diseños navideños y un pantalón beige. Estaba al límite de lo ridículo, si no fuera por el toque moderno de su atuendo. Diana, a pesar de su aspecto tosco, se veía guapa, producto del trabajo magistral que con toda seguridad hizo sobre ella un maquillista profesional. Tenía puesto un vestido negro con encaje, que disimulaba bastante bien sus lonjas. Sabine, como siempre, no tenía punto de comparación, estaba engalanada con un vestido de noche color perla, con diseño entrelazado; parecía un ángel navideño. Ballesteros volvió a tomar la palabra:

—El éxito que hemos alcanzado ha sido gracias a ustedes. Sin embargo, quiero hacer especial énfasis en la espectacular labor que llevó a cabo la licenciada Sabine Colombo al ayudarme a estructurar el decreto de reforma que hoy ya es una realidad y que en unos pocos minutos más tendrá plena vigencia y será obligatorio en todo el país. Te agradezco tus horas de dedicación y las grandes ideas que aportaste. Lograste captar a la perfección la idea que siempre tuve de lo que debería ser una reforma para lograr nuestros objetivos. ¡Salud! En hora buena —Sabine se sonrojó, pero no pudo evitar lanzar una mirada sensual a Gregorio.

—¡Salud! —respondieron los demás.

Empezó la cuenta regresiva. Tres, dos, uno.

—¡Feliz año nuevo! —Todos vitorearon, se abrazaron, brindaron. Ballesteros estaba irreconocible. «¡Feliz navidad, próspero año y felicidad!», cantaba José Feliciano.

—Por favor, que pasen los demás invitados —ordenó Ballesteros.

De pronto entró un grupo selecto de personas que se unieron al festejo. Acompañantes, amigos y parejas de los anfitriones. Matías se hacía acompañar de una hermosa rubia a quien sostenía de su delgada cintura como si fuera de su propiedad. Joaquín coqueteaba con Diana, que poco hacía por resistirse. Ballesteros se comportaba como jefe de Estado, sostenía una copa de coñac mientras intercambiaba algunos puntos de vista con varias personas que lo rodeaban. No tenían apariencia de ser mexicanos. Sabine se robaba la noche y disfrutaba de las miradas lujuriosas que le lanzaban varios de los presentes.

El festejo de año nuevo se extendió hasta el amanecer. Pasados de copas, algunos se quedaron dormidos sobre los sillones, otros se retiraron a sus habitaciones. Matías seguía festejando en grande, ahora lo acompañaban tres mujeres a quienes intentaba presumir su inglés tercermundista. Joaquín y Diana, a quienes el alcohol para esas alturas ya les había despertado la lujuria, habían desparecido hacía ya rato. Cuando nadie observaba, Sabine aprovechó para robarse a Ballesteros, lo tomó de la mano y huyó con él a un lugar discreto que estaba sobre uno de los pasillos del lugar. Era una habitación con vista espectacular, ambiente en extremo acogedor. Una chimenea de piedra estaba encendida. Los troncos desprendían un agradable aroma mientras se consumían. Sobre el suelo estaba una alfombra grande de color blanco que asemejaba la piel de algún animal exótico. Sabine besó con lujuria a Ballesteros, y éste se contagió de inmediato, la tomó con fuerza.

Ambos ardían. Sabine lanzó a Gregorio sobre una enorme cama y se empezó a desnudar con lentitud. "Santa baby, I want a yacht and really that's not a lot, been an angel all year", cantaba Eartha Kitt. Ballesteros se desvistió con desesperación. Se empezaron a revolcar con desenfreno sobre la cama. Él la besaba en todo el cuerpo, jadeaba como animal en celo.

—¿Qué se siente ser la amante del hombre más poderoso de México? —le preguntó, con voz lasciva. Sabine le respondió montándolo como si fuera encima de un corcel a gran velocidad, enterrándole las uñas en el pecho y gimiendo sin ningún pudor.

— CAPÍTULO 27 —

6 de enero de 2020, hora de la comida. Un fuerte operativo policiaco se desarrollaba a orillas del anillo periférico, al norponiente de la Ciudad de México. Varios elementos uniformados, armados hasta los dientes, irrumpieron dentro de una mansión tipo medieval, estilo Tudor. La elegancia, refinamiento y majestuosidad del lugar se vio opacada por la insolencia con la que actuaban los uniformados.

—Esto es un atropello. Esta es una propiedad privada. ¡Necesitan una orden! —les reclamó una persona que estaba vestido con lo que parecía ser un atuendo de mayordomo de película de los años cincuenta.

—¡Aquí tienes tu orden, cabrón! —le respondió el uniformado con un culatazo en el estómago.

Los comensales del restaurante Sir Winston Churchill's casi se atragantaron al ser sorprendidos por una horda de invasores que se abrían paso en el interior, lanzando con violencia mesas y sillas.

—¡Que nadie se mueva! —pedían a gritos.

Quien más estupefacto quedó fue don Eusebio Neumann, que en esos momentos se encontraba en una mesa ubicada en un rincón de la mansión, comiendo con su esposa y otros dos acompañantes.

—¿Es usted Eusebio Neumann? —Preguntó un hombre de traje oscuro, de aspecto severo y vulgar que contrastaba de manera grosera con los retratos de duques, lores y caballeros que engalanaban las paredes del lugar.

Dos individuos estaban posicionados detrás de él. A su lado se encontraban cuatro personas vestidas con uniformes tácticos, cascos y rostros cubiertos. Uno de ellos apuntaba su fusil de asalto AR-15 a un conmocionado don Eusebio y a sus acompañantes. Un retrato de sir Winston Churchill colocado al fondo los observaba con desdén.

—Soy yo —contestó con nerviosismo y con el rostro pétreo.

—Le informo que soy el comandante Rodrigo Jáquez, de la Policía Federal Ministerial. El motivo de nuestra presencia en este lugar es para ejecutar una orden de aprehensión en su contra por su presunta participación en la comisión de diversos delitos fiscales que se consideran como delincuencia organizada y atentan contra la seguridad nacional.

—¡¿De qué está hablando?! ¡¿Delincuencia organizada?! ¡¿Está usted loco?! ¡Exijo ver a mi abogado! —exclamó con desesperación.

—Ya lo verá en su momento —le contestó con desprecio el comandante.

Hizo una seña a otro de los trajeados para que le pusiera las esposas e iniciara con el ritual legal de la aprehensión. Don Eusebio se resistía, pero fue sometido con lujo de violencia. Su esposa estaba al punto de la histeria:

—¡Ustedes no pueden tratar así a mi esposo!

—¡Cállese, pinche vieja loca o también nos la llevamos! —vociferó el comandante—. Así es como se trata a los miembros de la delincuencia organizada.

Los dos acompañantes, con expresión horrorizada, trataron de tranquilizarla. Gran conmoción. Para ese momento todos los comensales empezaban a salir despavoridos del restaurante que ahora estaba repleto de las fuerzas del orden público. La administradora del lugar, una mujer adulta, de aspecto muy refinado y modales ingleses, trataba de poner orden y de evitar el escándalo. Corría de un lugar a otro sin rumbo específico, dando instrucciones. Pero nadie le hacía caso, el caos era total. La prensa no tardó en llegar: cámaras de televisión por todos lados y una veintena de reporteros abordaban a don Eusebio, quien ya era escoltado por el largo jardín de la mansión. Lo tomaban del cuello y nuca para inmovilizar su campo de visión, como si se tratara del peor de los criminales. Iba rodeado por más de quince elementos de la policía. No era para menos pues habían aprehendido a un miembro de la delincuencia organizada, a un transgresor de la seguridad nacional. Tratamiento de *primodelincuente*, no por ser su primer delito, sino porque, con él, se estrenaba la recién nacida reforma fiscal, o como ya muchos la estaban denominando, la ley Ballesteros. Cuando estaban a punto de subir a don Eusebio a una camioneta que lo llevaría al encierro, se estacionó un Tsuru color guinda, que era conducido por un sujeto corpulento y con cara de pocos amigos. Del lado del copiloto descendió Ballesteros, luciendo un traje oscuro. De inmediato fue abordado por la prensa. Era evidente que el protagonismo ya no le disgustaba. Pasó a un lado de don Eusebio quien, al verlo, lo aniquiló con la mirada. Trató de decir algo, pero su voz fue silenciada con un gutural grito policiaco. Ballesteros le respondió con una disimulada sonrisa altanera que se podía interpretar como un «¡ya te chingué!».

—Doctor Ballesteros, ¿qué nos puede informar acerca de este operativo? —preguntó un periodista del diario *La Nación.*

—Algo muy sencillo: estamos cumpliendo las órdenes del señor presidente de combatir sin distingo a los evasores fiscales, a todos aquellos que durante décadas se hicieron millonarios a costa de no pagar impuestos. A partir de este año, se tendrá cero tolerancia con este tipo de conductas. Nos vamos a ir con todo en contra de los cárteles de evasores fiscales que siguen burlándose del pueblo. Ya tenemos identificados a muchos de ellos.

—Disculpe, ¿pero no siente que esta detención es una persecución política en contra del empresario Eusebio Neumann? ¿Qué acaso no había obtenido en fechas recientes un amparo en contra de uno de los procesos que se le seguían por defraudación fiscal? —cuestionó un reportero de *Contrapunto.*

—¡De ninguna manera! El señor Neumann es un criminal que hoy enfrenta cargos por delincuencia organizada. Tenemos los elementos necesarios cpara demostrar que forma parte de un cártel de evasores fiscales —contestó Ballesteros, con evidente enfado y teatralidad.

— CAPÍTULO 28 —

Al día siguiente se llevó a cabo otra detención de gran relevancia. El máximo delincuente en esta ocasión era Agustín Valtierra, a quien detuvieron en un operativo sorpresa en su domicilio. Eran las 4:30 de la madrugada. Ballesteros había solicitado el doble de elementos de la Policía Federal Ministerial, pues se trataba del líder del cártel fiscal del momento, lo cual sirvió de justificación para utilizar un helicóptero de la Secretaría de Seguridad Pública de la Ciudad de México. Valtierra dormía plácidamente al lado de su pareja, una hermosa mujer que, acostada, se asemejaba a una estatua de mármol de museo mostrando la perfección de su anatomía. Ambos estaban desnudos. Fueron despertados de manera brutal cuando los ministeriales tumbaron la puerta del cuarto donde se encontraban. Ambos gritaron despavoridos. Para esos momentos, el ruido causado por las fuerzas del orden era caótico. El ruido causado por el helicóptero era ensordecedor. Aquello se asemejaba más a una invasión que a un operativo de detención.

—¡¿Qué chingados pasa?! —gritó Valtierra, con el corazón rebotándole en el pecho, a punto de estallarle.

—¡Estás detenido, hijo de la chingada! —bramó un comandante de la policía ministerial.

Valtierra hizo un movimiento rápido para tomar sus calzoncillos, lo cual, en la mente retorcida de los ministeriales, fue interpretado como si estuviera intentando tomar un arma. Dos policías se le fueron encima, le dieron un fuerte golpe en el rostro y no tuvo tiempo de tocar el piso, pues otro uniformado lo tomó de las greñas y con una maniobra lo puso de espaldas para ponerle las esposas con gran agilidad. La mujer seguía gritando. Uno de los comandantes que la observaba con extrema lujuria le dijo que si no se tranquilizaba la iba a tener que someter. Esta última palabra la dijo con notoria lascivia.

—Pero, de… qué… se me acusa —decía Valtierra con desesperación y lágrimas en los ojos.

—Para qué te haces pendejo si ya lo sabes —dijo el ministerial mientras soltaba una risa nefasta—. Sólo para refrescarte la memoria, te lo voy a decir. Se te acusa de ser presunto responsable de la comisión de los delitos de trata de personas, delincuencia organizada y delitos en contra de la seguridad nacional. Se me hace que Almoloya te va a quedar chica —después le hizo una seña con la mano al sujeto que seguía observando con lujuria a la mujer—. Comandante, por favor léale sus derechos al detenido para que luego no vayan a decir que violentamos el procedimiento y por un tecnicismo quieran poner en libertad a este criminal.

Como ya era costumbre, a lo pocos minutos del inicio del operativo, la casa de Valtierra se encontraba inundada de reporteros y camarógrafos de los principales medios de circulación nacional. Una orquestación mediática magistral, algo a lo que Ballesteros le estaba agarrando bastante sabor. A punto estuvieron de sacar a Valtierra en calzoncillos, sin embargo, la pensaron dos veces, pues no querían tener problemas con las organizaciones de derechos humanos y poner en peligro la detención. Le permitieron vestirse con lo primero que encontró a la mano. Hicieron el recorrido de la infamia hasta la salida y Ballesteros ya se encontraba en el lugar, preparándose para dar su versión de los hechos a los medios. Implacable e incansable, se estaba empezando a convertir en una versión de Elliot Ness, pero de lo fiscal. Los policías que escoltaban a Valtierra pasaron cerca de donde se encontraba ubicado Ballesteros. Al verlo, el detenido estalló en cólera y se le quiso abalanzar, pero de inmediato fue sometido. Ballesteros lo observó con desprecio, levantando con disimulo el entrecejo.

—¡Eres un hijo de puta, Ballesteros! ¡Te va a cargar la chingada, ya lo verás! ¡Así como me ves te verás, hijo de puta! —dijo Valtierra lanzando un escupitajo al suelo.

El máximo jefe reía.

— CAPÍTULO 29 —

Las detenciones de don Eusebio y Valtierra causaron un gran revuelo en la prensa nacional. Fueron noticia de primera plana, tanto en medios impresos como en electrónicos. Los principales encabezados rezaban: «Tiemblan los defraudadores fiscales», «Lo contadores públicos hacen el cálculo dos veces para no entregarle cuentas mochas al fisco». «Ballesteros ¿un héroe nacional?» lanzaba esa reflexión Julieta Dohrn en su espacio informativo. En las redes sociales, los usuarios alababan de manera abrumadora la actuación del SAT, vitoreaban a Lúevano Alvelais y a Gregorio Ballesteros por hacer lo que otros nunca se habían atrevido a hacer: aplicar todo el peso de la ley a los empresarios, depredadores fiscales que tanto daño habían hecho a México. Las redes sociales del SAT habían roto records en likes y vistos. En YouTube rebasaron el millón de seguidores. El periodista disidente, Paco Iturriaga, criticaba con severidad los atropellos cometidos durante la detención de don Eusebio y Valtierra.

«El presidente de la república a través de su brazo represor ha llevado al extremo el régimen de terror fiscal. Esto es inaudito, jamás en la historia reciente de México se había vivido una persecución tan encarnizada en contra de los contribuyentes.

Ya están dejando ver hacia dónde quieren llevar las cosas. Como se los dije, lo dejaron por escrito en la reforma. La amenaza y la intimidación es la nueva modalidad de recaudación de impuestos. Yo sólo quiero recordarles que así empezó la dictadura de Castro en Cuba. ¿Sabían ustedes que, a partir de ahora, al que no pague impuestos le van a expropiar todos sus bienes? ¿Le suena a algo similar a lo que pasa en Venezuela?».

A lo que se refería Iturriaga era al as bajo la manga que jugó Ballesteros de una forma muy hábil y que de inmediato utilizó para echar mano sobre las propiedades de don Eusebio y Valtierra, bajo la bandera del resarcimiento de los daños sufridos por el fisco para regresar al pueblo lo robado. Lo podía hacer gracias a unas casi imperceptibles modificaciones a ciertos artículos que, al igual que la reforma fiscal, a la mayoría en el país se les había pasado inadvertidamente. Viva la cultura del valemadrismo del mexicano. Lo importante es que el pueblo esté contento. *Panem Et Circenses.* El truco consistía en que, como los delitos fiscales ya eran considerados como delincuencia organizada, ahora les resultaba aplicable el procedimiento de extinción de dominio sobre las propiedades del inculpado, al igual que en los casos de narcotráfico y otros delitos graves, lo cual significaba que los bienes del delincuente podían pasar a ser propiedad de la nación.

En contraste con los likes que recibían en redes sociales, tanto Ballesteros como el SAT, a Iturriaga los usuarios lo vapuleaban de una manera inmisericorde. Desde hacía varios meses, a diario, recibía palizas extremas en redes sociales. Todas sus publicaciones estaban calificadas con el emoji de enojo. «¿A qué le temes pinche burgués?»; «Maldita rata, si no te gusta, por qué no te largas del país»; «Quien no está de acuerdo con el SAT está en contra de México»; «Tú eres el próximo, Paquito. De seguro eres un defraudador fiscal»; «Como ya no te paga el gobierno por decir mentiras como en los anteriores sexenios, por eso nomás criticas a nuestro amado presidente"; «Chinga tu madre maldito burgués».

El presidente Lúevano Alvelais invitó a Ballesteros a su conferencia matutina para que expusiera sus logros al frente a la dependencia. El presidente se deshacía en elogios. Mencionaba que la transformación del SAT era un éxito rotundo. Mostró algunas cifras de los montos que se estaban logrando recaudar. Las cifras tenían una tendencia alcista, incomparable a la de ningún otro gobierno.

—Con esta nueva reforma fiscal todos tendrán que respetar a la autoridad fiscal. A los burgueses ya no les quedará de otra, más que pagar sus impuestos en tiempo y forma, porque ahora ya hay alguien que los vigila y no se hace de la vista gorda. Hay muchos que nos critican, señalan que nuestras formas son agresivas. Eso es una mentira. Quienes lo dicen son aquellos que estaban acostumbrados a no pagar impuestos. Se los repito, mi gobierno sólo hace acciones que benefician al pueblo, a los más desprotegidos y eso es algo que a nuestros detractores no les gusta —señalaba el presidente.

Ballesteros expuso largo y tendido frente a cientos de reporteros y youtubers que fueron convocados a la conferencia de prensa. Todos lo vitoreaban, le aplaudían.

—Como ya lo dijo el señor presidente, a todos aquellos que quieren seguir defraudando al fisco, burlándose de la ley, recurriendo a planeaciones fiscales, los vamos a tener muy vigilados. Gracias al algoritmo, ningún movimiento financiero se escapa de la vista del SAT —hizo una breve pausa, con expresión de estar reservando algo—. Sin revelar más datos, sólo les puedo decir que ya tenemos identificados a un buen número de evasores fiscales y cárteles de defraudadores del fisco. La advertencia está en el aire —sentenció Ballesteros.

—Doctor Ballesteros, yo admiro mucho su labor y agradezco que el señor presidente se rodeé de gente tan competente como usted. Mi más sincero agradecimiento y admiración. Ahora ya todos pagamos nuestros impuestos con gusto. Me da enorme alegría ver que el señor presidente está invirtiendo muy bien mi dinero —dijo Pablito Frescas, mejor conocido con el nombre artístico de "Mr. Átomo"—. Sin embargo, quisiera preguntarle, después de todos estos éxitos que ha cosechado, ¿qué sigue?, ¿qué otras acciones van a llevar a cabo?

Pablito Frescas era un peculiar reportero y youtuber quien, gracias a su extrema adulación al presidente Lúevano Alvelais, había salido del absoluto anonimato para convertirse en un influencer con tintes tercermundistas. Contaba con un poco más de un millón de seguidores. Recientemente, el presidente lo había invitado a subir al podio para que presumiera su placa conmemorativa que atestiguaba ese logro. Se caracterizaba por sus declaraciones que rayaban en lo ridículo y fantasioso, colocando al presidente como un héroe nacional viviente. Rechoncho, cara redonda y simpática, gustaba vestir trajes estilo casimir y sombrero Fedora que, en su conjunto, más bien parecían un disfraz de gángster de los años cuarenta del siglo XX.

—Agradezco mucho sus palabras y su interés —contestó Ballesteros y aclaró su garganta—. Son varias las estrategias que llevaremos a cabo, pues aún nos falta mucho por hacer. Sin embargo, sólo puedo decirle que el próximo paso que habremos de tomar será en contra de los cárteles de abogados que se dedican a retorcer las leyes fiscales y a corromper la justicia en favor de los intereses mezquinos de sus clientes, que, en la mayoría de los casos, son defraudadores fiscales. Ya sabemos quiénes son. Vamos a proceder en consecuencia.

— CAPÍTULO 30 —

En las primeras semanas del año, tal como lo había anunciado Ballesteros, empezaron a caer auditorías fiscales a un gran número de firmas y despachos legales que se dedicaban a la consultoría y defensa fiscal. Sabine Colombo estructuró una base de datos de todos aquellos abogados que litigaban casos de grandes cuantías en contra del SAT; de ahí salieron los primeros candidatos de la lista. En un principio, se enfocaron en aquellas firmas de mayor renombre ubicadas en las principales ciudades del país, como Ciudad de México, Monterrey y Guadalajara. Los socios y dueños fueron llamados a rendir cuentas frente al fisco. El requerimiento central era: "Aclarar las fuentes de sus ingresos y la identificación de sus clientes principales". «Queremos corroborar si están declarando sus jugosos honorarios», había dicho Ballesteros de manera sarcástica en una entrevista dada a Julieta Dohrn.

La dependencia a cargo de Ballesteros sometía a los auditados a exagerados cuestionarios que rayaban en lo ilegal, pues iban más allá de la revisión central: los impuestos. Se asemejaban más a los interrogatorios propios de un proceso acusatorio. Para tales efectos, Diana Rendón, la máxima auditora fiscal del país, solicitó el auxilio y la vasta experiencia inquisitorial del contralor

Rubén Félix, que tanto éxito había tenido a la hora de presionar a los empleados del SAT que se consideraban corruptos para que confesaran sus turbios negocios con contribuyentes, aunque en la mayoría de los casos no existieran. Él fue el artífice de la elaboración de esos capciosos e insidiosos interrogatorios que además contenían un ápice de amenaza. En caso de no contestarse de manera completa y oportuna, se impondrían multas y hasta posibles congelamientos de cuentas. Bajo la presidencia de Ballesteros, las multas fiscales se habían convertido en una jugosa fuente de ingresos para el gobierno federal. Las repartía como si se tratara de tarjetas de navidad. Para aminorar cualquier presión política, le había recomendado al presidente que aquellas cantidades que se recaudaran por ese concepto, las utilizara para repartirlas en sus programas sociales. Votos asegurados.

Díaz Ordaz, el servil y antipático contralor, ahora se comportaba como un Torquemada del siglo XXI, máximo inquisidor fiscal. En persona, revisaría las respuestas y reportaría a Diana aquellas que, a su juicio, no cumplieran con "el parámetro", para en su caso proceder en consecuencia. De nada servía acudir al juicio de amparo en contra de tan arbitrario actuar, pues los juzgados de distrito emitieron una suspicaz jurisprudencia a la medida, en donde se declaraba la legalidad de los requerimientos. Al inicio de las hostilidades del SAT, un gran número de abogados se negaron a proporcionar la información de sus clientes, apegándose al secreto profesional, el privilegio abogado-cliente. De nada les valió, ya que Ballesteros contaba con herramientas que había ocultado con gran oficio, entre letras, dentro de la reforma fiscal. El "no proporcionar de manera completa la información solicitada" se consideraba ahora una obstaculización a las facultades del SAT. Consecuencia: inminente congelamiento de cuentas y denuncias penales por resistencia a un mandato legítimo. «El que nada debe nada teme», se había convertido en el slogan del SAT.

En una entrevista con Paco Iturriaga, el licenciado Álvaro Escorza, presidente de la Barra Nacional de Abogados lanzó una fuerte queja en contra de las acciones orquestadas por Ballesteros.

»—Esto es una vil y vulgar extorsión, Paco, los abogados en México estamos muy preocupados. Estamos presenciando un atentado flagrante en contra de los derechos humanos al acceso efectivo a la justicia, el debido proceso legal y la presunción de inocencia. Este gobierno está empeñado en hacer ver a los abogados fiscalistas como criminales. No nos vamos a dejar, Paco. Los derechos humanos, ante todo —advirtió, categórico, el presidente.

En la entrevista también reveló que la Barra Nacional de Abogados había publicado en todos los diarios de circulación nacional un desplegado en contra de la reforma fiscal, elevando además una queja por las acciones del presidente del SAT. Anunciaron que promoverían amparos masivos ante la evidente inconstitucionalidad de la reforma. Pedirían la intervención de organismos internacionales de derechos humanos. A la semana siguiente, tanto el licenciado Álvaro Escorza, como sus principales agremiados, recibieron de manera masiva ordenes de auditoría, multas y amenazas de congelamiento de cuentas en caso de no exhibir de manera inmediata un cúmulo de información y documentación desproporcionada. A rendirle cuentas al fisco, cabrones. El desplegado fue retirado de inmediato y jamás se volvió a hablar del tema de los amparos. Quien promueva amparos, es sospechoso de ser parte del crimen organizado.

Los abogados fiscalistas a nivel nacional tomaron con suma preocupación las acciones que el SAT estaba llevando en contra de las firmas legales. El ambiente de persecución era palpable, hostilidad fantasmal. Muchos pensaron en la posibilidad de retirar de su cartera de servicios los temas fiscales. Daba miedo presentarse como fiscalista. No era ya coincidencia que todos los juicios fiscales se empezaron a resolver a favor del fisco. Sobre aviso no hay engaño. Los criterios jurisprudenciales, antaño pro-contribuyente, hoy se estaban tornando *pro fiscus*. Sabine Colombo presumió con bombo y platillo frente a los medios las recientes victorias del SAT. Valiéndose de su belleza cautivante y de su nata habilidad frente a las cámaras, presentaba a través de videos que se difundían en las redes sociales, diversas gráficas comparativas que mostraban los porcentajes de juicios favorables al SAT.

»—Como pueden ver en esta gráfica que expresa información de sexenios anteriores, se observa que el porcentaje de juicios favorables al SAT oscilaba alrededor de un 38.5% en contra de un 61.5% a favor de los contribuyentes. Muy malos números —dijo, enarcando las cejas, apretando los labios, mostrándose compungida—. Sin embargo, desde la llegada del doctor Ballesteros al frente del SAT, ese porcentaje se disparó casi hasta en un 79.8% de efectividad a nuestro favor. Nuestra meta es elevarlo aún más —atribuía ese logro a la profesionalización de los abogados del SAT, quienes, según su dicho, ahora estaban al mismo nivel de cualquier abogado de las grandes firmas legales de México—. Con la diferencia de que nuestros abogados no cobran exorbitantes honorarios, sino que están al servicio de la nación —remató, soltando una gran sonrisa con una ambivalencia oculta, pues por una parte se veía angelical y por la otra casi lo contrario.

Los comentarios en las redes sociales, no se hicieron esperar. «Qué bueno que vayan con todo en contra de esos corruptos abogados»; «Ya era hora que alguien pusiera freno a esos juristas que sólo defienden los intereses de los ricos, ya es hora de que defiendan a los pobres»; «Ja, ja, ja, nos da mucho gusto que ahora todos los abogados burgueses van a acabar tras las rejas"; "Qué tal, abogaditos, ¿ahora sí ya les dio miedo?».

— CAPÍTULO 31 —

Luciano Almonte sentía algo más que preocupación por la situación reinante en el país. Reflexionaba solo, a puerta cerrada en su despacho, cabizbajo. Acababa de terminar una llamada en el *otro* teléfono celular, ese maldito aparato. La persona al otro lado de la línea le externó su preocupación. Estaba enterado de la situación que se estaba dando en materia fiscal. No le pidió, le exigió que tomara las medidas necesarias para evitar cualquier inconveniente. Punto. La llamada lo dejó como un bloque de hielo. Sentía una escarcha emocional agravada por un frío desértico, seco y cortante que aún dejaba sentir el clima de un febrero extremo de Chihuahua. Era de esos días en los que la calefacción no se daba abasto, nada quitaba el frío y menos el emocional. «El SAT sólo se está enfocando en las grandes firmas, en aquellos que les gusta llamar la atención, los que salen en publicaciones de la farándula. Quienes deben preocuparse son los Heckler & Manzur y Cia, los Ruiz—Riva & asoc., los Bradbury & Romero SC; aquellos que ostentan nombres rimbombantes. Es poco probable que se dejen ir en contra de despachos insignificantes como Actiolegal. Simplemente no figuramos. Además, el norte les queda muy lejos», pensaba Luciano de manera autocomplaciente, para no caer en la desesperación, pero poco le duró el gusto pues, como si fuera un destello de luz, recordó que él mismo había sido parte de esas firmas de renombre en otros tiempos. Había alardeado acerca de ser uno de los mejores abogados de México, había salido en la portada de la revista *Litigio Fiscal*, publicación de alto nivel dentro del mundo de los abogados, y para acabarla de joder, había llevado al extremo varios juicios en contra del SAT. «Tranquilízate», reflexionó, «eso fue en otros tiempos, hace más de diez años».

—Imelda, por favor imprímame una relación de los juicios fiscales que tenemos en trámite — pidió.

Al analizar el informe, sintió desasosiego, sobre todo cuando se le vino a la mente la imagen de la hermosa licenciada Colombo hablando de los porcentajes favorables al SAT. «Cada vez ganamos más juicios». Vil mentira, él ya sabía las tácticas que estaban empleando. Femme fatale.

Julio Velasco irrumpió de forma intempestiva en la oficina de Luciano.

—¡Se acaba de presentar un problemón de la chingada! ¡Nos tenemos que ir a ciudad Juárez, pero ya!

Luciano estaba desorientado, como si se acabara de despertar, pues la sacudida lo había sacado de su estado reflexivo.

—A ver, espérate, pinche Julio. ¿Qué diablos está pasando?

—La Administración Central de Aduanas está haciendo un operativo a Importadora de Plásticos Implas y están amenazando con levantar actas para hacer un decomiso masivo —soltó, con expresión de pánico.

Luciano se puso blanco, se alació el cabello, respiró profundo, se llevó los dedos al puente de la nariz.

—¡Me lleva la chingada! Lo que me faltaba. Pero, ¿por qué?, ¿cuál es el motivo?, ¿quién dice?, ¿quién te avisó? —preguntó con atropello.

—Pues no lo sé, me acaba de avisar la directora del grupo. Está al borde del colapso. Me dice que no sabe qué hacer, que nos vayamos en chinga.

«Como si ciudad Juárez estuviera a la vuelta de la esquina», pensó Luciano. Volteó a ver el otro celular, sintió un leve escalofrío. Se quedó inmóvil por unos instantes, colocó las puntas de los dedos sobre su frente como si ello le pudiera ayudar a organizar sus ideas, o tal vez a resolver con telepatía el asunto. A pesar del frío, las primeras gotas de sudor se asomaron en su frente. Observó su reloj, vio que marcaba las diez con quince. El operativo apenas iniciaba. Calculó llegar a la una con quince. Eso, claro, si le metía al acelerador.

—Es buena hora, salvo por un maldito imprevisto —se levantó de su escritorio y se puso su abrigo—. Dile a Toñita que se prepare, para que se venga con nosotros. La vamos a necesitar.

La aguja del velocímetro del Mercedes marcaba los 160 km/hr. No es que le gustara la velocidad, al menos ya no como antes. Se supone que la madurez mata la imprudencia de la juventud. Violaría ese principio de vida, las circunstancias no le dejaban de otra. Se encontraban a la altura del desierto de Samalayuca, que en esos momentos era un frío desierto, cuando Luciano recibió una llamada de la directora del grupo, Julieta Vargas, una ejecutiva cincuentona que tenía a su cargo la administración de un grupo de empresas importadoras con oficinas en Tijuana y Ciudad Juárez, entre ellas Importadora de Plásticos Implas. La directora le exigía, con desesperación, saber en dónde estaban y cuánto tiempo más tardarían en llegar.

—Hay más de diez auditores de aduana y están varios jefes, incluyendo el titular de la aduana, un tal López Dueñas —le dijo—. Están con una actitud en extremo prepotente, lanzando amenazas a diestra y siniestra; hablan incluso de denuncias penales. ¡Apúrese por favor, licenciado!

Luciano le pidió que le explicara más a detalle la situación para llegar con mayor conocimiento de causa. No fue posible, pues la mujer estaba al borde de la histeria. Lo único que logró esa llamada fue aumentar aún más la tensión de la situación, que a punto estuvo de convertirse en una neurosis colectiva. Tenían que tranquilizarse, pues estaban a punto de llegar al retén militar de Precos, que se encontraba instalado sobre la carretera, en pleno desierto. El alto era obligatorio para una revisión de rutina. Para su suerte, la fila de vehículos delante de ellos era corta. Avanzaron rápido. Un retén militar no es cualquier retén. Era necesario cuadrarse. No hacer ni decir ninguna pendejada. Imponía la presencia de varios Humvee con camuflaje desértico pixelado. En uno de ellos estaba montado un soldado sosteniendo una ametralladora pesada, imponente. Ni ganas de voltearlo a ver. "Siempre fiel", se leía en una bandera colocada sobre una de las barricadas, por donde pasaban los camiones de carga. El militar a cargo de hacerle el alto a los vehículos, vestido con uniforme del desierto y con aspecto sureño, armado con fusil de asalto, notó con toda seguridad la ansiedad de los tripulantes. Estaban entrenados para eso, y con el número tan grande de personas que transitaban a diario por esa carretera sabía leer a la perfección los rostros.

—Buenas tardes, señores, ¿de dónde vienen? —Preguntó de manera respetuosa.

—Buenas tardes, jefe —contestó Luciano, dándole su lugar al soldado—. Venimos de la ciudad de Chihuahua.

—¿Hacia dónde se dirigen?

—A Ciudad Juárez, jefe.

—¿A qué se dedican?

—Somos abogados —contestó, con toda seguridad, pensando que eso lograría impresionar al militar y les daría el pase sin mayor dilación, ya que por lo general mostraban un cierto respeto con los juristas, tal vez porque la formación castrense estaba basada en gran parte en el respeto a las leyes e instituciones. Siempre que había pasado por ese retén, en cuanto Luciano pronunciaba la palabra abogado, la respuesta venía acompañada de un "siga su camino". Pero en esta ocasión el militar no se impresionó.

—¿De dónde me dijo que venían? —preguntó de nuevo, capciosamente.

De la ciudad de Chihuahua, jefe —repitió Luciano. No quiso imaginarse lo que hubiera pasado de haber contestado: "ya le dije: de Chihuahua. Ponga atención."

—¿Traen prisa?

—Un poco, jefe. Vamos a una junta importante con un cliente —tuvo que mentir, no era prudente decir que iban camino a tratar de frenar un operativo aduanal en donde el SAT pretendía decomisar millones de pesos en mercancía. Podría sonarle raro al militar por aquello de la explicación no pedida, culpa admitida.

—¿Son abogados penalistas? —preguntó el militar con suspicacia, levantando un poco la ceja.

Abogado penalista, posible defensor de narcos… A como estaban las cosas, hubiera sido imprudente contestar: somos abogados fiscalistas… Respuestas incorrectas.

—No, jefe, somos abogados empresariales —contestó Luciano, reflexionando que, de aquí en adelante, así se presentaría. Sonaba menos peligroso.

El militar se acercó un poco, observó con detenimiento a los tres tripulantes y con cortesía les preguntó:

—¿Les molestaría que les hagamos una revisión de rutina?

Luciano sintió un temblor interno, más ansiedad, no por lo que fuera a encontrar, sino por lo más valioso que les iba a quitar: el tiempo.

—En lo absoluto, jefe.

—Pásale al carril número cuatro —les indicó con la mano.

— CAPÍTULO 32 —

Importadora de Plásticos Implas se encontraba ubicada sobre la avenida Tecnológico, en Ciudad Juárez. En cuanto entraron en la ciudad, Luciano trató de conducir con la mayor cautela posible, lo cual implicó disminuir la velocidad, incrementando el estrés, pues esa zona por lo general estaba infestada de policías de vialidad que tienen una especial habilidad para identificar vehículos de fuera, aunque porten placas del Estado. Su función predilecta era infraccionar por supuesto exceso de velocidad a conductores con aspecto de turistas o fuereños. «Le tengo que retirar su licencia, caballero. La oficina donde puede pagar la infracción se encuentra al otro extremo de la ciudad y por la hora ya no va a alcanzar abierto. Pero si trae prisa, nos podemos arreglar aquí en corto; nomás que manejamos puro efectivo, queda a su discreción», era el diálogo del anexo "X" del manual de operación y procedimientos de la dirección de vialidad. Para su suerte, el lugar se encontraba cerca. La empresa estaba establecida en un edificio grande y alargado de una sola planta. En la parte superior se encontraba un enorme letrero con el nombre de la empresa escrito con letras estilizadas, seguido del logotipo, formado por una silueta dorada de un tráiler con las banderas de México y Estados Unidos —éstas últimas dibujadas sobre la caja—. A mano derecha había un portón grande que permitía el acceso a camiones y camionetas de carga. A mano izquierda la entrada de las modernas oficinas administrativas con fachada de vidrios polarizados. El lugar se encontraba atiborrado de vehículos oficiales del SAT, patrullas de la Policía Federal y algunas otras de la Policía Municipal que por lo general llegaban a hacer bola, para no decir, estorbar. Luciano se estacionó en el primer espacio que encontró disponible, pues las autoridades ocupaban todos los espacios de estacionamiento, al igual que bloqueaban la entrada al almacén principal. Cuando Luciano, Julio y Toñita descendieron del Mercedes, alcanzaron a observar a unos diez elementos de la Policía Federal, armados y vestidos para la ocasión. Ingresaron por el portón, el cual a su vez los llevaba al interior del almacén de la importadora, que era el espacio en donde se estaba llevando a cabo el operativo. Todo era confusión en el lugar. Los empleados de la empresa se movían de un lado a otro como gallinas asustadas. Una docena de hombres y mujeres que portaban gafetes y chamarras con el logotipo de aduanas del SAT trabajaban con afán recaudatorio. Varios de ellos se encontraban colocando sellos de clausura en varias partes del local. Otros descargaban mercancía de los camiones, a la que también le estaban colocando sellos y estaba siendo inventariada para efectos de su decomiso. La presencia de la prensa en los operativos del SAT ya era obligatoria.

Un empleado de la aduana del SAT trató de impedir la entrada a Luciano y a los abogados. Les dijo que en el lugar sólo podía estar personal autorizado. En tono amenazante, les pidió que se retiraran o tendrían que hacer uso de la fuerza pública, lo que ocasionó que se armara una pequeña discusión entre ellos, misma que fue interrumpida por Julieta Vargas en cuanto advirtió la presencia de Luciano, a quien estuvo a punto de lanzársele a los brazos como una amante presa de la desesperación.

—Está bien, ellos son los abogados de la empresa; trabajan para mí —le dijo al empleado del SAT quien, ceñudo, se dio la media vuelta—. ¡Ya se me hacía que no llegaba, licenciado! Esta gente no entiende de razones, son unos prepotentes, sobre todo el jefe. Esto más que un operativo parece una extorsión a gran escala —dijo con enfado y fastidio. Tenía los ojos llorosos.

—Tranquilízate, ya estamos aquí —dijo Luciano, poniéndole la mano sobre el hombro—. ¿Qué pasó con el abogado interno? ¿Qué acaso no intervino?

—Pues es que él no le sabe a estos temas. Además, lo intimidaron, le empezaron a pedir sus datos fiscales y lo amenazaron con denunciarlo por delincuencia organizada. Poco le faltó para presentar su renuncia.

—Pero, ¿qué es lo que pasó? ¿Qué razón te dan del operativo? ¿Qué es lo que están revisando? ¿Qué quieren?

—Llegaron exigiendo los pedimentos de importación y certificados de origen de las mercancías. Cuando les presentamos la documentación, nos señalaron que los certificados no cumplían con varios de los requisitos y que además algunos datos eran falsos, por lo que es de considerarse que toda la mercancía se encuentra internada de manera ilegal en el país y que aparte estamos cometiendo el delito de contrabando. Fue entonces cuando pidieron refuerzos y se dejaron venir todos como en estampida. Llegaron con lujo de violencia. Amenazaron con tumbar las puertas, entraron hombres armados, amagando a todo el personal. No nos dejaron ni hablar. No tienes idea de lo nefasto y prepotente que es ese sujeto. Me dijo que él es el máximo jefe de las aduanas, un tal licenciado Matías López Dueñas. Cuando le pedí que me explicara más a detalle las inconsistencias para tratar de solucionar el problema, de una manera muy grosera me cuestionó que quién chingados era yo. Cuando le respondí, me exigió que se lo comprobara con mi nombramiento y representación legal, y además me dijo que tenía que estar en original, o bien certificado ante notario. Resulta obvio que no tenía nada de eso a la mano. Lo único que pude hacer fue mostrarle mi gafete, pero me dijo que eso no servía para acreditar mi personalidad. Después de discutir por varios minutos sobre ese punto, el sujeto accedió a dar una explicación por demás parca, me mostró unas carpetas que, según él, eran unas denuncias penales y que los del Ministerio Público ya estaban tomando nota, pues estábamos cometiendo el delito in fraganti. Yo no entendía nada, le exigí que fuera más claro, pero se negó y llegó al punto de exigir que se presenten los dueños de la empresa, si es que queremos arreglar algo. ¡No sé qué hacer, licenciado!, estoy muy asustada —dijo con la voz entrecortada, casi al punto del llanto.

—Tranquila, ¿en dónde está el tipo ese?

—¡Ah! Esa es otra, el muy sinvergüenza exigió que le diera acceso a mi oficina, pues la ley fiscal me obliga a darles todas las facilidades.

Luciano reflexionó por unos instantes y le pidió que lo llevara a donde estaba López Dueñas. Julio y Toñita lo siguieron.

Cuando entraron a la oficina de Julieta, observaron que López Dueñas estaba sentado a sus anchas en la silla ejecutiva, con las piernas encima del escritorio. Estaba en una llamada en su celular. A su mano derecha se encontraba un elemento de la policía federal, portando armas de grueso calibre y uniforme táctico. Parecía como si estuviera haciendo las veces de su guardia personal. Frente a él, al otro lado del escritorio, estaban sentadas dos empleadas del SAT vistiendo chamarras con el logotipo. Ambas, más que auditoras, tenían el aspecto de modelos. Hacían algunas anotaciones en sus MacBooks última generación. López Dueñas vestía también una especie de uniforme táctico de color negro, acompañado de una chamarra con el logotipo del SAT y la bandera de México a un costado del hombro. Su indumentaria no era igual a la de los demás. No se necesitaba ser un genio para asumir que se la mandó confeccionar a la medida para destacar, para parecer un militar de película futurista. Un ególatra en su máxima expresión. Al ver que ingresaron Julieta y los abogados, los miró con desdén y sin cortar su llamada, le hizo una seña a su guardián para que los sacara del lugar.

—Aquí no pueden estar, por favor retírense —ordenó el policía.

—Discúlpeme, pero esta es mi oficina, yo puedo entrar y salir de ella cuantas veces se me pegue la gana —le replicó Julieta, notoriamente molesta. Para evitar que perdiera el control, Luciano intervino.

—Ella es la directora de la empresa y nosotros somos los abogados. Requerimos hablar con el licenciado López Dueñas.

El policía lo observó con altivez y se fue a donde López Dueñas. Éste colgó y de mala gana les permitió el acceso como si les estuviera haciendo un favor. Los observó con detenimiento haciendo un profundo escaneo visual, conocido de manera coloquial como recortón.

—¿Ustedes son los dueños de la empresa? —preguntó, con prepotencia.

—No, ellos son nuestros abogados —contestó Julieta.

—Ah caray, pensé que su abogado era aquel que se fue a esconder a un rincón —dijo con sorna.

—Ellos son nuestros abogados externos —corrigió tajante.

—¿Ah sí? —Los observó, enarcando las cejas—. Espero que traigan sus poderes en original en donde se acredite su representación. De lo contrario, se van a tener que largar de aquí. Como pueden ver, estamos en un operativo oficial. Sólo personal autorizado. Y en cuanto a usted, señora directora, ya le había dicho que es necesario que vengan los dueños.

Julieta ardía del coraje, su rostro se puso rojo y sus ojos se encendieron. Luciano se dio cuenta, la tomó del hombro y le pidió que se tranquilizara. Trataría de tomar el control de la situación antes de que las cosas se pusieran mal. Tenía vasta experiencia en lidiar con tipos prepotentes como López Dueñas.

—Buenas tardes, permítame presentarme. Soy el licenciado Luciano Almonte y ellos dos trabajan conmigo. Él es el licenciado Julio Velasco y ella la licenciada Antonia Luján. La directora Vargas me informa que usted es el licenciado Matías López Dueñas, ¿es correcto?

—Para ustedes soy el Administrador Central de Aduanas del Sistema Administrador Tributario —apretó los labios y entrecerró los ojos—. Por favor, muéstrenme su poder en original o copia certificada —les dijo de mala gana.

Luciano trató de no perder la compostura.

—Disculpe administrador, para intervenir no requerimos poder, no estamos presentando ningún escrito ni estamos actuando dentro de un juicio, sólo queremos saber cuál es el motivo de la revisión, con la finalidad de facilitarles las cosas.

López Dueñas se dio media vuelta en su silla giratoria y le hizo una seña al policía para que los echara del lugar. Antes de que lo hiciera, Toñita tuvo una intervención magistral para salvar la situación.

—Conforme al Código Civil Federal, basta con que el poder se otorgue por una persona facultada para ello, como lo es la señora directora aquí presente, y ante la presencia de dos testigos. No es necesario cumplir mayor formalidad más que la de citar los artículos y hacerse constar por escrito —dijo, con la mayor de las seguridades y con un aire altanero. Para cabrón, cabrón y medio, rezaba un popular dicho. De una pequeña mochila que cargaba al hombro sacó una carpeta y varias hojas de máquina. Sobre ellas empezó a escribir, con gran destreza. Estaba sacando a relucir sus años de experiencia en diligencias judiciales. En menos de cinco minutos había elaborado una carta poder a mano en donde Julieta Vargas daba amplitud de poderes a Luciano para poder intervenir y actuar en cualquier diligencia de naturaleza fiscal y penal. Le pasó el documento a Julieta—. Por favor, firme aquí —le indicó al final.

Tanto ella como Julio firmaron de testigos. Una vez que quedó formalizado, le extendió el documento a López Dueñas, quien lo tomó de mala gana, le dio un vistazo enarcando las cejas y lo lanzó sobre el escritorio.

—En esta ocasión voy a hacer una excepción, ya que el poder tendría que estar certificado ante notario. Voy a ser breve en mi explicación, pues los detalles quedarán asentados en actas. Hicimos una revisión exhaustiva a los certificados de origen de la mercancía que importó la empresa y nos topamos con que éstos no cumplen con los requisitos. Además, encontramos que los datos asentados en ellos son falsos. Por ende, millones de pesos en mercancía se encuentran de manera ilegal en el país. Esto es un delito fiscal grave: contrabando. Y como se trata de una empresa grande, podemos asumir que se trata de delincuencia organizada —López Dueñas se dirigió hacia una de las auditoras y le pidió que le extendiera una carpeta, la cual tomó con una mano y la alzó para mostrárselas, agitándola—. Yo no tendría por qué decírselos, pues se tratan de actuaciones confidenciales, pero esto que tengo aquí es una denuncia penal que presentaremos en contra de todos los representantes legales, socios, directivos, empleados y quienes resulten ser dueños de la empresa, por delincuencia organizada y delitos en contra de la seguridad nacional. Además de que tendrán que pagar al SAT los respectivos impuestos de importación omitidos, actualizaciones, recargos y multas. Por lo pronto, vamos a decomisar toda la mercancía.

Luciano se quedó pensativo, con el ceño fruncido. Volteó a ver a Julio. Julieta estaba pasmada, no encontraba para dónde voltear ni qué hacer.

—¿Me podría mostrar las observaciones que están asentando en actas? —pidió Luciano.

López Dueñas lo observó de mala gana y a regañadientes le pidió a una de las auditoras que le pasara una de las actas.

—Aquí tiene —dijo extendiéndole el documento.

Luciano se acercó a Julio y entre ambos comenzaron a leer el acta. Pudieron observar de inmediato que las omisiones de requisitos y la supuesta falsedad de la que hablaba López Dueñas era atribuible pero no a la Importadora de Plásticos Implas, sino al exportador o a quien les vendió la mercancía. Antes de pretender fincarles responsabilidad, la aduana del SAT, de manera forzosa, tenía que agotar diversos procedimientos con el exportador, solicitar las aclaraciones correspondientes y sobre todo someter a un peritaje profesional la supuesta falsedad de los documentos, pues según las conclusiones que se estaban asentando dentro del acta, la falsedad la presumían con base en información que habían sacado de internet y de Google Maps (siendo la principal que el domicilio de la empresa exportadora no existía). Todo estaba basado en conjeturas, ni siquiera en presunciones legales. Ilegalidad evidente, abuso de autoridad. En otros tiempos, un amparo hubiera sido la solución. Pero con la reciente reforma de Ballesteros y la presión que estaba ejerciendo sobre los tribunales, las reglas del juego ya no eran las mismas.

Atrás habían quedado los tiempos en que se podía ir a la guerra legal en igualdad de condiciones; ahora ya no, pues el SAT tenía en sus manos un arma de aniquilación total: la posibilidad de iniciar procesos penales por delincuencia organizada y atentados en contra de la seguridad nacional, como si se tratara de invitaciones a un evento social. Era impensable que Importadora de Plásticos Implas se pudiera ver involucrada en ese tipo de denuncias. Luciano sintió un escalofrío sepulcral mientras se hacía esas reflexiones. Tenía que ser muy estratégico en los pasos que debería seguir, sobre todo en lo relativo a la exigencia de López Dueñas en cuanto a hablar con los dueños de la empresa. Para eso son las representaciones legales y abogados, para que los dueños jamás tengan que dar la cara. Luciano pensaba que ello podía obedecer sólo a dos cosas: una investigación a fondo de la operación financiera de la empresa o una extorsión. Para Luciano, ambas opciones eran ominosas, pero se inclinaba más por la segunda. Sea como fuere, la situación era un desastre, pues las alertas estarían al máximo y el decomiso de la mercancía representaba un gran problema. Era hora de averiguar las intenciones de López Dueñas, tratar de negociar para reducir al máximo los daños colaterales.

—De las observaciones que hacen en las actas, le comento que tenemos forma de hacer todas las aclaraciones pertinentes —dijo Luciano, deseando haberle dicho en su cara lo arbitrario e ilegal de las observaciones. «En juicio te podría dar una paliza» pensó, pero no era momento de hacerle al gallito de arena de palenque. Estaba en franca desventaja—. Créame, señor administrador, que nuestra intención es cooperar al máximo con ustedes.

—Pues empiece por facilitarme el nombre de los dueños, ellos son los únicos que pueden aclararnos las cosas. En caso contrario, usted y yo no tenemos nada de qué hablar y tendremos que llevar el asunto hasta las últimas consecuencias —respondió López Dueñas.

Luciano sentía el corazón rebotándole en el pecho. Era hora de lanzar la indirecta para la negociación.

—¿Podemos hablar unos momentos en privado? —dijo con voz baja y carraspeando. López Dueñas frunció el ceño y tamborileó con los dedos sobre el escritorio. Lo observó con desconfianza. Después de algunos instantes, se dirigió hacia su policía guardián y a las dos auditoras, a quienes pidió que los dejaran solos. Luciano hizo lo mismo con su equipo. Tomó una silla, se acercó al escritorio y entrelazó las manos—. Mire, señor administrador, será muy difícil acceder a su petición, pues los dueños de la empresa viven en Estados Unidos. Se trata de personas que en el pasado fueron víctimas de secuestros y extorsiones, motivo por el cual son muy reservados y se muestran muy renuentes a venir a México. Sin embargo, yo tengo contacto directo con ellos. Digamos que soy su abogado de confianza y, a través de mí, en ocasiones, toman ciertas decisiones importantes —dijo esto último con tono sugestivo.

López Dueñas lo miró con fijeza mientras soltaba una ligera sonrisa.

—¿Me está tratando de sobornar, abogado? ¿Es consciente de que puedo proceder en su contra por cohecho?

Luciano no se esperaba esa respuesta. El sudor hizo acto de presencia sobre su frente.

—Nada de eso señor administrador, no me malinterprete. Se lo digo tan sólo con el afán de facilitar las cosas.

—Pues entonces no tenemos nada más de que hablar. Si es verdad que tiene esa cercanía con los dueños, hágalos venir o, de lo contrario, será mejor que se preparen a ser tendencia en redes sociales cuando se descubra que Importadora de Plásticos Implas forma parte del crimen organizado. Retírese por favor —señaló con prepotencia mientras ordenada a su personal que ingresara de nueva cuenta a la oficina apropiada.

Luciano apretó las quijadas, se sentía colérico. «Qué bien se vería mi puño estampado en la jeta de ese tipejo», pensó, mientras empezaba a sentir algo nuevo. Obnubilación. ¿Qué sigue?

La diligencia de embargo continuó por poco más de una hora. Luciano y su equipo deambularon por aquí y un tanto por allá, tratando de templar las ilegalidades que siempre se podían cometer en los embargos. Lograron una pequeña victoria al conseguir que el SAT no extrajera toda la mercancía del lugar. Por fin concluyó el operativo orquestado por la aduana del SAT. Se firmaron las actas correspondientes y los funcionarios del SAT empacaron con prontitud sus cosas. Como si nada hubiera pasado, se retiraron. Los empleados de la empresa, en especial Julieta, sintieron como si hubiera pasado un tornado sobre ellos. López Dueñas se dirigía a la salida acompañado de un séquito de funcionarios y elementos de la policía, comportándose como si fuera una especie de general triunfante después de arrasar una aldea. Al advertir la presencia de Luciano, que en ese momento se encontraba cerca, López Dueñas frenó su paso haciendo un ademán a su séquito para que continuaran sin él. Le dirigió una discreta seña para que se le acercara. Luciano no supo qué pensar, actuó casi en automático.

—No se aleje mucho, pues una persona se va a poner en contacto con usted —dijo López Dueñas y siguió su camino sin decir más. Luciano se quedó frío.

— CAPÍTULO 33 —

¿A qué se refería con eso de "no se aleje mucho"? ¿Significaba que tenían que quedarse en Ciudad Juárez? De ser así, ¿por cuánto tiempo? ¿Quién y para qué se pondrían en contacto con él? Luciano detestaba ese tipo de situaciones que involucraban encuentros indefinidos envueltos en un velo de misterio. Ese era el tipo de incertidumbre exasperante a la que era sometido por quien lo contactaba por el *otro* celular, cuando le pedían que aguardara instrucciones adicionales. Lo detestaba. Sintió una leve distención abdominal al recordar que en breve tendría que mandar un parte informativo del operativo, precisamente a los del *otro* celular. ¿Cómo reaccionarían ante lo acontecido? Reminiscencias de una colitis nerviosa empezaban a hacerse presentes. ¿Qué explicación les daría ahora? ¿Sería prudente hablarles de la amenaza de las denuncias penales o darles a conocer la posibilidad de un arreglo? No podía ocultar detalles, ni el más mínimo. Sintió de pronto como si le hubieran dado un filerazo en un costado del abdomen. Se encogió de hombros.

—¿Te encuentras bien, Luciano? —preguntó Julio—. Te pusiste pálido.

—Estoy bien. Es el estrés, ya se me pasará.

Se quedaron hasta pasadas las cuatro de la tarde en la importadora, ultimando algunos detalles con Julieta, quien se encontraba en peor estado de ánimo que Luciano. No le contó acerca de lo último que platicó con López Dueñas, pues no era prudente y tal vez tampoco necesario, pues si la intención de ese eventual encuentro misterioso era para lo que él intuía, ella tendría nula facultad de decisión al respecto. En virtud de que nadie los contactó en ese lapso, Luciano y su equipo decidieron matar el tiempo en un tradicional restaurante de comida china de la ciudad. El reloj cambiaba de posición y el misterioso contacto seguía sin aparecer, por lo que decidieron pasar la noche en Ciudad Juárez. Se hospedaron en el hotel Fiesta Bonita, ubicado a unos metros del consulado de los Estados Unidos. Estar cerca del consulado en una ciudad como Juárez siempre daba un ambiente de protección. No se habían alejado mucho, como se lo había indicado López Dueñas. En lo poco que logró dormir, Luciano fue atormentado por seres brumosos amenazantes que aparecieron en pesadillas. Ya era de día, aún estaba acostado sobre la cama. Se sentía del carajo. Realizó la revisión rutinaria a sus dos teléfonos. Eran las siete con casi treinta de la mañana. Estaba a punto de volver a cerrar los ojos cuando una llamada en su celular lo sacó de su letargo. Al observar la pantalla, vio que se trataba de un número privado. Contestó de inmediato.

—Lo esperamos en media hora en la bodega identificada con el número sesenta y seis, en las instalaciones de los patios fiscales que están por el rumbo del puente internacional Zaragoza-Ysleta. Venga sólo. No se le ocurra hacer nada estúpido, lo estaremos vigilando.

Arribó al lugar del encuentro en el tiempo indicado. Se trataba de un espacio propio de los patios fiscales que se encontraban en desuso, dando aspecto de abandono. La bodega sesenta y seis estaba en una esquina, casi escondida. Ingresó hasta el lugar a bordo de su Mercedes. Afuera se encontraban estacionadas dos Cadillac Escalade negras, de modelo reciente. Una estaba vacía y en la otra se encontraba al volante un sujeto con lentes oscuros con cara de pocos amigos. Luciano prefirió no cruzar miradas con él. Volvió a sonar su celular.

—Baje del vehículo y entre. Deje su celular, cartera y cualquier otra pertenencia en su vehículo —dijo una voz desconocida.

Luciano sabía que eso incluía dejar el otro celular. Sintió que le faltó el aire de tan solo imaginar una llamada entrante en su ausencia. Taquicardia al pensar en un robo. Lo escondió lo mejor que pudo. Al ingresar a la bodega, lo recibió otro sujeto con aspecto de gorila con traje, quien lo esculcó de pies a cabeza. Una vez terminado el proceso siguió su paso y sólo se encontró con un espacio vacío envuelto en un frío infernal. Olía a humedad y no se observaba a ninguna otra persona. El gorilón le hizo una seña con la mano para que se dirigiera al fondo, hacia una pequeña oficina de tabla roca. Luciano entró y vio a dos sujetos de traje sentados en un escritorio. Uno era un joven que aparentaba no más de treinta años y el otro era un sujeto de traje oscuro, a rayas, bastante delgado y con el rostro demacrado. El lugar e iluminación le daban un aspecto sombrío, como de psicópata. Luciano le encontró cierto parecido con el expresidente Díaz Ordaz. Se encontraban sentados en una mesa cuadrada de cuatro sillas.

A la cabecera se ubicaba Rubén Félix y, a su mano derecha, Roberto Sáenz. El primero de ellos le hizo una seña a Luciano para que se sentara en la contracabecera.

—Buenos días, licenciado Almonte, es un placer conocerlo —dijo el Díaz Ordaz, soltando una risita mordaz, mostrando toda su dentadura. Luciano sólo se limitó a contestar con un cortante «qué tal», al estilo norteño. Volteó a ver a Roberto, quien se notaba en extremo incómodo. En cuanto hizo contacto visual con Luciano, bajó la mirada—. Mire, licenciado, voy a ir directo al grano, pues ya se debe de imaginar que esto no es una reunión para socializar, máxime que soy alguien a quien no le gusta perder el tiempo. Nos informaron que usted es la persona a la que debemos, por así decirlo, presentar las condiciones para arreglar el severo problema fiscal en el que se encuentra metida la empresa que usted representa. Aquí, el buen licenciado a quien, por razones obvias, sólo identificaré como RS, le dirá el monto de los impuestos omitidos.

Roberto volteó a ver al Díaz Ordaz con una pincelada de desprecio. Era evidente que no le agradaba en lo absoluto, menos que lo hubiera identificado por sus iniciales. Qué puta necesidad había de ello. Se acomodó en su silla, aclaró la garganta y con ligero tartamudeo dijo:

—Para que la empresa se ponga al corriente en el cumplimiento de sus obligaciones fiscales, deberá pagar de inmediato la cantidad de veinte millones de pesos. Con ese pago se cerraría la auditoría fiscal y el SAT no ejercería ninguna acción penal. Dentro de los sistemas del SAT quedaría registrada la corrección del ejercicio fiscal —dijo, sin poder sostener la mirada.

Luciano se quedó paralizado, sintió algo de vértigo, tuvo la sensación de que le faltaba el aire. Con los ojos bien abiertos los observó a ambos.

—¿¡Es una puta broma!? —vociferó, apretando las quijadas, sintiendo enojo e incredulidad ante lo que se le estaba presentando—. ¿Cómo diablos determinaron esa cantidad? La empresa se encuentra al corriente en todo y ustedes, o el pinche SAT, o quien quiera que sea, cosa que me vale madre a estas alturas, lo saben —dio un manotazo sobre la mesa—. ¿Con base en qué criterio piden veinte millones de pesos?

El Díaz Ordaz soltó una carcajada y aplaudió.

—No sea ingenuo, Almonte, todos sabemos qué clase de empresa es la de su cliente, así que déjese de pendejadas. Con base en qué, pregunta usted… —hizo una mueca sarcástica—, con base en que tenemos la ley en la mano y, sobre todo, el poder para dejarles caer a los criminales fiscales todo el peso del Estado. ¿Cómo la ve si mañana mismo les congelamos las cuentas bancarias a los socios, directivos y demás representantes legales de la empresa? ¿O qué tal si mañana les cancelamos todos los sellos digitales fiscales y les paramos en seco las operaciones? ¿Qué le parecería si mañana iniciamos otro operativo de embargo en las demás sucursales? Y, sobre todo, ¿qué le parece si saliendo de aquí nos vamos al Ministerio Público de la Federación a presentar las denuncias penales por contrabando y defraudación fiscal, que por los montos se catalogan como delitos graves sin derecho a fianza? Además de que se considera delincuencia organizada. Déjeme ver… también estaríamos en una situación de atentados en contra de la seguridad nacional. Vendrían intervenciones de llamadas, aseguramientos precautorios, arraigos domiciliarios, periodicazos. Imagine el escándalo que se desataría, Almonte —éste negó con la cabeza—. Pásale una copia de las denuncias aquí al licenciado, para que vea que no estamos bromeando —le ordenó a Roberto, quien, a regañadientes, se agachó y de un maletín sacó varias carpetas que le extendió a Luciano. Éste observó su contenido con detenimiento. Gotas de sudor se asomaron en su frente. Se acarició el cabello y dejó su mano en la nuca. Volvió a sentir ese maldito filerazo en el costado—. Quédese con ellas, Almonte. Muéstreselas a los dueños, que, si bien es cierto aún no sabemos quiénes son, ya andamos investigando ese dato. No se preocupe, vamos a dar con ellos para agregarlos a la carpeta de investigación —concluyó con altanería. Un pensamiento fugaz se le presentó a Luciano. La escena era terrorífica y catastrófica. Sudó frío—. Tiene tres días para darnos una respuesta, en caso contrario, el fuerte brazo de la ley caerá sobre ustedes… —el vil sujeto hizo una breve pausa, se llevó la mano a la barbilla, como si algo se le acabara de ocurrir—. Ahora que lo pienso, es muy posible que hasta usted pudiera estar involucrado en los delitos fiscales… ¿Asesor legal?, ¿abogado fiscalista? Esa es su especialidad, ¿es correcto? —volvió a soltar su risita chillona que en ese momento a Luciano le caló como cuando alguien arrastra un gis sobre un pizarrón—. Vámonos licenciado RS, creo que nos hicieron perder nuestro valioso tiempo —dijo, mientras se levantaba de su lugar.

—¿Cuáles son las condiciones para proceder al pago? —interrumpió Luciano con voz sepulcral. Estaba con la cabeza agachada y los ojos cerrados.

El Díaz Ordaz dio un aplauso y sonrió.

—Veo que ya está entrando en razón, Almonte. Aquí mi compañero le va a dar los detalles —le hizo una seña a Roberto, quien frunció el ceño y le extendió a Luciano un documento.

—Esa es la cantidad que ya le mencionamos. Un porcentaje se deposita en esa cuenta y el resto se entrega en efectivo. Nosotros le indicaremos el lugar en donde deberá entregar el dinero —dijo, con voz trémula.

Luciano observó el documento. Se desconcertó al ver que la cuenta de depósito era de una línea de captura institucional para el pago de impuestos. Entendió de inmediato el ardid de López Dueñas y sus secuaces. Para no verse tan avorazados y taparle el ojo al macho, entregarían una cantidad al fisco y, el dinero en efectivo, se lo repartirían. Extorsión con disfraz legal. Siempre era lo mismo, corrupción descarada.

—Tardaré algunos días en tenerles una respuesta. ¿Cómo me puedo poner en contacto con ustedes?

—Tiene tres días, Almonte; sólo tres —señaló el Díaz Ordaz con tres dedos de la mano—. Una vez llegado el plazo, lo volveremos a buscar, no se preocupe por eso. Esperemos que para entonces sus jefes ya tengan listo el pago de impuestos. Una cosa sí le debe quedar muy en claro a sus clientes: No hay prórrogas ni pago en parcialidades. Recuerde que no hay nada mejor que estar al corriente con el fisco.

— CAPÍTULO 34 —

Paco Iturriaga estaba que echaba fuego, su rostro se veía encendido. Estaba a punto de iniciar transmisiones, volteaba a ver a la cámara con cara de pocos amigos. Días antes sintió el embate fiscal de Ballesteros. Le notificaron en su domicilio una aplastante auditoría fiscal por varios ejercicios fiscales y, para cerrar con broche de oro, un procedimiento de discrepancia fiscal, pues sus gastos no coincidían con lo declarado al fisco. Se le pedía aclaración inmediata. Para ponerle sazón al asunto, el SAT le advertía que en el supuesto de no desvirtuar las omisiones, podría ubicarse en varios supuestos penales, entre ellos la defraudación fiscal. Para que no quedara duda al respecto, hasta le transcribieron sendos artículos de la nueva reforma penal fiscal.

«Estimados radioescuchas, la noticia que les presentaré en este momento no es nada alentadora por varios motivos que habré de comentar. Se avizora un panorama muy oscuro y difícil para nuestro país. Empezaremos por decir que el día de hoy, mediante un comunicado oficial de la Secretaría de Salud, se confirmó el primer caso del virus SARS-CoV2 (Covid 19) en nuestro país. Se trata de una persona infectada que habría regresado de Europa, en donde al parecer contrajo el temible virus. Las autoridades informaron que están tomando las medidas necesarias para evitar un contagio masivo. La persona se encuentra en aislamiento y, al parecer, se encuentra en excelente estado de salud. El presidente informó esta mañana que la situación se encuentra bajo control total. Señala que los mexicanos no tenemos nada de qué preocuparnos, pues el país se encuentra preparado para hacer frente a este tipo de emergencias sanitarias. De igual forma, declaró que está convencido de que en nuestro país ese virus solo será pasajero y que nos hará lo mismo que el viento a Juárez. Iturriaga expresó una sonrisa sarcástica mientras negaba con la cabeza.

«Es difícil creer en las palabras de un autócrata, de un demagogo y más cuando utiliza la fuerza del Estado para reprimir a sus ciudadanos. Un régimen de terror fiscal se ha implantado en nuestro país. El sector empresarial es su principal víctima. Su agenda principal es implantar una dictadura comunista en México, un régimen como el de Cuba y Venezuela; entonces, ¿qué se necesita para que ello sea posible? Primero, terminar con la clase media y el sector empresarial. Segundo, controlar a los medios de comunicación y deshacerse de aquellos que nos oponemos a su autoritarismo e informamos la verdad, aquellos que nos negamos a ser sus lacayos y chayoteros. En esas condiciones, debo hacer de su conocimiento que fui víctima de un linchamiento fiscal en mi propia casa. Un vil intento de amedrentarme, una advertencia para que me calle. Un atentado en contra de la libertad de prensa. Resulta que una turba de auditores fiscales, al servicio de Ballesteros, me acusaron de haber omitido el pago de mis impuestos. Hubiera visto usted el nivel de prepotencia y altanería con el que se conducían esas personas, amenazando, ordenando. Sólo les faltó tronarme los dedos. Uno de ellos incluso cayó en el descaro de ordenarme que le mostrara un listado de todos nuestros patrocinadores y anunciantes, incluyendo los montos que se les ha pagado durante varios años. Como es obvio, le hablé a mi abogado para que acudiera a auxiliarme de inmediato. Sin embargo, al llegar, varios elementos de la policía le quisieron impedir la entrada. Sólo después de un forcejeo verbal lo dejaron entrar. Pero en un embate de prepotencia, los auditores tomaron sus datos generales y le prometieron que en días próximos sería sujeto a una auditoria y, si las cosas no andaban bien, se presentarían denuncias en su contra por delincuencia organizada.»

Iturriaga hizo una pausa, negó con la cabeza, apretó los labios e hizo un gesto como si estuviera tratando de digerir una mala noticia, agregando algo de teatralidad en ello. «Déjeme decirle algo, señor presidente ROLA, así como a su brazo ejecutor, Gregorio Ballesteros, titular del SAT, ¡no me van a callar! ¡No me van a intimidar! Seguiré informando a todo el país acerca de todo aquello que vaya en contra de los principios democráticos. A mí me pueden hacer todas las auditorias que quieran, pues al final de cuentas no van a encontrar nada. Yo estoy al corriente en el cumplimiento de mis obligaciones fiscales. Aquí me gustaría preguntarles a ambos, lo siguiente: ¿Ustedes, declaran todos sus ingresos?», volvió a hacer otra pausa y lanzó una mirada fija a la cámara, «¡lo dudo!, pero al final de cuentas, ¿quién los va a auditar ustedes? Es ahí donde estamos en total desventaja los ciudadanos. Déjame decirte una cosa, Ballesteros, tú no eres más que un terrorista fiscal, un vil publicano como aquellos que se describen en la biblia, un ser separado de Dios, dispuesto a aplastar a los ciudadanos para obtener tus oscuros fines. Cuidado, pues entre más alto estés, más estrepitosa será la caída…»

— CAPÍTULO 35 —

Luciano decidió que Julio y Toñita se regresaran a la capital. No tenía caso que se quedaran. En nada podrían apoyarlo en este punto. Él se quedaría esperando en Ciudad Juárez pues así se lo habían indicado los del *otro* celular. Cuando les comunicó el estado de las cosas, la respuesta fue críptica. Sólo se limitaron a pedirle que no se moviera de donde estaba y que esperara instrucciones para reunirse con el Licenciado. Nada más. Instrucciones escuetas que generaban una incertidumbre infernal, sobre todo por la persona con quien tendría que encontrarse. Sólo en dos ocasiones había estado en presencia del Licenciado. La primera cuando fue contratado y la segunda cuando sirvió de intermediario para negociar un fuerte conflicto legal surgido entre el gobierno del Estado y un grupo de empresas. Ese fue el primer gran asunto de Luciano al frente de su nuevo despacho, un caso que se resolvió de manera magistral por la vía extrajudicial. El Licenciado no se reunía con cualquiera. Era el equivalente a un jefe de Estado de una nación de fantasmas. No se podía agendar una cita con él así porque sí. Nadie podía hacerlo. Tampoco se le podía enviar un WhatsApp o correo electrónico como a cualquier persona. No se sabía nada de él. Luciano no conocía ni su nombre ni su apellido.

No era el típico licenciado Ramírez o licenciado Rodríguez, sólo era el Licenciado. ¿Licenciado en qué? Podría serlo de un número indefinido de licenciaturas, o tal vez fuera un título honorario o un apelativo de cariño. En México, todo mundo o es licenciado o ingeniero o maestro. Luciano asumía que era licenciado en Derecho, por su buen manejo y comprensión de temas legales. Era el único indicio que tenía de ello. La última vez que lo vio, éste se despidió de una manera inquietante. «Espero no volver a toparme con usted, Luciano». No era broma ni advertencia, no era por antipatía o animadversión. Era una directriz de negocios y punto. Entre menos necesidad de vernos, significa que las cosas marchan a la perfección. Eso era lo que inquietaba a Luciano, haber sido el artífice de un tercer encuentro. La tercera es la vencida, pensó y sintió de nuevo el filerazo en un costado.

La llamada con instrucciones llegó un día antes de que se venciera el plazo. La reunión con el Licenciado tendría lugar en suelo extranjero, a escasos kilómetros de distancia, podría decirse que a un paso. El Paso, Texas, sería el punto de encuentro, en una dirección que le pidieron memorizara, pues no se la harían llegar por mensaje, ni le compartirían la ubicación por Google Maps. Se la darían una sola vez, así que si la olvidaba, jamás volvería a saber del Licenciado. «Tres en punto, llegue puntual.» No hubo mayor explicación. Luciano observó su reloj, el medio día estaba por terminar. Salió a toda prisa, pues las filas en los puentes internacionales son por completo impredecibles y, en ocasiones, las esperas para el cruce podrían extenderse más de dos horas. Impensable. Por precaución llevaba consigo su visa láser, no porque presintiera un encuentro extraordinario en El Paso, sino más bien por regla consuetudinaria para un gran número de chihuahuenses que saben que a Ciudad Juárez se debe ir con el pase fronterizo listo. No tuvo problema alguno para cruzar la frontera, a pesar de que en el ambiente rondaba un fuerte rumor de cierre de fronteras por la amenaza pandémica. Condujo a buena velocidad por el *freeway*, circulando por el famoso I-10 y se dirigió hacia el *Northeast*, como le habían indicado. Era una zona alejada de la ciudad en donde abundaba el polvo desértico. Se trataba de un desarrollo residencial que aún se encontraba en construcción. Casas para clase media alta. En aquellas que ya estaban terminadas, el *front yard* estaba decorado con enormes letreros que rezaban *"For Sale"*. Le habían indicado que el lugar de encuentro sería en la casa que tuviera el aviso *"Sold"* con enormes letras rojas. La construcción era de estilo mediterráneo moderno, de una sola planta, con enormes espacios, como los que se estila en todas las casas de Estados Unidos en donde no se escatiman con los metros cuadrados. Había también un garaje con portón de dos entradas. Ambas puertas estaban cerradas. Una enorme camioneta Ford F-150 King Ranch del año, color negro resplandeciente, y con vidrios de una oscuridad como la noche ocupaba un espacio de la cochera. Se estacionó enseguida de ella. Descendió de su vehículo y volteó a ver a todos lados. No había nadie más, no se percibía presencia humana a varios kilómetros a la redonda, no había trabajadores, sólo máquinas y herramientas resplandecientes abandonadas. La desolación era total, sólo el murmuro del desierto. Era como una versión modernizada de pueblo fantasma del viejo oeste. Luciano se quedó parado sin saber qué hacer, y observó su otro celular para ver si tenía algún mensaje. Nada. Como si fuera una aparición fantasmal, de la puerta principal salió un sujeto. Vestía traje negro, camisa negra. Era muy alto y corpulento. Rostro inexpresivo, como un ídolo de bronce, mirada escondida detrás de sus lentes oscuros. Usaba barba al ras y corte de cabello estilo militar. Le hizo una seña a Luciano para que se acercara. Lo esculcó de pies a cabeza. Le pidió que le entregara todas sus pertenencias, incluida cartera, reloj y llaves del vehículo. Sólo faltó que le pidieran dejar los zapatos. Ya en el interior de la casa, observó una ausencia total de muebles y decoraciones. Sólo se percibía ese agradable olor a pintura nueva, cemento y boquilla. Lo que sí había en abundancia era el aire frío que se siente en las casas vacías. En lo que era el espacio para la cocina, estaban tres sujetos que parecían un clon del que recién lo había recibido. Uno de ellos le pidió que lo acompañara hasta uno de los cuartos ubicado al final de un pasillo, en el cual solo había una mesa improvisada con dos sillas de eventos. Ahí ya estaba esperando el Licenciado. Era una persona de estatura promedio, andaría rondando los sesenta años, piel apiñonada, cabello ondulado castaño oscuro con algunas canas y un rostro amable. Era la clase de persona en la que se podría confiar de inmediato y podía pasar desapercibido en un mundo de licenciados. Su atuendo era informal, como el de un ejecutivo en fin de semana. Se cubría del frío con un saco grueso. Tenía un marcado acento norteño que Luciano no lograba reconocer. Hasta en eso era un misterio.

Como si se conocieran de toda la vida el Licenciado le dio la bienvenida.

—Toma asiento, Luciano —le hizo una seña con la mano.

—Gracias —contestó haciendo una leve reverencia. Se sentía un poco intimidado y nervioso, como si estuviera en la entrevista más importante de su vida. Le extrañaba tener ese tipo de sentimientos, pues a lo largo de su vida profesional se había reunido con personas de muy alto nivel y rango para tratar temas de suma relevancia, pero el Licenciado era un caso especial, no era cualquier persona.

Le hizo una seña al sujeto que lo había escoltado hasta el cuarto, para que los dejara solos y cerrará la puerta.

—Disculparás que no te haya citado en un restaurante, pero como andaba por este rumbo y por la premura de las cosas no hubo tiempo para otra cosa —dijo, soltando una amable sonrisa.

—No se preocupe, Licenciado, nada que disculpar.

—Vamos al grano, Luciano. ¿Cómo percibes la situación con esas gentes del gobierno? —No era una simple pregunta, llevaba implícita la exigencia de un informe detallado de la situación, sin suposiciones y sin ambigüedades. Le describió hasta el último detalle del encuentro con López Dueñas, el contenido de las actas, las observaciones, exigencias y la actitud mostrada por el funcionario del SAT. Le explicó que si bien es cierto que el procedimiento de embargo estaba plagado de ilegalidades que sin mayor problema se podrían ganar en juicio, el SAT ejercía un férreo control sobre los tribunales, lo que haría poco probable una victoria. Pero el problema mayor en realidad no era ese, sino el proceso penal en donde todos serían culpables hasta que se demostrara lo contrario. La presunción de inocencia en materia fiscal se había convertido en una utopía, en un romanticismo—.

Pues sí está complicada la situación —el Licenciado negó con la cabeza y emitió un suspiro—. ¿Crees que si les damos lo que piden se den por satisfechos?

—Lo más seguro es que sí. De cualquier forma, les voy a exigir garantía de ello. Eso fue lo que ofrecieron. Hacer constar que se cumplió a cabalidad con el pago de impuestos.

—Para eso quieren las leyes, ¡Hijos de perra! Extorsión con ley en mano —dijo el Licenciado, haciendo un chasquido—. Te voy a ser sincero, Luciano, eso es lo que me preocupa. Actúan como criminales bajo el escudo de las leyes. Unas leyes que por lo que veo están retorcidas. Has de cuenta que regresamos a los tiempos de la inquisición. Si lo observas con frialdad, esas leyes les permiten exigir un disfrazado derecho de piso, para no aplastarlos con toda la fuerza del Estado —de súbito el Licenciado se quedó muy serio—. ¿Y si deciden agarrar a la empresa como cliente frecuente?

Luciano se quedó pensativo, pues sabía que era una ominosa posibilidad.

—Puede ser. Pero, ¿para qué perder el tiempo con uno solo, cuando hay más de donde servirse? Se lo digo porque estas persecuciones fiscales las están llevando a cabo de manera masiva en todo el país. Creo que su comportamiento es como el de los antiguos saqueadores. Llegan, arrasan y se van al siguiente pueblo —el Licenciado adoptó una actitud meditabunda, observaba con fijeza a Luciano. No decía nada—. Además, creo que su propia codicia va a ser su perdición. Piensan que actúan de manera inteligente al entregar una parte del botín a las arcas del Estado. Recuerde que la otra parte se la llevan de una manera burda a sus bolsillos ¿En dónde van a guardar tanto dinero? Llegará un momento en que no podrán disimular su fortuna, no resistirán los seductores y putrefactos efectos de la corrupción. El propio sistema financiero los va a delatar. Los bancos emitirán alertas, los registros públicos darán a conocer sus bienes. Todos son iguales. Pienso que por ahí se les puede pegar. Es cuestión de que alguien busque y los exhiba. Tal vez convenga ver en esa dirección. Tengo algunos amigos en los medios de comunicación.

El Licenciado seguía sin decir nada, tenía las manos entrelazadas, jugueteaba con sus dedos pulgares. Apretaba los labios. Empezó a negar con la cabeza.

—No va a ser tan fácil pegarles por ese lado —dijo con una contundencia que fue brutal. Luciano se quedó sin palabras—. Unos muy buenos contactos ya me hicieron el favor de asomarse y no hay nada extraordinario, nada que llame la atención. Sus cuentas bancarias no impresionan a nadie. Ningún ingreso extraordinario. Casas modestas, hipotecas, créditos. Hacen sus compras en donde todos. El titular del SAT maneja un modesto carro que poco le faltaba para ser un vejestorio. Desde que asumieron el cargo no han estrenado nada. Cero viajes más que de trabajo. Las tarjetas de crédito las traen al tope. Sus familiares cercanos están en una peor situación económica. En fin, se comportan como burócratas comunes y corrientes —dijo, encogiéndose de hombros.

Luciano guardaba silencio, no le hacía sentido. Se llevó la mano a la barbilla.

—Muy extraño —dijo, desconcertado—; no tiene lógica. Debe haber algo más.

—Eso es lo que me preocupa. Saben lo que hacen. Gregorio Ballesteros es un tipo muy discreto. Siempre ha guardado muy bajo perfil. Ha cubierto muy bien sus huellas. No se le ha encontrado nada interesante. Aparenta ser un don nadie, un tipo de lo más ordinario. Ahora tiene gran poder, pero se sigue comportando como un común —ambos se quedaron en silencio, se acomodaron, con gestos meditabundos, tratando de sacar conclusiones—. López Dueñas, por su parte, sí que trae cola que le pisen. Su historial es nada halagüeño. Un verdadero cabrón. Un sujeto a quien se le vinculó con el cártel de los Cachunes del Golfo. La sombra de los sobornos y extorsión siempre lo han acechado, pero siempre sale bien librado. Sabe moverse bien. Es muy hábil. Ha cubierto bien sus espaldas y más ahora. Tal vez él esté detrás de todo —hizo una pausa—. A últimas fechas, se le ha visto adentrándose en bosques que pueden resultar peligrosos, quién sabe. Habrá que estar atentos.

—¿Qué pasaría…? —dijo Luciano, dando la impresión de que no encontraba las palabras adecuadas para expresarse. Carraspeó en varias ocasiones.

El Licenciado lo observó con atención.

—Continúa ——le dijo.

—¿Qué pasaría si López Dueñas y su equipo llegaran a convertirse en una seria amenaza para la estabilidad? ¿Podría llevarse alguna acción drástica para removerlos a la fuerza del cargo?

El rostro del Licenciado se encendió. Apretó las quijadas y frunció el ceño.

—¡Eso sería una verdadera estupidez! —Dio un ligero pero enérgico golpe sobre la mesa—. Sería un suicidio para quien lo hiciere. Las cosas ya no se arreglan así. Menos con funcionarios de tan alto nivel. Las cosas se deben solucionar de la manera más inteligente posible y sobre todo en silencio. ¿Te queda claro? —Luciano asintió deseando jamás haber abierto el hocicote—. ¿Has escuchado el término "Run silent. Run Deep"?

Luciano negó sintiéndose aún más abochornado.

—Pues proviene de una novela, que después fue hecha película, hacia finales de los años cincuenta. Actuó en ella aquel gran actor, Clark Gable. Se trataba de submarinos de la Segunda Guerra Mundial. Total, para no hacértela tan larga, una de las tácticas de guerra que usaban los del submarino consistía en que cuando detectaban un barco de guerra que los pudiera atacar, el comandante ordenaba sumergir de inmediato al submarino hasta una profundidad oportuna. Después de eso, todo se tenía que hacer en total sigilo, lo que implicaba un silencio total. Apagar motores, cero alarmas y, sobre todo, no hablar ni una palabra. Lo mismo aplicaba para otras funciones corporales que ya te imaginarás. Esto con la finalidad de no ser detectados por el sonar. Tenían que estar así hasta que pasara por completo el peligro. Era una situación muy estresante, pero al final de cuentas, salvaban la vida. La moraleja tú ya la conoces.

Luciano asintió. Un tema conocido, contado de otra manera.

Ambos se quedaron sin decir nada por unos momentos. El Licenciado hizo un movimiento rápido en su celular. En menos de un minuto entró el sujeto vestido de negro cargando un estuche grande en la mano. Era de color negro y de plástico rígido, tal vez de fibra de carbono, según lo que se apreciaba a primera vista. El Licenciado le hizo una seña y lo colocó sobre la mesa. Se retiró de inmediato. Luciano se dio cuenta de que era un estuche de guitarra, aunque, por el tamaño, también podría ser un estuche para un rifle. Pensó en la película *El Mariachi*.

—¿Te gusta la música, Luciano? —preguntó sonriendo, pero Luciano no supo qué decir—. Ábrelo —Luciano se levantó y jaló los cierres metálicos. Al ver el contenido se quedó desconcertado. Era una Gibson Les Paul Custom '57 Black Beauty, con pastillas y puente dorados. Luciano conocía lo suficiente de música para saber que esa guitarra era el equivalente a un Porsche Carrera clásico, en cuanto a guitarras se refería—. Recién sacada de la fábrica. Te entrego la factura por si te llegan a preguntar. No deberás tener problema alguno al cruzar la aduana. Los instrumentos musicales personales están libres de franquicias —Luciano observaba la guitarra, anonadado, no tanto por la impresión que le generaba la belleza del instrumento, sino porque no comprendía qué tenía que ver la guitarra con todo. El Licenciado lo observaba, esbozando una sonrisa mientras negaba de manera sutil con la cabeza—. ¿Creías que se te iba a entregar el dinero en una bolsa del súper o qué chingados? Los doce millones de pesos están en el interior del estuche. Ya sabrás tú si te quedas con la guitarra —Luciano no sabía si sentirse como un imbécil o no, por no haber descifrado de inmediato el contenido real del estuche, pero cómo podía saberlo. En la llamada no le dieron el menor indicio de ello—. El resto se le hará llegar a la empresa para que haga la transferencia como te lo indicó esa gente del gobierno. Coordínate con la directora de la empresa, para que no vaya a haber equivocaciones.

Con una persona como el Licenciado, hubiera sido bastante estúpido haber solicitado comprobar el contenido y contar el dinero.

—Así se hará, Licenciado.

—Asegúrate de que esas gentes del gobierno se queden conformes. Yo seguiré preguntando con varios amigos para ver qué más me cuentan. Tú debes hacer lo mismo por tu parte —el Licenciado le lanzó una mirada pétrea. Luciano entendió que no se trataba de un consejo, sino de una orden—. Como estoy viendo el panorama, las cosas se pueden salir de control —Luciano asintió.

Con eso se dio por concluida la reunión con el Licenciado. Tomó el estuche de guitarra. Se despidieron con cordialidad, como un par de buenos conocidos. El Licenciado le dio un fuerte apretón de manos y lo despidió con una sonrisa, como aquellas que suelta el tío más querido de la familia. De pronto. apareció el sujeto de negro con el rostro inexpresivo para escoltarlo a la salida.

—Luciano, una cosa más —le dijo como si se le hubiera olvidado comentarle algo—. Ésta será la última vez que nos veamos —el tío amable había desparecido.

No era broma.

— CAPÍTULO 36 —

Luciano regresó a territorio mexicano sin complicaciones. En la aduana del puente internacional le había tocado el semáforo en verde. Nada de revisiones ni preguntas. Sintió gran nerviosismo al conducir por las avenidas de Ciudad Juárez, aquella que en otros tiempos fue catalogada como la ciudad más peligrosa del mundo. La mala fama aún la acechaba. Le daba terror andar manejando con el estuche de guitarra más valioso de la historia de la música. No era necesario imaginarse lo que pasaría en caso de un asalto. ¿Qué tal si lo chocaban?... Paranoia. Decidió que lo mejor sería recluirse en su hotel, no salir ni a la esquina. Puso el aviso de no molestar y el lugar donde le pareció más seguro esconder la guitarra, fue en la tina de la regadera. Corrió la cortina, como si estuviera escondiendo a una persona que era perseguida por un asesino en una película de terror. Regresó de nuevo a la incómoda espera. Aún faltaban algunas horas para que llegara el tercer día en que lo contactarían para el pago del tributo. Encendió la televisión, le dio tres vueltas a toda la programación, no se podía concentrar, miles de pensamientos rondaban en su cabeza. Decidió llamar a cada uno de sus tres hijos, José Joaquín, Roberto y Jimena, para saludarlos, saber de ellos. Hacía tiempo que no lo hacía.

La comunicación fue cortante y escueta, como la que tienen los padres con hijos adolescentes que fueron testigos vivenciales de un divorcio complicado de padres inmaduros y ensimismados. Lo último que ronda por sus cabezas es tener una comunicación con un padre alienado que llama de la nada. La llamada con Jimena sería más complicada; por su edad, no tenía celular propio. La comunicación fue imposible. Se topó con una colérica exesposa que le reclamó pensiones vencidas y al final terminó por recordarle hasta de lo que se iba a morir. «Genial, lo que me faltaba», pensó Luciano. Pasó mala noche, cualquier ruido lo alteraba. Cuando por fin lograba conciliar el sueño, soñaba o que alguien destrozaba la puerta del cuarto en busca de la guitarra o que el dinero se licuaba y se iba por el resumidero de la tina del baño.

Recibió la llamada a las once de la mañana del tercer día. Una voz fingida le indicó el punto de encuentro. Sería en un yonke ubicado a la salida de la ciudad, sobre la famosa carretera federal cuarenta y cinco, conocida como Panamericana. "*Los Arnoldos*" era el nombre del lugar. En una hora sería el encuentro para pagar el tributo. Llegó diez minutos antes. Desde que salió del hotel, sintió mil ojos encima. Era como si alguien lo estuviera siguiendo para quitarle el dinero. Deseaba con todas sus fuerzas dar por terminada esa auditoría infernal de una vez por todas. El yonke estaba ubicado del lado izquierdo de la carretera, por lo que el lugar en realidad estaba en la entrada de la ciudad, circulando de sentido sur a norte. El espacio era enorme. Luciano calculó que tal vez de una hectárea de extensión. Se encontraba cercado con una enorme barda. En el frente unas enormes letras pintadas identificaban el nombre comercial "*Los Arnoldos*", con un dibujo hecho a mano, con técnica decadente, pretendiendo representar un vehículo clásico de los años cuarenta, con ojos en el parabrisas, sombrero vaquero y una estrella tipo sheriff en el frente. Surrealismo fronterizo. Estrategias de marketing típicas de la frontera. Había un pequeño local que hacía las veces de oficina y una entrada grande de malla ciclónica. Ya estaba en el lugar indicado, pero no sabía qué debía hacer. No le indicaron si tenía que entrar a las oficinas o esperar a que alguien llegara. Nada. Malestar abdominal. Ya no distinguía si eran los nervios, la úlcera o la colitis nerviosa. Estacionó su vehículo en un lugar polvoriento y volteó a ambos lados. Pasaron cinco minutos después de las doce. Nada pasaba. Luciano comenzaba a impacientarse. Se bajó del vehículo y dio algunas vueltas. De pronto, le entró una llamada en su celular.   —Ingrese a la zona del deshuesadero —le dijo la voz fingida.

Observó que un anciano con sombrero destartalado, que daba la finta de ser el velador, se aproximó a abrir la puerta de malla ciclónica. Sacó un manojo de llaves y abrió un enorme candado. El velador le hizo una seña para que condujera hasta el fondo. El lugar estaba repleto de torres apiladas de toda clase de vehículos chatarra, un enorme cementerio vehicular en medio del desierto. Mientras Luciano circulaba, pensaba no sólo en los esqueletos metálicos, sino en los esqueletos humanos que podría haber en ese lugar. «¿Cuántos encajuelados habrá?», pensó.

Cuando observó las dos Cadillac Escalade del primer encuentro, supo que había llegado al punto de reunión. Una estaba vacía y en la otra se encontraba un sujeto con lentes oscuros y con cara de pocos amigos al volante. Estaban estacionados en un punto estratégico, casi invisible, cosa que se lograba por la forma en que estaban apilados varios esqueletos vehiculares que impedían la vista desde varios puntos del lugar. No se observaban cámaras de circuito cerrado. Gozaban de la privacidad necesaria. Luciano abrió la puerta y descendió de su vehículo. No bajó el estuche de la guitarra. Apareció el sujeto que parecía un gorila con vestimenta de humano con la intención de volver a esculcarlo. Cuando terminó de pasarle báscula, y antes de que le diera la instrucción de rutina, Luciano se le adelantó y le dijo:

—¡Ya sé!, ¡ya sé! Nada de celulares, ni micrófonos, ni cámaras —dijo con sorna.

—No te pases de verga —le advirtió en tono amenazante el sujeto, con tono casi gutural.

Se abrió la puerta de una Escalade y apareció Roberto, con cara de disgusto e incómodo. Se aproximó a Luciano, caminando con la mirada agachada y con los hombros un poco encorvados. No dijo nada, sólo saludó a Luciano con un leve asentimiento de cabeza y de reojo.

—¡Quiubo! —dijo Luciano, haciendo un guiño.

Roberto miró hacia donde estaba la Escalade y regresó su atención a Luciano. Habló con voz baja:

—¿Consiguió lo que le pidieron?

A Luciano le sorprendió el planteamiento de la pregunta, pues Roberto se excluía de la petición.

—Sí.

Roberto lo observó con expresión de «¿y luego?». Sígueme, está en la cajuela de mi carro. El gorilón los acompañó. Abrió la cajuela y el sujeto mal encarado se llevó la mano al saco como si fuera a desenfundar un arma.

—Tranquilo, compa, no es nada peligroso. Es un simple tributo para el Estado —le dijo Luciano.

Roberto fulminó con la mirada al sujeto y le hizo un guiño como diciéndole que no se metiera en lo que no le importaba. El tipo se alejó un poco y se volteó para otro lado, con expresión de prepotencia.

—¿Te gusta la música, RS?

—No me diga así —dijo con tono molesto.

—Disculpa, no quise molestarte. Lo que pasa es que así te identificó tu compañero.

Al observar el estuche de guitarra, Roberto tuvo una réplica de la misma reacción que Luciano cuando el Licenciado se lo entregó. Al abrirlo, hizo su aparición la flamante guitarra. El rostro de Roberto se transformó por completo, oscilando entre el entusiasmo y la alegría.

—¡¿Es en serio?! ¡Es una Gibson Les Paul Custom black beauty! Su reacción tomó por sorpresa a Luciano.

—¿Eres músico?

—Pues eso intento. En mis ratos libres me gusta tocar. Tengo un año aprendiendo, pero no avanzo lo que quisiera.

—¿Qué guitarra tienes?

—Una Epiphone, de la línea Les Paul junior, pero nada que ver con esta belleza. La mía es de segunda mano, la conseguí en una tienda de empeño —dijo, haciendo un chasquido. Con el pasar de los segundos, el joven mal encarado empezó a regresar. Empezó a volver a la realidad.

Luciano leyó en su rostro la misma interrogante que a él le había surgido.

—El dinero está dentro del estuche.

Roberto no entendió bien al principio. Tocó con los nudillos el estuche. No sonó hueco. Roberto sonrió. Luciano había decidido quedarse con la Gibson. No formaba parte del trato. «El fisco no recibe pagos en especie», pensó. Sin embargo, advirtió que era mucho mejor darle otro uso.

—La guitarra es tuya —dijo.

Roberto lo volteó a ver sorprendido. Luciano asintió.

—No la puedo aceptar —soltó con desconfianza.

—Claro que puedes, te la estoy dando yo. La guitarra es mía. Sólo estaba dentro del estuche para despistar. Considéralo como un obsequio de un músico frustrado y sin futuro hacia otro con más posibilidades —levantó la Gibson y la puso en manos de Roberto. No podía dejar de observarla. Esos eran ojos de amor a primera vista. Se la acomodó y soltó los típicos acordes improvisados.

De pronto apareció el Díaz Ordaz, quien se había impacientado al ver la tardanza de Roberto y sobre todo por el hecho de que la cajuela abierta del Mercedes impedía la visibilidad de lo que acontecía desde su posición dentro de la camioneta.

—¿Qué tenemos aquí, Almonte? ¿Ahora se dedica a vender instrumentos musicales? —dijo, con tono burlón.

A Luciano le habría gustado responderle: «No, sólo traje conmigo esta guitarra para estrellarla en tu estúpida cara», pero se limitó al silencio. El Díaz Ordaz observaba el estuche que ahora estaba vacío y a Roberto que parecía niño con juguete nuevo. Su rostro mostraba confusión.

—Espero que sus clientes hayan tomado la decisión correcta, Almonte. De lo contrario, nuestra próxima parada es la agencia del Ministerio Público.

—El dinero está en el estuche. Los doce millones. El resto se transferirá a la cuenta indicada.

El Díaz Ordaz soltó una gran sonrisa y aplaudió.

—¡Bien, bien! —le hizo una seña a uno de los grandulones para que desmontara el estuche, quien lo tomó con sus enormes manos y a punto estuvo de despedazarlo como si fuera un animal salvaje, ansioso por sacar las entrañas de su presa. Tuvo que ser frenado de tajo por el Díaz Ordaz—. ¡Con cuidado, estúpida bestia! Ahí dentro está un dinero que ni tú, ni tus descendientes por varias generaciones tendrán jamás en sus manos. Así que con cuidadito.

El sujeto hizo una mueca de disgusto y sacó una pequeña navaja de su bolsillo. Con la tosquedad de un cirujano borracho empezó a cortar los bordes del interior del estuche. Desprendió poco a poco el forro de peluche, junto con el material de las esquinas, que era una capa de madera contrachapada con algo parecido a la nieve seca. Al remover lo que hacía las veces de una tapa, aparecieron varios ladrillos de billetes, acomodados a la perfección. Un trabajo magistral de empaquetado. En total, eran treinta paquetes y cada uno tenía una etiqueta que indicaba que contenían cuatrocientos billetes con la denominación de mil pesos. En total, doce millones. Todos se quedaron observando el contenido. Era seductor ver tanto dinero en vivo y en directo. El rostro del Díaz Ordaz reflejaba lujuria. Lo primero que dijo fue algo que cayó como una bomba en Luciano.

—Almonte, el dinero le fue solicitado en dólares, ¿qué no entendió? —señaló con el ceño fruncido, expresión de piedra. Luciano apretó las quijadas, sintió taquicardia, la visión nublada y se puso pálido. Al advertir su deplorable estado de ánimo, el Díaz Ordaz soltó una desagradable carcajada—. ¡Es broma, Almonte!, ¡es broma! No se tome las cosas tan a pecho. Luciano lo fulminó con la mirada. Mil formas de estrangularlo rondaron por su cabeza. A Roberto tampoco le cayó nada en gracia el mal chiste. Sólo el sujeto con finta de orangután sonreía—. Voy a confiar en usted y no vamos a contar el dinero. Ha demostrado ser un hombre de palabra y muestra preocupación por sus clientes. Eso es bueno, muy bueno. Dígale a su cliente que en cuanto la empresa haga la transferencia de impuestos, a más tardar, la próxima semana, tendrán las actas con la resolución final, por la cual regularizan al cien por ciento su situación fiscal —Luciano sólo asintió, no tenía ganas de hablar—. Y muchas gracias por la guitarra, no soy músico, pero se ve que es muy fina y podrá servir como buena decoración en mi casa. O tal vez, la pueda vender. ¿Quién sabe? —cuestionó mientras se acercaba a Roberto con la intención de tomar el instrumento.

—La Gibson es del joven, yo se la obsequié a él. A nadie más. Así que ni se le ocurra quitársela —soltó Luciano con el semblante pétreo y la voz oscura, hasta cierto punto retadora. La manera en que lo dijo llevaba implícito el mensaje subliminal de su desprecio total hacia el Díaz Ordaz, quien lanzó una mirada de desprecio a Roberto y otra más para Luciano. No se esperaba esa respuesta. El mal chiste de hacía un momento fue cobrado con creces.

El sujeto trajeado acomodó de la mejor forma que pudo la tapa y el forro del estuche. Lo cerró y se lo entregó al Díaz Ordaz.

—Cuídese, Almonte, y cuide a sus clientes —se dio media vuelta y se dirigió hacia la camioneta.		El sujeto de traje lo siguió. Luciano no dijo nada. Roberto mostró sincero agradecimiento por el obsequio.

—Gracias —dijo, en voz baja.

—Nada qué agradecer. Quedo a tus ordenes —dijo esto último procurando empatar miradas. Era importante.

Roberto asintió.

—¡Apresúrate! —gritó a la distancia el Díaz Ordaz.

Las dos camionetas arrancaron e iniciaron su marcha. Luciano las observaba, aún sin subirse a su Mercedes. Una de las camionetas disminuyó la velocidad al pasar enseguida de él. Comenzó a deslizarse el vidrio del lado izquierdo del copiloto y apareció el rostro del Díaz Ordaz. Sonrió con los ojos entrecerrados, mostrando su mazorca de dientes. Una sonrisa macabra. Una sonrisa burlona. Una sonrisa ambigua.

— CAPÍTULO 37 —

Los altos mandos de tres empresas: Sunmart, MBI Systems y Sayko, reconocidas trasnacionales con operaciones multimillonarias en el país fueron citados en la torre negra para tener una reunión de suma trascendencia con el presidente del SAT, el doctor Gregorio Ballesteros. El motivo de la reunión, según se les había dado a conocer a los empresarios, era para analizar algunas inconsistencias que se habían detectado en la presentación de sus declaraciones de impuestos. No se decía nada más, lo que de entrada causó gran incertidumbre, sobre todo por lo inusual del citatorio pues no era normal que fueran llamados los altos directivos cuando la práctica dictaba que, en su lugar, debían ser convocados aquellos que tuvieran facultades legales suficientes para tales efectos. El encuentro debía ser confidencial, se solicitó extrema discreción a todos los involucrados. La prensa no debía enterarse e incluso se obligó a varios funcionarios de la dependencia a firmar convenios de confidencialidad con severas consecuencias en caso de que se llegara a filtrar alguna información al respecto. En un principio se había solicitado a los directivos que acudieran sin la presencia de sus abogados, sin embargo, después de fuertes quejas por parte de los corporativos estadounidenses, en donde incluso hubo amenazas de no atender el llamado, Ballesteros tuvo que ceder y permitir la presencia de los abogados. La reunión se llevaría a cabo a las ocho de la mañana, una hora antes de la entrada de todo el personal para evitar cualquier tipo de chismorreo. Por parte del SAT estarían presentes Ballesteros, Sabine Colombo, Diana Rendón y Joaquín Marín.

Llegada la hora se instalaron a puerta cerrada en la modesta sala de juntas que Ballesteros acondicionó en el piso treinta y tres, la cual tenía una larga mesa en la que apenas cupieron los asistentes. Otro detalle que causó extrañeza entre los empresarios fue el hecho de que los obligaron a dejar en la recepción sus teléfonos celulares, computadoras, tabletas y cualquier otro medio electrónico. Sólo los dejaron entrar con carpetas y libretas para tomar notas a la manera tradicional. A la cabeza estaba sentado el presidente del SAT, quien vestía con un traje oscuro y corbata roja. Mostraba un semblante serio, analítico y expectante. Sus administradores estaban sentados a su mano derecha, quienes también mostraban un aspecto muy austero. Los empresarios se sentaron a mano izquierda, de tal forma que quedaron de frente. Por parte de la cadena de supermercados Sunmart, se encontraba presente el director general en el país, Rodrigo Richter, así como el director de finanzas y el abogado corporativo. Por parte de la empresa MBI Systems, mundialmente conocida por la venta de equipos de cómputo y otras tecnologías similares, estaba presente el director general de operaciones para América Latina, Paulo López-Astudillo, quien se hacía acompañar por su gerente general y el titular del área jurídica de la empresa. Por lo que toca a la empresa Sayko, líder mundial en telecomunicaciones, se había presentado el director general para Norteamérica, el señor Irishido Nagatomo, de origen japonés, quien estaba acompañado por el representante de operaciones en México, al igual que su abogado. Los rostros de los empresarios mostraban cierto nerviosismo y tensión. No ayudaba para nada el hecho de que los funcionarios del SAT no mostraban el menor ápice de cordialidad. Ni un solo café les ofrecieron. Se sentía, pues, una tensa calma, como aquella que se percibe antes de la tormenta. Ballesteros decidió romper el hielo.

—Muy buenas tardes, señores. Quiero agradecer su presencia el día de hoy y, sobre todo, el haber atendido con toda puntualidad a nuestra invitación para analizar con ustedes diversos temas fiscales de la mayor trascendencia para sus empresas, lo cual no nos demuestra otra cosa más que su interés por estar al corriente es sus obligaciones fiscales. Eso es muy bueno —dijo, esbozando una sonrisa con la que pretendió relajar un poco el ambiente. Sabine Colombo hizo lo propio haciendo uso de su encanto natural, lanzándoles una sonrisa coqueta a los empresarios, quienes se sintieron un poco más relajados. Diana Rendón, por más que lo intentó, sólo pudo esbozar un bosquejo de sonrisa que sólo expresó falsedad. Marín quiso hacerse el interesante al permanecer serio, alzando una de sus cejas y haciendo un rápido movimiento de ojos, lo cual le dio un aire de patético comediante—. Como ustedes saben, señores, este año entró en vigor una nueva reforma fiscal que busca optimizar la recaudación y hacer más efectiva la administración y distribución de los impuestos con un enfoque en los sectores menos favorecidos a través de inversión en programas sociales tendientes a mejorar la calidad de vida de millones de mexicanos, lo cual es una importante prioridad para nuestro presidente. Esta reforma busca perseguir y castigar con mano firme todas aquellas prácticas fiscales indebidas o lo que se conoce como planeación fiscal, a través de las cuales se desvían cientos de millones de pesos de las arcas del fisco a través del fraude fiscal. Por eso la defraudación fiscal es considerada como un atentando en contra de la seguridad nacional —hizo una pausa observando con cautela las reacciones de los empresarios, quienes se voltearon a ver algo desconcertados. Ballesteros volvió a soltar una risotada para romper el hielo, casi como si acabara de contar un mal chiste.

»Pero no se preocupen, contrario a lo que algunas personas y medios de comunicación malintencionados dicen acerca de que nosotros somos unos terroristas fiscales y que estamos en contra de los empresarios y otra sarta de mentiras, como se los demostraremos, nuestra intención es ayudar a los contribuyentes a corregir su situación fiscal cuando llegamos a advertir alguna irregularidad en el pago de impuestos que les pueden acarrear consecuencias severas en caso de no atenderse. Miren, se los digo con toda sinceridad: la intención de mi administración es evitar auditorias y juicios fiscales que se pueden terminar convirtiendo en una pesadilla para los contribuyentes, y que a la larga puede resultarles más costo. Quiero que les quede algo muy claro: nuestro deseo es ayudarlos —dijo mientras se apoyaba con ambas manos sobre la mesa, haciéndose un poco para adelante. Con semblante pétreo, se tomó el tiempo de hacer contacto visual con cada uno de los empresarios. Estaban desconcertados; se observaban entre sí, sin lograr entender qué cosa estaba tratando de decirles Ballesteros—. Le cedo la palabra a la licenciada Diana Rendón, nuestra

Administradora Central de Auditoría Fiscal, para que les explique a detalle a qué me refiero. Por favor, Diana.

—Gracias, doctor —dijo aclarando un poco su garganta—. Consultando nuestros sistemas hemos detectado diversas irregularidades e inconsistencias fiscales en el pago de sus impuestos. El sistema ha arrojado comportamientos atípicos que involucran, incluso, operaciones con empresas que simulan operaciones, deducciones improcedentes, actos corporativos improcedentes y rechazo de pérdidas fiscales aplicadas de manera indebida en perjuicio del fisco.

Rodrigo Richter, con expresión de extrema incredulidad y frunciendo el ceño, señaló:

—¿Inconsistencias fiscales? ¿De qué están hablando? —el gerente general y el abogado se volteaban a ver, desconcertados.

Los otros empresarios empezaron a murmurar, mientras los abogados hacían anotaciones a mano en sus carpetas. Ballesteros hizo una seña a Diana, quien se acercó a un proyector que se encontraba instalado sobre la mesa. Lo encendió y tomó un pequeño control remoto, en el cual, al presionar un botón, empezó a descender una pantalla que estaba al fondo de la sala de juntas. Después de algunos segundos se empezaron a proyectar gráficas, cifras, nombres, resultados, montos, fechas y varios cuadros esquemáticos. Cada diapositiva que se mostraba contenía el nombre de las empresas. Diana se puso de pie y como si fuera una catedrática universitaria, empezó a exponer el contenido de cada una de las observaciones que les había arrojado el sistema. El algoritmo que hoy hacía las veces de un inquisidor digital que buscaba extirpar las herejías fiscales, determinó que los grandes contribuyentes Sunmart,

MBI Systems y Sayko aplicaron pérdidas fiscales indebidas que, durante varios ejercicios, les permitieron omitir el pago de impuestos por cantidades millonarias. Había además discrepancias entre las cifras presentadas en declaraciones con aquellas que tenía registrado el propio sistema. Agregando más sal a la herida, se mostró un largo listado de proveedores de las empresas que se encontraban acusados de simular operaciones fiscales, lo cual, bajo las nuevas reformas, no sólo constituía una infracción fiscal, sino también un delito. Siguió una larga letanía que enumeraba depósitos bancarios no identificados, aportaciones a capital y transmisiones accionarias sin cumplir con requisitos fiscales, deducciones, prórrogas y pagos en parcialidades improcedentes. Lo más duro fue cuando se les informó que habían aplicado un estímulo fiscal que no correspondía, lo cual, en caso de rechazarse, podría catalogarse como defraudación fiscal. El dictamen final fue severo: omisión en el pago de impuestos y el adeudo fiscal correspondía a unos miles de millones de pesos. Cantidades escandalosas determinadas de manera presuntiva a cada una de las empresas.

Por unos instantes, los empresarios se quedaron como si hubieran visto a la Gorgona. Posteriormente vinieron rostros desencajados, angustia, incredulidad, enojo, sudor, ojos saltones, ceños fruncidos; todos se volteaban a ver sumidos en una gran conmoción. Lo que antes se escuchaba como un murmuro, ahora sonaba a un gran alboroto, todos hablaban al unísono, palabras ininteligibles. Ballesteros tuvo que poner orden.

—Silencio señores, por favor —gritó, levantándose de su silla.

El primero en tomar la palabra fue Paulo López-Astudillo.

—Discúlpeme, doctor Ballesteros, pero esto que nos están dando a conocer simplemente es ridículo. En primer término, hay que aclarar que no se trata de ninguna omisión de impuestos. Con las anteriores administraciones siempre firmábamos convenios de prórrogas y diferimiento en el pago de impuestos. Era una práctica normal en todos los grandes pagadores de impuestos, como las empresas que representamos. Las propias leyes fiscales lo establecen, usted mejor que nadie lo sabe. Son acuerdos en los cuales todos ganábamos.

—Eso que me está describiendo se llama planeación fiscal y como usted sabe, se trata de una práctica contraria a los intereses del Estado —señaló tajante Ballesteros.

—¡Disiento por completo! Los grandes financieros del mundo han señalado que una empresa sin planeación fiscal está destinada al fracaso financiero —replicó López-Astudillo, encogiéndose de hombros. A Ballesteros, no le cayó nada en gracia el comentario.

—Además, parte de esas supuestas omisiones de impuestos serán condonadas. Siempre por estas fechas se dan a conocer los programas de condonación de impuestos previstos en la propia Ley de Ingresos de la Federación —señaló el abogado de Sayko.

Ballesteros sonrió con desdén.

—Señores, ya que estamos tocando el tema de las condonaciones, siempre he odiado ser portador de malas noticias, pero es mi deber informarles como titular del SAT que el señor presidente acaba de firmar un decreto a través del cual se prohíben las condonaciones de impuestos en nuestro país, con la finalidad de evitar los grandes privilegios de los que siempre han gozado los poderosos en detrimento del pueblo. En estos días se publicará en el Diario Oficial de la Federación, con vigencia inmediata.

—¡¿Qué?! —gritó iracundo el abogado de Sayko, dando un puñetazo sobre la mesa—. Eso es un vil atropello, además de inconstitucional. La Suprema Corte de Justicia de la Nación jamás permitirá una aberración de tal magnitud.

Sabine observó a Ballesteros y ambos rieron en complicidad. Irishido Nagatomo le pidió calma al abogado y tomó la palabra:

—No quiero sonar impertinente de ninguna manera pero la condonación de impuestos no se utiliza con la intención de causar un perjuicio a las arcas del Estado, ni tampoco de llevarnos jugosas tajadas como suele pensarse. Al contrario, ese dinero que se condona es reinvertido en las empresas, lo cual permite generar miles de empleos, inversión y, por ende, mayor desarrollo en el país. Un ejemplo de ello es la planta que inauguramos el año pasado en la ciudad de Tijuana, lo cual en gran parte fue posible gracias a la condonación de impuestos que se nos otorgó, pues nos permitió tener el capital suficiente para tales efectos. Es muy lamentable que se tomen este tipo de decisiones sin llevar a cabo un análisis detallado. Esto es un duro golpe —dijo absorto y cabizbajo.

—Señores, creo que nos estamos desviando de lo que en realidad es importante y para lo cual fueron invitados a esta reunión. Como les dije al inicio, nuestra intención es ayudarlos, facilitarles las cosas, pues tal y como se los expuso la licenciada Rendón, el sistema arrojó resultados que nos obligarían a actuar en consecuencia e iniciar auditorías y otros procedimientos que, sin lugar a duda, no acabarían bien para ustedes. Las consecuencias serían nefastas. Los datos son contundentes. Queremos ofrecerles un trato —hizo una pausa mientras los observaba.

Rodrigo Richter preguntó con cierta intriga:

—¿Qué nos ofrecen?

—El pago de los impuestos atrasados en condiciones inmejorables, a cambio de no proceder como lo dicta la ley en contra de ustedes —Ballesteros hizo una seña a Marín, quien repartió a todos los presentes unas carpetas austeras sin ningún logotipo. Los empresarios empezaron a analizar el contenido. Ceños fruncidos y quijadas apretadas. Algunos se llevaban la mano a la frente, otros sobre el puente de la nariz, otros respiraban hondo. Las carpetas contenían un desglose de los datos que ya les habían expuesto, pero con la adición de una cifra que no se había discutido, la cual, en cada caso, ascendía a miles de millones de pesos.

—Por el amor de Dios, ¡estas cifras son ridículas! —alzó la voz el director de finanzas de Sunmart, quien estaba fuera de sí.

—¿Ridículas? Si les iniciamos auditorias, esas cifras se triplicarían con facilidad —señaló con prepotencia Diana Rendón.

—¿Han oído hablar de algo que se llama principio de legalidad al cual deben ceñirse todas las autoridades? ¿Les suena algo que se denomina el debido proceso legal? —señaló con tono airado el abogado de MBI Systems mientras observaba con fijeza a los funcionarios del SAT. El comentario cayó como gancho al hígado a Ballesteros. La sonrisa angelical de Sabine se borró de su rostro, Diana mostró expresión de guardia carcelario y Marín fracasó al intentar parecer malo—. Creo que en estas condiciones lo mejor será atenernos al debido proceso y en su caso a las decisiones de los tribunales. Hagan lo que tengan que hacer, señores —concluyó su intervención el abogado. Los demás juristas asintieron mientras hacían comentarios discretos a los altos ejecutivos, quienes hacían gestos de coincidir con sus asesores. Ballesteros los observó y sonrió.

—Sabine, entrega por favor a los señores abogados una copia de los expedientes que integraste.

—Con gusto, doctor —Sabine se dirigió al lugar de cada uno de ellos y con una gran sonrisa, como si estuviera repartiendo un premio, les entregó una copia del expediente. En la carátula se encontraba el logotipo del SAT y en la parte de abajo, la palabra "Confidencial" enmarcada en un recuadro de color rojo.

Los empresarios junto con sus abogados comenzaron a hojear de inmediato los documentos contenidos dentro del expediente. Pronto se observaron rostros desencajados, pálidos. Los abogados leían el contenido con una expresión sepulcral. Los altos ejecutivos pedían con desesperación que les explicaran su contenido.

—Que les quede muy claro, señores. Esos documentos que tienen en mano son confidenciales y no tendríamos por qué dárselos a conocer, estamos violentando procedimientos. Pero vuelvo a insistir, nuestra intención es ayudarlos. Sabine, por favor explica a los aquí presentes de qué se trata.

—Como ya pudieron percatarse, son querellas penales que vamos a presentar en contra de sus empresas, así como de sus representantes, que en este caso son ustedes y demás personas que resulten responsables, incluyendo tal vez a los abogados que tengo frente a mí —dijo esbozando de nueva cuenta esa sonrisa de femme fatale—. Los delitos por los cuales los acusará el

SAT son por defraudación fiscal equiparada por haber declarado deducciones falsas e ingresos menores a los que en realidad obtuvieron, utilizando incluso documentos falsos, así como haber comprado o adquirido comprobantes fiscales que amparan operaciones inexistentes, falsas o actos jurídicos simulados, además de haberse beneficiado sin derecho, de un subsidio o estímulo fiscal. Como en conjunto el perjuicio al fisco federal asciende a más de cinco mil millones de pesos, los delitos se consideran que ameritan prisión preventiva oficiosa o, en una palabra "Sin derecho a fianza", además de considerarse como amenazas a la seguridad nacional, lo cual nos daría la facultad de solicitar al Centro de Investigación y Seguridad Nacional, la intervención de todas sus comunicaciones privadas y como en este caso las empresas son organizaciones formadas por más de tres personas, serán catalogados como miembros de la delincuencia organizada. No omito mencionarles que también estaríamos en posibilidades de iniciarles procedimientos de extinción de dominio sobre todos los bienes de las empresas, lo cuales, en su momento, pasarían a ser propiedad del Estado.

Se sentía un ambiente fúnebre, había un silencio incómodo, frío. Paulo López-Astudillo y Rodrigo Richter estaban desconcertados, hablaban en sigilo con sus asesores a quienes les exigían consejo, soluciones, dosis de realidad o que de plano los despertaran de lo que ahora era una pesadilla. Todos se sentían como si los hubieran apaleado. Irishido Nagatomo mostraba una calmada resignación como si ya supiera qué debía hacerse. Su abogado quiso dar una última patada de ahogado al señalarle en voz baja:

—En juicio podríamos obtener una victoria sobre estas acusaciones sin sentido.

Sin embargo, Ballesteros lo alcanzó a escuchar y alzó el entrecejo.

—¿Se imaginan la reacción de los mercados financieros al enterarse de que empresas de tan renombrado prestigio están siendo acusadas de delincuencia organizada? Me pregunto hasta qué nivel podría desplomarse el precio de las acciones —señaló Ballesteros con una fingida preocupación.

A partir de este momento, era el amo y señor de la situación, tenía acorralados a los empresarios y esto último había sido la estocada final. Sabía que a partir de este momento pagarían sin chistar los montos que les estaban exigiendo; no habría siquiera necesidad de someter la decisión a votación ante un consejo de administración. La razón era simple: ninguna empresa estadounidense con presencia a nivel mundial puede ni está dispuesta a soportar un proceso penal. Por más elementos que tenga para ganar, siempre es mejor aceptar un arreglo, pues en cuanto la noticia se diera a conocer en los medios de comunicación la confianza de los accionistas y el público en general se iría por los suelos, la reputación quedaría pisoteada, el precio de las acciones se desplomaría como un castillo de naipes y de ahí en adelante se desataría un efecto dominó de fichas jurídicas aplastantes. Pocas han sido las empresas internacionales que han podido recuperarse de un proceso penal. Ballesteros conocía a la perfección ese talón de Aquiles de las empresas gringas: el factor reputacional, cosa que aprendió durante su práctica profesional dentro de los ámbitos legales en Washington. Los empresarios tuvieron que doblar las manos ante lo que a todas luces era una extorsión con disfraz de legalidad.

Una vez expresada la anuencia forzada de los empresarios en cuanto al resultado de ese juicio sumario, Ballesteros procedió a explicarles que lo procedente sería firmar de inmediato, un convenio de pago en condiciones inmejorables, pues a cambio de éste, el SAT se comprometería a no ejercer ninguna acción penal. Quedarían absueltos de cualquier culpa fiscal. Se les explicó que se les aplicarían descuentos muy bondadosos tomando en consideración su buena voluntad de pagar de manera espontánea. Sin embargo, parte de esas cantidades *rebajadas* debían ser pagadas en efectivo. Los empresarios protestaron, pero Marín les explicó a través de tecnicismos recaudatorios que era la única forma de respetar los descuentos, de lo contrario, no procedía el convenio y todo se iría al carajo. No les quedó de otra más que aceptar. A partir de la firma del convenio, las tres empresas gozarían de la etiqueta de contribuyentes cumplidos y así sería dado a conocer a todo México.

El acuerdo logrado por Ballesteros fue histórico. Nunca en los anales recientes del país se había logrado que empresas de tal importancia comercial pagaran de manera voluntaria cantidades estratosféricas por concepto de impuestos presuntamente omitidos. El pago en conjunto ascendería a más de 9.5 mil millones de pesos. El presidente Lúevano Alvelais estaba que no cabía de gusto. A la semana siguiente del encuentro con los empresarios invitó a Ballesteros a su conferencia matutina para presumir con bombo y platillo el logro obtenido. Las redes sociales se desbordaban en elogios a Ballesteros. Se exigían más acciones en contra de los empresarios abusones y sin escrúpulos que tanto daño le estaban haciendo al país. «¡Basta ya de prácticas abusivas en perjuicio del trabajador, ya era hora de que alguien metiera en cintura a los empresarios!», rezaba el clamor popular en redes sociales.

—Estamos viviendo un momento histórico para el país. Con nuestras políticas de cero tolerancia a la corrupción, conseguimos que los empresarios recapaciten y se den cuenta de que no es bueno estar en la informalidad; que entiendan que el pago de impuestos no es una opción. Quien no paga impuestos perjudica al pueblo, pues ese dinero no se puede destinar a programas sociales —señalaba el presidente en su conferencia.

— CAPÍTULO 38 —

Eran las siete en punto de la mañana. Paco Iturriaga acababa de llegar en su BMW último modelo a las instalaciones de su noticiero *Contrapunto*, ubicadas sobre la avenida presidente Masaryk en la Ciudad de México. Descendió de su vehículo y saludó a varios de sus colaboradores que ya se encontraban en el lugar, pues arribaron puntuales. Bajaban sus equipos de los vehículos. Otros se preparaban para salir a la calle en busca de noticias. Iturriaga se veía fresco, contento, vestía de traje. Platicaba con una de las presentadoras de la sección de espectáculos, una joven y guapa mujer. Todo transcurría con normalidad hasta que, sin anuncio, se hizo presente un convoy de varios vehículos. Eran cinco en total: una camioneta Suburban color negro, acompañada por dos Chevrolet Malibú con luces LED rojas y azules instaladas en los faros frontales y traseros, y al final del convoy dos Ford Focus color blanco. Los vehículos detuvieron su marcha con brusquedad y derraparon en coordinación. El personal de Contrapunto estaba en shock. Paco Iturriaga soltó una expresión de terror, pues sintió que era su último día sobre la faz de la tierra, estaba seguro de que iban a ejecutarlo, correría la suerte de otros comunicadores, pues en México el asesinato de periodistas y reporteros era cosa de todos los días. De los vehículos descendieron siete elementos vestidos con uniformes tácticos y armas de grueso calibre, quienes con prontitud empezaron a amagar a todos los presentes como sólo ellos saben hacerlo. Paco Iturriaga seguía paralizado, con los ojos a punto de salírsele de sus órbitas, boquiabierto. Se le acercaron varios sujetos vestidos de traje. Uno de ellos se identificó de manera prepotente y con tono gutural como el comandante Ernesto Solís, de la Policía Federal Ministerial. Sacó su charola y casi la estampó en el rostro de Iturriaga. Presentó a sus compañeros como el comandante Hernández, así como los agentes Castro y Lara.

—En cumplimiento a la orden de aprehensión que tengo en mano, girada por el juez competente, queda usted detenido. ¿El motivo? Su probable participación en la comisión de los delitos de defraudación fiscal, en su modalidad de discrepancia fiscal por haber realizado durante varios ejercicios fiscales erogaciones superiores a los ingresos declarados, sin haberle comprobado al fisco su origen. También se le acusa de la enajenación y adquisición de comprobantes fiscales que amparan operaciones inexistentes. En conjunción con lo anterior, la investigación arroja su presunta membresía dentro de la delincuencia organizada, y no se diga atentados en contra de la seguridad nacional —dijo con marcado acento chilango.

—¿¡De qué demonios está hablando!? ¿Me están tratando de extorsionar? —decía Iturriaga con total desconcierto. Sudaba a chorros.

—La ley no es ninguna extorsión, señor —dijo el comandante haciendo una mueca de ofendido.

—Esto es una vejación, un atropello, yo entregué a los auditores todo lo que me pidieron. ¡Todos mis documentos fiscales están en orden, mis impuestos están pagados, caray! —gritó con desesperación.

—Pues eso dígaselo al juez —le contestó el comandante, quien hizo una seña al agente Castro para que pusiera cuanto antes las esposas a Iturriaga, quien por nerviosismo opuso resistencia.

Iturriaga fue sometido de inmediato por el agente que tenía toda la finta de luchador. Lo tomó por el cuello y lo empujó sin consideración hacia uno de los vehículos. El otro agente, Lara, se acercó y para cumplir con el protocolo de detención, empezó a leer la cartilla de derechos que asisten a las personas en detención. Iturriaga estaba a punto de romper en llanto. No entendía nada de lo que le estaban diciendo.

—Por favor, graben en video, en audio y dejen constancia de este atropello, de esta violación flagrante a mis derechos. Estamos presenciando un ataque directo a los medios de comunicación, a la libertad de expresión. ¡El presidente ROLA me quiere silenciar! —suplicaba Iturriaga a miembros de su equipo mientras forcejeaba y pataleaba.

Comenzó a hacerse un gran alboroto afuera de las instalaciones de *Contrapunto*. Varios de los empleados y colaboradores de Iturriaga grababan los hechos con el celular, otros con cámaras profesionales. Todo se salió de control cuando a un reportero de Iturriaga se le ocurrió aproximarse al comandante Hernández para exigirle rendición de cuentas y preguntarle si acaso no se sentía avergonzado por cometer arbitrariedades de esa magnitud frente a las cámaras.

—¿Qué nos puede comentar al respecto? —preguntó ilusamente.

La respuesta del comandante vino en forma de un golpazo con la cacha de su pistola sobre el rostro del reportero.

—¡A la ley no se le cuestiona, pendejo! —vociferó—. ¡Arréstelos a todos! Si trabajan para el señor Iturriaga, con toda seguridad son miembros de la delincuencia organizada. Entre la marejada de conmoción, se hizo presente un ejército de youtubers afines al gobierno, liderados por la estrella del momento, Pablito Frescas, ataviado para la ocasión con su característico traje casimir y sombrero Fedora. Eran entre doce y quince sujetos, integrados en su mayoría por jóvenes. Todos con cuentas de YouTube populares. Se ufanaban de tener miles de seguidores y lo atribuían a que ellos sí difundían, sin tapujos, la lucha del presidente en contra de la corrupción, al igual que la exhibición de los corruptos sin importar de quien se tratara. Con la agilidad de un ratón, Mr. Átomo se coló entre la muchedumbre y logró acercarse a Iturriaga. Con la videocámara del teléfono celular en modo selfie, narraba la detención y cómo estaba a punto de obtener una entrevista exclusiva con el detenido.

—Paco, ¿es verdad que usted es el líder de un cartel de defraudadores fiscales?

Iturriaga observó a Mr. Átomo con el rostro enrojecido, furioso, con ojos a punto de soltar fuego.

—¡Vete al carajo, maldito lamehuevos! Ya que tú eres un vil lacayo del presidente, aprovecho para mandarle un mensaje ¡No me vas a silenciar, ROLA! Sé que tú ordenaste esta arbitraria detención, pero te saldrá el tiro por la culata, pues lo único que demostraste es que eres un dictador, al igual que tu sirviente, el doctor Gregorio Ballesteros —respondió mientras forcejeaba con los agentes que lo tenían detenido y trataba de quitarse de encima a los otros youtubers que se le estaban arremolinando como moscas.

Estaba a punto de dar otra declaración, cuando uno de los agentes lo silenció de tajo:

—¡Ya cállese! Basta de decir pendejadas, ya tendrá oportunidad de declarar todo lo que quiera ante el juez.

La detención del afamado periodista era la noticia del día. Fue tal su impacto que logró desbandar de los titulares la noticia de la pandemia que estaba azotando al mundo. «Cae Paco Iturriaga por defraudación fiscal»; «El famoso periodista, Paco Iturriaga, enfrentará cargos por delincuencia organizada"; "Iturriaga ¿líder de un cártel fiscal?». Los youtubers subieron de inmediato sus videos. En menos de una hora Mr. Átomo aplastó a todos con más de cien mil vistas y likes. Las redes sociales de *Contrapunto* estaban siendo bombardeadas con comentarios que, en las más de las veces, eran soeces y vulgares. Parecían escritos por una turba enardecida. Festejaban la detención de Iturriaga. Se exigía la pena máxima para él: «pena de muerte para ese culero», «¡que lo ahorquen en el Zócalo!». Julieta Dohrn daba cuenta de la noticia en su espacio informativo. Usaba palabras cautelosas, se notaba un poco nerviosa, su rostro expresaba cierta preocupación. Trató de ser lo más imparcial posible, tanto para el lado del gobierno como para el bando de Iturriaga. Al final de cuentas, era un compañero periodista caído en desgracia y no se valía hacer leña del árbol caído. Julieta Dohrn era una reportera con mucho oficio y colmillo, sabía desentrañar e interpretar a la perfección los sucesos informativos y la manera en que acontecían. Se había mandado un mensaje. Era cristalino para el buen entendedor. Había que andarse con cautela de aquí en adelante.

— CAPÍTULO 39 —

Gregorio Ballesteros tenía mucho que celebrar. No sólo era la celebridad del momento, sino que de una manera discreta se había vuelto poderoso y temido. En todo el país se comentaba la forma en que estaba haciendo entrar en cintura a los contribuyentes incumplidos. Se elogiaban sus hazañas recaudatorias con grandes empresas que ahora pagaban montos históricos en impuestos. Se hablaba de su mano férrea en contra de los defraudadores fiscales. A pesar de no formar parte del gabinete del presidente, era más popular que muchos de ellos. Más incluso que el propio secretario de Hacienda, con quien el enfrentamiento era ya abierto. En últimas fechas se había visto a Ballesteros muy cercano al secretario de la Defensa Nacional. Algo anda buscando, decían los pocos medios que aún se atrevían a criticarlo. Las redes sociales lo describían como una especie de héroe moderno, aclamado como ningún otro funcionario. Pero a la par del poder de Ballesteros, lo acompañaba una creciente sombra, un malestar generalizado. Se corría la voz, cada vez más elevada, de un régimen de terror fiscal, lo cual era desestimado por el presidente Lúevano Alvelais cuando se le llegaba a cuestionar, señalando que era desinformación esparcida por sus adversarios políticos, la mafia de la corrupción, que se negaba a morir y dejar atrás las prácticas del pasado.

La detención de Iturriaga y el éxito de Ballesteros estaban siendo celebrados de manera pasional en la oficina del jefe máximo dentro de la torre negra. Puerta cerrada, sin interrupciones. Sexo salvaje y desenfrenado entre dos personas embriagadas de poder. Ballesteros estaba en posición dominante sobre Sabine. Ella se apoyaba sobre el escritorio, extasiada. Ballesteros en ese momento se sentía como el amo y señor del mundo, se imaginaba a sí mismo como Alejandro Magno dominándolo todo. Sumidos en el gozo sin disimulo se habían olvidado de la discreción, nada ni nadie importaba, gemían, gritaban, sólo ellos dos importaban en ese momento. De pronto, el ritual sexual fue interrumpido de forma brutal por Lupita, quien había desobedecido una orden incontrovertible con una impertinencia inexcusable. Al sorprenderlos en el acto —la pesadilla de los amantes subrepticios—, Lupita quedó petrificada. Su rostro expresaba desconcierto y terror. Sin lograr emitir palabra alguna, agachó la mirada y deseó que la tragara la tierra. El gozo convertido en descarga de adrenalina hizo que la pareja acomodara sus ropas con celeridad. Bochorno en Sabine, furia en Ballesteros.

—¡Maldita estúpida! —soltó un grito que resonó en toda la oficina—. ¡¿Qué demonios te pasa?! ¡¿Tu ineptitud es tal que no eres capaz de entender una puta orden?! —el rostro de Ballesteros se había transformado en el de una persona desconocida. Mr. Hyde estaba de vuelta. Lupita estaba aterrorizada: lágrimas en los ojos, nervios destrozados, sólo era capaz de emitir sonidos parecidos a los de una ardilla—. ¡¿Qué chingados es tan urgente como para que entraras sin avisar?! —exclamó, en posición de ataque.

Lupita jamás había tenido ese sentimiento. Su voz estaba aprisionada, luchaba con desesperación para poder liberarla. Quería escapar de la furia de ese energúmeno en el que se había transformado Ballesteros. Se esforzó y encontró las palabras y el tono de voz adecuado.

—Dis… discúlpeme… el motivo fue… que tiene una llamada urgente del presidente de la república…

Ante esa justificación, el energúmeno no encontró motivo para seguir presente y poco a poco dio paso a Ballesteros, quien empezó a recobrar la compostura. Tomó aire, se acicaló y terminó de acomodarse la camisa y el cinturón. Sabine no corrió a recluirse en el cuarto de baño para esconder su vergüenza, se limitó a sentarse en la silla de Ballesteros, como si se sintiera empoderada, asomando una pincelada de desvergüenza en su rostro.

—Pásame de inmediato la llamada del presidente y ¡sal de mi vista! —Lupita corrió despavorida.

Ballesteros le hizo una seña a Sabine para que se levantara de su silla. Lo hizo con una sonrisa picaresca, pues tan sólo se levantó para sentarse de nuevo sobre las piernas de su amante, quien se resistió un poco, pero Sabine lo dominó. Tomó la llamada y ella se acercó a la bocina para escuchar la conversación, mientras le acariciaba el cabello. Él le hizo una expresión negatoria, pero ella contrarrestó con una expresión de dominatrix. Entre ellos ya no había secretos.

—Sí, señor presidente… descuide, no tiene de qué preocuparse… no tiene por qué haber queja alguna… cuente con ello… habré de tener consideración especial… no hay por qué sentirse mal por aplicar la ley… recuerde que aquí los que más ganan son los beneficiaros de los programas sociales… muchas gracias, señor presidente, estoy a sus órdenes.

—¿Y…? —preguntó Sabine tan pronto terminó la llamada.

Ballesteros la observó y sonrió.

—El presidente me pidió que no les cargue tanto la cuenta fiscal al otro grupo de empresarios que cité para la próxima semana —sonrió—. Estaba preocupado porque recibió quejas por parte de la Cámara de Comercio de los Estados Unidos acerca de nuestra actuación. Me insinuó que tal vez sería conveniente cancelar el encuentro empresarial.

—¿Y…? —volvió a inquirir Sabine.

—Sólo fue necesario sacar a flote el destino de los recursos públicos para programas sociales para que diera el visto bueno para seguir adelante —dijo, soltando una carcajada mientras coqueteaba con Sabine—. En la noche continuamos lo que no nos dejaron terminar, no vaya a ser que nos vuelvan a interrumpir. Además, tengo que desahogar algunos pendientes y organizar ciertas cosas.

Ballesteros ordenó a una atemorizada Lupita que les avisara a Roberto Sáenz y a Rubén Félix que se presentaran de inmediato a su oficina, cosa que el Díaz Ordaz hizo con una rapidez fuera de serie, pues su servilismo no tenía disimulo —incluso se refería a Ballesteros como "jefecito"—. La adulación era algo a lo que cada día le agarraba más sabor. Por el contrario, para Roberto, la losa de ser un mandadero de alto nivel cada día era más pesada. En un principio sentía emoción de que Ballesteros le asignara misiones especiales, pues formaban parte de un cambio institucional del que se sentía parte, y de una promesa de un mejor puesto dentro de la dependencia, donde podría hacer carrera, haciendo una labor que hasta entonces le apasionaba. Se visualizaba a sí mismo llegando a lo más alto del escalafón en cuanto las piezas necesarias se terminaran de acomodar. Una promesa que poco a poco daba vistos de ser una simple manipulación. Estaba rezagado en un limbo burocrático en donde de vez en cuando recibía miserables estímulos financieros en efectivo por parte de Ballesteros, pero no como parte de su sueldo, más bien como pago que se hace a un rufián por hacer trabajos sucios. Las peticiones de Ballesteros cada vez estaban más al borde de lo inmoral y legalmente inaceptable; eran cosas para las que Roberto no tenía talante, a diferencia del Díaz Ordaz, que traía en los genes ser un hijo de la chingada. Lo que más lo apesadumbraba era el hecho de que el Díaz Ordaz actuaba como su jefe de facto, lo trataba como una especie de chalán y a cada momento ponía a prueba su lealtad al SAT, como si se tratara de un régimen, más que una dependencia gubernamental. Era un calvario lidiar con un personaje tan nefasto, por lo que se encontraba en una encrucijada. El pensamiento de renuncia aparecía con más frecuencia en su cabeza, cosa que descartaba de inmediato, pues la situación económica en el país no era buena, los niveles de desempleo estaban en récords históricos y sería imposible encontrar otro trabajo. Quería aferrarse a la esperanza de que las cosas cambiarían. Ballesteros lo alentaba a tener paciencia.

El Díaz Ordaz gozaba abusando de su poder dentro del SAT. Era la encarnación de un maldito inquisidor de antaño, quien como titular del órgano interno de control, bajo el auspicio de la bandera de lucha contra la corrupción institucional, aprovechaba para dominar a los empleados a través del miedo, sometiéndolos a la infame prueba del polígrafo a la menor sospecha de haber incurrido en actos contrarios a los ideales del SAT. Detrás de ello estaba la mano socarrona de Ballesteros para mantener a raya a todos. Con su nefasto humor negro, el Díaz Ordaz amedrentaba a Roberto con someterlo a la prueba del polígrafo, sobre todo desde que aceptó el obsequio de Luciano. Roberto trató de hacer del conocimiento de Ballesteros lo insoportable que ya le resultaba trabajar a la par del Díaz Ordaz. Pero no había tenido éxito, pues Greg cada vez era más inaccesible. Cuando no estaba a puerta cerrada, desaparecía con sus cuatro administradores sin que nadie se enterara de ello.

— CAPÍTULO 40 —

Ballesteros estaba de pie frente al ventanal de su oficina. Observaba con detenimiento el horizonte citadino, ponía atención a las altas torres ubicadas sobre lo que se alcanzaba a ver el Paseo de la Reforma, que alberga a los grandes corporativos y firmas de renombre. Sabía que, ante una orden suya, todos estarían obligados a rendirle cuentas. Su rostro reflejaba una expresión de autocomplacencia. Tenía las manos atrás de la espalda, sujetada la una con la otra. Roberto y el Díaz Ordaz ingresaron a su oficina. Lo observaron por unos instantes, no quisieron interrumpirlo porque se notaba meditabundo. Repetía palabras incoherentes en voz baja: «piedra, conejo, lograr, remar…». Ballesteros notó su presencia, pero no volteó a verlos. Roberto prestaba atención a ese hábito tan extraño que tanto lo intrigaba, pues en muchas ocasiones lo había visto hacer lo mismo, repetir las mismas palabras una y otra vez. Manía o alguna técnica de relajación. Alguna vez había tenido la intención de preguntarle acerca de ello. Pero ahora sabía que era mejor no meterse en lo que no le importaba. Roberto estaba intranquilo, sabía que Ballesteros les iba a encomendar algo. Esos llamados siempre eran para tratar temas extraoficiales. «¿Ahora qué?».

Una vez que Ballesteros salió de su trance, les dijo:

—Adelante señores, tomen asiento —los observó a ambos con una sonrisa en el rostro—. Nuestra campaña de recaudación persuasiva de impuestos está teniendo un éxito sin precedentes. La voluntad de la ciudadanía para pagar impuestos nos tiene a todos sorprendidos.

—En redes sociales, es toda una celebridad, jefecito —dijo el Díaz Ordaz, soltando esa característica risita mordaz que mostraba su dentadura.

Roberto se limitó a observarlos de reojo.

—Tienes toda la razón, Rubén. Cada vez son menos nuestros detractores. Como bien lo saben, el principal de ellos resultó ser un defraudador fiscal. Ironías de la vida —dijo, encogiéndose de hombros—. Esa es una de las cosas para lo cual les mandé llamar. La idea de que Paco Iturriaga es un criminal de la peor calaña debe estar presente durante varias semanas en todas las redes sociales. *Contrapunto* debe desaparecer, no pueden seguir transmitiendo mentiras. El presidente desea quitarles los permisos y autorizaciones para transmitir en radio y televisión. Sin embargo, no se puede hacer de tajo, pues los detractores lo tomarían como un ataque a la libertad de prensa. La opinión pública lo tomaría a mal.

—Pero, ¿por qué habría de tomarlo a mal, si Iturriaga es un criminal que ya está tras las rejas? —preguntó el Díaz Ordaz.

—Sí, pero recuerda que *Contrapunto* es un espacio informativo formado por varios periodistas y reporteros. Al final de cuentas, ellos no tienen la culpa de los pecados de su jefe. ¿Estarán de acuerdo? —dijo Ballesteros levantando el entrecejo.

Roberto sólo lo observaba, mientras que el Díaz Ordaz asentía.

—Tiene razón, jefecito.

—A menos, claro, que existiera algo que hiciera ver a la opinión pública la conveniencia de que *Contrapunto* no continúe al aire… —Ballesteros soltó una sonrisa sibilina. Sus acompañantes se quedaron serios, sin entender. Ballesteros tomó una carpeta de su escritorio y sacó una hoja con algunas anotaciones—. Escuchen esto: "El afamado conductor y periodista, Paco Iturriaga, podría estar involucrado no sólo en delitos de índole fiscal, sino también de índole sexual. Algunas versiones afirman que Iturriaga tiene vínculos con conocidos tratantes de blancas. Una sexoservidora, de quien omitiremos su nombre por razones de seguridad y sigilo judicial, declaró que Iturriaga era cliente frecuente de un conocido table dance de la ciudad, cuyo dueño hoy se encuentra tras las rejas por delincuencia organizada. «Paquito, como le decía de cariño, es un adicto sexual y en ocasiones, se ponía muy violento», afirmó la sexoservidora, quien dejó entrever la posible existencia de videos comprometedores de Iturriaga" —El Díaz Ordaz sonreía, Roberto tenía expresión pétrea—. Aquí tengo otra nota: "Contrapunto: No sólo es una agencia especializada en esparcir fake news y teorías de conspiración, es una organización criminal que se utiliza como fachada para dar servicios de planeación fiscal y defraudar al fisco. Estimados amigos, resulta ser que Paco Iturriaga y sus socios no actuaron de forma aislada para cometer delitos fiscales, sino que lo hicieron en complicidad con varios de sus colaboradores y equipo informativo. Durante varios ejercicios fiscales, expidieron facturas falsas por concepto de publicidad. Fuentes cercanas nos informan que ya se presentaron varias denuncias ante el SAT, para que procedan a iniciar una investigación exhaustiva al respecto y se castigue a los culpables."

—Me encanta la idea de que Paco Iturriaga sea el maestro de los fake news en México —dijo el Díaz Ordaz soltando una risotada.

—Estamos de acuerdo entonces —asintió Ballesteros—. Roberto, es necesario que vayas de inmediato a la granja y te lleves el alimento. Hoy mismo tiene que hacerse.

Roberto agachó con disimulo la mirada, se llevó la mano a la boca. Su incomodidad ya no podía esconderse.

—¿Pasa algo, Roberto? Desde que llegaste no has pronunciado palabra alguna. Te noto raro.

Roberto carraspeó y se acomodó en su silla.

—Discúlpeme doctor, pero… eso que se dice de Iturriaga… es mentira, no hay pruebas… y… —hizo una pausa.

Ballesteros se recargó en su silla. Apretó los labios. El Díaz Ordaz intervino con prepotencia:

—¡Tú vas a hacer lo que se te pide y punto! No eres nadie para cuestionar ordenes ¡Que no se te olvide! O sólo que… —hizo una pausa— estés coludido con Iturriaga y por eso estés tan preocupado —dijo con sorna.

—¿¡Por qué mejor no te callas!? ¡A la chingada contigo! Tú no eres mi jefe y no me das órdenes.

—Al que le debe quedar muy claro, es a ti, ¡infeliz! —estalló el Díaz Ordaz como una olla de presión.

Roberto se levantó de su silla y encaró al lacayuno sujeto. Estaba a punto de soltarle un golpe. Una expresión de pánico se asomó en el rostro del Díaz Ordaz, no se esperaba esa reacción.

—¡Basta! ¡Déjense de pendejadas! Se va a hacer lo que yo diga y punto —intervino Ballesteros dando un fuerte puñetazo sobre su escritorio.

—Mira Roberto, así es como funciona esto. No me salgas a estas alturas con moralismos. Iturriaga siempre estuvo en contra de nosotros, se encargó de desprestigiarnos durante mucho tiempo. Sólo estamos jugando su mismo juego. Recuerda que estamos en guerra contra la corrupción y tal como reza el trillado dicho «en la guerra y en el amor, todo se vale». No prestes atención a si son falsas acusaciones o no, pues créeme, Iturriaga tiene abogados de sobra. Que sean ellos quienes se encarguen de limpiar su nombre. A nosotros nos toca poner muy en alto el nombre del SAT y del gobierno —hizo una pausa y los apuntó con el índice—. Necesito que ustedes dos se dejen de pendejadas. Tenemos mucho trabajo por hacer, ¿entendido? —Roberto asintió con resignación y el Díaz Ordaz sólo esbozó una sonrisa sardónica.

—Deben hacerle llegar estas notas a Mr. Átomo, para que las grabe en video y lo suba mañana en redes sociales, ¿de acuerdo? —Roberto asintió—. Esta última petición te pondrá de buen humor. Busca a Denisse, la venezolana. Tengo entendido que hicieron muy buena química ustedes dos —soltó una sonrisa ladina—. Es necesario que esté lista por si se llega a requerir su declaración en el caso Iturriaga. Te voy a dar viáticos para que le invites un par de tragos, para que te relajes.

Roberto ardía por dentro, tuvo que soltar un frío:

—Cuente con ello.

—Jefecito, ya que andamos en esto de los rumores —sonrió—, por qué no aprovechamos para que Mr. Átomo suelte el rumor de que usted es uno de los presidenciables. Digo, los elogios ya están por todos lados.

Ballesteros esbozó una sonrisa de Mona Lisa e hizo una mueca de fingido rechazo. Su actuación de modestia fue patética.

—Olvídate de sueños guajiros, mi compromiso es con el SAT. Por cierto, mañana es tu reunión con el jefe de los Jasons, ¿es correcto?

—Es correcto, jefecito.

—¿Cómo ves la situación?

—No debemos tener problema alguno. Van a contribuir con gusto.

—¡Excelente! —aplaudió Ballesteros—. Bueno señores, con esto damos por concluida nuestra reunión. Manos a la obra. Ah… antes de que se me olvide —se dirigió al Díaz Ordaz con expresión sombría—, Lupita me acaba de presentar su renuncia, hoy mismo se va. Antes de que lo haga, aplícale los procedimientos que estimes necesarios; recuérdale que tiene firmado un convenio de confidencialidad, haz mucho hincapié en ello. Aconséjale como sólo tú lo sabes hacer.

—Pierda cuidado, jefecito, yo me encargo… —hizo una pausa.

Ballesteros lo observó con intriga:

—¿Pasa algo?

—Antes de irme, quiero hablarle de un tema muy, pero muy interesante.

—¿De qué se trata? —mostró interés.

—Creo haber encontrado una mina de oro en el Norte.

— CAPÍTULO 41 —

El ambiente en el mundo era sombrío. México no era la excepción. Apenas el pasado 11 de marzo la Organización Mundial de Salud había declarado al virus como una pandemia. Nadie sabía hasta qué punto las cosas se saldrían de control. Era el último día de ese mes oscuro. En México reinaba una gran confusión, incertidumbre, refutaciones contradictorias, miedo, escepticismo. Era una mezcla de todo a la vez. En época moderna, jamás se había presentado una situación similar en el país. La periodista Julieta Dohrn tenía un semblante desencajado. A pesar de ser una mujer aún joven, entrada en sus cuarentas, guapa en su propio estilo, ese día no lucía del todo bien. Leía varios documentos mientras se preparaba para iniciar transmisiones en su programa radiofónico. Sus asistentes no dejaban de entregarle nota tras nota. Julieta las leía rápido, pero se encontraba hasta cierto punto abrumada. Se preparó, aclaró la voz para iniciar transmisiones.

«Iniciamos con nuestro programa correspondiente al día 31 de marzo de 2020. Me gustaría poder decirles que tengan todos ustedes muy buenas tardes, sin embargo, en estos momentos es difícil decirlo. Hay muchas noticias que informar, muchos acontecimientos que se están dando en el mundo. Como ustedes saben, el pasado 27 de marzo de 2020 se dio a conocer el decreto publicado en el Diario Oficial de la Federación, por parte del presidente Lúevano Alvelais, en el cual se declaran acciones extraordinarias en todo el país en materia de salubridad general para combatir la enfermedad grave de atención prioritaria generada por el virus SARS-CoV2. En dicho decreto se ordenó a la Secretaría de Salud que tomaran las acciones necesarias para enfrentar esta terrible pandemia. Ahora bien, el día de hoy, la Secretaría de Salud publicó en el mismo medio el acuerdo por el cual se establecen medidas necesarias para combatir la emergencia sanitaria generada por el virus. A partir del día de hoy, se suspenden todas las actividades económicas que no resulten esenciales, con la finalidad de mitigar la dispersión y transmisión del virus, lo que implica el cierre de empresas, restaurantes, cines, centros de espectáculos, gimnasios y demás actividades que, como lo establece el acuerdo, no se consideren esenciales. Todas las escuelas en todos los niveles han suspendido ya las clases presenciales. Las únicas actividades que podrán permanecer en funcionamiento serán aquellas relacionadas con el sector médico, seguridad pública, actividades financieras necesarias para la economía del país, distribución y venta de energéticos, industria de alimentos, generación y distribución de agua, mercados de alimentos, supermercados y el de recaudación tributaria.» La voz de Julieta Dohrn se quebró, los ojos se le humedecieron.

En los días siguientes, el sector empresarial se vio obligado a suspender sus actividades y no tuvieron opción, pues las autoridades laborales establecieron medidas para multar a aquellos que no cumplieran con el acuerdo dictado por la Secretaría de Salud. ¿Por cuánto tiempo sería el cierre de la economía? No se sabía con certeza. Algunas voces decían que tomaría cuestión de días, tal vez semanas, y las más pesimistas, hablaban de meses. Esta medida, aunque en apariencia necesaria, implicaba para muchas empresas ponerse en fila para irse al despeñadero de la quiebra económica. Por ello, la decisión de llevar a cabo despidos masivos de trabajadores se empezó a hacer latente. Sin ingresos por el cierre de la economía, se hacía imposible pagar las nóminas, cosa de sentido común. Para verter más sal a la herida, la Secretaría del Trabajo publicó un acuerdo en el que se prohibía a los patrones castigar de manera alguna el sueldo de los trabajadores. Se lanzaron serias amenazas a aquellos que se les ocurriera llevar a cabo despidos con motivo de la suspensión de actividades.

—Los trabajadores, los más vulnerables del país, no tienen por qué verse afectados, la finalidad de mi gobierno es proteger los empleos. Los empresarios no tienen nada de qué preocuparse, pues estas medidas son pasajeras. El virus ya está siendo controlado, el nivel de contagios ha disminuido de manera muy considerable —había declarado el presidente Lúevano Alvelais en sus conferencias matutinas—. El sector empresarial vio una luz al final del túnel, cuando en Estados Unidos y otros países se anunciaron prórrogas, suspensiones y hasta condonaciones en el pago de impuestos. Hasta noventa días en la suspensión de pago de impuestos, había anunciado el presidente de los Estados Unidos. Estímulos fiscales. Apoyo económico a las empresas. Gran alivio, pues en México la época del pago de impuestos era en los meses de marzo y abril. Tener que pagar con el cierre de la economía encima, para muchos empresarios implicaba, si bien no un tiro de gracia, sí uno mortal. Por ello, las cámaras empresariales del país esperaban con ansias los programas de estímulos fiscales del presidente Lúevano Alvelais. El anuncio se dio. Y se anunciaba la llegada de uno de los jinetes del Apocalipsis.

— CAPÍTULO 42 —

Gregorio Ballesteros y su ahora inseparable Administradora General Jurídica del Sistema Administrador Tributario, fueron convocados a una reunión de carácter urgente con el presidente de la república. Había que tomar decisiones de gran relevancia para el país en materia de impuestos. Ballesteros era la máxima autoridad fiscal. Él era el indicado para aconsejar al señor presidente en estos temas tan complejos. A petición expresa de Ballesteros, el secretario de Hacienda no fue convocado a la reunión, pues le había dicho al presidente que lo único que iba a generar su presencia serían encontronazos y trabas en la toma de decisiones. El presidente aceptó sin oponerse, pues su distanciamiento con el secretario cada vez era mayor, incluso su renuncia era ya un rumor que se escuchaba a gritos. Fuertes diferendos surgieron entre ellos, derivados precisamente de la firme oposición de Cos Guerrero a la reforma fiscal de Ballesteros, así como de la crítica hacia lo que él consideraba como una obstinación del presidente en dilapidar recursos públicos en programas sociales sólo para mantener su popularidad, sobre todo entre las clases más desfavorecidas. Bases electorales contentas, siempre era bueno para el partido. Muchos sectores de la sociedad e incluso de su propio gobierno, coincidían con la postura de Cos

Guerrero. Con la paralización de la economía, lo primero que se vería afectado sería el rubro de los programas sociales. Sin embargo, la obstinación del presidente en ese sentido era inquebrantable y Ballesteros lo sabía.

—Nuestros vecinos del norte y algunos otros países ya tomaron la decisión de suspender el pago de impuestos de manera temporal. No creo que esa sea la mejor medida, pues los impuestos son lo que mantienen en funcionamiento a un país y más con una crisis de la magnitud que estamos viviendo. No sabemos qué se pueda venir. Por eso te convoqué, Gregorio. Me interesa conocer tu opinión, saber si estoy en lo correcto o no, o si en su caso, ¿hay otras alternativas? —planteaba el presidente, sentado a la cabecera de su silla presidencial ante un imponente y majestuoso escenario brindado por Palacio Nacional. Su rostro expresaba preocupación y sobre todo necesidad de consejo para tomar la decisión correcta o tal vez refrendar aquella que ya había tomado de antemano.

—Coincido con usted, señor presidente. El pago de impuestos es prioritario para un país y más en situaciones extremas. Es cierto que varios países establecieron prórrogas, pero tome en cuenta que ello es posible pues se trata de países en donde la cultura contributiva es casi sagrada, una norma inquebrantable. Como consecuencia, las arcas de esos gobiernos tienen las reservas necesarias para soportar prórrogas. Me duele reconocer que, en un país como el nuestro, en donde la falta de pago de impuestos era casi un deporte nacional y la defraudación fiscal se enarbolaba con orgullo por los empresarios, esa situación no es posible. Si usted autoriza una prórroga, se van a aprovechar de su buena voluntad y va a abrir la puerta a que después se lo exijan como una obligación. Van a querer más y más. Recuerde el dicho de «te doy la mano y agarras el pie» —respondió Ballesteros—. Señor presidente, es en estos momentos en los que se deben de tomar decisiones que en apariencia son severas, pero que a la larga traen un mayor beneficio —esto último lo dijo con gran solemnidad.

El presidente esbozó una casi imperceptible sonrisa y volteó a ver a Sabine, quien al momento mostró su asentimiento, como refrendando lo dicho por Ballesteros.

—Por eso te convoqué, Gregorio, pues no te andas por las ramas y eres muy objetivo, ves las cosas como son en realidad. Eres un hombre de decisiones, lo que necesita el país. Veo en ti a un verdadero patriota.

—Me honra, señor presidente —dijo, mostrando una falsa modestia. Su ego estaba a punto de estallar.

Lúevano Alvelais se quedó por unos momentos muy reflexivo, se llevó la mano a la barbilla.

—¿Le preocupa algo, señor presidente? —preguntó Sabine.

—Para serles sincero, sí. No sabemos hasta dónde pueda llegar esta pandemia, a qué nivel de gravedad pueden llegar las cosas. Mis especialistas me dicen que esto puede ser pasajero, pero no sé. Me preocupa que ante nuestras decisiones, nuestros adversarios se aprovechen y promuevan un paro nacional para no pagar impuestos, algo así como una rebelión fiscal. Existen demasiados rumores circulando en muchas partes. No soy afecto a las teorías de conspiración, pero se dice que se está preparando algo. Ya en el pasado, varios disidentes del gobierno sacaron a la luz ese tema. Me inquieta la posibilidad de manifestaciones violentas en contra del fisco. Me preocupa que nuestras leyes no logren tener la solidez requerida para proteger el pago de impuestos, como lo dicen los rumores. ¿Qué pasaría en un escenario en donde la gente se negara a pagar? ¿Imagina un escenario violento? ¿Cuenta el SAT con lo necesario para afrontar una situación extrema? —dijo ceñudo.

Ballesteros y Sabine sonrieron con complicidad.

—Por supuesto que tendríamos la capacidad para ello. Nuestra reciente reforma fiscal contempló todas las posibilidades. Contamos con una excepción dentro de la ley que nos permitiría prevenir y frenar de tajo cualquier manifestación de violencia y de rebelión. Tenemos la espada del fisco para defender los impuestos. Si lo recuerda, señor presidente, cuando le presenté la reforma le hablé de ese artículo. Usted en su momento no lo entendió del todo, porque ninguno de nosotros estábamos preparados para una eventualidad como la que estamos viviendo. Acordamos dejarlo en letra muerta, en suspenso, para cuando llegara el momento. Ese momento llegó —dijo Ballesteros con algo de teatralidad.

El presidente asintió, sabía a qué se refería, ya había recordado.

—Una decisión de esa magnitud, puede resultar impopular entre la población. ¿Crees que sea prudente aplicar ese artículo? ¿Está preparada tu gente para ello?

—Por supuesto que sí, señor presidente.

—No dudes que nuestros adversarios acudirán en masa a los tribunales. Es muy posible que lo quieran frenar. No sé, tengo mis reservas —dijo el presidente frotándose la barbilla.

—Si usted nos lo permite, deje a los tribunales en nuestras manos, señor presidente —contestó Sabine mostrando gran seguridad en sí misma. Sonriente.

—Recuerde que lo que más importa en estos momentos es salvaguardar los programas sociales, la ayuda a los más necesitados —mencionó Ballesteros, mostrando una falsa preocupación. Estaba haciendo gala de sus dotes de manipulación, explotaba el punto débil de Lúevano Alvelais.

El presidente enseñó una gran sonrisa.

—Ponte entonces de acuerdo con el secretario de la Defensa. Hoy mismo le daré la instrucción.

Ballesteros no pudo contener el gozo en su rostro. Con gran sonrisa contestó:

—Cuente con ello, así se hará.

El tema de la aplicación del artículo de la reforma era algo en lo que Ballesteros ya había estado trabajando. Lo expuso a cuentagotas al secretario de la Defensa, por eso había andado tan pegado a él, midiéndole el agua a los camotes. La última vez que le tocó el tema, fue parado en seco: «Déjese de pendejadas», le había dicho. No había una justificación real para ello. Ahora sí la había. La pandemia y la preocupación enfermiza del presidente de quedarse sin recursos para gastarlos en programas sociales habían caído como anillo al dedo a Ballesteros. El secretario ya no podría negarse. Era orden del presidente, comandante supremo de las fuerzas armadas.

—Gregorio, ¿qué más requieres? Es importante que todos mis hombres y mujeres cuenten con los mejores elementos. Si necesita más gente, más presupuesto, sólo pídelo.

Ballesteros fingía humildad ante la carta abierta que le presentaba el presidente. Por dentro se sentía como una olla de presión a punto de estallar en júbilo, sus sueños más radicales se estaban haciendo realidad. No ante cualquiera ni en cualquier momento un presidente se comportaba como una Santa Claus gubernamental.

—No encuentro palabras para expresar mi agradecimiento por la confianza que me brinda, señor presidente. Créame que ya tiene a los mejores elementos. Sin embargo, como en todo buen ejército, siempre es necesario un grupo de fuerzas especiales, con facultades extraordinarias. Si usted lo autoriza, puedo allegarme de un grupo de élite.

—Cuenta con ello, Gregorio. Platícame, ¿qué tienes en mente?

Ballesteros y Sabine se voltearon a ver con incredulidad, sonreían con disimulo, casi se podían leer el pensamiento. Ballesteros se lo expuso con detenimiento, decorando a la perfección sus ideas, el presidente escuchaba.

—Me parece, me gusta. Mañana haré el anuncio de nuestras decisiones.

CAPÍTULO 43

La conferencia matutina comenzó puntual como todos los días. La presencia de la prensa se había limitado en gran número para evitar contagios. Sólo personas selectas estaban presentes. Los funcionarios que estaban en el templete, incluido Ballesteros, estaban separados entre sí, para guardar una sana distancia. Se cubrían el rostro con cubrebocas. La pregunta de uno de los reporteros obligó a Lúevano Alvelais a entrar de lleno al tema.

—Señor presidente, Estados Unidos y varios países más han establecido prórrogas en el pago de impuestos. Otros más han dado incluso estímulos fiscales. ¿Su administración hará lo mismo?

—No, no hay motivo para hacerlo. No porque un país haga una cosa, significa que nosotros debamos hacer lo mismo. Cada país es diferente. En nuestro caso, todos los contribuyentes deben de seguir pagando impuestos. Así lo requiere el país. Todos estamos obligados a contribuir para el gasto público, es nuestra obligación como mexicanos. Así lo marca la Constitución, nuestra ley suprema. Quien no paga impuestos, es un traidor a la patria.

—Pero, señor presidente, muchos empresarios se quejan de que, ante las medidas tomadas por el gobierno y el cierre de la economía, el tener que pagar impuestos de manera inmediata, les va a generar un serio problema financiero. ¿No cree que sería conveniente establecer un diferimiento en el pago? —insistió otra reportera.

—Eso que usted comenta es el discurso de nuestros adversarios políticos. Además, no tiene lógica que los empresarios se quejen de que no hay dinero para el pago de impuestos, pues lo que van a pagar no es lo de este año, sino lo del año pasado, en donde se supone que las empresas ya debieron haber hecho la previsión financiera de pagos. Si las empresas tuvieron ganancias el año pasado, es lógico que con ellas se paguen los impuestos, es así de sencillo. Que no se equivoquen señorita, si las empresas hicieron una mala previsión financiera, eso no es culpa del gobierno —señaló con tono enérgico el presidente. El rostro de la reportera mostraba una confusión absoluta, como si le hubieran hablado en otro idioma.

No podía faltar la intervención de Mr. Átomo, quien como siempre, se deshizo en elogios serviles hacia el presidente y Ballesteros:

—Señor presidente, a mí me parece muy acertada su decisión. Permítame felicitarlos a ambos —extendió la palma de su mano en alto—. A todos los mexicanos nos da mucha tranquilidad tener al frente de nuestra administración tributaria a un funcionario de la envergadura del doctor Ballesteros, un verdadero héroe. Sin embargo, le quiero preguntar qué pasaría en el supuesto de que los empresarios con el apoyo de los tribunales se revelaran en contra de sus decisiones y se negaran a pagar impuestos. ¿Qué medidas podría tomar el gobierno? —su pregunta coincidía con uno de los temas que habían sido abordados en la reunión del presidente y Ballesteros en la víspera. En política no hay coincidencias.

—Respondiendo a su pregunta, quiero aprovechar para dar un anuncio importante. Pedí al doctor Gregorio Ballesteros que estuviera presente el día de hoy para ello. He instruido al presidente del Sistema Administrador Tributario para que forme un grupo de abogados especialistas en derecho fiscal, que serán incorruptibles, comprometidos al cien por ciento con la nación. Estos abogados, dependerán directamente de mí. Para que el especialista en estos temas explique más a detalle, cedo la palabra al doctor Ballesteros —le hizo una seña con la mano.

Ballesteros se dirigió hacia el podio. En esta ocasión, vestía el mismo traje desgastado y pasado de moda que había usado durante su presentación como titular del SAT. Austeridad patriótica.

—Así es, como ya lo dijo el señor presidente, este cuerpo de abogados especiales se dedicarán en exclusiva a ser los guardianes de todos los litigios fiscales, así como de todos los casos penales que están en curso en tribunales. Estos abogados vigilarían muy de cerca a los jueces para que hagan bien su trabajo, para que no encajonen los casos y para que no demoren su resolución. Nos hemos encontrado con muchos abogados corruptos que promueven medidas dilatorias, las famosas chicaneadas, para evitar que los juicios se resuelvan en tiempo. Tenemos muchos litigios que duran años y años, cuando es evidente que los contribuyentes no tienen la razón. Lo hacen con la clara intención de no pagar impuestos. Esas malas prácticas ya se acabaron. Estos abogados, que estarán a la altura de cualquier litigante de las grandes firmas de renombre a nivel nacional e internacional, se encargarán de denunciar a jueces corruptos y a aquellos abogados que quieran pasarse de listos. Se encargarán de ponerles un alto. Incluso estamos viendo la posibilidad de cancelar las cédulas profesionales de aquellos abogados que se quieran pasar de listos. Se verá la posibilidad de clausurar despachos jurídicos de los enemigos de la nación. Coincido con el presidente: aquellos que no pagan impuestos traicionan a la patria.

Lo anunciado por Ballesteros generó revuelo entre los pocos asistentes que se encontraban en el recinto. Había desconcierto, pues lo recién anunciado no sólo era una arbitrariedad, sino una brutal ilegalidad, una violación al debido proceso legal, a la igualdad entre las partes dentro de un juicio, el derecho a la defensa y a un juicio justo. La formación de un cuerpo de abogados con esas características y facultades no tenía la menor lógica jurídica pues, para empezar, se violentaría la independencia del poder judicial quien ya contaba con la facultad de autovigilarse. Ellos tenían sus propios órganos sancionadores ante conductas ilegales. Con qué justificación vendría un grupo de abogados, dependientes del presidente de la república, a vigilar al poder judicial. En segundo término, para que un abogado tercero, extraño al juicio, pudiera intervenir, y más tratándose de un asunto en el cual una de las partes es el gobierno, tendría que estar autorizado en la ley. Con qué facultad legal se pretendía cancelar e impedir el ejercicio de un profesional del derecho. La sospecha y la acusación infundada sería la nueva norma. La creación de ese grupo de elite legal no estaba sustentada más que en palabras vacuas y en una manipulación más de Ballesteros ante la debilidad de un gobernante que estaba siendo seducido por las mieles de la oclocracia.

—Hay algo más que quiero anunciarles —dijo Ballesteros en voz alta para atraer la atención de los asistentes que aún seguían dispersos—. Estamos en tiempos en donde el interés de la colectividad, es decir, el interés de la nación debe ser protegido. Esta medida fue discutida muy a fondo con el señor presidente y aprobada por el señor secretario de la Defensa Nacional, quien dio su autorización y visto bueno. El ambiente que estamos viviendo, no se había visto desde la Segunda Guerra Mundial. Es por el bien de todos y sobre todo para proteger la integridad física de los funcionarios del SAT, quienes serán los encargados de garantizar que la nación no se quede sin ingresos. A partir del día de hoy entra en efecto el artículo tercero —guardó silencio y observó a los asistentes, quienes estaban con expresión expectante. Ballesteros continuó—. Esto significa que a partir de hoy todos los funcionarios autorizados del SAT, portaremos armas de fuego para proteger no sólo la integridad de las arcas del Estado, sino además la de nuestros funcionarios públicos.

A pesar de que eran pocos los asistentes, el barrullo fue enorme. Por una parte Mr. Átomo, junto con algunos de sus seguidores y reporteros afines al gobierno, aplaudían con euforia a Ballesteros, mientras que otros, incluidos los del espacio informativo de Julieta Dohrn, no podían dar crédito a lo que acababan de escuchar; se mostraban confundidos. En cuanto los reporteros de *Contrapunto* empezaron a levantar la mano para hacer preguntas, el jefe de prensa del presidente ordenó que los desalojaran.

—Esto es una violación flagrante a la Constitución, nadie, más que el ejército y la policía, están autorizados para portar armas. Además, eso que usted dice, en qué ley está establecido. Es una vil mentira —dijo uno de los asistentes, encarando a Ballesteros.

—¿En qué ley, pregunta usted? —Dijo con desdén Ballesteros—. En las leyes aprobadas por nuestro honorable Congreso de la Unión, por supuesto. Todo está dentro del marco legal. Está establecido en el artículo tercero del reglamento del SAT. Se lo voy a leer para que no me ande tachando de mentiroso —dijo, mientras manipulaba y acomodaba algunas hojas sobre el podio—. *Verbatim*: "… el personal adscrito al SAT, en términos de la Ley Federal de Armas de Fuego y Explosivos y demás disposiciones jurídicas aplicables, podrá ser autorizado para portar armas de fuego en el ejercicio de las facultades que tenga conferidas…".

CAPÍTULO 44

El sector empresarial estaba sorprendido frente a la decisión tomada por el gobierno de negarse a dar una prórroga en el pago de impuestos y de tampoco dar estímulos fiscales que ayudaran a paliar los efectos que tendría el cierre de la economía, tal como lo estaban haciendo otros países. Pero lo que mayor conmoción causó fue la amenaza de cobrar impuestos a punta de pistola y la declaración frontal de guerra por parte del SAT hacia los abogados fiscalistas, a quienes incluso catalogó como traidores a la patria por defender a contribuyentes marcados con la letra escarlata D, de deudores. La preocupación era doble, no sólo por la pandemia, sino por el terrible acoso fiscal que se vislumbraba. Pequeñas cámaras empresariales y grupos minúsculos de abogados se quejaron en redes sociales y en desplegados que fueron publicados en algunos medios impresos, pero fueron eclipsados frente al discurso oficial de que el pago de impuestos era un acto heroico en pro de la nación. Los youtubers oficialistas se encargaron de ridiculizar a los disidentes.

Para colmo de males, en todos los procesos penales fiscales en donde el contribuyente quisiera llegar a una ne-

gociación con el SAT, para pagar el monto de lo defraudado al fisco y éste se desistiera de la acción penal, Ballesteros
estableció como requisito indispensable para ello el que el
desgraciado contribuyente publicara una disculpa pública en
todos los diarios de circulación nacional, con la siguiente leyenda: "A la opinión pública: Ofrezco una disculpa pública al
SAT y al país, por haber participado en la comisión de delitos
fiscales. De aquí en delante, me comprometo a no volver a defraudar al país". «O es eso, o cárcel, aunque pague el adeudo»,
declaró Diana Rendón en un video subido a las redes sociales
del SAT.

Las grandes cámaras empresariales, así como la Barra
Mexicana de Abogados, guardaron silencio total, no se pronun-
ciaron ni a favor ni en contra. En un país en donde todo mundo
tenía cola que le pisaran, era mejor no buscarle pleito al león.
Ese era un punto débil que sabía explotar muy bien Ballesteros.
Además, ya habían degustado de una probadita de las auditorias
del SAT al mando de su líder supremo. Para asegurarse de que
los tribunales no levantaran la voz, Sabine y Diana obsequiaron
a los ministros de la Suprema Corte de Justicia de la Nación y al
presidente del Tribunal Federal de Justicia Administrativa lo que
ellas llamaron una visita de cortesía, una "pequeña reunioncita
de trabajo", en donde aprovecharon para dejarles un reporte informal de algunos gastos, depósitos y traspasos a varias cuentas
bancarias a nombre de los máximos juzgadores del país, que no
habían sido declaradas al SAT. En un tono de lo más cordial,
Diana Rendón les dijo que el fisco se los pasaría por esa oca-

sión, y que todo quedaría en una amonestación verbal, pero que, de aquí en delante, lo mejor era declararlo todo. Los juzgadores entendieron a la perfección el aviso.

Auditores del SAT armados era algo inaudito en México, un país azotado por la violencia, con niveles escandalosos de muertes causadas con armas de fuego. La preocupación entre los ciudadanos era enorme y más que justificada, pues no había claridad acerca de quién y cómo se capacitaría a los funcionarios del SAT para el uso adecuado de las armas, tomando en cuenta que su actividad principal no eran labores de seguridad pública, propia de la policía y del ejército. Todo mundo desconfiaba de la decisión y le tenía miedo, pues el cuestionamiento más fuerte era ese: si las fuerzas del orden, con entrenamiento exhaustivo en el uso de armas cometían toda clase de errores, negligencias y atropellos, ¿qué se podía esperar de personas con formación burocrática, meros oficinistas? No se lograba comprender del todo la relación entre el cálculo de impuestos y una bala. Eran otros tiempos, tiempos sombríos. Para acallar el temor popular, el SAT emitió un comunicado en donde explicaba de manera muy simplista, rayando en lo ambiguo, que no todos los funcionarios de la dependencia portarían armas, sólo grupos selectos, aquellos que llevaran a cabo actividades delicadas. "Ante todo, el respeto y protección al ciudadano", cerraba el comunicado. La prensa poco dijo de la medida. Quienes más criticaron, fueron los periodistas de *Contrapunto*, sin embargo, poco les duró el gusto pues tal como lo había planeado Ballesteros, el gobierno les canceló todos los permisos de transmisión en radio y televisión. Los reporteros de Iturriaga que aún seguían la línea crítica en contra del gobierno terminaron siendo sometidos con auditorias masivas y amenazas de denuncias penales.

— CAPÍTULO 45 —

En los días que siguieron al anuncio dado por el presidente y Ballesteros, se dio a conocer al público la entrada en funciones del cuerpo de elite de abogados que serían los vigilantes y protectores de la justicia fiscal. Era un grupo de trece abogados que como se había anunciado dependerían de la oficina del ejecutivo, pero Ballesteros ejercería sobre ellos poder de coordinación y mando. Se anunció que estaba conformado por mujeres y hombres con excelsa formación, abogados egresados de las mejores universidades del país, graduados con honores, con maestrías y doctorados en el extranjero. «Esos abogados no los tienen ni las mejores firmas», había declarado el presidente, entre ufana y broma. Ballesteros no reveló su identidad, aduciendo cuestiones de confidencialidad y protección a su integridad física y profesional. «No queremos que las grandes firmas y empresas nos los vayan a querer robar», declaró cuando le pidieron que revelara su identidad. Lo único que sí reveló, es que estos juristas estarían autorizados para portar armas. Se dijo que habían sido sometidos a cursos intensivos en derechos humanos, además de un adiestramiento militar en el uso de armas de fuego. «El país debe sentirse orgulloso de contar con funcionarios tan preparados, comprometidos con

la nación y respetuosos de los derechos de los contribuyentes»,
dijo en una entrevista. Como si se tratara del mayor de los sarcasmos, el grupo de los trece juristas hicieron todo lo contrario.
Aunque la prensa no dijo nada al respecto, quejas y relatos en
redes sociales los describían como un grupo de prepotentes e impreparados individuos, cuyo comportamiento más bien era una
réplica al de la policía judicial del México de los años ochenta. La
publicidad oficialista los representaba como jóvenes impetuosos,
con sonrisas angelicales, luciendo cuerpos espectaculares engalanados con trajes ejecutivos de diseñador. Nada más alejado de
la realidad. Lo primero que hicieron fue clausurar algunas firmas
de abogados fiscalistas en la ciudad de México, sospechosas de
operar esquemas de planeación y defraudación fiscal. No tuvieron mucha suerte en encontrar el número suficiente de firmas
abiertas, pues ante la pandemia y el cierre de la economía, muchas
de ellas optaron por el home office. Los que tuvieron la mala
suerte de toparse con los juristas tuvieron que soportar la exigencia de presentar toda su contabilidad e información de clientes,
bajo la intimidante pose de los sujetos con pistola a punto de
ser desenfundada, como si fueran pistoleros del viejo oeste. «El
establecimiento permanecerá cerrado en tanto no investiguemos
y deslindemos responsabilidades de que no son planeadores ni
defraudadores fiscales», era la frase sacramental que utilizaban los
defensores del fisco. Cuando los socios y dueños de las firmas les
exigían la presentación de la orden de clausura con todas las de la
ley, los defensores respondían: «Nuestras facultades están implícitas en nuestros dichos. La ley es nuestra orden, no se cuestiona,
pero si quiere su orden por escrito, con gusto se la incluimos en

la denuncia penal por defraudación fiscal y delincuencia organizada que podemos presentar ahorita mismo». La prepotencia y arbitrariedad llegaban a su nivel máximo, cuando los defensores del fisco exigían fuertes cantidades de dinero por concepto de multas, las cuales debían ser pagadas de inmediato y en efectivo. Eso era lo único que evitaría la clausura.

Los resultados obtenidos por parte del cuerpo de élite de abogados ante los tribunales, fue considerado como un logro inaudito en la historia recaudatoria del país. Muchos juicios fiscales se empezaron resolver en tiempo récord. Como era de esperarse, a favor del SAT. Había expedientes cuya resolución no era tan sencilla, pues contenían pruebas en exceso que debían ser analizadas y valoradas debidamente. Si uno se daba una vuelta por los tribunales, se topaba con torres y más torres de expedientes. Tomaba tiempo. Ese era el principal argumento de los jueces y magistrados ante el cuestionamiento de los defensores del fisco. Además, la pandemia estaba obligando a todos los tribunales a cerrar sus puertas para evitar contagios entre el personal, lo cual generaba un mayor rezago en la resolución de juicios. Basada en un punto que estaba dentro de la propia constitución, se les propuso a los tribunales una solución para terminar con el rezago y resolver a favor del fisco. Al mencionar que la justicia debía ser pronta y expedita, en ninguna parte del texto se establecía que ésta debía ser a favor de los particulares. Además, no había cosa más importante para el país en esos momentos que el pago de impuestos. Por lo que la orden implícita era resolver a favor del fisco de inmediato.

Con pistola en mano, el nivel de prepotencia de Matías López Dueñas al frente de las aduanas llegó a niveles que en otros tiempos hubieran resultado alarmantes. Su cese en el puesto habría sido exigido de manera inmediata por los más altos funcionarios, incluso por el propio presidente. Con toda seguridad, habría terminado en prisión. Sin embargo, ante la nueva realidad del país, en donde las leyes habían otorgado un exceso de facultades a favor del SAT, los abusos tenían justificación bajo la letra de la ley. Como si fuera un combatiente de un videojuego de guerra, se armó hasta los dientes. A pesar de que la autorización dada para el uso de armas tenía ciertas restricciones, López Dueñas se valió de sus influencias en el mundo policial para obtener ciertas concesiones. Su armamento de preferencia era una Glock 19 9x19 mm Parabellum, una Pietro Beretta 92FS y un fusil de asalto AR-15 semiautomático, los cuales portaba con gran orgullo. Le gustaba pasearse por todas las aduanas del país intimidando a todos los importadores y exportadores de mercancías, comportándose como un antiguo recaudador de alcabalas. Las revisiones en los puntos fronterizos y aeropuertos se incrementaron de manera dramática. Los mecanismos de selección automatizada, mejor conocidos como semáforos, dejaron de utilizarse. Todos tenían que ser revisados, pues como en el pasado había mucha corrupción y contrabando, todos eran sospechosos, culpables hasta no demostrar lo contrario. Por tal motivo, había filas de espera que podían extenderse por horas, ante la incredulidad, exasperación y enojo de los viajeros. Muchas voces de queja se alzaron al respecto, sin embargo, tuvieron poco eco en los medios de comunicación, pues la noticia principal era el tema de la pandemia. Además, «más del 80% de la población, apoyaba las medidas del gobierno», según informaba Mr. Átomo y las redes sociales. Multas por no cumplir los requisitos de comercio exterior se repartían al mayoreo como si fueran indulgencias. López Dueñas supo aprovechar la situación para ofrecer a los incumplidos el pago de las sanciones de manera exprés, sin necesidad de tener que presentar algún escrito y acudir a las oficinas del SAT. Se pagaba al instante, en el punto de revisión, se ofrecían descuentos y el súbdito era liberado de toda espera que le impidiera llegar a su destino. Purgatorio fiscal.

Similar situación se dio con Joaquín Marín, Administrador Central de Recaudación de Impuestos, aunque éste sólo decidió armarse con una discreta 9 milímetros Heckler & Koch. Era pésimo en el manejo de armas. Durante la capacitación que les dio el ejército, estuvo a punto de volarse un pie con un disparo que se le soltó por no haber tenido la precaución de poner el seguro al arma de entrenamiento. Pero ello tampoco le impidió que su nuevo juguete, junto con el poder en exceso del que gozaba como miembro del SAT, lo convirtieran en un patán y prepotente funcionario público, quien presumía su arma en la primera oportunidad que se le presentaba. Cuando acudía a restaurantes que cada vez estaban más vacíos, empezó a tener la mala costumbre de poner el arma sobre la mesa, pensado de manera estúpida que con ello lograría apantallar a los comensales y meseros. «Deben mostrar respeto hacia la autoridad, para aquel que decide cuándo y cómo se cobran los impuestos. ¿Para qué quiero tener poder, si no puedo presumirlo?» les alegaba a sus allegados y amigos. Y fue hasta que estuvo a punto de generar un incidente que pudo haber terminado en desgracia, que Ballesteros le llamó la atención de manera enérgica para que enfundara el arma, no fuera tan estúpido y procurara ser más discreto. Se trató de un enfrentamiento con un escolta de otro burócrata encumbrado con el que se topó. El incidente se dio en un restaurante en la colonia Condesa en ciudad de México. Al ver el arma de Marín sobre la mesa, el escolta le pidió de mala gana que la guardara.

—¡A mí ningún pelafustán me va a decir qué tengo que hacer! Aquí yo soy la ley y si se me antoja, le puedo embargar todos sus bienes y dejarlo en la calle, ¿cómo ve? —respondió alzando la voz, manoteando con la pistola en mano.

Si no hubiera sido por la oportuna intervención de un jefe de departamento dependiente de Marín, que en esos momentos lo acompañaba, y que logró calmar los ánimos, el escolta que tenía la i de insensatez marcada en la frente hubiera llenado de plomo al máximo recaudador de impuestos en el país.

Los procedimientos para exigir el pago de impuestos en los domicilios de los contribuyentes, así como los embargos por créditos fiscales, se llevaban a cabo con un nivel de prepotencia que sería digna rival de aquella mostrada en los regímenes autoritarios del México del siglo pasado. Antes de mostrar la orden, lo primero que se enseñaba a los morosos del fisco, era el arma enfundada del ministro ejecutor, como para lograr captar su atención; enseñar quién manda. Las viejas reglas legales de cortesía para el embargo de bienes eran letra muerta. Bajo el nuevo esquema fiscal —en donde todos eran culpables hasta no demostrar lo contrario—, los ministros ejecutores al servicio del SAT se podían servir con la cuchara grande. No importaba si los bienes eran inembargables por ser indispensables para la actividad diaria del presunto deudor. Ante el «usted no puede embargar eso, está cometiendo una arbitrariedad», el funcionario contestaba con una frase que se volvió de guion: «Si no le parece, promueva un amparo, ja, ja, ja». Cualquier adeudo fiscal que se tuviera, por más mínimo que fuera, era motivo para mandar al deudor al buró de crédito. El SAT había girado varias circulares a los bancos y demás instituciones financieras, así como a agencias de vehículos y tiendas departamentales, para que se abstuvieran de dar crédito a los deudores del fisco. Ballesteros había llegado al extremo de decir que estaba trabajando en una iniciativa para negar la expedición de pasaportes y licencias de conducir, para todos aquellos que no estuvieran al corriente con el SAT.

— CAPÍTULO 46 —

Todo parecía ser parte de una especie de conjura para crear un nuevo poder dentro de un poder. Un poder más allá del presidente, incluso del propio Estado. Lo estaban haciendo a través de la elaboración de leyes draconianas en donde el principio de presunción de inocencia quedaba proscrito. Esas leyes permitían considerar a todos como defraudadores fiscales, como si fuera una especie de pecado original, en donde el SAT era el único capaz de borrar ese pecado a través del bautismo fiscal. El debido proceso legal era un estorbo que había que erradicar como si fuera hierba mala. Ballesteros estaba disfrazando a la arbitrariedad con máscaras de legalidad.

Ballesteros se aprovechaba del absolutista valemadrismo e ignorancia de los legisladores. En un país como México, en donde el desprecio hacia el Estado de derecho era una filosofía de vida, nadie notaría ilegalidades deformes. Armar hasta los dientes a los funcionarios del SAT era sólo parte del plan para convertir al SAT en algo terrorífico. Se estaba creando una bestia complejísima que podría destrozar sin distinción a todo aquel que se le pusiera enfrente. Todos estarían inermes ante ella. Llegaría un momento en que no habría forma de defenderse y derrotarla, por ende, tampoco controlarla. Una bestia que no respetaría jerarquías. La única opción sería someterse a su voluntad, obedecerla. Era un Leviatán que ya estaba dando sus primeros pasos. La única persona que podría domar a esa bestia era el propio Ballesteros, por ser él quien la alimentó, la cuidó, la fortaleció. Él conocía sus entrañas y sólo él podía entenderla. Ante el común de los ciudadanos, esa bestia sería como un rumor, etérea, tendría apariencia benévola, pero al desatarse su furia nadie sabría de dónde vino la primera acometida, que sería brutal, tal vez letal. Esa bestia ya existía previo a la llegada de Ballesteros. Había crecido, había llegado a su madurez, era agresiva, pero entendía razones, se le podía domar, se podía luchar en su contra y ganársele con justicia. Pero para los fines de Ballesteros, esa bestia no le era útil, así que decidió transformarla, degenerarla y la había convertido en algo monstruoso y muy efectivo. Se alimentaba de los pecados financieros y fiscales de los ciudadanos, derivados de la nula cultura contributiva y del desprecio de todas las formas legales. Su éxito radicaba en que a nadie le importaba la ley.

Dos altos funcionarios del gobierno estaban decididos a hacer algo para evitar que el régimen de terror instaurado por Ballesteros llegara a un punto de no retorno. Ahora escuchaban con atención las quejas. De tiempo atrás habían mostrado su preocupación y desacuerdo al presidente, pero siempre caía en oídos sordos, pues estaba endiosado con Ballesteros. Tenían la sospecha, que ahora era plena convicción, de que Ballesteros utilizaba su poder para enriquecerse de manera desmedida, actuando como el máximo jefe de un grupo de extorsionadores, pero al amparo de la ley, una que había manipulado y adaptado a su antojo. El rumor de pagos en efectivo como parte del arreglo fiscal crecía día a día, a pesar de que Ballesteros exigía a los contribuyentes máxima confidencialidad al respecto, so pena de cancelar la amnistía penal fiscal y arremeter con furia en contra de los delatores. Pensaron que era el momento para actuar. Ya había sido suficiente. En parte eran movidos por la intención de cobrarse varias afrentas sufridas a manos de Ballesteros, quien los había puesto en la cuerda floja en más de una ocasión. Por su culpa habían caído de la gracia del señor presidente. Uno de ellos estaba con un pie en la puerta. La exigencia de un pago a cambio de no ser aplastado como un insecto con el pesado guante del Estado, era evidente.

El enriquecimiento injustificado, el cohecho, sería la prueba que condenaría a Gregorio Ballesteros y su equipo. Ese era el punto débil de todos los funcionarios corruptos. Todos cojeaban del mismo pie. Había muchos rumores que hablaban sobre la riqueza acumulada de Ballesteros y su equipo en paraísos fiscales. Sería fácil hacerlos caer. Al menos eso fue lo que de forma ingenua pensaron Adalberto Cos Guerrero y Ramiro Peralta, quienes echaron mano al acceso ilimitado que tenían a fuentes de información financiera. Decidieron hurgar en el lugar más evidente. En el sistema financiero, en las cuentas bancarias. Lo que encontraron fue una sorpresa que resultó ser tan brutal e inesperada, que fue como si ambos se hubieran estrellado contra un poste a gran velocidad. No encontraron nada. Al menos, nada fuera de lo normal de lo que se esperaría de funcionarios bajo sospecha de la más alta corrupción. Los ingresos de Ballesteros y su equipo no eran para nada envidiables. Cos Guerrero se sintió avergonzado al darse cuenta de que él en lo particular, en sus propias cuentas bancarias, sumaba el total de lo que tenían los cinco sospechosos de corrupción. Las cuentas que más llamaron la atención fueron la de López Dueñas, que tiempo atrás habían arrojado alertas rojas por ingresos fuera de lo normal, lo que le generó una investigación de la que apenas salió bien librado, pero desde que había tomado posesión del actual cargo, todo marchaba de lo más normal. Sólo recibía su sueldo y demás prestaciones relacionadas. Ramiro Peralta se valió de algunas influencias con conocidos en el sistema financiero de Estados Unidos para pedirles información sin hacer olas. No había querido hacer una solicitud oficial para no dejar al descubierto su investigación. El resultado fue nulo. Sólo se localizó una antigua cuenta a nombre de Ballesteros, que databa de los tiempos en los que radicó en la ciudad de Washington, sin embargo, el balance actual estaba en ceros. «No es posible, no tiene lógica», se habían repetido entre ellos mismos como si fueran grabaciones descompuestas. Desesperados por encontrar algo, no tuvieron otro remedio que usar sus facultades directas de investigación. Tratando de ser sigilosos, no involucraron a ningún funcionario, más que a aquellos de confianza. Buscaron en Panamá, Islas Caimán, Luxemburgo, Suiza, Belice, paraísos fiscales de preferencia. Nada. No tenía sentido, estaban convencidos de que estaban recibiendo carretadas de dinero por concepto de cohecho, extorsión, sobornos o como se le quisiera llamar. La única posibilidad era que estuvieran guardando el dinero en efectivo, pero tampoco hacía mucha lógica, pues no eran tan burdos, eran más sofisticados que eso. El dinero en efectivo era para delincuentes sin entrenamiento financiero y fiscal, y no los creían tan estúpidos para manejarse con puro efectivo, pues poco provecho le podrían sacar bajo las cada vez más estrictas leyes para evitar el lavado de dinero. Tendrían que estar muy metidos en el mundo criminal para poder navegar las cada vez más difíciles aguas del dinero en efectivo. Cos Guerrero y Peralta, no fueron los primeros en toparse con la frugalidad de Ballesteros. El Licenciado ya había tocado el tema con Luciano. Los altos mandos del SAT no se comportaban como funcionarios corruptos. Todo lo contrario. Austeridad marcada en la frente. El estilo de moda de Ballesteros seguía siendo anacrónico a pesar de que empezó a vestir mejor, al igual que el de Marín y Diana Rendón, quien, a pesar de vestir de manera estrafalaria, cualquier erudito de la moda sabría distinguir que su atuendo era de salida de temporada y con descuento del 50%, una bagatela. La única excepción era Sabine, quien siempre se había caracterizado por vestir a la moda, lo cual podía darse el lujo de hacer, pues provenía de una familia de buena posición social y económica. Pero a pesar de ello, se mostraba modesta.

— CAPÍTULO 47 —

Lunes, finales de abril. Roberto jugueteaba con un bolígrafo en su cubículo. Estaba desconcentrado, rodeado de montículos de hojas sueltas, expedientes, oficios, escritos por firmar y asuntos por vencer. Se sentía frustrado, desilusionado, las cosas no estaban saliendo como a él se las habían pintado o como tal vez había pensado que serían. La promesa de un mejor puesto, uno real, institucional y no uno de chalán inmerso en la clandestinidad se veía cada vez más distante. Ahí seguía, metido en su pequeño espacio, que ni siquiera era oficina, teniendo como sede una torre negra que con el pasar del tiempo, se volvía más oscura. El ambiente entre el personal cada vez era más rancio, enturbiado, funesto. Todos trabajaban bajo amenaza y sospecha constante. Los horarios normales de oficina ya no se respetaban, había que trabajar tiempo extra en beneficio de la nación, según los propagandistas de recursos humanos del SAT. A pesar de la pandemia, a la burocracia se le obligó a asistir a las oficinas sin excepción alguna. La idea del home office era algo impensable; era preferible que cayera un enfermo a poner en peligro la integridad de la maquinaria fiscal. Como una muestra de solidaridad con el gobierno, ante la gravedad de la situación que podría generar la pandemia, se "invitó" a todos los empleados a renunciar a una parte de su sueldo y ceder el aguinaldo. Era hora de demostrar qué tanto se amaba a la nación. Por supuesto que todo aquello era "voluntario". Sin embargo, a aquél que se negara a ponerse la camiseta nacional, a los pocos días era citado al cuarto de torturas del Díaz Ordaz, para ser sometido a la prueba de polígrafo, de la cual existía alta probabilidad de salir culpable de deshonestidad y corrupción institucional, lo que se traducía en el cese inmediato del puesto sin derecho a recibir indemnización alguna.

No quería admitirlo, se rehusaba a hacerlo, pero el comportamiento de Ballesteros, más que desilusión, le causaba un desconcierto tornasol hacia color temor. No sabía si llamarlo miedo. No quería catalogarlo así. ¿Era posible que Ballesteros se hubiera convertido en un criminal? En muchas cosas actuaba como tal. Sacudió la cabeza con fuerza, como si fuera un sacerdote tratándose de deshacer de pensamientos pecaminosos. Culpó a la ansiedad y a la frustración de ser los causantes de esas ideas estúpidas. La concentración iba y venía, su atención estaba en otro lado, trabajaba en un dialogo interno, uno que quería expresar a Ballesteros para desahogarse. Buscaba elegir las palabras adecuadas para hacerle ver su frustración sin sonar como un quejumbroso y un malagradecido. Se sentía desesperado por el hecho de que no había tenido la oportunidad de hablar con un cada vez más elusivo presidente del SAT, que siempre estaba a puerta cerrada, si es que en realidad estaba en su oficina. Era imposible saberlo. Cada vez se sentía más inclinado hacia la puerta de la renuncia, era mejor cortar por lo sano, antes de llegar al punto de no retorno. Pero eso era algo que le causaba sensaciones extrañas, escalofriantes hasta cierto punto, pues sabía muchas cosas, había hecho otras tantas que no se podían contar a nadie y conociendo el comportamiento inquisitorial del Díaz Ordaz, tenía el temor de ser acusado de ser el más vil de los traidores. Sería capaz de pedir que lo ahorcaran en la plaza pública. Roberto no era ningún tonto y sabía que jamás podría revelar sus actividades clandestinas. No necesitaba que nadie se lo dijera. No lo había hecho ni siquiera con su novia, su gran amor, a quien nunca le había mentido, al menos hasta que se convirtió en burócrata encubierto. «Había razones de fondo», pensaba como justificación para acallar su culpa. Se había convencido asimismo de que el puesto justificaba su actuación. Era discreto, era de confiar, jamás divulgaría nada, pues por más deleznable que pudiera haber sido su actuación, lo había hecho con la conciencia de que era para el beneficio de la institución, para poner en su lugar a los corruptos, bajo las órdenes de su jefe. Él no era una rata, jamás traicionaría ni delataría a Ballesteros. No tenía nada de qué preocuparse y eso era lo que mayor tranquilidad le daba, saber que Ballesteros había identificado en él esas cualidades. «Por eso me tuvo confianza.» Lo supo en cuanto lo vio en ese mismo cubículo, cuando Ballesteros deambulaba como uno más del montón. A pesar de todo, era una persona sensata. Tal vez sus formas eran poco convencionales, pero eso no lo convertía en una mala persona. Si le hablaba de frente y sin tapujos el presidente del SAT lo entendería. Le pediría un reacomodo dentro del SAT, pero si no se daban las cosas, la posibilidad de renunciar no le incomodaba en lo absoluto.

Su tren de pensamiento fue frenado por una llamada entrante a su celular. Era el Díaz Ordaz. Su corazón palpitó enojo.

Una dosis de hartazgo recorrió sus venas. «¿Qué chingados querrá? Nada bueno, seguramente.».

—Necesito verte fuera de la oficina. Te veo en media hora en el café que está a una cuadra del edificio —le dijo el nefasto sujeto.

Roberto tomó su saco y salió de la oficina casi arrastrando los pies. No soportaba al Díaz Ordaz, lo ponía de muy mal humor, le desagradaba por completo. Rubén Félix lo sabía y al parecer disfrutaba la pesadumbre que causaba en Roberto. Cuando llegó al punto de encuentro, el Díaz Ordaz ya estaba sentado en una mesa de la esquina, esbozando esa maldita sonrisa, sarcástica, burlona, casi maniática.

—El jefecito te tiene una misión de gran importancia. Mucho está en juego. Me pidió que te pase los detalles e instrucciones de lo que se debe hacer.

Roberto frunció el ceño.

—¿Por qué no me lo pidió él de manera personal?

El Díaz Ordaz sonrió con sarcasmo.

—Si te lo digo yo, es como si te lo estuviera diciendo el jefecito —Roberto apretó las quijadas. Contuvo la voz interior que le quería salir como un toro descontrolado—. Quita esa cara, hombre, ya verás que la encomienda te traerá gran placer —sonrió e hizo una breve pausa—. Necesitamos echar mano de los dones magistrales que posee Denisse en temas de amor y seducción. Su misión será seducir a un hombre encumbrado. Ponte en contacto con ella de inmediato. Dile que hay buen dinero de por medio y hasta podrá actualizar su guardarropa. Te voy a dar bastante dinero. Pero no es para que te lo gastes en bailes eróticos ni en masajes con final feliz, ¿entendido? —dijo esto último soltando una carcajada. Roberto lo aniquiló con la mirada—. ¡Ya hombre!, es broma. Ya no te puede decir uno nada —dijo negando con la cabeza—. Aparte de sus honorarios, hay dinero para que se compre un vestido elegante, pero a su vez seductor, entallado, que deje ver la escultural figura de esa belleza. Debe hacerse pasar como dama sofisticada. Deberá asumir el papel de encumbrada empresaria, pues su misión es —se acercó a Roberto y observó a ambos lados cerciorándose de que nadie los estuviera escuchando— seducir a Ramiro Peralta. Roberto se le quedó viendo sin terminar de entender. Estaba confundido—. Te lo voy a decir al chile. La misión de Denisse será seducir a Peralta, con la finalidad de que se la termine cogiendo. Queremos convertir a nuestro ilustre jefe de la Unidad de Investigación Financiera, en una estrella del porno. Nos vamos a encargar de instalar cámaras escondidas en su casa, oficina y en un cuarto que nuestra Denisse reservará en el Four Seasons, lugar que le gusta frecuentar a nuestro amigo, al menos, dos veces por semana, sobre todo el bar y el restaurante. Es uno de los lugares que no ha puesto tantas restricciones por el tema de la pandemia. Para nuestra fortuna, es aficionado a las mujeres hermosas. Así que cuando conozca a Denisse se enamorará de ella. La idea es generar un encuentro casual en el bar del Four Seasons. Después de un par de tragos Denisse lo invitará a su habitación a pasar un buen rato, ya sabes. Ya en citas posteriores, no sólo se la va a terminar cogiendo en su casa, sino hasta en su automóvil, y pues tendremos una compilación de videos sexuales que, si nos ponemos listos, hasta nos podremos volver ricos —dijo esto último soltando una carcajada estridente, dando un manotazo sobre la mesa. Roberto lo observaba con incredulidad. Todo aquello le parecía tan absurdo que por un momento llegó a pensar que le estaban tomando el pelo. El Díaz Ordaz tomó una pequeña mochila negra y la sacudió—. Aquí está el dinero. ¿Te quedó claro? Asegúrate de que Denisse entienda a la perfección el plan. Esto tiene que hacerse a la brevedad, hoy mismo la tienes que ver. Encárgate de llevarla a comprar su atuendo y que haga una reservación en el hotel, por digamos, cinco días, para tener un buen rango de acción. En cuanto tengas el número de habitación me avisas de inmediato para ir a instalar las cámaras.

Roberto no lo podía creer, un cóctel de confusión, enojo, fastidio y hartazgo invadieron todo su ser. Le parecía una locura. Así lo expresaba su rostro. Al verlo, el Díaz Ordaz le dijo con sorna:

—Te ves estresado. Mira, te voy a dar chanza de que agarres dinero para que te avientes una buena cogidita con Denisse ahí en el Four Seasons, para que te sientas como una estrella de rock, con eso de que hasta te regalaron una guitarra —hizo un gesto burlón mientras le lanzaba la pequeña mochila sobre la mesa. La gota que terminó de derramar el vaso. El botón de seguridad de la hoya de presión se botó.

—¿Sabes qué? Ya me tienes hasta la madre. Yo ya no voy a ser partícipe de este tipo de locuras que rayan en lo criminal. ¿Por qué no te haces un favor y vas tú mismo a hablar con Denisse? Cógetela si quieres, o más bien, si es que puedes —rio sarcásticamente—. ¡No cuentes conmigo! —Concluyó airadamente, mientras le devolvía la mochila con el mismo gesto. Algunos de los presentes voltearon a verlos.

El Díaz Ordaz lo observó con un asombro que después fue acompañado por su típica sonrisa nefasta.

—Mira pendejo, no sé si ya te diste cuenta, pero el que da las órdenes aquí, soy yo. ¡No te estoy pidiendo un favor! Te lo estoy ordenando. No pienses que por que en el pasado el jefecito te pedía las cosas sin intermediario significa que tú y yo estamos al mismo nivel. El jefecito me nombró a mí como su mano derecha y muy pronto voy a estar en niveles más altos. Llegará el momento en donde yo seré el jefe, así que vete acostumbrando. Tú vas a hacer lo que yo te digo y punto —dijo dando un manotazo sobre la mesa que posteriormente se convirtió en un gesto amenazante con el dedo índice.

—¡Tú no me das ninguna orden! No eres más que un vil pendejo, un mediocre lacayo.

El Díaz Ordaz se levantó de su lugar, se dirigió hacia Roberto y le aventó con fuerza la mochila. —¡Haz lo que se te ordena, pendejo! —Gritó iracundo.

Roberto se levantó de su silla y junto con la mochila, dio un empujón con fuerza al Díaz Ordaz, quien se tambaleó y se detuvo con una pared que le quedaba a espaldas. Su rostro expresó una mueca maniaca. Metió la mano en su saco y desenfundó su pistola, mostrando la intención de apuntarla hacia Roberto, quien tuvo una oportuna reacción, casi instintiva y le soltó un fuerte puñetazo en su estúpido rostro. El Díaz Ordaz salió volando y cayó encima de una mesa que se partió a la mitad por el peso. Las pocas personas que estaban en esos momentos en el local reaccionaron con asombro, con susto, algunas mujeres gritaron:

—¡Que alguien llame a la policía!

Roberto estaba inmóvil, con toda la adrenalina recorriendo aún en su cuerpo. El Díaz Ordaz empezó a incorporarse con lentitud, sacudía la cabeza, estaba desorientado, volteaba para todos lados, buscando a Roberto, hasta que lo encontró. Con sangre y furia en el rostro gritó a todo pulmón:

—¡Estás acabado! ¡Tu carrera llegó a su fin! ¡Acabas de cometer el peor error de tu vida!

—¡Ya veremos! —Contestó Roberto, quien abandonó el lugar a toda prisa.

Tenía que adelantársele al Díaz Ordaz para hablar con Ballesteros, antes de que le diera su versión de los hechos y lo calumniara.

— CAPÍTULO 48 —

Entró a toda prisa a la recepción del edificio y presionó el botón 33 del elevador. Rezaba porque Ballesteros estuviera en su oficina. Aún sentía el enojo y la adrenalina que le había causado el enfrentamiento con el Díaz Ordaz. Su situación era ya intolerable, no había marcha atrás. Reubicación o renuncia. Salió del elevador y aceleró el paso hacia la recepción de la oficina de Ballesteros. Expresión desencajada, sudor en la frente. Varios de los empleados lo observaron con curiosidad, algunos preguntaron: «¿Todo bien?», pero Roberto los ignoró. Llegó hasta donde estaba la nueva recepcionista, Ernestina, una mujer madura, con cara de pocos amigos y disciplina militar.

—Buenas tardes, necesito hablar con el doctor Ballesteros.

—¿Tiene cita?

—No.

—Entonces no lo puede recibir. Si gusta, lo puedo anotar en lista de espera, pero debo decirle que su agenda está llena por lo que resta del mes.

—Me urge verlo, dígale que soy el licenciado Roberto Sáenz. Se trata de un caso de la más extrema importancia. Se puede decir que de vida o muerte —dijo esto último con énfasis.

No exageraba, a pesar de que pensaba que el Díaz Ordaz no se hubiera atrevido a dispararle. Lo consideraba un cobarde.

Ernestina hizo un gesto de molestia, causado por el hecho de que Ballesteros le había pedido que no se le ocurriera interrumpirlo salvo que se tratara del señor presidente. Cuando fue contratada, fue advertida de las consecuencias que podría sufrir en caso de desobedecer. Para evitar cualquier malentendido, se había instalado en el conmutador un botón de alerta previa que encendería una lucecita en el teléfono de escritorio de Ballesteros para avisarle que, si bien es cierto, no era una interrupción urgente, sí ameritaba su atención y tal vez convenía tomar la llamada de Ernestina para valorar el tema a tratar. Presionó el botón de mala gana, mientras observaba a Roberto con los ojos entrecerrados. Tardó medio minuto en obtener respuesta. Sí se le pudo interrumpir.

—Doctor, tengo aquí al licenciado Roberto Sáenz, quien comenta tener un asunto de extrema urgencia que tratar con usted —hizo una pausa y asintió. Colgó el teléfono.

—Espere unos minutos —le dijo de manera cortante a Roberto.

Transcurrieron casi quince minutos. De la oficina de Ballesteros salió Sabine. Se veía sonriente. Caminó sin prisa, mientras se acomodaba con discreción su cabello suelto. Observó a Roberto y le lanzó una encantadora sonrisa. Siguió su camino. Sonó el teléfono de Ernestina.

—Puede pasar —le dijo a Roberto, quien sintió un gran alivio.

Entró a la oficina de Ballesteros, que en esos momentos salía de su cuarto de baño. Musitaba las palabras que siempre repetía, esa extraña manía que siempre intrigaba a Roberto. Se sentó en su escritorio.

—¿Qué pasó Roberto? Ya me preocupaste, ¿qué es ese asunto tan urgente que quieres ver conmigo?

Roberto procedió a contarle a detalle lo que recién había sucedido en su encuentro con el Díaz Ordaz. Le describió la situación, resaltando lo de la frustrada amenaza a punta de pistola y la posibilidad de que le hubiera pegado un tiro. Ballesteros se llevó la mano a la frente, negando con la cabeza. Se puso rojo, dio un manotazo sobre el escritorio.

—No lo puedo creer. ¡Es un pendejo! ¡Cómo se le ocurre! —dijo con el ceño fruncido.

Roberto aprovechó la ocasión para descargar su dialogo interno, ese que tanto había ensayado y repetido en su mente. Le expresó todas sus frustraciones, malestares, la animadversión que hoy era ya un extremo desprecio hacia el Díaz Ordaz. Pero también hizo énfasis en mostrar agradecimiento y, sobre todo, en asegurarle a Ballesteros su extrema lealtad, confidencialidad, fidelidad, su compromiso a jamás traicionarlo ni revelar ninguna de las actividades clandestinas en las que había participado, pasara lo que pasara. Primero le habló de la posibilidad de ser reubicado en alguna otra área, fuera de la clandestinidad. Quería un trabajo cien por ciento institucional, no le importaba estar metido todo el día en la oficina. Le urgía un cambio. Ballesteros lo observaba y escuchaba con atención. Se mostraba empático.

—De no ser posible, doctor, lo entenderé. Por tal motivo le estaría presentando mi renuncia inmediata, pues para mí sería imposible continuar haciendo lo mismo que hasta hoy —le dijo con tristeza y agachando la mirada.

—Cómo se te ocurre, Roberto. Olvídate de eso. Deshazte de esa idea de la renuncia. Has demostrado ser un elemento muy valioso para el SAT. Me has demostrado tu compromiso en más de una ocasión. Confío al mil por ciento en ti. No te puedes ir del SAT, ¿entendido? —le dijo mirándolo directo a los ojos. Roberto sintió algo de emoción por el hecho de que Ballesteros no había reaccionado mal y de que lo considerara un buen elemento. Sonrió y asintió—. Mañana preséntate a primera hora con la licenciada Colombo en su oficina. Hoy mismo voy a darle la instrucción para que te asigne un puesto de alta jerarquía dentro de su Administración.

Roberto sintió que el corazón le rebotaba en el pecho, se le humedecieron los ojos, no lo podía creer.

—¡Muchísimas gracias, doctor! No tengo palabras para agradecerle —dijo con voz entrecortada.

—Nada que agradecer Roberto, te lo mereces. Te pido una disculpa por haberme tardado tanto. Sé que desde tiempo atrás te había prometido mejorar tu situación. Ya sabes cómo se nos han complicado las cosas y pues más con este tema de la pandemia. Pero ya vienen tiempos mejores para todos. La reforma fiscal está resultando un gran éxito —Roberto asintió con emoción, no sabía qué decir. Había tenido sus dudas respecto a Ballesteros, pero se había convencido de que a pesar de todo era un buen hombre. Duro, estricto, poco ortodoxo, pero todo lo hacía en pro de la institución y del país—. No te preocupes por el imbécil de Rubén Félix —dijo negando con la cabeza, mostrando enfado—, me va a tener que escuchar.

Ya me tiene hasta la madre con sus estupideces, llegó muy lejos con esto —Ballesteros le sirvió un vaso con coñac para que se relajara un poco y se le pasara el fuerte disgusto. Le dedicó unos cuantos minutos más. Se despidieron y lo acompañó hasta la puerta—. Vete a tu casa a descansar, Roberto. Mañana será un nuevo día —le dio una palmada en la espalda. Roberto agradeció el gesto dándole un abrazo, mostrándole su agradecimiento—. Y ya te dije, nada que agradecer.

— CAPÍTULO 49 —

Roberto se sentía tranquilo, podría decirse que hasta feliz. Las cosas habían salido mejor de lo esperado. Después de la tormenta, siempre se asoma el sol. Tomó de nueva cuenta el elevador hasta el estacionamiento del sótano del edificio y abordó su seat León rojo. El modelo ya no era reciente. Fantaseó que en cuanto se asentara en su nuevo puesto se compraría uno nuevo, pues estaba convencido que el aumento de sueldo sería generoso. En el trayecto hacia su departamento, se encontró con el usual congestionamiento vial de la ciudad de México, que a pesar de la pandemia y de los cierres de muchas oficinas y negocios, no había disminuido en lo absoluto. El recorrido a su departamento sería largo, pues vivía por el rumbo del Estadio Olímpico Universitario. Llamó a Jimena, su novia, pero no le contestó. Intentó una ocasión más, pero no obtuvo respuesta. Estaba atardeciendo cuando llegó. Entró a su pequeño y típico departamento de soltero. Cuando se casara con Jimena, tendría que buscar un lugar más grande, así lo habían platicado y planeado ciento de veces. Lo decoraron de todas las formas posibles en su imaginación. Ahora que las cosas mejorarían desde el punto de vista laboral, ya podría imaginar muebles de lujo. Se sentía relajado y hasta un cierto punto adormilado por el vaso de coñac que se tomó con Ballesteros. Un buen relajante. Le empezaba a doler el cuello por la tensión. Se quitó la corbata, aventó el saco y se sentó en su sillón frente a la televisión. Se recargó, hizo el cuello para atrás, cerró un poco los ojos. Volteó a un lado y pudo ver la Gibson que le obsequió Luciano. Sonrió. Era lo mejor que había obtenido en sus actividades clandestinas. La tenía acomodada en un stand para guitarra que había comprado. Pensó en tomar una pequeña siesta antes de volver a buscar a su novia. Le daría la buena noticia. Con la salvedad de que no le contaría todos los detalles de cómo consiguió su ascenso. Se estaba acomodando en su sillón, cuando empezó a timbrar su celular. El nombre de Jimena apareció en la pantalla.

—Hola amor, te marqué —dijo Roberto.

—Eres un maldito desgraciado, ¡jamás quiero volverte a ver! ¡Me has roto el corazón! —lloraba Jimena.

Esa respuesta lo tomó por sorpresa. Roberto no sabía qué estaba pasando, era como si estuviera soñando.

—¿Qué pasa amor? ¿De qué estás hablando?

Se escuchaban los llantos al otro lado de la línea.

—No lo puedo creer, ¿cómo pudiste? ¡¿Cómo pudiste?! —cuestionaba con desesperación.   Roberto empezaba a impacientarse.

—¿Qué pasa? ¿De qué estás hablando? ¡Dímelo ya!

—¡Sigue fingiendo! Ya caigo en cuenta qué tipo de persona eres, cómo pude ser tan ciega. Eres un hipócrita, un mentiroso, me jurabas que yo era la única mujer en tu vida, que me amabas. Fui tan estúpida y me lo creí todo.

—Te juro que no sé de qué hablas. ¡Tú eres la única mujer en mi vida, amor!

—No me llames amor, no tienes idea de lo falso que te escuchas. ¡Eres un maldito mentiroso! —le gritó casi al borde de la histeria.

Roberto estaba anonadado, bloqueado, no entendía qué le pasaba a Jimena.

—Amor, necesitamos hablar esto en persona, necesitamos aclararlo, por teléfono no se puede. ¿Estás en tu casa? Espérame ahí, voy para allá. Necesito que te tranquilices.

—¡No! Ni se te ocurra venir. Ya te lo dije, no quiero volverte a ver. ¡Nunca!

—Estoy seguro de que todo es un malentendido.

Jimena soltó una risa sarcástica.

—¿Malentendido? No lo puedo creer, eres un descarado. Tengo la evidencia en mano, no hay forma de que haya ningún malentendido. Hipócrita, depravado, te la voy a mandar a tu celular. Será el último mensaje que te mande en mi vida. ¡Me destrozaste el corazón, el alma! —dijo sollozante y cortó la llamada.

Roberto se quedó paralizado, con las palabras en la boca. Sin comprender nada. A los pocos segundos, llegó un mensaje de WhatsApp. Era de Jimena. El mensaje contenía un archivo. Lo abrió con desesperación. Al verlo, Roberto sintió que le iba a estallar el pecho, se mareó, sintió que le faltó el aire. No podía creer lo que estaba viendo.

Era un video tomado con una cámara fija. El escenario: una habitación, pero no de un hotel, más bien de una casa o departamento. El campo de visión de la cámara abarcaba la totalidad de la cama. Se podía observar a Denisse mostrando su espectacular desnudez. Le estaba haciendo sexo oral a un hombre que estaba acostado. Después de algunos minutos, Denisse se montó con lentitud en el hombre, quien se notaba nerviosamente extasiado. Ella le pidió que se relajara mientras movía sus caderas de manera rítmica. El hombre que aparecía en el video era Roberto. El video tenía una duración de casi cuatro minutos. Quedó petrificado, un terrible escalofrío recorrió su cuerpo. Sintió un zumbido en sus oídos. Estaba aturdido, sintiéndose como los boxeadores cuando empiezan a reaccionar después de un knock out. Casi podía escuchar el palpitar de su corazón. Una extraña sensación lo recorrió, como si hubiera abandonado su cuerpo. El video seguía reproduciéndose, pero su cerebro ya no registraba las imágenes. ¡¿Qué demonios estaba pasando?! Se empezó a incorporar poco a poco. Empezaron a estructurársele los pensamientos. Ese video databa de la época en que estaba juntando pruebas para hundir a Valtierra, como parte de las primeas misiones que le había asignado Ballesteros. Roberto hizo el primer contacto con Denisse en el table dance en donde trabajaba. Pensó que después de unos cuantos bailes privados podría obtener lo que quería, o más bien lo que se le había encomendado. De esa manera no se tendría que involucrar y caer en la infidelidad total. «Ver y tocar no significa nada», pensó en aquel momento. Fueron varias ocasiones en las que acudió al lugar. Empezó a tener avances, pues siempre invitaba a la hermosa venezolana a tomar con él en la mesa. A ella le cayó bien Roberto. Le había ofrecido en varias ocasiones el full servicie, incluso por fuera, para que le saliera más barato, pero él siempre ponía pretextos. Ese desinterés mostrado por él, de cierta manera le excitó. No se comportaba como el típico barbaján que sólo buscaba satisfacer sus instintos sexuales como una bestia. El día en que fue grabado el video, ella le había pedido de favor que cuando terminara su turno le diera un aventón a su departamento. Roberto aceptó. Ella lo invitó a pasar, a tomarse unos tragos. Su concepto de moralidad no fue rival para los encantos de la hermosa Denisse.

Ató cabos sin mayor reflexión. El hijo de puta del Díaz Ordaz había grabado ese video, no cabía duda. Él plantó las cámaras. Eran mañas de ese desgraciado, horas antes le había revelado el plan que le querían aplicar a otro ingenuo. ¿Pero por qué a él? ¿De qué se trataba esto? ¿Sería una simple morbosidad y voyerismo del Díaz Ordaz? Los músculos se le empezaron a tensar, apretó las quijadas. Su desconcierto se convirtió en rabia

—¡Hijo de puta! —gritó a todo pulmón. Se tapó el rostro con las manos—. No puede ser, no puede ser —repetía con frenesí y lágrimas en los ojos. Quería matar al Díaz Ordaz. Pensó en llamarlo, le reclamaría, le anunciaría su muerte, lo iría a buscar. No tardó en desistir de ese pensamiento. Era una locura, no estaba pensando con claridad.

Tenía que tranquilizarse. Tomó un poco de aire. Pensó en llamar a Ballesteros o irlo a buscar, pedir su ayuda. De inmediato desechó esa idea ¿Sabría Ballesteros de la existencia de ese video? «No creo, esto es cosa de esa maldita víbora», pensó Roberto. Lo primero que debía hacer, era solucionar las cosas con Jimena. Tenía que ir a buscarla. Le iba a revelar toda la verdad, le iba a contar que todo eran gajes del oficio, ordenes de Ballesteros. Él era parte de un plan maestro para terminar con la corrupción institucional. ¿Pero es que acaso le habían puesto una pistola en la cabeza para obligarlo? De pronto, tuvo una especie de epifanía. Todo cayó en su lugar. En su ingenuidad, había pisado un lodazal y no se había dado cuenta que estaba cubierto hasta el cuello de porquería. Cayó de rodillas, puso ambas manos sobre su cabeza. No, no podía contarle todo a Jimena. ¿Qué le diría? Al menos trataría de explicarle lo del video, sólo le revelaría esa parte, aunque sonara como una locura, pero algo tenía que hacer. Intentó llamarla varias veces. Nada, llamadas muertas. Mensajes no leídos. Salió de su departamento, se subió a su vehículo y tomó rumbo a casa de Jimena. Al llegar, se armó de valor y tocó a la puerta. Lo recibió su ex futura suegra, quien con furia maternal le pidió que se largara de ahí.

—¡Mi hija no te quiere volver a ver! ¡Desvergonzado! —Jimena ya le había contado todo a su madre.

Roberto insistió, hasta que salió el padre de Jimena con teléfono en mano, amenazante, listo para llamar a la policía. Roberto deambuló en su vehículo por las calles de la ciudad de México durante varias horas, no sabía qué hacer, a quién acudir. No podía pedir consejos de amigos o familiares. Había traicionado a Jimena durante sus recorridos en el bajo mundo, buscando pruebas para hundir a un corrupto.

¿Cómo se podía narrar algo así a una persona normal para tratar de justificarse? Decidió que lo mejor sería esperar hasta el día siguiente, no hablar con nadie. En esos momentos, y a esa hora, nada podría hacer. Había cometido errores por ser tan iluso e ingenuo. Tenía que empezar a ser listo, pensar con la cabeza fría. Tenía que concentrarse en lo primordial, reconstruir su relación con Jimena. El primer paso sería tomar posesión de su nuevo puesto, no podía permitir que esto lo afectara de modo alguno. Desempleado, en camino a la miseria, no era el camino para reconquistar un amor perdido. Le había prometido un buen futuro, no uno de miseria económica. Obedecería la instrucción de Ballesteros; a primera hora se presentaría ante la licenciada Colombo. Después hablaría de nueva cuenta con él para exponer a ese desgraciado del Díaz Ordaz. Estaba seguro de que el doctor no toleraría de ninguna manera esa vileza cometida en su contra. Haberlo grabado y en venganza mandar el video a su novia era una canallada. El Díaz Ordaz había cometido un error, se pasó de la raya. Ya habría tiempo de ajustar cuentas con él.

Pasó una noche infernal, no pudo dormir ni un miserable minuto. Los pensamientos y recuerdos lo torturaron de manera brutal. Se sentían como taladros en su cabeza. Se revolcaba en su cama envuelto en pensamientos homicidas y paranoicos. Voces le hablaban, le gritaban. No podía borrar de sus recuerdos la risa mazorquera del Díaz Ordaz. Golpeó en más de una ocasión a su triste almohada deseando que fuera la cara del nefasto tipejo. Escuchaba su risa estridente deslizándose por sus oídos como si fuera una de esas palomillas que a veces buscaban refugio en el conducto auditivo de los humanos. Un pensamiento se le clavó como si fuera un alfiler ¿Qué tal si quien le había mandado el video a Jimena, hubiera sido Valtierra? ¿Se habría enterado de que Roberto fue uno de los causantes de su perdición? ¿Estaría Valtierra planeando una venganza en su contra? De pronto apareció Denisse desnuda en su cama, recostada a un lado suyo, invitándolo de nuevo a su perdición. Roberto no pudo evitar sentir un poco de excitación, la cual se convirtió en asco al ver su bello rostro sustituido por el del Díaz Ordaz. Lo único que le daba fuerzas para no caer en la desesperación total era el hecho de que mañana empezaría una nueva etapa laboral, mejor puesto, mejor sueldo.

— CAPÍTULO 50 —

Se bañó con agua fría, se puso su mejor traje, se ajustó la corbata, se tomó dos tazas grandes de café antes de irse a la torre negra, a su nuevo futuro laboral, lo único bueno de esa desastrosa mañana de martes de finales de abril. Ese día no tenía ganas de conducir, así que decidió tomar el metro. Salió con mucha anticipación. Le vendría bien pensar en el trayecto, tratar de relajarse. Se bajó una estación antes. Caminó algunas cuadras. Muy pocas personas caminaban por las calles. Era extraño ver a todos con el rostro cubierto. Ese día estaba muy nublado, parecía que estaba por caer una tormenta. Contrastaban los tonos oscuros de las nubes con la torre negra, que se veía más oscura de lo normal. En la entrada, cuando iba camino al ascensor, lo alcanzaron dos guardias de seguridad con cubrebocas. Parecían dos bulldogs gigantes con bozal

—¿Es usted el señor Roberto Sáenz? —le preguntó uno de ellos.

—Sí —respondió con sorpresa, frunciendo el entrecejo.

—Tenemos ordenes de no dejarlo entrar. Tiene que abandonar el edificio de manera inmediata.

—Pero… ¿de qué está hablando? —respondió con extrema confusión.

—Por favor, no nos haga tener que repetírselo. Retírese —por el tono en que lo dijo el guardia, sonó más a un "lárguese".

—Yo trabajo aquí… Aquí está mi identificación —les dijo mostrándoles su gafete en alto a ambos sujetos.

—Ya le dijimos, tenemos órdenes expresas de no dejarlo entrar.

—Órdenes de quién. Debe tratarse de un error.

—Por favor retírese, señor.

—Están equivocados, si gustan acompáñenme. Es más, vamos directo a las oficinas del presidente del SAT. Él les dirá quién soy —«y entonces tendrán serios problemas», pensó.

Ambos sujetos se voltearon a ver entre sí y sonrieron de manera burlona.

—La orden viene de presidencia.

—¡¿Qué?! ¡Están locos! ¡No puede ser! —dijo Roberto, tratando de ignorarlos.

Decidió ingresar y dirigirse al elevador. Uno de los guardias lo detuvo y lo tomó del hombro. —Por favor no lo haga más difícil, señor.

—Suéltame —le dio un manotazo. Ambos sujetos se le abalanzaron, lo sujetaron con firmeza de los brazos—. ¡Suéltenme! —les gritaba. Lo llevaron hasta le entrada y estuvieron a punto de azotarlo contra el suelo si no hubiera sido por que recuperó el equilibrio.

—¡Retírate de aquí! —uno de los guardias le hizo una seña a un policía que se encontraba en la esquina del edificio.

Roberto lo vio y decidió que lo mejor era alejarse del lugar. No entendía lo que estaba pasando. Tomó su celular, decidido a llamar de manera directa a Ballesteros. Estaba seguro de que todo era obra del maldito Díaz Ordaz. Su teléfono no tenía señal, intentó varias veces, pero nada. «¿Qué raro?» se dijo a sí mismo.

Caminó algunos metros sobre paseo de la Reforma. La confusión lo atormentaba. Sintió de pronto como si lo estuvieran observando. «Calma», pensó. Entró en un Oxxo para comprarse una botellita de agua. Le pasó su tarjeta a la cajera, quien a los pocos segundos le dijo que había sido declinada. Le pasó otra, pero obtuvo la misma respuesta. «¡¿Qué chingados está pasando?!», pensó. Pagó en efectivo. Salió y ya todo le parecía sospechoso, se sentía perseguido, todo mundo se le quedaba viendo de mala gana, incluidos un par de sujetos que lo observaban desde un Jetta blanco modelo atrasado que estaba estacionado. El uso del cubrebocas hacía parecer a todos más agresivos. Decidió hacer caso omiso a su paranoia, necesitaba pensar qué hacer, no caer en desesperación. Tomó su celular, mientras seguía caminando. Aún seguía sin agarrar señal. Mientras observaba la pantalla, escuchó que un vehículo aceleró la marcha, volteó de manera instintiva y vio al mismo Jetta blanco. Del lado del copiloto, se asomó un sujeto con algo que parecía un fúsil en mano. Por un instante pensó que estaba alucinando. Pero después, todo empezó a transcurrir en cámara lenta. Vio como el sujeto se acomodó. Parecía que le iba a empezar a apuntar. Sintió cómo su cuerpo se paralizó y el miedo empezó a dominarlo. El hombre del Jetta estaba a punto de dispararle, pero para su mala suerte un vocho que iba enfrente de ellos frenó de manera imprudente y abrupta, causando que el conductor del Jetta no alcanzara a detenerse y terminara estrellándose contra él. Los disparos salieran desviados. Roberto sintió el zumbido de las balas muy cerca de su rostro, como si fueran insectos. Terminaron impactando los vidrios de un local comercial, que al instante se hicieron añicos. A partir de ese momento, todo empezó a suceder muy rápido. Se escucharon gritos. La gente corría asustada. Roberto observó que el hombre del fusil abría la puerta del carro y tomaba posición de tiro. Esta vez Roberto, lleno de adrenalina, salió corriendo. Empezó a escuchar varias detonaciones seguidas. Más gritos, más conmoción, más disparos. Corría como nunca, corría como loco, alcanzó a escuchar varias sirenas de policía, alarmas de advertencia. Por fortuna, había policías cerca del lugar, volteó de reojo y observó que el sujeto del fusil corría de regreso al Jetta. Roberto iba dando zancadas con todas sus fuerzas, como no lo había hecho en años, tal vez desde niño. Estaba aterrado, como un venado huyendo de un cazador. Veía al Jetta blanco por todos lados, no sabía para dónde correr, en qué lugar refugiarse, cruzó la calle, aún escuchaba detonaciones, no sabía si era real o su imaginación. Corrió hasta perderse, si es que eso era posible.

— CAPÍTULO 51 —

«El día de ayer se armó una balacera muy cerca de las oficinas centrales del SAT, ubicadas en lo que se conoce como la torre negra. Según reportes de la policía capitalina, un sujeto asaltó a un comercio de la zona, llevándose un cuantioso botín. En su huida, abrió fuego en contra de algunos transeúntes. La policía persiguió al sujeto por varias cuadras, pero éste logró darse a la fuga. Al parecer hubo un muerto, pero las autoridades aún no han confirmado este dato. Nos informan que en breve darán a conocer un retrato hablado del hampón y su posible identidad. Por otra parte, déjeme decirle que no cesan los feminicidios en esta ciudad, pues el día de hoy, se reportaron dos lamentables sucesos», anunciaba Julieta Dohrn en su programa radiofónico.

«El primero de ellos tiene que ver con una mujer que fue asesinada afuera de su domicilio. Le dieron dos balazos en la cabeza. Según reportes de la policía, el motivo fue un asalto; la mujer habría opuesto resistencia y por tal motivo le dispararon. Se llamaba Guadalupe Ochoa y hasta hace poco, según información de sus familiares, había trabajado en el SAT. No se ha revelado cuál era su puesto en esa dependencia. El segundo lamentable suceso involucra a una mujer que fue encontrada en su departamento. Según reportes oficiales, fue estrangulada y presentaba señas de violencia en todo el cuerpo. No se descarta una violación. La mujer era de origen venezolano y respondía al nombre de Denisse Alcázar. La policía informó que trabajaba como bailarina en un club erótico, de los denominados table dance, negocio al parecer relacionado con el líder de un grupo delictivo. La procuraduría capitalina informó que una de las líneas de investigación será la relación del homicidio con el crimen organizado... Por otra parte, es lamentable decir que la ola de contagios y muertes derivados de la pandemia sigue en aumento. Pero antes de entrar al reporte de nuestra compañera Fabiola Ruíz, nuestra corresponsal en Estados Unidos, debo informarle que las noticias tampoco son buenas para el SAT y su titular, el doctor Gregorio Ballesteros, pues la United States Lawyer Bar Association, o la barra de abogados de los Estados Unidos, envió una carta dirigida al secretario de Hacienda, en donde acusa al SAT de amenazar el estado de derecho, al amedrentar a los contribuyentes para que paguen adeudos fiscales que se determinan fuera de todo procedimiento legal, bajo la amenaza constante de presentar denuncias penales en su contra por una serie de delitos infundados. En la carta también se califica como muy perturbador que el SAT exija a los contribuyentes que se abstengan de utilizar a sus abogados en los procedimientos y citas que se lleven a cabo ante esa dependencia. La barra de abogados refiere que a los profesionales del derecho en México se les está dando el trato de delincuentes y se les acusa de manera reiterada de pertenecer a la delincuencia organizada. Prueba de ello son los recientes actos de acoso a los que se han visto sometidas las firmas de abogados por parte de algunos funcionarios del SAT. Le quiero comentar que es muy posible que el detonante de esta carta haya sido la reciente irrupción de abogados fiscales portando armas de fuego, acompañados de más de treinta elementos de la Policía Federal en la conocida firma estadounidense, con oficinas en México, Robertson & Heinkler, en donde, bajo el argumento de una denuncia anónima de actos de planeación fiscal por parte de la firma, los abogados del fisco clausuraron las oficinas y decomisaron varios expedientes. Se habla también de actos de amenazas con arma de fuego e intimidación en contra de los abogados de la firma. Hasta el momento, ni el secretario de Hacienda ni el presidente del SAT se han pronunciado al respecto. Quién sí alzó la voz también en contra del doctor Gregorio Ballesteros, fue la diputada Ernestina Irigoyen, presidenta de la Comisión de Hacienda, quien se quejó de que las leyes fiscales aprobadas a principio de año, violentan los derechos humanos. Anunció que, en breve, habrá una reunión en el Congreso, para empezar a trabajar en una contrarreforma fiscal.

— CAPÍTULO 52 —

Miércoles por la mañana. La pandemia había obligado al despacho Actiolegal a operar a capacidad mínima. Se decidió que Imelda, Toñita y algunos abogados pasantes trabajaran desde casa. Luciano y Julio prefirieron quedarse en el despacho. Por la pandemia, los juzgados y tribunales decretaron sus respectivos cierres. La ciudad estaba paralizada casi en su totalidad. La quietud en las calles desconcertaba. Incertidumbre y desinformación acechaban el ambiente. Si no fuera por la compañía de Julio, la soledad habría abrumado a Luciano, pues no había nada qué hacer ni a dónde ir. Sus hijos, aparte de no mostrar mucho interés en verlo, se habían ido a pasar la cuarentena a una locación no revelada por su madre. Otra de las personas que siempre lo acompañaban en su soledad obligada era Rómulo Chávez, a quien poco le faltaba para vivir de manera permanente en su taller informático. Ambos analizaban los mercados de criptomonedas en la oficina de Luciano. Rómulo le mostraba en la pantalla de su computadora de escritorio el comportamiento de los mercados en lo que iba de la mañana. Había sufrido algunas pérdidas, pero no importaba, ya que del análisis de las gráficas del comportamiento de las criptos, se podían observar las velas alcistas que predecían precios y ganancias por las nubes en un futuro inmediato. Quien lo escuchara hablar, pensaría que era un corredor de bolsa de Wallstreet disfrazado de anarquista. Luciano observaba con atención las predicciones de la criptomoneda dominante. La sesión de trading fue interrumpida de tajo por parte de Julio.

—Luciano, tenemos visita —dijo con el semblante desencajado, pálido, como si los visitantes fueran muertos vivientes, expresiones que fueron contagiadas de inmediato a Luciano cuando reconoció a las personas que estaban detrás de la puerta.

—Buenas tardes, ¿se puede? —dijo López Dueñas, ataviado con su disfraz de combatiente de videojuego de guerra, mientras analizaba con recelo la oficina de Luciano.

—Es un placer volverlo a ver, Almonte —dijo el Díaz Ordaz, mientras hacía su aparición en escena, esbozando su sonrisa mordaz.

Luciano los observaba incrédulo, sin comprender qué demonios estaban haciendo ahí.

—Buenas tardes, licenciado Almonte, espero no haber interrumpido tus labores jurídicas cotidianas —dijo el tercer sujeto. Luciano quedó petrificado, a excepción de su corazón que le rebotaba por todo el pecho. Era la máxima autoridad fiscal del país; el hombre más temido por los abogados. Ese día vestía un elegante traje negro y una preciosa corbata azul. Ese no era el funcionario que aparecía en las conferencias matutinas de Lúevano Alvelais. Y por supuesto que su visita no era de cortesía. Luciano lo supo de inmediato—. ¿Podemos sentarnos? —preguntó con amabilidad. Luciano tardó en reaccionar.

—Por favor —dijo haciéndoles una seña. Había dos sillas frente a su escritorio, le pidió a Julio que acercara otras dos más, que estaban en la mesa de trabajo.

—Entre abogados te veas, es mejor que yo me retire —dijo Rómulo, esbozando una sonrisa mientras se escabullía de la oficina como si fuera un gato.

Los tres invitados quedaron de frente a Luciano, Julio se posicionó a un lado del escritorio.

—Me gusta tu oficina, Luciano, muy discreta —dijo Ballesteros, mientras la recorría con la vista. Luciano sólo se limitaba a observarlos. Notó que le hablaba de tú. Podría ser para mostrar compañerismo, hacerlo sentir en confianza, o tan sólo para hacer notar su superioridad y no mostrar deferencia alguna—. Una disculpa por haber venido sin previo aviso. Estábamos en la ciudad y decidimos aprovechar la ocasión. Nos gustaría hablar de algunos temas de interés contigo —dijo, queriendo dar a entender que era mejor que los dejaran a solas.

Luciano lo meditó por unos instantes. Ellos eran tres. Ante cualquier emboscada, la situación sería más llevadera entre dos, además de que era sensato contar con un testigo.

—El licenciado Velasco es de mi extrema confianza, además de que es mi socio —respondió en tono seco.

—Está bien, si así lo prefieres, no tengo inconveniente.

—Señores, para mayor seguridad de todos, considerando la naturaleza de los temas que vamos a abordar, les pido que apaguemos nuestros teléfonos celulares y los coloquemos sobre aquella mesa —intervino el Díaz Ordaz. Ballesteros y López Dueñas se los entregaron. Julio observó a Luciano, quien le expresó un discreto asentimiento. A Luciano no le sorprendió la petición, ya conocía esa rutina.

—Creo que ya todos nos conocemos, no necesitamos presentaciones —dijo Ballesteros enarcando las cejas—, incluso tú Luciano, un abogado de tan bajo perfil, resultaste ser un viejo conocido del fisco. Luciano sólo se limitaba a observarlos—. Dime, ¿cómo es que un abogado de tanto prestigio, nombrado en su momento como el fiscalista del año, socio de uno de los despachos más encumbrados y prestigiosos en el país, terminó en una oficina en medio de la nada, llevando asuntos, en apariencia, de poca importancia y comportándose como un abogado de pueblo?

Luciano sonrió a pesar de que la pregunta era lacerante.

—Digamos que encontré mi verdadera vocación —respondió con sorna.

Ballesteros soltó una sonrisa sarcástica.

—Una vocación casi monástica, alejada de lujos y comodidades. No tienes ahorros ni inversiones, vives en una casa de alquiler, apenas te alcanza para pagar la renta de este despacho, conduces un vehículo viejo, en fin —dijo encogiéndose de hombros—. Sabes, Luciano, tú y yo somos muy parecidos. Nos gusta guardar las apariencias para cumplir con nuestros objetivos. Preferimos la discreción, pasar desapercibidos para proteger algo mayor, algo que no debe ser conocido más que por un grupo selecto. Entiendes a la perfección que la ostentación siempre ha sido el peor enemigo de los hombres de poder.

—Deberías empezar a tener cuidado entonces, Gregorio —dijo Luciano, sin mostrar tampoco deferencia.

Ballesteros soltó una sonrisa incómoda. Su rostro mostró un ligero enrojecimiento.

—Mira Luciano, dejémonos de rodeos, voy a ir directo al grano. Sé muy bien cuál es tu juego, para quién trabajas y quiénes son tus clientes. Sé que tu comportamiento discreto y tu despacho no son más que una fachada para esconder a tu empleador, mantener alejados a los curiosos y evitar preguntas. Eres un excelente administrador jurídico. Debo reconocer que tu trabajo ha sido magistral. Eres la última pieza de una complejísima estructura empresarial. Puedo decir que eres un guardián que evita batallas legales. Un apagafuegos. Debo reconocer que fue difícil atar los cabos sueltos, reunir las piezas del rompecabezas. La grieta por la que se coló algo de luz fue tu patrón de comportamiento perfeccionista, en extremo cuidadoso. Nos permitió identificar a todos los clientes que, al parecer, dependen de una misma fuente. En un país como el nuestro, en donde el desorden y el incumplimiento jurídico es la normalidad, tú y tus clientes, resultan ser la excepción. En Estados Unidos, Alemania o Noruega, hubieras pasado desapercibido por completo. Aquí no.

Luciano se mostraba impávido, sólo seguía observando a su interlocutor, a pesar de que en su interior se sentía como debieron haberlo hecho los habitantes de la antigua Pompeya cuando estalló el Vesubio. Ballesteros podía estar partiendo de puras presunciones, tratando de sacar verdades con mentiras. Lo mejor era mostrar indiferencia, fingir demencia, para no caer en la trampa.

—Con toda sinceridad, no sé a qué te refieres. Yo soy un simple abogado, venido de más a menos, que afrenta las malas decisiones que ha tomado en su vida. Tal vez fui ostentoso en el pasado, sin embargo, la experiencia de la vida me enseñó a ser frugal. No veo nada de raro en ello. Tú mismo lo haces, ¿no? —dijo lanzándole un dardo de indirecta.

Ballesteros se rio, llevándose los dedos al puente de la nariz. El Díaz Ordaz y López Dueñas, se voltearon a ver entre sí, sonriendo.

—Rubén, por favor entrégale al licenciado Almonte el resultado de la investigación que preparamos —ordenó Ballesteros.

—Con gusto —respondió, metiendo la mano a un pequeño maletín que traía consigo. Sacó una carpeta, la cual extendió a Luciano. Éste la abrió, la observó y leyó el contenido. Volvió ese intenso dolor en su costado, como si le hubieran enterrado una aguja. Ese maldito dolorcito que siempre regresaba a torturarlo en casos de extrema tensión. Colitis nerviosa retorciéndole los intestinos.

—¿Te suena alguno de esos nombres, Luciano? —preguntó Ballesteros. Luciano fruncía el ceño, apretaba las quijadas. Respiraba hondo, controlaba su respiración para no perder la compostura—. Son treinta y cinco nombres de empresas de todo tipo, con matrices y sucursales a lo largo y ancho de todo el país. Empresas a las que tú, de alguna u otra forma representas, asesoras o ayudas. Notarios públicos comunes, actas de asambleas muy similares. Directores de empresas coincidentes. ¿Te suenan los nombres Julieta Vargas y José Villa? —preguntó Ballesteros, observando a Luciano, quien empezaba a sudar frío—. Coinciden en la administración de varias de esas empresas del listado y a ambos los asesoras. Ante el menor problema acuden a ti. Qué raro, ¿no? Aquí el licenciado López Dueñas tuvo el gusto de tratar hace poco con la señora Julieta Vargas, administradora de la cadena de importadoras, quien te trató con gran familiaridad.

López Dueñas asintió y dijo con una sonrisita:

—Una mujer bastante guapa, por cierto.

Ballesteros se levantó de su lugar y empezó a caminar por la oficina, como si se dispusiera a exponer reflexiones con una audiencia.

—Tenemos algunos datos interesantes que, si se observan desde cierto ángulo, revelan que tus empresas tienen un comportamiento atípico. Presentan declaraciones de impuestos sin dilación alguna, a veces hasta pagan de más, aparentando un orden fiscal excesivo. Cualquier requerimiento se atiende de inmediato. Se puede decir que apagan cualquier fuego antes de que se pueda extender como un incendio en hierba seca. Las empresas que por x o y circunstancia terminaron ante los tribunales, fueron defendidas de manera magistral, impecable, con el sello característico de los mejores bufetes jurídicos del mundo, pero, al observar con detenimiento, resulta ser que un despacho de poca monta como lo es Actiolegal, es quien estuvo detrás de la estrategia de defensa…

—¿A dónde quieres llegar con todo esto? —preguntó Luciano, con una mezcla de enojo y preocupación.

Ballesteros volteó a verlo con desdén.

—Eres un abogado al servicio de un cártel poderoso, encargado de cuidar una estructura empresarial diseñada para lavar miles de millones de dólares del dinero del narcotráfico. Tu despacho no es más que una fachada. Estoy convencido de que esas treinta y cinco empresas son tan sólo la punta del iceberg. Si buscamos más, podríamos encontrar el camino para hacer caer al imperio empresarial que resguardas desde el punto de vista legal. ¿Te imaginas? Los titulares periodísticos anunciando que el doctor Gregorio Ballesteros pasará a la historia como el que no sólo terminó con los cárteles de los defraudadores fiscales, sino con la estructura financiera de un poderosísimo cártel. Con eso, tendría asegurada la presidencia de la república —decía mientras volteaba a ver al Díaz Ordaz y a López Dueñas, a quienes poco faltó para aplaudirle a su jefecito.

Luciano estalló en cólera, dio un fuerte manotazo sobre su escritorio, se levantó apresurado de su lugar con el rostro desencajado y los ojos inyectados de sangre. Dirigiéndose a Ballesteros, le gritó a todo pulmón:

—¡Eso es una vil calumnia! No tienes prueba alguna en mi contra, estás partiendo de meras suposiciones, de puros chismes. Acusaciones sin sustento. No eres más que un maldito extorsionador que se vale de su puesto y de la manipulación de las leyes para desangrar a los pagadores de impuestos en beneficio propio. Tu juego es evidente, Ballesteros. Quién se esconde tras un falso disfraz de decencia y austeridad patriótica para esconder su brutal corrupción eres tú. Aquí los únicos criminales son ustedes. Estás apretando tanto las cuerdas que no tardarán en reventarse en tu cara.

—Pero no se te olvide que yo soy el Estado y con la fuerza que tengo, puedo desaparecer tu pequeña fachada legal con tan sólo tronar los dedos. A ti te puedo aplastar como a un insecto, como la vulgar cucaracha que eres —respondió Ballesteros con prepotencia extrema.

La impertinencia de Ballesteros fue intolerable para Luciano, sintió como si se hubiera zambullido en un estanque lleno de furia. Estaba decidido a abalanzarse contra él, a partirle el hocico a punta de golpes, pero justo cuando iba a hacerlo, fue frenado por López Dueñas de manera abrupta, quien desenfundó su Glock 19 como si fuera un pistolero del viejo oeste.

—¡Alto cabrón, o aquí te mueres!

El Díaz Ordaz no podía quedarse atrás en el alarde y también sacó su arma, la cual puso con lentitud sobre el escritorio, para dejar ver que él también era un tipo rudo. Julio estaba desconcertado, con los ojos saltones.

—¡Tranquilos, tranquilos! —dijo haciendo señas con ambas manos, como si fuera un árbitro de fútbol—. Tranquilízate Luciano —agregó, y lo tomó del brazo. Casi tuvo que jalarlo para que se sentara de nuevo.

—Guarden sus armas, señores, no hay necesidad de esto. Aquí todos somos gentes civilizadas y más que eso, verdaderos profesionales. No nos comportemos como hampones. Hagamos bien las cosas, no hay necesidad de alterarnos —intervino Ballesteros con tono conciliador—. Mira Luciano, nuestro interés no es meterte en problemas ni a ti, ni a tus clientes. Créeme que lo último que queremos es provocar enfrentamientos que no terminarían en nada bueno, sobre todo para ti. Te voy a hablar al chile, directo, como se acostumbra aquí en el norte. Te quiero ofrecer un trato y de cierta manera protección —Luciano respiraba hondo, tratando de tranquilizarse. Ballesteros tomó asiento y se acercó a él—. Queremos ser tus socios. Te ofrecemos un blindaje fiscal para esas treinta y cinco empresas, así como a aquellas otras que pudieras manejar. Las podemos desaparecer del radar fiscal. Daríamos por buenos todos los ejercicios fiscales. Tus clientes jamás tendrían que volverse a preocupar por revisiones fiscales. Además, al estar bien con el fisco, cualquier sospecha de lavado de dinero, quedaría en el olvido.

—Pero, tú mismo reconociste que las empresas estaban al corriente en sus declaraciones de impuestos, pagando en ocasiones más de la cuenta, ¿por qué habría de necesitarlos? —cuestionó Luciano de manera calculadora, para ver qué respuesta obtenía.

—No finjas ingenuidad, Luciano. El que busca encuentra. Puedo destapar la alcantarilla y sacar toda la porquería a flote, descubrir el uso de planeaciones fiscales agresivas, encontrar facturas falsas, pérdidas fiscales inexistentes, simulación de contratos, depósitos bancarios no aclarados y así podría seguir enlistando las irregularidades a encontrar, lo que me llevaría a seguir el rastro del dinero hasta encontrar la fuente. Créeme que tengo todo el poder para hacerlo y más. Es evidente que esconden algo, o dime, ¿cómo es que uno de tus clientes soltó tan fácil veinte millones de pesos, si como dices, todo está en perfecto orden fiscal? —Luciano no supo qué contestar—. Te voy a revelar algo, Luciano, que sólo debe quedar entre nosotros, nadie más lo sabe… —hizo una pausa y una mueca como si estuviera a punto de revelar el secreto de la vida eterna—. El licenciado Rubén Félix, aquí presente, será el próximo titular de la Unidad de Investigación Financiera. El Díaz Ordaz sonrió y le hizo un guiño con el ojo a Luciano—. El licenciado Félix puede darles la bendición y estar presente en todas las operaciones financieras de las empresas;

mantendría alejada la presión de organismos internacionales que persiguen el blanqueo de capitales. Tenemos muy buenos amigos en el Departamento del Tesoro de Estados Unidos que confiarían al cien por ciento en nuestros dictámenes. Imagina lo que eso significaría. Cualquier sospecha de lavado de dinero o incluso de financiamiento al terrorismo por parte de los gringos, quedaría disipada. Piénsalo bien Luciano, nosotros podemos ser unos aliados poderosísimos. Pero nos interesa hacer negocios con tu cliente principal —Ballesteros lo miró directo a los ojos, como queriendo penetrar en el interior de sus pensamientos.

A Luciano esa mirada lo incomodó, pues sus ojos expresaban intenciones oscuras, lujuria desmedida por el poder. Sabía que ese ofrecimiento, por supuesto, no era gratuito, ni siquiera podía catalogarse como una contraprestación. Era una extorsión lisa y llana, un derecho de piso al más rancio estilo del crimen organizado. Desde el momento en que vio entrar a Ballesteros y sus compinches pudo adivinar para dónde iban las cosas, pero lo que no imaginó era la magnitud de la exigencia que tenían en mente. Observó a los tres sujetos por algunos instantes, centrando finalmente su atención en Ballesteros, a quien preguntó sin ningún tapujo:

—¿Cuánto costaría esta "asociación"?

Ballesteros sonrió.

—Ya nos estamos entendiendo, Luciano. Muy bien —dijo mientras se frotaba ambas manos—. Queremos dos mil millones de pesos. No más no menos. Es alto el precio, sí. Pero es un precio que tu empleador puede pagar con amplia facilidad. Considérenlo como una cuota de admisión a un poderoso grupo, protección y privilegios ilimitados.

Luciano sintió un zumbido en sus oídos. Tuvo una pérdida pasajera del conocimiento, sintió una leve parálisis en algunos de sus músculos, le faltó la respiración, la irrigación sanguínea corría lenta. Pensó que eso era lo que le provocaba el sentimiento de estar viendo todo en cámara lenta. Observó a un Julio que estaba con la quijada a punto de desprendérsele. Estaba pálido. La palabra "dos mil millones de pesos" rebotaba por la cabeza de Luciano. No terminaba de comprender la magnitud de la petición. ¿Había escuchado bien?, Doscientos millones, dos mil, veintidós mil, 22222222. Los números le daban vuelta. No, no lograba entenderlo. Era una locura.

—¿Dos mil millones de pesos? —Preguntó con los ojos a punto de salírsele de sus órbitas—. ¿Enloqueciste por completo, Ballesteros? ¡Nadie tiene tanto dinero a su disposición! Nadie va a pagar eso. ¡Nadie!

—Yo creo que sí, Luciano. Sobre todo, si gracias a eso tu cliente va a tener una libertad de operación financiera insólita. Véanlo como una inversión con retorno inmediato. Toma en cuenta que tan sólo estoy considerando treinta y cinco empresas, a pesar de que sabemos que hay más —respondió Ballesteros, mientras se recargaba en su silla. Se hizo un silencio incómodo—. Les vamos a dar un plazo razonable para pagarnos, por supuesto. Además, no nos lo van a pagar en efectivo, ¡caray! —dijo levantando las manos—. Hay muchas formas de hacerlo. Ya les diremos cómo. Al igual que tú, nosotros somos muy sofisticados. Usaremos estructuras corporativas, combinadas con el aparato gubernamental. Tú sabes bien a qué me estoy refiriendo —dijo esbozando una sonrisa jactanciosa. Luciano estaba recargado sobre su escritorio, tenía ambas manos sobre la frente, se masajeaba las sienes. Sudaba. Un diminuto sentimiento de perdición se hizo presente. Ballesteros lo observaba—. Te voy a revelar otro secreto, Luciano. Considéralo como algo extra sin costo adicional, como una promesa que le traerá gigantescos beneficios a tu empleador. Expónselo así: voy a ser el próximo presidente de México —lo dijo con el rostro iluminado, adoptando una posición de estatua romana digna de un Cesar. Si el derecho de piso había angustiado en extremo a Luciano, sintió terror al darse cuenta de que estaba hablando con una persona trastornada por el poder, un megalómano, un demente. Sabía que ese tipo de personas eran las más peligrosas, capaces de todo para conseguir lo que se proponen—. Tienes 48 horas para darnos una respuesta. De lo contrario, será mejor que vayas pensando en la posibilidad de contratar a un ejército de abogados para defender procesos penales por defraudación fiscal, lavado de dinero y delincuencia organizada. Seremos implacables, será algo histórico. Los aplastaremos, haremos un ejemplo de ustedes. Terminarán pagando a la mala. Y el primero en caer serás tú. Te aseguro que pasarás el resto de tu vida en la cárcel. Bueno, si es que sobrevives —dijo soltando una carcajada—. 48 horas, Luciano —fue la frase de despedida de Ballesteros y sus seguidores.

— CAPÍTULO 53 —

Silencio sepulcral. Más que un despacho de abogados, Actiolegal parecía un mausoleo, no sonaba ningún teléfono, y el sonido de las calles desiertas de la ciudad agregaba un tono aún más funesto. Luciano y Julio seguían sentados en sus lugares, sin moverse, sin decir nada, dando una apariencia de serenidad, como si estuvieran en un velorio. Había cierta ironía, pues las circunstancias estaban dadas para ello. Luciano observaba su otro teléfono. Le aterraba tener que usarlo. Hacer la llamada que cambiaría todo o terminaría con todos. ¿Qué les diría? ¿Cómo podría trasmitirles la petición de Ballesteros? ¿Cómo describir una petición descabellada y un ofrecimiento demencialmente irrealista? «¿Como pudiste ser tan idiota? Tenías una muy sencilla instrucción: evitar a toda costa, este tipo de cosas». Luciano sabía que no necesitaba ser un adivino para saber que ese sería el primer reclamo que le harían. Si es que se lo hacían. «¿Por qué se descuidó? ¿En qué momento pasó? ¿Por qué no tomó las medidas necesarias después del primer pago de los veinte millones de pesos? ¿Por qué fue tan pendejo para asumir que no volverían para exigirle más?». ¿Pero quién diablos podría haber evitado o previsto a una persona como Ballesteros? ¿Por qué el país había permitido que el terrorismo fiscal llegara hasta este punto? El dolor en el costado lo dobló, era un dolor terrible.

—¿Estás bien, Luciano? —preguntó Julio, con preocupación.

—¿Qué voy a hacer, Julio? —le preguntó con un rostro que empezaba a mostrar los estragos de un estrés extremo.

—Creo que debes hablar con ellos cuanto antes. Es lo mejor.

—¿Y decirles: qué creen, el SAT nos ofrece una membresía al club de los inmunes fiscales, a cambio de una módica cantidad de dos mil millones de pesos? —dijo con sorna.

Julio se quedó pensativo.

—Pues mira, a como están las cosas, tal vez entiendan la conveniencia de la protección que ofrece Ballesteros. No suena tan descabellado —dijo encogiéndose de hombros—. Ballesteros aparte de ser un hijo de puta, es un desquiciado, un enfermo de poder ¿No te fijaste en sus expresiones? Tú lo escuchaste, tiene aspiraciones de ser presidente. Es un político ruin, corrompido en su totalidad. No va a parar y el problema está en que, sin darse cuenta, reveló su verdadera intención, tiene la llave en mano. Las treinta y cinco empresas son su pase a la presidencia.

Trató de ser conciso y directo en su llamada. Evitó usar diálogos como «tenemos un problema» o «se han complicado las cosas»; trató de usar palabras clave como «nos están ofreciendo esto» o «ponen sobre la mesa esta posibilidad». Tuvo presentes frases de programación neurolingüística que aprendió en sesiones íntimas con una psicóloga a la que estuvo viendo durante un tiempo. La respuesta sólo se limitó a seis palabras: «Te-regreso-la-llamada-con-indicaciones». Parca, escueta, críptica. Una hora después, recibió la llamada. Lo citaron en el estacionamiento del congreso del Estado ubicado en el centro histórico de la ciudad, a un costado de la catedral metropolitana, para mayores indicaciones. Eso de cierta manera lo tranquilizó, pues era un lugar público y aunque por la situación reinante no estaría tan concurrido, no dejaba de ser un lugar abierto y visible. Ya en otras ocasiones había tenido encuentros en estacionamientos. Al menos no lo citaron en un lugar a las afueras de la ciudad o en una bodega. Le habían dicho que lo verían dentro de tres horas. Eran pasadas de las dos de la tarde, la espera sería larga.

—Si quieres, para matar el tiempo, antes de que te vayas al encuentro, vamos a buscar un lugar que esté abierto, para tomarnos un par de cervezas y comer algo. Sirve que nos relajamos un poco —dijo Julio.

Luciano asintió mientras se ponía su saco y se guardaba sus dos celulares en la bolsa.

Salieron del despacho en el carro de Luciano. Las calles estaban vacías. Extraña sensación pues, en días normales, a esas horas el tráfico en la ciudad estaría en su punto de desquiciamiento máximo. Circulaban por el periférico Ortiz Mena, sintiéndose tranquilos, tratando de relajarse. Luciano estaba concentrado en sus propios pensamientos, repasando la situación. Julio revisaba algunos mensajes en su celular. La aparente calma fue interrumpida con brutalidad por la embestida de una GMC Hummer color negro que impactó al vehículo por el costado derecho, o al menos así se había sentido. El golpe les hizo dar varias vueltas, hasta terminar encima de un camellón. Todo pasó demasiado rápido. No supieron ni qué los golpeó. Las bolsas de aire estallaron. El nylon de las bolsas envolvió y atrapó a los tripulantes, que luchaban con desesperación para quitárselas de encima. Desconcierto total. ¿Qué paso? La adrenalina aún no les permitía hacer un recuento de los daños.

341

Cuando por fin se lograron liberar de las bolsas de aire y empezaron a recuperar visibilidad, de nuevo fueron aprisionados, pero ahora por unas mantas de tela que les pusieron sobre las cabezas.

—¡¿Qué está pasando?! —preguntó con pánico Luciano.

A rastras y a empujones fueron bajados del vehículo. Los recostaron bocabajo sobre el pavimento y comenzaron a amarrarles manos y piernas. Cada vez apretaba más. Quedaron inmovilizados. Luciano escuchaba la voz desesperada de Julio que preguntaba: «¡¿Qué pasa?! ¡¿Quiénes son?! ¡¿Qué demonios pasa?!».

—¡Somos los paramédicos! —dijo una voz grave y oscura. Julio no paraba de lanzar interrogantes hasta que se escuchó un golpe opaco. Su voz fue silenciada.

—¡Julio! —gritaba Luciano desesperado.

No podía ver nada, sólo la luz que lograba colarse entre la tela. Se empezó a sentir sofocado. El terror lo invadió. Se dio cuenta de lo que estaba sucediendo, sólo que se rehusaba a reconocerlo. La parte reptil de su cerebro le hizo implorar de manera instintiva por su vida. Se escuchaban risas burlonas. Como si fuera un costal de papas, alguien se lo echó al hombro. Eso fue lo que sintió. Se revolcaba, hasta que le desconectaron el switch y todo quedó en negro. Así se sintió.

Despertó de forma abrupta. Una cachetada de agua fría cayó sobre su cara. Pensó que se estaba ahogando en un océano. El corazón estaba a punto de estallarle en el pecho. Tomó una fuerte bocanada de aire. Aún tenía cubierto el rostro. No se podía mover. Estaba acostado bocarriba. Alguien gritó:

—¡Despierta!

Recibió un ligero punta pie en un costado. Poco a poco se empezó a incorporar. En principio no recordaba qué había pasado, pero la realidad empezó a llegarle de manera brutal. Sintió como si despertara de un mal sueño, pero con la diferencia de que había despertado en la pesadilla. Le empezó a doler el golpe que le dieron en la cabeza con el cual lo habían desconectado. Pero también los golpes sufridos en el choque hicieron su aparición en brazos, espalda, cuello y pecho. Sentía el sol, pegaba fuerte, por eso se dio cuenta de que no había pasado mucho tiempo desde el impacto. Sintió algo de alivio al volver a escuchar la voz de Julio, que más bien fueron balbuceos cuando también le gritaron:

—¡Despiértate cabrón!

Alguien empezó a desatarle las piernas. Sin nada de cortesía, lo ayudaron a ponerse de pie. Aún tenía amarradas las manos. Le retiraron la bolsa de manta del rostro, el sol le caló en los ojos, estaba encandilado. Poco a poco recobraba la visión. Se dio cuenta de que estaban en medio de la nada. En un paraje desértico, árido, lleno de matorrales. Sin duda alguna era Chihuahua, pero no sabía en qué parte estaban, no reconocía nada, ni siquiera los montes y cerros que a veces podían servir de punto de orientación. No se alcanzaba a percibir ningún indicio de civilización, sólo un camino de terracería. Hacía calor como en el infierno. Estaba sudando a chorros. Un sujeto a quien no lograba enfocar del todo con sus encandilados ojos acomodó a Julio a su lado. Ambos supieron que sería bastante estúpido preguntar qué estaban haciendo en ese lugar. Era la base de lanzamiento hacia la eternidad, no cabía duda. No quedaba de otra más que adoptar una calmada resignación, empezar a rezar. Se pusieron frente a ellos tres sujetos con los rostros cubiertos con pasamontañas de estilo militar. La adrenalina y el miedo los hacía ver como enormes monstruosidades. Su vestimenta era vaquera. Cinto piteado, botas exóticas. Dos de ellos portaban sombrero vaquero, lo cual los hacía ver como si fueran una visión surrealista. Cargaban fusiles de alto calibre y pistolas fajadas. Sicarios.

—¡Hínquense! —ordenó el que no llevaba sombrero.

Por el tono de voz, parecía ser el líder. Luciano y Julio sintieron que se les iba el alma. Obedecieron de inmediato, como si eso les fuera a salvar la vida.

—¿En dónde tiene su teléfono celular? —le preguntó de mala gana a Luciano.

—Está en la bolsa de mi saco —«con gusto lo ayudaría si me desatara las manos», pensó.

Se acercó, lo esculcó y sacó ambos celulares. El normal y el *otro*, el que tanto estrés le causó en los últimos años. Los observó y se guardó el *otro* celular. El de Luciano se lo lanzó de forma despectiva. Cayó enfrente de él. Por el movimiento, la pantalla se encendió. Irónico: le quedó de frente. Pudo observar que tenía una llamada perdida de un número desconocido y un mensaje de texto de Fausto Rivera. Alcanzó a leerlo en la pantalla. Chingando hasta el último momento: «Tienes que ver los nuevos modelos, llámame para invitarte un par de tragos». Luciano sonrió, pues había deseado quitárselo de encima, pero no de esa manera.

—¿Tiene algo qué decir? —preguntó a Luciano con una consideración poco común, pues siempre había pensado que el balazo lo soltaban sin preguntar y acompañado de un improperio. Había miles de cosas que decir, pero ¿qué se podía decir en un momento como ese? ¿Qué palabra u oración podría salvar sus vidas? ¿Sería sensato insistir en que el trato de Ballesteros les convenía?—. Piénsenla bien —Luciano se limitó a negar con la cabeza agachada.

El sujeto volteó a ver a Julio, quién no dejaba de temblar, su quijada bailaba, sollozaba. Volteó a ver a Luciano con ojos llenos de lágrimas. Quería decirle algo, tal vez soltar una última súplica. El sicario sin sombrero dio un paso atrás.

—Muy bien —dijo. Los dos de sombrero dieron un paso enfrente. Se colgaron los fusiles en el hombro, desenfundaron las pistolas y cortaron cartucho. Al menos no los dejarían como carne molida.

Luciano supo que todo había terminado. Agachó la cabeza y observó un mensaje entrante en su celular, el último. Lo leyó por inercia, pues se alcanzaba a leer todo el texto en la pantalla. Sintió que el alma le regresaba al cuerpo. Casi podía escuchar el latir de su corazón. Era su posible salvación.

—¡Espere! ¡Espere! ¡Sí tengo algo que decir! —gritó con desesperación.

CAPÍTULO 55

Los sicarios les estaban apuntando a ambos en la cabeza, el dedo en el gatillo se empezaba a tensar.

—¡Por favor! ¡Es importante! ¡Escúchenme! —lanzaba una súplica como un fanático religioso—. ¡Necesito hablar con el Licenciado! —imploraba.

Los dos sicarios voltearon a ver al que se comportaba como líder. Éste emitió un gruñido. Se acercó a Luciano. Se agachó hasta quedar a su altura. Acercó su rostro al del condenado. Tenía una mirada amenazadora, ojos que reflejaban haber visto cosas inconfesables.

—Y… ¿de qué quieres hablar con el Licenciado? —dijo con voz amable, casi sacerdotal.

—¡Necesito decirle que ya sé cómo solucionar nuestro problema!

Al sicario le pareció que tenía cara de perro suplicante.

—¿Ah sí? Qué casualidad, ¿no? —dijo con sorna. Los sicarios soltaron risotadas macabras—. ¿Por qué no se lo dijo antes?

—¡Porque me acaban de avisar! —dijo con voz atropellada.

El líder de los sicarios soltó una carcajada, mientras se levantaba y se alejaba.

—¡Llénelos de plomo! ¡Usen los cuernos! —ordenó, mientras los sujetos de sombrero y pasamontañas guardaban sus pistolas y preparaban sus fusiles para dejarlos como coladeras.

—¡Espere! ¡Espere! ¡Vea mi celular! ¡Lea el mensaje que me acaba de llegar! ¡No cometa un error que le puede costar muy caro! ¡Incluso puede salir beneficiado!

El líder de los sicarios se detuvo, estaba de espaldas, levantó la mirada al cielo y se dio media vuelta.

—Mira, hijo de la chingada, si es una pinche mamada nomás para ganar tiempo, vas a desear que mejor les hubiéramos pegado un tiro en la cabeza, pues los vamos a torturar por días, ¡los vamos a mandar al infierno en la tierra! ¡Van a implorar para que los matemos y no lo vamos a hacer!

—¡No es ningún engaño! ¡Tome el celular, por favor! ¡Vea el mensaje!

El sujeto lo levantó del suelo, lo observó, manipuló la pantalla. Se quedó pensativo. Se alejó algunos metros. Sacó su celular, marcó un número, pegó el teléfono a su oreja. No se escuchaba lo que decía. Julio volteó a ver a Luciano con cara de confusión extrema. Los sicarios de sombrero murmuraban entre ellos y reían descaradamente. Los minutos pasaban. A los condenados a muerte se les hizo una eternidad.

El jefe de los sicarios se acercó a Luciano con teléfono en mano.

—Quieren hablar contigo.

Le acercó el auricular al oído.

—Sólo porque siempre fuiste muy derecho, Luciano, es que te tomo la llamada. Habla —dijo el Licenciado.

A Luciano se le aguaron los ojos, se le quebró la voz. Procedió a contarle lo que significaba ese mensaje casi providencial. Gracias a ese mensaje, podrían obtener una solución a sus problemas, incluso sin tener que soltar un solo centavo. Luciano se aventuró a decir muchas cosas de las cuales no tenía certeza absoluta. Más bien certeza de ningún tipo, pero era una carta que tenía que jugarse, pues lo que estaba en juego eran sus vidas.

—Sólo te voy a dar dos días para solucionar el problema. De lo contrario te tendrás que atener a las más severas consecuencias. ¿Me comprendes?

La advertencia fue brutal.

—Comprendo —respondió.

No se dijo más. El jefe de los sicarios le alejó el teléfono y continuó con la llamada.

—Sí señor, así se hará. ¡Levántelos! —les ordenó a los otros dos.

De nuevo les cubrieron el rostro. Esta vez no apagaron las luces ni los amarraron de piernas, pero sí los treparon al camionetón como si fueran un par de bultos. Arrancaron del lugar derrapando, levantando polvo. Parte del ritual inconcluso. Luciano y Julio no tenían el menor sentido de la orientación, pero su reloj interno sí pudo más o menos calcular que condujeron por espacio de una hora. Los invadió la náusea de viajero, pues quien estaba al frente del volante, se comportaba como un cafre. Todo el camino los torturó una playlist de narcocorridos a todo volumen. Acordeones desafinados y voces aguardentosas fuera de ritmo, narrando anécdotas de héroes caídos con la bendición de Malverde.

Por fin se detuvieron. Luciano escuchó que abrieron la puerta.

—Bájate —le ordenaron.

Lo estrujaron, lo liberaron de las manos y le quitaron la bolsa de manta del rostro. Ahora ya no estaba encandilado, pues había atardecido. Se dio cuenta de que estaban estacionados en un lugar poco visible en un área de descanso para traileros, en una gasolinera a la entrada de la ciudad. Era por el rumbo a la carretera a ciudad Aldama. Le entregaron su celular personal y su cartera. Luciano observó que a Julio no lo habían bajado del vehículo. El sicario que estaba enseguida de él le leyó el pensamiento.

—El Licenciado ordenó que nos lleváramos a tu amigo como garantía. Si desapareces o se te pasa el término que te dieron, creo que no es necesario que te platique lo que le pasará —dijo la voz detrás del pasamontañas. Se escuchaban los quejidos de Julio, a quien lo invadió una brutal incertidumbre. No era capaz de hilar una sola frase coherente. La Hummer arrancó a toda velocidad sólo para frenarse de tajo a unos escasos metros. Bajaron el vidrio del conductor.

—¡Luciano! —le gritaron con la orden implícita de que se acercara—. Se te olvidó esto —el conductor le entregó el *otro* celular.

Luciano se alejó del lugar. Tenía que pensar, actuar rápido. Lo primero por hacer era recuperar su carro, si es que aún servía. No se requería ser un erudito para saber que la grúa se lo habría llevado del lugar. En el reporte de la policía vial, con toda seguridad se estableció que se trató de un choque y fuga. El conductor huyó para evadir su responsabilidad. Para acabarla de joder, el carro estaba a su nombre. Un problema más. Pero para su suerte tenía muy buenos amigos en la dirección de vialidad y tránsito del Estado. Le llamó a uno de ellos, éste le informó que como era de esperarse, había una orden de arresto por haberse fugado del lugar del percance.

—Échame la mano —le pidió Luciano.

Su amigo aceptó "borrar" la orden de arresto a cambio de un par de botellas de buen whisky y una comida con cargo a Luciano. Con lo que no pudo ayudarlo fue con lo del vehículo, que había sido remolcado al corralón y al parecer los daños habían sido considerables. Descartado ponerlo en circulación. Se llevó la mano a la frente. Necesitaba algo en qué moverse. No hubo necesidad de pensarla tanto. ¡Fausto Rivera! «¿El mensaje que me mandó minutos antes de mi muerte puede interpretarse como una señal? ¿Coincidencias?», reflexionó con ironía. Marcó. Fausto le tomó la llamada. Luciano le explicó que tenía urgencia de un vehículo, aunque fuera de demostración. Tuvo suerte de que aún estuviera en la agencia. Le platicó una versión ficticia de su accidente. No le quedó otra opción más que obligarse a comprarle un carro nuevo y aceptar otra invitación para tomarse unos drinks con unas edecanes guapísimas. «Sí, sí», dijo a todo, pues sabía que sólo existía un 50% de probabilidades de que sobreviviera, si no es que menos. En cuanto entró a la agencia, Fausto lo recibió con una expresión de desconcierto total.

—¡Pareces un vagabundo! —le dijo. Lo tomó del brazo y con prontitud lo jaló a su oficina para que nadie más lo viera. Con todo lo que había pasado, Luciano no se había percatado de su patético aspecto. Sus dolencias físicas pasaron a segundo término. Fausto le ordenó que se aseara en el cuarto de baño. Cuando se observó en el espejo, se dio cuenta de que parecía salido de una audición para el papel de muerto viviente de alguna serie de televisión—. ¿En qué andas metido, Luciano?

—Problemas con un cliente inconforme —le contestó tratando de hacerse el gracioso y esconder su miseria.

A Fausto no le importaron las apariencias. Le prestó un modelo de demostración BMW Serie 3, azul metálico.

—Te voy a preparar la documentación para firmar la próxima semana y por fin estrenes carro nuevo. Tu carcacha, ya mejor ni la retires del corralón —le dijo con emoción, por haber cerrado otra venta exitosa.

Luciano se fue a refugiar a su departamento. Lo primero que hizo fue contestar el mensaje de texto providencial, en el cual le habían preguntado: «¿Te interesa destruir a Ballesteros? Regrésame el mensaje. R.S.». «¡Por supuesto que me interesa! ¿En dónde nos vemos?», fue la respuesta que envió. En lo que recibía respuesta, aprovechó para echarse agua en el rostro y se puso un cambio de ropa deportiva. Fue lo primero que encontró. Su aspecto no mejoró del todo. A los pocos minutos —que parecieron una eternidad— llegó un nuevo mensaje de texto. A Luciano se le iluminó el rostro. Roberto Sáenz le había salvado la vida, aunque sólo de manera temporal.

— CAPÍTULO 56 —

Ballesteros, Rubén Félix y López Dueñas llegaron a los hangares privados del aeropuerto de la ciudad de Chihuahua, Roberto Fierro Villalobos. Ingresaron a bordo de una ostentosa Suburban negra que los llevó hasta las escalerillas de un moderno Gulfstream G650 que ya los estaba esperando. Era el avión de preferencia de los grandes empresarios, artistas, políticos y ahora de Ballesteros y sus generales. En el lujoso interior que estaba decorado con asientos de piel color beige y finos acabados de madera, ya los esperaba Sabine, elegante y hermosa. Actuaba como primera dama. Sobre una mesita de servicio había una botella de champagne enfriándose.

—¿Y bien? ¿Lograron cerrar el trato? —preguntó Sabine.

—Me atrevería a decir que sí. Si saben lo que les conviene, tendrán que aceptar. No hay mejor propuesta —respondió Ballesteros. Mostraba un orgullo exultante.

Todos sonrieron. Se sentían los dueños de México. No había nada que no pudieran conseguir. Nada se les podía escapar de las manos. Se acomodaron en sus asientos, que estaban distribuidos de tal manera que quedaban dos y dos de frente, con una mesa desplegable en medio. Se les acercó una hermosa azafata para avisarles que estaban por despegar, por lo que era necesario abrocharse los cinturones. López Dueñas le lanzó una mirada lujuriosa.

—¿Alguna noticia de Roberto? —preguntó Ballesteros.

—Nada aún, jefecito.

—Que sigan encima del asunto —dijo con enfado Ballesteros.

El Díaz Ordaz, con actitud lacayuna, tomó su celular para pedir informes. A los pocos minutos le dio el parte informativo.

—Nada, jefecito. No han podido dar con él. Es como si se lo hubiera tragado la tierra.

Ballesteros frunció el ceño y dio un golpe sobre la mesa.

—¡Urge que lo encuentren, chingada madre!

—Mi gente lo está buscando por todos los rincones, Gregorio, no tardan en dar con él. No puede hacer nada, está inutilizado y lo sabe —intervino López Dueñas.

—Eso espero —dijo colocando su mano sobre el mentón—. Cambiando de tema, ¿ya tienes lista la nueva iniciativa de ley? —preguntó, buscando la mirada de Sabine—. Me gustaría enviarla mañana al congreso. El presidente ya me dio luz verde.

—Por supuesto —contestó Sabine, desplegando una sonrisa.

—¡Excelente! —dio un aplauso—. La cláusula de exclusión fiscal será nuestra obra maestra. Ya nada nos estorbará. Sólo nos resta quitar del camino a la nefasta de Ernestina Irigoyen. Ha estado haciendo muchas olas, quejándose en los medios de comunicación de las iniciativas que ella misma aprobó. Zánganos del erario. ¡Ahora resulta! —dijo con desdén Ballesteros.

—Diana ya se está encargando. A la ilustre diputada le encontraron una cuenta bancaria en Estados Unidos con más de novecientos mil dólares, además de un lujosísimo departamento en Miami. El año pasado recibió depósitos por más de tres millones de pesos en efectivo. Por supuesto, no declarados. Dos gigantescas auditorias van en camino. Mis abogados ya están trabajando en una denuncia penal en su contra —dijo Sabine, esbozando su característica sonrisita de femme fatale.

—Excelente, preciosa —dijo Ballesteros tomándola de la mano—. Es una bendición que todos nuestros políticos estén cortados con la misma tijera. Embarrados con lo más denso de la corrupción. Asegúrate de que la destrocen lo auditores. Rubén, por favor encárgate de que mañana salga en los principales noticieros y redes sociales la clase de fichita que es nuestra sedicente presidenta de la comisión de Hacienda. Le va a costar muy caro haberse metido con nosotros —dijo Ballesteros, recargándose en su asiento mientras se llevaba las manos a la nuca. Su rostro reflejaba prepotencia extrema.

—Así se hará, jefecito. Por cierto, me acaban de avisar que ya tienen la evidencia preparada en contra de Peralta. Mañana se publica el estreno de su etapa de actor porno. Se va a armar un escándalo bastante sabroso —soltó una carcajada estridente—. Resultó ser bastante goloso nuestro amigo, pues le gustan los tríos. Su debilidad son las ucranianas. No tiene llenadera —soltó una sonrisa.

Ballesteros aplaudió.

—¡Fíjate nada más! Pues entonces ya es un hecho. Eres el nuevo titular de la Unidad de Investigación Financiera, mi estimado. Vete preparando un buen discurso. Voy a pedir una reunión con el presidente para refrendar el nombramiento y de pasada convencerlo de que me vaya considerando como su candidato.

Me ve con muy buenos ojos el señor presidente. Además, sabe que yo conozco todos sus secretos fiscales —hizo una pausa—, bueno, conozco los secretos fiscales de todo México.

Ballesteros había encomendado a Sabine que trabajara con afán en una ley y en una reforma a la Constitución, para crear algo que se llamaría: la Cláusula de Exclusión Fiscal, la cual, bajo el argumento de que el pago de impuestos era prioritario y un asunto de seguridad nacional para el país, exceptuaría al SAT de respetar en sus actos la garantía de seguridad jurídica. Ya no sería necesario fundar y motivar sus actos. El efecto más nefasto de esa cláusula consistiría en hacer improcedente cualquier juicio fiscal en contra de resoluciones fiscales. Simplemente, la defensa fiscal se había convertido en un estorbo. El ideal del SAT se contraponía con el ideal de legalidad: antinomia fiscal.

El ambiente en pleno vuelo no podía ser más jovial, todos celebraban y bebían champagne. La azafata les sirvió deliciosos platillos, dignos de restaurantes de cinco estrellas. Para ellos, el cielo era el límite. El Díaz Ordaz fue interrumpido cuando recibió una llamada en su celular.

—Discúlpenme un momento —dijo haciendo una seña. De pronto su expresión de júbilo se transformó en pánico, lo que resaltó su rostro enjuto—. ¡¿Qué?! ¡¿Estás seguro?! —preguntó, llevándose su mano temblorosa a la frente. Miró a Ballesteros.

—¡¿Qué diablos pasa?! —preguntó.

Una noticia para hacerlos caer en picada. El de la llamada le informó al Díaz Ordaz que Joaquín Marín, en un brutal despliegue de prepotencia incontrolada e imprudencia, le había soltado un balazo en la cabeza a un empresario que le había reclamado su arbitraria actuación durante un procedimiento de embargo que estaba llevando el SAT sobre su empresa. Marín se había presentado con más de veinte ministros ejecutores, fuertemente armados, para que de manera paradójica llevaran a cabo una ejecución, pero no letal, sino fiscal. Comportándose como si fuera Atila el conquistador, daba ordenes de embargar e intervenir la empresa sin respetar ninguna regla. El empresario estaba enfurecido, y desesperado les exigía que detuvieran los abusos que estaban cometiendo. En una acalorada discusión con Marín, el empresario lo había tomado de la solapa del cuello, a lo que el alto jefe fiscal respondió de la manera más estúpida posible. Sacando su arma y disparándola. Las armas las carga el diablo y las descargan los pendejos. El empresario no había muerto en ese instante, se lo habían llevado muy grave al hospital, en donde se debatía entre la vida y la muerte. Marín huyó del lugar escoltado por sus ministros ejecutores.

—¡Puta madre! ¡Me lleva la chingada! ¡Puta madre! —gritaba a todo pulmón Ballesteros, azotando con ambas manos la mesa, como si fuera un gorila. Estaba descontrolado, por lo que lanzó al suelo todos los platos con la comida.

—Tranquilízate, Gregorio —le rogaba Sabine.

López Dueñas y el Díaz Ordaz lo observaban sin atreverse a decir nada. Era de esos momentos en que era mejor callar. Fue hasta que uno de los pilotos del avión salió de la cabina para exigirle que se tranquilizara, pues de lo contrario tendrían que tomar medidas legales en cuanto aterrizaran, que Ballesteros se calmó.

—Como fui pendejo en no haber desarmado a ese animal desde aquella vez del incidente en el restaurante —se recriminaba Ballesteros, tratando de guardar la compostura. Sin embargo, aún tenía los ojos inyectados de sangre—. Esto nos complica las cosas. ¿Qué podemos hacer? Si el empresario se muere, este pendejo estará en muy serios problemas y nosotros también.

—Ten calma, Gregorio. Me voy a poner en contacto con unos jefes ministeriales que son mis amigos. Vamos a arreglar las cosas, ya verás. Podemos presentar el disparo como legítima defensa. El empresario sacó un arma y Joaquín tan sólo se defendió: ese será el argumento.

—Así es jefecito, voy a empezar a trabajar para que los medios así lo reporten. En estos momentos me comunico con Mr. Átomo para que tenga lista la nota.

—Asegúrense de que así se haga —dijo Ballesteros, soltando un suspiro, con la cabeza agachada y las manos entrelazadas.

— CAPÍTULO 57 —

La noche ya había caído sobre la ciudad, el encuentro con Roberto no podía aplazarse, tenía que ser de inmediato. El plazo corría inmisericorde, la vida de Julio dependía por completo de él. «Ojalá que no lo estén torturando», pensaba Luciano con extremo pesar. Quedó en reunirse con Roberto en un hotel ubicado en una de las zonas más antiguas del centro de la ciudad, rodeado entre viejas construcciones de adobe, con fachadas de la época de la revolución y calles estrechas. El Hotel Paraje Colonial, antes de su remodelación, era un picadero y un nido de malvivientes. Ahora se había convertido en el punto de hospedaje favorito de mochileros extranjeros que preferían experimentar los lugares que ellos consideraban tradicionales o pintorescos, como aquellos que salían en las películas de Antonio Banderas que reflejaban a un México bárbaro y anacrónico. «Vivir la experiencia, lejos de la modernidad», recomendaban los viajeros más aventureros. También era el lugar perfecto para esconderse y pasar desapercibido. Por eso lo había elegido Roberto. Se registró bajo el nombre falso de Emilio. Le pidió a Luciano que cuando tocara la puerta de su habitación, dijera "Ya llegaron las pizzas" para saber que era la persona indicada.

De algo le estaban sirviendo los trucos que había aprendido con Ballesteros. Roberto abrió la puerta con recelo y paranoia, tratándose de asegurar de que Luciano no fuera acompañado por alguien más. El aspecto reflejado en el rostro de Roberto era idéntico al de Luciano. Ambos estaban huyendo de la muerte y los estragos eran evidentes. Luciano le dio un fuerte abrazo.

—No sabes el gusto que me da verte, canijo. ¡Me salvaste la vida!

Roberto se mostró confundido, sin entender a qué se refería. Luciano le narró a grandes rasgos que estaba en el patíbulo, a escasos segundos de ser ejecutado, cuando ocurrió un milagro en la forma de un mensaje de texto.

—Todo por culpa de las descabelladas exigencias de tu jefe.

—Ballesteros me quiere asesinar —dijo Roberto, con la frialdad de un bloque de hielo y con el rostro desencajado— Puedo decirte que también estuve a segundos de ser ejecutado. Por eso estoy aquí. No sabía qué hacer, a quién recurrir. Fuiste la única persona que pensé que me podría ayudar.

Fue en ese momento en que Luciano supo el gran atino que fue el haber obsequiado la guitarra a Roberto. Un pequeño detalle con efectos incuantificables—. Me bloquearon todas mis tarjetas. Por fortuna tenía algo de dinero en efectivo. Logré comprar un boleto de autobús hasta aquí. No podía quedarme en ciudad de México. Nos estamos enfrentando con gente muy peligrosa, Luciano —dijo con tono funesto. Luciano lo observaba frunciendo el entrecejo. Se frotaba la barbilla—. Te mandé el mensaje desde un celular desechable que compré. Me aprendí de memoria tu número telefónico por el tema de la importadora.

Me vi obligado a desconectar por completo mi celular. No lo quiero encender. En cuanto lo haga, a los dos minutos estarán derribando la puerta —hizo una pausa con emoción funesta—. Como yo era uno de los encargados de hacer los trabajos sucios, Ballesteros ordenó que se le instalaran una serie de programas de encriptación y demás seguridad cibernética. Tengo temor de que, incluso al encenderlo, se borre por completo la información.

«¡Esos malditos celulares!», se dijo Luciano, y la naturaleza de su pensamiento casi dibujó una sonrisa en su rostro.

Roberto le narró la forma en que lo habían querido matar afuera de la torre negra. A él también lo había salvado la providencia en la forma de un percance vial.

—Fui muy estúpido en no haberme dado cuenta antes de la clase de persona que es Ballesteros. Me dejé envolver, soy un pendejo. Debí haber renunciado desde hace mucho tiempo, cuando empecé a ver todo lo que estaba pasando. Me utilizó, me manipuló. Me hundió en lo más profundo del fango. Lo perdí todo, Luciano. Me destrozó la vida por completo. No puedo regresar a mi casa. Mi mujer me aborrece, la traicioné por débil, por estúpido. Hay gente buscándome, persiguiéndome. ¡Me quieren matar! —Luciano observaba atento la narración desesperada de Roberto—. No van a descansar hasta dar conmigo, tienen toda la fuerza del Estado —dijo esto último con desconsuelo. Se le salieron las lágrimas. Se llevó ambas manos al rostro. Luciano le puso la mano sobre el hombro—. El peor de todos ellos es Rubén Félix. Te juro que si en estos momentos tuviera enfrente a ese hijo de puta lo mataría a golpes. Ese cabrón me puso una trampa y con toda seguridad fue quien planeó mi ejecución —dijo con el rostro lleno de furia, con una vena saltona en la frente—. Por eso quiero que nos ayudemos a destruir a esos hijos de la chingada. Tú puedes ser mi única salvación. Sé muchas cosas. Sabía que vendrían a buscarte para exigirte dinero a cambio de no proceder penalmente en contra de un grupo de empresas que representas. Ellos se refieren a ti como el abogado del crimen. Te vinculan a un cártel muy poderoso. Aseguran que ayudas a blanquear miles de millones de dólares del crimen organizado. Hicieron una investigación bastante minuciosa y lograron obtener muchos datos. Lo sacaron a través de un sistema de cómputo muy sofisticado. Sus algoritmos son capaces de descifrar redes complejísimas de rutas financieras. Te armaron un expediente bastante extenso que data de varios años atrás. Cuentan con fotografías, datos de tu familia, conocen los nombres de tus hijos, tus cuentas bancarias, historial financiero, profesional, a dónde viajabas y cuántas veces lo hiciste. Si supieras todo lo que el SAT tiene, no sólo de ti, sino de todos, de cualquier persona, quedarías horrorizado. Tienen acceso a cualquier red social, los bancos les pasan información en tiempo real, al igual que las tiendas departamentales, aerolíneas… Todo el mundo informa al SAT de cualquier movimiento financiero. Ellos conocen hasta el último centavo que gastas y en qué lo gastas. Manejan esa información sin ningún límite, nadie les dice nada, nadie les cuestiona. ¡El SAT tiene agarrado a todo el mundo de los huevos, por eso nadie protesta! —Luciano estaba absorto en sus pensamientos, apoyando los codos sobre una pequeña mesita que había en la habitación de Roberto, en donde se encontraban sentados. Se frotaba las cienes. Ahora estaba empezando a sentir los estragos del choque. Le dolían las manos, las piernas y el alma—. ¿Te sientes bien? —preguntó Roberto. Ante el silencio que se hizo entre ambos, Roberto se levantó y tomó dos botellitas de agua. Le pasó una a Luciano, quien sólo agachó la cabeza y con la voz quebrada, intervino:

—Cuento con muy poco tiempo para solucionar mi problema, de lo contrario no sólo me van a matar a mí, sino a mi socio, a quien tienen secuestrado. Temo, además, que en venganza quieran dañar a mi familia —se hizo otro silencio sepulcral durante algunos segundos. Luego, Luciano fue al grano—. ¿Cómo podemos destruir a Ballesteros? —esperaba algo bueno, pues no iba a ser nada fácil hacer caer a funcionarios de tan alto nivel, con semejante nivel de sofisticación y, sobre todo, que cuidaban tan bien sus espaldas.

Roberto comenzó a revelar los secretos más oscuros de Gregorio Ballesteros y su equipo de altos mandos fiscales. Eran cosas que nadie podría imaginar, cosas tan descabelladas que parecían sacadas de una novela o de teorías conspirativas. Le contó a detalle la forma en que participó en el plan para hundir a Valtierra, sus primeros pasos hacia el abismo. Conforme contaba las cosas, Roberto se dio cuenta de lo bajo que había caído, e incluso se espantó de sí mismo al advertir que se había convertido en un hijo de puta, al igual que Ballesteros y su séquito. Le pareció surrealista el relato de cómo utilizó recursos públicos para cortejar a una escort deluxe recién fallecida para forzar una acusación penal por prostitución y de cómo planeaban utilizarla para hundir al titular de la UIF, que se había convertido en un estorbo y en un problema eventual. Soltó una carcajada de incredulidad. Luciano lo advirtió y le mostró empatía.

—Te comprendo a la perfección, yo también transité sendas deshonestas que me llevaron a destinos poco agradables. He estado ahí —dijo Luciano, como si estuviera consolando a un alcohólico en una sesión de AA—. El primer paso, es reconocer los errores.

Al narrar la forma en que Ballesteros los comisionaba a él y al Díaz Ordaz para llevar a cabo el cobro de cientos de extorsiones legales a contribuyentes una vez que los jefes fiscales les habían mostrado los expedientes de denuncias por defraudación fiscal y delincuencia organizada, se estremeció.

—¡Ahí está la clave! —dijo Luciano con emoción—. ¿Qué hacían con el dinero que se les entregaba en efectivo? Es claro que una parte se depositaba en cuentas del propio gobierno para disimular el pago de impuestos, pero ¿qué hacían con el dinero en efectivo? ¿Dónde lo guardaban?

Roberto enarcó las cejas y se encogió de hombros

—Lo ignoro por completo. Una vez que se entregaba el efectivo, el Díaz Ordaz se encargaba del resto. Yo quedaba fuera de la jugada. De alguna forma se lo llevaban. Por supuesto que el dinero no lo pudieron haber depositado en cuentas en México, pues Peralta, el titular de la UIF, al ser uno de los vigilantes del sistema financiero, se habría dado cuenta de inmediato. Por eso te digo que es un estorbo para los planes de Ballesteros. Lo más seguro es que el dinero lo depositaran en paraísos fiscales. Son unos avorazados, unos puercos, como todos los funcionarios de alto nivel. Ahí se los pueden chingar.

Luciano negó con la cabeza y respiró hondo.

—Sus cuentas están tan limpias como un alma salida del purgatorio, no hay nada que los incrimine. Ya me pasaron el dato.

No hay rastro de ese dinero —dijo apretando los labios. Roberto lo observó desconcertado. Luciano se llevó las manos a la nuca y agachó la cabeza.

—Ballesteros lleva una doble vida, Luciano. Se comporta como un simple burócrata, sin embargo, en las sombras, se da vida de sultán. En un principio yo no entendía en absoluto lo que hacían. Llegué a pensar que Ballesteros en realidad estaba combatiendo la defraudación fiscal con una honestidad poco ortodoxa, pero funcional en beneficio del país. Tenían comportamientos de burócratas excéntricos, siervos totales de la nación, hasta que llegó un momento en que esos comportamientos empezaron a estar fuera de toda lógica. En ocasiones desaparecían como por arte de magia, era como si se los tragara la tierra. Pasaban días sin que se aparecieran por la oficina. Nadie sabía en dónde estaban. Ya después empecé a comprender el motivo. Me di cuenta de que tenían una ruta de escape en la torre negra. Ballesteros mandó a hacer varias adecuaciones en su oficina, entre ellas, un elevador privado. Les gusta dar la apariencia de tener reuniones de trabajo interminables para fingir que están presentes.

—Pero sigo sin entender cómo diablos le hacen para esconder sus ganancias —decía Luciano llevándose la mano al mentón.

—Espera a que te termine de contar. Tienen a su alcance un avión privado en el que se transportan a donde se les pega la gana. De las migajas que pude recoger de conversaciones que tenían entre ellos, así como de ciertas cosas que observé, tuve conocimiento del punto turístico de su predilección: Suiza. Al parecer han adquirido diversas propiedades, incluyendo una cabaña de lujo. Nunca me llevaron con ellos, sólo al servil del Díaz

Ordaz. Pero me imagino que para eso eran los viajes que hacían al extranjero. Para sacar el dinero —dijo encogiéndose de hombros. Luciano reflexionó por unos instantes. Tal vez así le hacían y lo depositaban en paraísos fiscales, pero volvió a recordar lo que le reveló el Licenciado. Sus cuentas bancarias estaban limpias. No tenían ingresos fuera de lo normal, tampoco propiedades. Además, el hecho de que volaran en avión privado, no los exentaba de la obligación de declarar dinero en efectivo cuando rebasaban los límites permitidos. Era evidente que en las aduanas mexicanas no tendrían el menor problema. Pero no sería lo mismo en aduanas de otros países. No en lugares como en Estados Unidos, en donde las medidas de seguridad para evitar el lavado de dinero son en extremo estrictas. No, esa no era la forma en la que estaban sacando el dinero del país. De alguna otra manera lo estaban haciendo. Nada le hacía sentido a Luciano. Roberto también se quedó pensativo. Su expresión dejaba ver que aún había más que contar—. Cuando te dije que eran peligrosos no estaba exagerando. El Díaz Ordaz y López Dueñas negociaron con un peligroso cartel que opera en la ciudad de México, a quienes se les conoce como los Jasons, haciendo alusión al asesino de las películas de terror. Los identifican de esa manera por sus métodos sanguinarios. Ballesteros les ofreció inmunidad fiscal para borrar cualquier sospecha de lavado de dinero derivada del narcotráfico y para no decomisarles cantidades gigantescas de contrabando de todo tipo de mercancías, a cambio del pago de una muy jugosa tajada de sus ganancias.

Luciano se llevó las manos a la frente, y con voz queda y resignada dijo:

—Un grupo delincuencial al amparo del poder del Estado —negaba con la cabeza.

—¿Te serviría saber que Ballesteros tiene una granja de bots y trols encargados de inundar las redes sociales con noticias falsas y alabanzas hacia el SAT, con la finalidad de manipular a la opinión pública y haciendo creer a todos que la gente está de acuerdo con el terrorismo fiscal? —Luciano se mostró sorprendido—. Esa granja se encargó de la campaña de desprestigio llevada a cabo en contra de Paco Iturriaga y otros enemigos personales de Ballesteros. Yo me encargaba de pagarle en efectivo a cuarenta sujetos, en su mayoría jóvenes. Hackers de afición. Expertos en manejo de redes sociales, especialistas en crear y manejar cientos de miles de cuentas de usuarios falsos en Facebook, Twitter e Instagram.

—¿En dónde se encuentra esa granja?

—Están instalados en una casa de seguridad de la colonia Nápoles en la ciudad de México. Ballesteros tiene bajo su nómina a Pablo Frescas, el famoso youtuber conocido como "Mr. Átomo", quien a su vez coordina a una horda de supuestos influencers que tienen millones de seguidores en redes sociales, con la salvedad de que también son falsos. Manipulan al algoritmo para inyectar miles de seguidores fantasmas —dijo encogiéndose de hombros—. Frescas, aparte de ser el vocero oficial del gobierno, le hace favores personales a Ballesteros a cambio de inmunidad fiscal. Yo, de manera personal, le entregué dinero y noticias falsas… —dicho esto, agachó la cabeza y se recriminó con evidente arrepentimiento.

Ambos se quedaron sin decir nada, reflexionaban. Tomaron un sorbo de agua. Luciano deseó con toda su alma que fuera whisky o tal vez algo más pesado. Maldición, al menos un café. En ese hotel de mala muerte no había ni una maldita cafetera, menos room service. Salir a la calle a buscar algo estaba descartado, no era seguro. Además, todo estaba cerrado.

«¿Qué más tienes? Dame evidencias», pensaba Luciano. Roberto pudo adivinar la expresión de su rostro.

—En mi teléfono celular tengo algunas fotos que pueden resultar comprometedoras. Hay bastantes conversaciones guardadas y datos que podríamos usar en su contra, sobre todo del tema de los *bots*. Hay suficiente material para armarles un escándalo, en especial al desgraciado del Díaz Ordaz. Pero encenderlo, como ya te lo dije, resultaría mortal —dijo con expresión pétrea.

— CAPÍTULO 58 —

Un cielo negro de desesperanza se cernía sobre Luciano. Todo lo que le había contado Roberto era sin duda una loza descomunal para hundir a cualquiera, pero sería difícil armar un caso en contra de funcionarios que ejercían tanto poder sobre el aparato gubernamental, así como de la prensa. Tardaría tiempo. En cuanto algún ministerio público o reportero quisieran indagar en la investigación, el Díaz Ordaz se presentaría a intimidarlos con una carpeta de fraude fiscal y el "chisme" quedaría zanjado. Además, quién le iba a creer al abogado del crimen y a un condenado a muerte, un traidor al SAT, al país, miembro de cárteles de defraudadores fiscales, culpable de robarse y filtrar información fiscal, como lo era Roberto Sáenz, cuyo nombre y reputación serían empantanados, cortesía de Mr. Átomo, quien para esos momentos ya estaría editando el video con la nota informativa. Hasta ese punto, todo lo que le había revelado Roberto, no pasaba de ser meros rumores. Para tener algo sólido, necesitaban encontrar aliados que estuvieran dispuestos a ayudarlos, lo cual en ese momento estaba por completo descartado, sobre todo por el factor que más jugaba en contra de Luciano. El tiempo.

Luciano se levantó de su silla con la ansiedad al máximo.

—¡Nada de esto nos sirve! —soltó. Estaba sudando. Daba vueltas por la habitación, se frotaba y apretaba las manos. «¿Qué hacemos?», pensaba. Roberto lo observaba. Comprendió la urgencia de Luciano. Necesitaba algo que se pudiera usar de inmediato. Roberto se abstrajo, estaba hurgando en su memoria, buscando algo que les pudiera ser útil. Eran muchas las cosas que había hecho bajo las órdenes de Ballesteros. Nunca había hecho un recuento. Sólo se le vinieron recuerdos, tal vez insignificantes e ideas fragmentadas.

—Qué más te puedo decir, Luciano — dijo escupiendo un halo de miseria—. Ballesteros es unególatra. Me atrevería a decir que es un megalómano. Fui testigo de varios de sus arranques de furia. Nada agradables. Su amante y cómplice es la licenciada Sabine Colombo. Se dan unos revolcones tremendos en la oficina de Ballesteros —Roberto hurgó en su cabeza—. Además de su egolatría, Ballesteros mostraba ciertas excentricidades, comportamientos en ocasiones extraños. Uno de ellos era la rara manía de repetir a cada rato palabras sin sentido, incoherentes. Siempre las mismas palabras. Las llegué a contar y hasta me las aprendí de tanto que las repetía. Decía que esas palabras serían su salvación ante una catástrofe; señas evidentes de un demente.

Luciano seguía dando vueltas por la habitación.

—Cabrón ¿y además loco? Una combinación terrorífica —dijo con sarcasmo. Se dirigió hacia la ventana de la habitación. Se asomó de reojo, con algo de paranoia.

—A Ballesteros le encantan las teorías de conspiración. Cuando no estaba muy ocupado, nos soltaba largas peroratas de cómo el colapso del sistema económico era inminente. Hablaba de ello como si fuera un fanático religioso. Predicaba acerca del fin de la reserva federal, de los bancos centrales. Decía que los días del dinero tradicional estaban contados. Se refería a los billetes y monedas con nombres muy raros —hizo una breve pausa y una mueca. Quería recordar algo—. Dinero *fiat*, sin valor de respaldo, ¡eso es lo que decía! —argumentó tronándose los dedos—. El futuro está en las criptomonedas, el medio de transacción del futuro ¡El bitcoin! El bitcoin esto, el bitcoin aquello, ¡todo bitcoin! —dijo, imitando la voz y la postura de Ballesteros—. Las personas inteligentes invierten en bitcoin. El gobierno jamás podrá tocarlo, incluyendo el SAT. Vaya desfachatez —soltó una carcajada.

Al escuchar esto último Luciano sintió como si lo acabaran de reanimar con un desfibrilador después de sufrir un paro cardíaco. El corazón le rebotaba en el pecho. Se abalanzó hacia donde estaba Roberto. Con la mirada desquiciada, el rostro transformado, le exigió:

—¡Repíteme eso que dijiste! —Roberto lo observaba con total desconcierto.

—¿Qué cosa, la teoría de conspiración? ¿El fin de la reserva federal? —preguntó enarcando las cejas.

—¡No! ¡no!, eso de las palabras —decía con desesperación Luciano, manoteando. Roberto no entendía—. ¡¿Cuántas eran?!

—¡¿Cuántas eran qué?!

—¡Las palabras, hombre!

Roberto se lo pensó por un momento.

—Eran… ¿doce palabras? Sí… —asintió.

—¡¿Te las aprendiste todas?!

—Sí, ¿por qué? — contestó Roberto, observando a Luciano como si el demente ahora fuera él.

Luciano soltó un grito de festejo y brincó de su silla. Se le abalanzó a Roberto y le dio un fuerte abrazo.

—¡Porque esas palabras pueden ser nuestra salvación! —Luciano tomó su teléfono personal y marcó un número. ¡¿Dónde estás?! —preguntó con desesperación—. Necesito que te vengas en este mismo instante. Hotel Paraje Colonial, aquí en el centro ¡Ah! Y no olvides tu computadora —colgó sin importarle que era pasada de la media noche.

—¡¿Qué diablos está pasando?! —preguntó Roberto.

—Ya lo entenderás.

— CAPÍTULO 59 —

Rómulo llegó al lugar en menos de veinte minutos; utilizó la misma contraseña del repartidor de pizzas para que le dieran acceso a la habitación. Luciano hizo las presentaciones necesarias.

—¿Qué es tan urgente como para que me obligaras a salir de mi guarida en medio de una pandemia, Luciano? —preguntó en tono irónico.

—¡Siéntate! —le exigió Luciano con premura y ansiedad—. Por favor abre tu computadora. Vamos a necesitar de toda tu experticia en el tema de criptomonedas. Eres esencial para ayudarnos a salvar al país… bueno, al menos a nosotros dos —esbozó una sonrisa de maniaco.

Los tres se amontonaron en la pequeña mesa de la habitación. Rómulo acomodó su laptop y configuró la conexión de wifi, que por fortuna era lo único bueno que tenía el hotel. Roberto seguía observándolos sin entender nada.

—¿Traes todo lo necesario para una eventual recuperación? —preguntó Luciano.

—¿No me digas que para eso me hiciste venir? ¿Se te perdió tu cartera? —dijo Rómulo, fingiendo molestia.

—No, pero hay una persona a la que tal vez sí —respondió Luciano. Rómulo lo observaba con los ojos entrecerrados.

—Dame unos segundos mientras abro los programas necesarios —Rómulo tecleó por algunos minutos, abrió y cerró ventanas dentro de su laptop, ingresó contraseñas, configuró las VPN, los firewalls y demás parafernalia que forma parte del repertorio de un hacker—. Y bien, ¿tienes las frases de recuperación?

Luciano volteó a ver a Roberto.

—Estimado, hazme el honor de dictarle al señor ingeniero las doce palabras que memorizaste. ¡Ah y por favor, que sean en el orden en que las repetía Ballesteros!

Roberto los observó con desconcierto, frunció un poco el ceño.

—¿Se volvieron locos?

—Si te sigues tardando ¡tal vez lo hagamos!

Roberto se llevó los dedos a la frente y con la otra mano comenzó a contar con los dedos mientras decía en tono de declamación:

—Si no me equivoco el orden era el siguiente: "piedra, conejo, lograr, remar, reflejo, monumento, metal"… —Rómulo tecleaba mientras Roberto dictaba. Hizo una pausa antes de concluir—. La última palabra… —observó a Luciano, quien para esos momentos estaba a punto de sufrir un ataque de ansiedad. Apresuró a Roberto con la mirada—, la última palabra irónicamente es "tributo".

Rómulo presionó la tecla ENTER. Esperó algunos minutos. Un pequeño ícono de reloj de arena daba vueltas en la pantalla. Una barra digital se iba llenando. Luciano se desacomodaba el cabello.

—¿No puedes hacer que vaya más rápido?

—Tranquilo, esto lleva tiempo. Esta conexión no es tan buena. El proceso tarda en cargar, pues al parecer hay bastante información. El algoritmo está interpretando todos los datos dentro de la secuencia numérica binaria. Todo parece indicar que es una llave privada. Sí hubo coincidencia con las frases, al parecer. Hasta el momento, no nos ha salido ningún error. Tienes buena memoria, amigo —le dijo a Roberto.

—No entiendo de qué se trata todo esto. ¿Te estás metiendo a un sistema o algo por el estilo?

—Mas o menos —contestó Rómulo—; si todo sigue funcionando como hasta ahora, en breve te muestro de qué se trata. Esto que observas en la pantalla, viene a ser lo que… —interrumpió de golpe lo que estaba diciendo. Se quedó paralizado. Observaba la pantalla. Los ojos se le empezaron a abrir poco a poco, hasta quedarse como los de un búho en alerta. La quijada le empezó a pesar—. ¡Madre mía! —Luciano se acercó, observó la pantalla. Su expresión parecía un clon de la de Rómulo. Se llevó ambas manos a la boca. Emitió un grito ahogado. La sangre le llenó el rostro. Roberto los observaba.

—¡¿Qué pasa?!, ¡¿qué sucede?! —preguntaba con desesperación. Optó por mejor acercarse a la pantalla de la laptop, para enterarse, pero no entendía los números, letras y demás caracteres que aparecían.

Como si estuviera viendo la aparición de un santo, Rómulo alzó las manos y se acercó a la pantalla. Con tono extasiado dijo:

—Jamás pensé que en mi vida vería tantos números juntos. ¡No lo puedo creer! ¡Es increíble!

—¡Malditos desgraciados! Con que así es como le hacen para no dejar rastro del dinero —gritó Luciano.

—¡10,586 bitcoins! ¡No lo puedo creer! —repetía Rómulo sin quitar la vista de la pantalla.

—¿Bitcoin? Entonces, ¿esas palabras eran una especie de contraseña? —cuestionó Roberto.

—Es lo que en informática o en el mundo de las criptomonedas se conoce como frase mnemónica —contestó Rómulo.

El rostro de Roberto era una interrogación total. Pensaba que estaban igual de locos que Ballesteros.

—Gracias a estas palabras pudimos tener acceso a la cartera privada del desgraciado de Ballesteros. ¡Con esto lo tenemos cogido de los huevos! ¡10,586 bitcoins están a nuestra merced! — exclamó Luciano—. ¿A cuánto está el bitcoin en este momento? —inquirió—. Rómulo tomó su celular y abrió una *app* que desplegaba el valor en tiempo real de todas las criptomonedas.

—Te recomiendo que te sientes porque te vas a ir de nalgas. Al día de hoy, el bitcoin está en ¡$6,812 dólares! —Luciano transpiraba emoción extrema, se comportaba como si hubiera ganado el premio mayor de la lotería. La lotería de la vida—. Hagamos cuentas —Rómulo tecleaba en la calculadora del celular—. ¡$72,111,832 millones de *United States dollars*! —hacker y abogado se fundieron en un abrazo jubiloso, daban vueltas. Poco les faltó para revolcarse en el piso.

—Ahora soy yo quien te pregunta, ¿quieres destruir a Ballesteros? —soltó Luciano con una sonrisa vengativa, que lo llenaba de placer, de gozo. Roberto lo observaba aún sin entender, desconcertado.

—Y… ¿cómo vamos a hacer eso? —dijo encogiéndose de hombros.

—Rómulo, ¿puedes hacer la transferencia en estos momentos?

—¿De cuántos bitcoins estamos hablando?

—¡De todos!

Rómulo se le quedó viendo como si hubiera dicho una mala broma.

—¿Hablas en serio?

Luciano afirmó.

—Bueno, creo que sí puedo transferirlo. Pero va a llamar la atención. Vamos a generar una disrupción marca diablo en la blockchain, la vamos a hacer temblar. Causaremos una marejada en el mercado. Lo haremos entrar en pánico. Es posible que se lancen alertas, entre ellas al propio Ballesteros.

—Entonces con más ganas. Tenemos que actuar rápido antes de que se dé cuenta.

—La pregunta del millón: ¿a qué cuenta los transfiero? —Luciano se lo pensó por unos instantes.

—Pásalo a mi wallet alterna, ya después veremos qué hacemos con ellos. Lo esencial es golpearlo sin que sepa de dónde vino el madrazo.

Gracias a las largas charlas y consejos de Rómulo, Luciano ya entendía a la perfección el funcionamiento del bitcoin y conocía los principios básicos del teje y maneje de esa criptomoneda. Jamás se imaginó que algo que parecía como una afición se convertiría en su salvación.

—De acuerdo, por mí encantado. Vamos por ese hijo de puta —dijo fintando un calentamiento de sus dedos, haciendo algunos estiramientos—. Esto tardará algún tiempo, así que hay que tener paciencia.

—¿Alguien por favor podría explicarme lo que está pasando? —preguntó Roberto.

—Te lo vamos a revelar todo —le dijo Luciano con una sonrisa de oreja a oreja.

Entre Rómulo y Luciano adentraron a Roberto en el mundo de las criptomonedas a través de un improvisado micro curso. Le explicaron la forma en que esas palabras que había memorizado, lejos de ser una excentricidad de Ballesteros, quien de una manera irresponsable las había repetido hasta la saciedad, pensando de manera estúpida que nadie descifraría su significado, pasando por alto el caprichoso y azaroso comportamiento del destino y la aparente insignificancia de los pequeños detalles, eran parte de una frase mnemónica, que no venía a ser otra cosa más que un conjunto de palabras cuya función era hacer un respaldo de una cartera digital o wallet, como se le conoce en la jerga del ambiente de las criptomonedas. Podía ser digital, pero los cánones de la ciberseguridad dictaban que se utilizara una cartera en físico, que por lo general era un dispositivo muy parecido a una USB. Esas palabras se obtienen al momento de abrir una cartera de criptomonedas o lo que en el mundo normal vendría a ser el equivalente a una cuenta bancaria. Las carteras son generadas de manera aleatoria por parte del sistema, para formar una secuencia de palabras que son interpretadas por un complejo algoritmo en una secuencia binaria que viene a conformar la llave privada que identifica al dueño de la cartera. Es única, intransferible y para todo fin práctico, imposible de ser robada o hackeada, al menos de que se cometa un brutal descuido.

Esas palabras son seleccionadas por el sistema de un diccionario con dos mil cuarenta y ocho palabras.

—Si se considerara que cada palabra es un número, la frase mnemónica podría codificarse como doce números seguidos, de esa manera se obtendrían dos mil cuarenta y ocho palabras por cada una de las doce posiciones, haciendo que esas frases de respaldo sean cien por ciento seguras e imposibles de adivinar, incluso utilizando una súper computadora para tratar de lograr acertar toda la combinación y orden de las palabras, lo que sería tanto como acertar un átomo entre el universo observable —explicaba Rómulo, como si fuera uno de esos científicos que aparecen en los programas de ciencia de Discovery Channel. Rómulo también le explicó cómo la conservación de esa frase mnemónica era de vital importancia para que el dueño de la cartera o wallet pudiera recuperar todos sus fondos o en este caso, bitcoins, en caso de que se le llegara a extraviar o destruir.

—No entiendo, ¿cómo es posible recuperar todo el dinero que está en esa cartera si se pierde o se destruye? ¿Qué no es lo mismo que perder una cartera llena de billetes? Si te la roban o incluso se destruye, supongamos, en un incendio, pues ya te jodiste, ¿no? ¿Cómo recuperas los billetes? —preguntó Roberto, a quien en ese momento le daba vuelta la cabeza por todos esos conceptos que le estaban explicando. Él era un simple abogado y no un erudito informático.

—Por la simple y sencilla razón de que el bitcoin no es dinero ni billetes en el sentido tradicional —intervino Luciano, enarcando las cejas como si hubiera hecho una gran revelación. Roberto lo observó sospechando que se estaban burlando de él.

—Mira, yo sé que para todo aquel que no conoce el mundo de las criptomonedas, aquellos que están acostumbrados al concepto del dinero tradicional y de los bancos que almacenan el dinero en sus bóvedas, todo esto les parece un churro de ciencia ficción. Déjame te explico a grandes rasgos cómo funciona todo esto —dijo Rómulo—. El bitcoin y otra infinidad de criptomonedas se generan, se mueven, se registran y se almacenan en algo que se llama la blockchain, que está en al aire, en el éter, así como el internet. Esta blockchain es como un gigantesco libro de registro, algo así como un libro de contabilidad en donde cualquier operación o transacción que se haga, queda registrada, siendo además inalterable. Lo mágico de este registro es que nadie tiene el control sobre él; son los propios usuarios quienes la controlan. No se requiere de ningún intermediario como lo podría ser un banco o un gobierno. Por eso le tienen un desprecio total, pues los quita de en medio. En el sistema financiero tradicional, si tú quieres enviar dinero a una persona, o si quieres sacar dinero, tienes que usar como intermediario al banco. Tienes que acudir al mismo banco. Y existe siempre el riesgo de que si tienes todo el dinero depositado en una cuenta tradicional y sucediera alguna catástrofe que hiciera desaparecer al banco, podrías perderlo todo. No es ocioso recordarte sobre los nefastos efectos de una hiperinflación. ¿Has escuchado hablar de lo que pasó en la República de Weimar, en la antigua Alemania? —preguntó Rómulo. Roberto asintió—. Pues con el bitcoin no suceden ese tipo de cosas. Las operaciones son directas y el registro de la transacción sólo queda registrada en la blockchain, identificada con la llave privada de cada usuario. Por lo tanto, al no depender de ningún banco ni sistema financiero, hasta el día de hoy ninguna institución ni ningún gobierno puede decomisar, embargar o robar bitcoins, pues a pesar de estar en el éter, tu llave privada te da acceso a él. Ese tal Ballesteros fue muy hábil en elegir almacenar su dinero en bitcoin, pues como puedes ver, todo esto es aún demasiado técnico, la población en general no está preparada para entenderlo. Los gobiernos no saben cómo regularlo. Además, todo lo que se almacene en bitcoin generará ganancias estratosféricas. Hace algunos años, su precio estaba en menos de treinta dólares. En poco tiempo llegó hasta los seis mil dólares actuales y la predicción es que para el año 2022, el precio por bitcoin será de cien mil dólares. El bitcoin es más valioso que el oro, pero eso, mi estimado amigo, es lección para otro momento —dijo Rómulo dándole una palmada en la espalda a Roberto, a quien para esos momentos se le estaba aclarando el panorama—. Volviendo al tema de la frase mnemónica y por todo lo que ya te conté, es por eso por lo que resulta de una importancia extrema que esas doce palabras se resguarden en lugares sólo accesibles para el dueño. Son palabras sagradas, que sólo se comparten con personas de extrema confianza. Por ningún motivo deben guardarse en computadoras o teléfonos celulares, pues existen programas de piratas informáticos que son capaces de identificar esas palabras y robarlas. No te imaginas la cantidad de bitcoin que se han robado. Cualquier persona con acceso a esas palabras puede tomar control total de la cartera. Para que te des una idea de la importancia de estas frases, aquellos que tienen grandes capitales en bitcoin, optan por escribirlas en papel, de su propio puño y letra, almacenándolas en cajas fuertes o bóvedas de seguridad. Ha habido casos extremos en donde esas frases las dividen en dos y las guardan en diferentes bancos, incluso de diferentes países. Otros optan por grabarlas en metales o madera y las esconden como si fueran una reliquia arqueológica; y otros más, como su sujeto, optan por memorizarlas, guardarlas en su subconsciente y repetirlas de manera constante para no olvidarlas —dijo volteando a ver a Roberto y a Luciano. Lo que vino después fue una carcajada generalizada que duró varios minutos, la cual se transformó en júbilo cuando la transferencia de los bitcoins quedó completada.

CAPÍTULO 60

Eran contadas las ocasiones en que Luciano había sentido emoción al hacer una llamada en el otro celular. Sólo pasaba cuando avisaba acerca de victorias en juicios importantes o cuando lograba resolver algún entuerto legal. Ésta sin duda era la mejor llamada de todas. Cómo no habría de serlo, pues era la salvación de su propia vida y la de Julio. Se estaba comunicando antes del plazo que le habían dado, lo cual era aún más gratificante. La urgencia del caso ameritaba hablar directo con el Licenciado. La voz al otro lado del celular le dijo que le regresarían la llamada en diez minutos. Así sucedió.

—¿Qué novedades me tienes, Luciano? —preguntó el Licenciado con su desconocido acento norteño y voz adormilada.

—Todas, Licenciado. Ya sabemos cómo asestar un golpe brutal a Gregorio Ballesteros —le dijo con emoción vengativa—. Vamos a cimbrar las estructuras del gobierno federal. Todos vamos a ganar, pero vamos a necesitar algo de ayuda.

Luciano le narró de la manera más concisa que pudo cómo se habían apropiado de la cartera de bitcoins de Ballesteros, la cual ya estaba en su poder, bastante bien resguardada. Le hizo saber que esos bitcoins tenían un valor de más de setenta y dos millones de dólares y tal vez ese valor se triplicaría o cuadruplicaría en poco tiempo. Eran el producto de cientos de extorsiones al amparo de leyes retorcidas, dinero mal habido y desviado de las arcas públicas. Ballesteros lo tenía fuera del sistema financiero mundial. Por eso en apariencia, era invisible—. Como ese dinero a nadie le fue reportado o declarado y fue escondido en la blockchain, es decir, en el éter, en términos prácticos no existe. Creo que aquí debemos aplicar aquella máxima que reza "quien se lo encuentra, se lo queda" —dijo y soltó una carcajada.

Luciano también le reveló algunos de los datos dados por Roberto, sobre todo lo de la alianza con los Jasons. Le habló acerca de los constantes viajes de Ballesteros a Suiza y a otros posibles destinos. El Licenciado dedujo, cuan colmilludo era, que se estaba moviendo en paraísos fiscales a través de muy sofisticadas estructuras.

—Con todo esto que me comentas creo tener una idea del camino que ha estado siguiendo Ballesteros. Un hombre muy hábil, sin duda. Sus conectes deben ser a los más altos niveles. Debemos actuar de manera quirúrgica. ¿Cuál es tu plan? —preguntó el Licenciado.

—Lo primero que necesitamos es protección. Tenemos un teléfono celular con información delicada, propiedad de nuestro abogado salvador. Su cabeza tiene un precio y en cuanto lo encienda vendrán a buscarlo como moscas.

—De acuerdo, me encargo de eso.

—Para echar a andar la segunda parte del plan, voy a necesitar el apoyo de contactos al más alto nivel. Gracias a la información que me proporcionó el abogado, sé quiénes son las personas indicadas para ello. Con gran gusto nos van a ayudar. Necesito hablar con ellos… ¡ya!

El Licenciado emitió un gruñido que sonó a reclamo.

—Son las tres de la mañana —le dijo, lacónicamente.

—No nos queda de otra. Debemos tomar por sorpresa a Ballesteros, dar el primer golpe. Es esencial que actúen con prontitud.

—¿Qué más tienes pensado?

Luciano le expuso los detalles de cómo pensaba ejecutar su plan. Algunas de sus partes penderían de un delgado hilo. En otras, podía decirse que hasta era peligroso, sin embargo, el Licenciado tuvo que admitir que era un buen plan, sobre todo cuando agregó algunos detalles que lo reforzaron.

—No se muevan de donde están, en breve van a pasar a recogerlos para llevarlos a un lugar seguro —les dijo el Licenciado.

A Luciano lo sorprendió lo irónico de las circunstancias en donde de estar a punto de acabar sepultados en un paraje desértico, ahora pasarían a estar protegidos y todo bajo el mando de los mismos captores. Preguntó con cautela si los estaría acompañando Julio, sólo para asegurarse de que aún estuviera con vida. No quiso entrar en más detalles como para no echar a perder los éxitos obtenidos hasta el momento. Sólo obtuvo un críptico «Sí» por parte del Licenciado.

— CAPÍTULO 61 —

Faltaba un cuarto de hora para las 6 de la mañana del jueves cuando sonó el celular de Ballesteros, quien yacía desnudo en su lecho junto a Sabine. La tenue luz del amanecer resaltaba su figura de Afrodita. Estaban en el lujoso departamento de Sabine en ciudad de México. Ballesteros dejó sonar el teléfono en varias ocasiones pues tuvo dificultad para despertar. Estaba cansado del viaje del día anterior y del encuentro pasional con su amante. Observó de reojo la pantalla. Era López Dueñas. Contestó con voz sonámbula.

—¿Qué pasa?

—Ya localizamos a Roberto. Está en Chihuahua.

—¡¿Qué?! ¿Qué diablos está haciendo allá? —dijo Ballesteros, a quien la noticia le cayó como un balde de agua congelada que lo terminó de despertar.

—Me imagino que está intentando cruzar a los Estados Unidos —dijo López Dueñas.

Sabine, aún adormilada, puso su mano sobre la espalda de Ballesteros.

—¿Qué pasa, amor?

—Ya encontraron a Roberto —le dijo en voz baja—. Tomen acciones de inmediato. No se nos puede volver a escapar por ningún motivo.

—Ya estoy en eso, Gregorio. Ya me comuniqué con nuestra gente en Chihuahua. En estos momentos voy rumbo al aeropuerto. Tomaré las riendas de la situación para que las cosas se hagan como sólo yo sé hacerlas.

—¡Bien! Mantenme informado.

Aprovechando que ya estaba despierto, llamó al Díaz Ordaz para preguntar acerca de cómo se estaban dando las cosas con el tema de Joaquín Marín, quien había cometido una estupidez imperdonable. Gracias a la ayuda de algunos agentes del Ministerio Público que se prestaron a alterar la escena del crimen y a través de la manipulación de las noticias, lograron establecer la endeble hipótesis de que el disparo había sido en legítima defensa ante la inminente amenaza por parte del empresario. Marín estaba libre bajo fianza. Ballesteros se comunicó con él por teléfono, lo había sobajado de una manera brutal.

«Más te vale que no se muera el empresario, porque te vas con él», le había advertido.

—Dame una actualización acerca de su estado de salud.

—Sigue en estado crítico. Pero aún sigue vivo, jefecito —dijo el Díaz Ordaz.

—Avísame de inmediato sobre cualquier cambio que se presente. Sigue moviendo los hilos para que la defensa de Marín se sostenga.

—Como usted ordene, jefecito.

A pesar de que la situación era delicada, Ballesteros se sentía confiado. El poder estaba a su merced, estaba posicionado como uno de los funcionarios públicos más poderosos del país. Nada se le podía salir de control. En caso de que las cosas se pusieran difíciles en el caso de Marín, tan sólo le bastaría con sacar a flote sus pecados fiscales al juez de la causa, para que lo absolviera de toda culpa, so pena de abrirle un expediente por defraudación fiscal y delincuencia organizada, el arma favorita de Ballesteros. Qué arma tan efectiva. Sentía que las cosas se estaban acomodando en su lugar. El cabo suelto fue localizado y pronto lo desaparecerían. Al medio día tendría una reunión con el presidente de la república para echar el último vistazo a su nefasta iniciativa de la cláusula de exclusión fiscal, previo a presentarla ante el congreso para su aprobación exprés. Faltaba ya poco para que el SAT fuera invencible e intocable. Tendría el poder absoluto. Lo que más le emocionaba era el hecho de que sentía que estaba a un paso de convencer a Lúevano Alvelais para nombrarlo su candidato. En esta reunión pondría sus cartas sobre la mesa. Saberse dueño del poder que estaba acumulando, les causó a Ballesteros y Sabine gran excitación, la cual desfogaron como maniacos sexuales bajo el agua de la regadera.

—— CAPÍTULO 62 ——

Eran las ocho con treinta minutos de la mañana del jueves. En el trayecto a la torre negra, Ballesteros recibió una alerta en su teléfono celular. Era acerca de un movimiento bancario inespecífico. Sabine iba conduciendo.

—¿Qué pasa, amor? —le preguntó—. Ballesteros negó con la cabeza. Trató de ingresar a la aplicación móvil, pero le salió un aviso de error. "Favor de comunicarse con un asesor", decía la leyenda. Intentó de nueva cuenta y nada.

—Qué raro —murmuró. A Sabine le llegó la misma alerta. La desestimó por ir al volante—. Debe tratarse de un mantenimiento de esos de rutina que a cada rato hacen los bancos o ya se les volvió a caer la red. Ya me tienen hasta la madre con sus pinches incompetencias. Recuérdame decirle a Diana que les programe una auditoría a los directores de los bancos, para darles un buen jalón de orejas —dijo de manera altiva. Ambos rieron.

Ingresaron por el ascensor privado de Ballesteros, el cual los llevaba directo hasta su oficina.

—Me voy a mi oficina, amor. En quince minutos tengo una llamada con el presidente de la Suprema Corte. Le voy a dar algunos lineamientos —dijo Sabine para despedirse, quien se acercó a Ballesteros y le dio un beso seductor. Estaban en pleno agasajo cuando sonó el celular de Ballesteros. En su registro aparecía que era el número del banco. Le extrañó. Era su ejecutivo de cuenta para informarle que el sistema había emitido alertas y había bloqueado sus cuentas, pues se habían registrado movimientos fuera de lo normal. Además, había una orden de congelamiento de cuenta.

—¡¿De qué carajos estás hablando, infeliz?! —dijo con prepotencia.

—Así es señor, se registraron depósitos y transferencias por fuertes cantidades dentro de sus cuentas.

—¡Explícate! —dijo con desesperación. Sabine lo observaba con cierta intriga.

—Como debe ser de su conocimiento, usted recibió una transferencia por varios millones de pesos y a su vez, de su cuenta, se hicieron transferencias por fuertes cantidades a otras tantas.

—¡¿Qué?! Mira hijo de tu puta madre, ¡¿de qué se trata todo esto?! ¡¿De qué chingados estás hablando?! ¡Yo no reconozco ninguna de esas operaciones! Si estás tratando de extorsionarme o pasarte de vivo, déjame decirte que te va a cargar la chingada. ¡¿Qué acaso no sabes quién soy?!

—Señor Ballesteros, yo sólo estoy cumpliendo con avisarle. Le recomiendo que hable con el gerente de la sucursal para…

—¡Chinga tu madre! —gritó descontrolado. Terminó la llamada. Sabine le preguntó qué pasaba. Ballesteros le narró con premura lo dicho en la llamada.

—Voy a comunicarme de inmediato con Guillermo Cisneros —Cisneros era el director, a nivel nacional, del banco—.

Me tiene que dar una explicación ahorita mismo. Más le vale o le va a caer una tormenta de auditorías.

El director nacional le confirmó a un exasperado Ballesteros que, en efecto, durante la madrugada había recibido varios depósitos millonarios en su cuenta bancaria, provenientes de una cuenta de un Exchange o algo parecido, proveniente del extranjero, a quien no tenían identificado.

—Son de esas transacciones raras que, sin ninguna dilación, encienden todas las alertas antilavado de dinero —le comentó el director—. El depósito ascendía a un poco más de ochenta millones de pesos. A los pocos minutos —continuó leyendo los registros— se autenticaron con sus contraseñas y se hicieron cinco transferencias por diez millones de pesos a las cuentas de los señores Matías López Dueñas, Diana Rendón, Sabine Colombo, Rubén Félix y Julio Marín. Al tratarse de movimientos inusuales, el sistema estableció un bloqueo preventivo. —lo que el director le dijo a continuación a Ballesteros, fue el equivalente a ser arrastrado por una gigantesca ola y ser azotado sin misericordia contra las rocas—. A las ocho en punto de la mañana, la Unidad de Investigación Financiera, había ordenado el congelamiento de todas las cuentas bancarias abiertas a nombre de Gregorio Ballesteros y de las otras cinco personas. El motivo: una posible investigación criminal —fue incapaz de darle mayores detalles. El director no encontraba las palabras adecuadas para decirle a Ballesteros que él mismo, como máximo jefe del SAT y compañero de equipo de la UIF, podría con facilidad averiguar el motivo. El pobre sujeto tuvo que soportar una violenta verborrea altisonante por parte de Ballesteros, además de amenazas por delitos en contra de la seguridad nacional y crimen organizado en caso de no aclarar la situación de manera inmediata.

—¡Ese hijo de puta de Ramiro Peralta, ahora sí se pasó de la raya! Acaba de cometer el peor error de su maldita existencia. Voy a utilizar todo el peso del SAT para aplastarlo a él y a su familia — con la sed de venganza reflejada en su rostro, ojos inyectados de sangre, Ballesteros apretaba los puños. En esos momentos, en su celular estaba entrando una llamada del Díaz Ordaz.

—Jefecito, tengo un probl….

—¡Cállate y escúchame! Necesito que se publique sin demora alguna, el video de Peralta, al igual que la noticia.

—Sí, pero antes debo decirle que mi cuenta…

—¡En estos momentos me vale madre tu puta cuenta! ¡Haz lo que te ordeno! —terminó la llamada. El Díaz Ordaz quedó perplejo al otro lado de la línea. No sabía cómo reaccionar, pues estaba igual de conmocionado que Ballesteros ante la situación de su cuenta bancaria.

Ballesteros absorto en el coraje, buscó en su celular el número privado de Ramiro Peralta. Todo lo que le quería decir y gritar en ese momento se agolpaba en su cabeza como si fuera una manada de caballos salvajes desesperados por salir de un corral. Sabine estaba por su lado haciendo un despliegue de prepotencia con su ejecutivo de cuenta, quien le repetía la información que había escuchado Ballesteros: Depósito inusual, cuenta congelada…

— CAPÍTULO 63 —

Ramiro Peralta, estaba en su escritorio cuando vio la llamada entrante de Ballesteros. Sonrió al tomar su teléfono.

—Doctor Gregorio Ballesteros, el flamante presidente del SAT, ¿a qué debo el honor de tu llamada?

—Mira, hijo de puta, déjate de mamadas. Te metiste con la persona equivocada. Lo que hiciste te va a costar muy, pero muy caro. Es el fin de tu carrera. Estiraste demasiado la liga y la rompiste. Escúchame bien. Te voy a hundir, no sólo a ti, también a tu familia. Te voy a acumular tantas denuncias por fraude fiscal y delincuencia organizada que terminarán en sentencias condenatorias que caerán sobre ti como si se tratara de una violenta granizada. Desearás haber renunciado a tu puesto antes.

—¿Ah sí? ¿Y quién me va a iniciar esos procesos penales? —dijo con sorna.

Ballesteros apretó la quijada, sudaba lumbre.

—Te sugiero que estés pendiente de todas tus redes sociales y de los noticiarios, pues en pocos minutos vas a ser la celebridad pornográfica del momento. Tu debilidad por los tríos sexuales será legendaria, vas a ser exhibido como la rata asquerosa que eres. Me encantaría ver la reacción de tu esposa —dijo

Ballesteros, soltando una risa fingida pues la rabia que sentía en esos momentos lo imposibilitaba a reír con sinceridad.

—Sí, caray —dijo con cierta resignación—, ya estaba enterado del ardid en el que me hizo caer tu secuaz, Rubén Félix. Como dicen, la carne es débil. Pero quiero decirte que yo también tengo mis influencias y gracias a algo que podría considerar como una intervención divina, me enteré a tiempo y he tomado las medidas necesarias para que ese video jamás vea la luz del día. Por cierto, también déjame darte otra mala noticia. Rubén Félix, jamás será titular de la Unidad, ¿cómo la ves?

Ballesteros entró en un fugaz estado de shock que lo dejó paralizado. Eso último que le había dicho Peralta le cayó encima como una enorme losa de concreto. Miles de interrogantes y conjeturas empezaron a aparecer en su cabeza, y a pesar de su inteligencia, no alcanzaba a procesar todo lo que estaba pasando.

—¿Sigues ahí, Gregorio?

Con tono confundido y tratando de disfrazar su nerviosismo, lo único que pudo decir fue:

—¡Estás acabado! Me has declarado la guerra. Ahora atente a las consecuencias.

—No te equivoques Gregorio, quien está acabado eres tú —dijo con tono sepulcral—. ¿Cómo va a explicar el presidente del SAT esos ingresos millonarios en sus cuentas bancarias…? Creo que quien terminará con severos síntomas de defraudación fiscal, serás tú y tus lacayos secuaces —Peralta se dio el gusto de cortar de manera abrupta la llamada.

Ballesteros estaba fuera de sí, era una bomba a punto de estallar. Tenía que tranquilizase para poder pensar con claridad. Para ese momento estaba llegando a la conclusión de que alguien le estaba tendiendo una trampa, pero ¿quién? ¿Acaso alguien de su equipo lo había traicionado? Y si así fuera, ¿quién era el traidor? ¿Marín? ¿López Dueñas? ¿Díaz Ordaz? ¿Diana?... ¡¿Sabine?! A esta última la descartó de inmediato, pues siempre estaban juntos. Pensó en Roberto, pero no se explicaba cómo podría haberlo hecho, si no tenía los alcances para ello y además estaba escondido e inutilizado. No podría contactarse con nadie sin que lo detectaran. Sabine estaba igual de confundida. Entre los dos no lograban comprender el asunto de los depósitos bancarios. No se trataba de un error bancario, era evidente. El director del banco ya le había confirmado que eran movimientos hechos con sus contraseñas dentro del portal del banco. No había vuelta de hoja. Estaban en presencia de algo así como un fraude a la inversa. Era algo muy absurdo, pues en todos los fraudes bancarios, el dinero sale de las cuentas, no al revés. Nada tenía lógica.

Como si hubiera recibido un flechazo premonitorio, a Ballesteros se le vino a la mente su cartera de bitcoin. La revisaba de manera religiosa todos los días. Era lo primero que hacía al llegar por la mañana. Lo mismo hacía por las tardes, siempre a la misma hora. La última vez había sido la tarde anterior. Por todo lo que estaba sucediendo, se salió de su rutina esa mañana. Se dirigió a una esquina de su oficina y movió un pequeño librero. Atrás de él había un compartimento en la pared, el cual, al jalar una compuerta, revelaba una moderna caja de seguridad. Tecleó la contraseña para abrirla en un discreto teclado alfanumérico digital. Se abrió y sacó un pequeño dispositivo del tamaño de una memoria USB. Esa era su cartera o *hard wallet*. Ese diminuto dispositivo resguardaba sus 10,586 bitcoins, la recaudación de toda su gestión como vil publicano. Tenía una casi imperceptible pantallita digital que desplegaba un mensaje de bienvenida en latín *"Vires en numeris"*. Se acomodó en su escritorio y sacó un pequeño cable en el que conectó su cartera en un extremo y su teléfono celular en el otro. Navegó por la pantalla hasta encontrar la app que le permitía leer el dispositivo de manera directa. Ingresó su contraseña. Se sorprendió al encontrar un mensaje que se leía: "Este dispositivo fue desactivado por recuperación de cartera". Lo que significaba que ese dispositivo estaba inservible. Ballesteros sintió que le faltaba el aire, su corazón empezó a latir con violencia, casi era capaz de sentir el fluir de la sangre por todo su cuerpo.

—¡¿Qué chingados está sucediendo?! —gritó. Sabine se acercó. Ballesteros estaba temblando. «¿Qué hago?, ¿qué hago?», se preguntaba. La única opción que tenía era ingresar a través de su computadora para verificar de forma directa en la blockchain. Se apresuró a abrir su laptop, ingresó a donde tenía que entrar. Tecleó con la velocidad de un mecanógrafo profesional. En la pantalla se desplegó la información principal, que en un primer término mostró el precio minuto a minuto del bitcoin y de otras criptomonedas. En un pequeño recuadro del lado derecho aparecían sofisticadas gráficas. En la parte de abajo se observaban los datos de su llave privada. Navegó hasta el apartado del balance total de sus bitcoins. Ahí podría revisarlos a pesar de que su dispositivo físico estuviera desactivado. Al observarlo, el color rosado de su piel desapareció para dar paso a un tono blanco, casi transparente. Sabine lo miraba con preocupación.

—¡¿Qué pasa, amor?! Te has puesto pálido —Ballesteros estaba petrificado. Empezó a mover el ratón con desesperación.

Se deslizaba por toda la pantalla. Era inútil, siempre acababa en un aviso brutal. Y para Ballesteros con dimensiones apocalípticas: "Bitcoin balance = 0".

No era capaz de articular palabra alguna. Navegó hasta una parte de la aplicación que mostraba las transacciones más recientes llevadas a cabo en la blockchain. Se confirmaba lo que ya le había advertido su dispositivo. Un movimiento de recuperación de fondos para trasladarlos a una nueva cartera y otro más en donde se habían transferido la totalidad de los 10,586 bitcoins a otra llave criptográfica. Imposible saber el nombre del beneficiario. En el sistema financiero, las cuentas se identifican con nombres. En la blockchain las cuentas están identificadas por una clave privada de 256 bits, dividida en una secuencia de sesenta y cuatro caracteres. Ballesteros no podía respirar, un zumbido que fue subiendo de intensidad atormentó sus oídos, se sintió mareado, un frío repentino recorrió su cuerpo como si se hubiera desnudado en plena tormenta invernal. Escuchaba una voz femenina que cada vez era más distante, como en un sueño. Sintió que sus brazos y piernas eran como ligeros hilos de tejer. Estaba a punto de desmayarse. Sabine trató de reincorporarlo, lo sacudía, corrió hasta donde estaba el botiquín en el cuarto baño para tomar un algodón remojado en alcohol y dárselo a oler. De un frigobar instalado en la oficina, tomó un refresco para que el exceso de glucosa hiciera lo suyo y así ayudarlo a recobrar la conciencia. Poco a poco Ballesteros se fue recuperando. Ahora respiraba con dificultad y tenía la expresión de un boxeador que acaba de recobrar el conocimiento después de haber sido noqueado.

Cuando por fin pudo articular palabra, dijo con voz trémula:

—Han desaparecido…

Sabine lo miró con sorpresa.

—¿A qué te refieres?

—¡Nuestros bitcoins no están! —Le hizo una seña para que observara la pantalla de su laptop. Sabine se acercó. Hizo una expresión de incredulidad. Se llevó la mano a la boca. No lograba comprender del todo la situación.

—¡¿Qué está pasando?! ¡¿Es correcta la información que despliega el sistema?! —cuestionaba. Ballesteros asentía con la cabeza. Aún no terminada de reincorporarse del todo.

—Nos han puesto una trampa. Nos robaron. Alguien nos traicionó.

—Pero ¿quién? ¿cómo nos pudieron haber robado? Sólo tú tienes el acceso a la cuenta y las claves de recuperación. Siempre cumplías con todos los protocolos de seguridad. No me lo explico —decía Sabine, que ahora estaba igual de pálida que Ballesteros, quien la empezó a mirar con recelo, con sospecha. Apretaba los labios. Su rostro lo dijo todo—. ¿Acaso estás pensando que fui yo?

—¡¿Quién más?! De todo el equipo, tú eres la más cercana a mí, conoces todos mis secretos, eres la primera en enterarte de mis planes —dijo un impávido Ballesteros.

—¡Eres un hijo de perra! ¡No lo puedo creer! Después de todo lo que hemos pasado —le dio un empujón y una fuerte bofetada, la cual de cierto modo removió los pensamientos de Ballesteros para acomodar sus sospechas ahora en el Díaz Ordaz, luego en Roberto y al final en López Dueñas—. Entonces si no fuiste tú, con toda seguridad fue ese hijo de puta. A cada rato pedía cuentas de lo recaudado en el mes, muy atento a la hora de repartir. Siempre estaba muy insistente. ¡Ese hijo de perra! —dijo, mientras se llevaba ambas manos al rostro. Reflexionó por unos instantes, hizo un gesto con las manos—. Aunque también puede haber sido Diana Rendón, o ¡tal vez fueron todos! —dijo Ballesteros envuelto en la pesada capa de la paranoia.

—Y… ¿no habrás sido tú? —le cuestionó Sabine con dureza y lágrimas de rabia—. ¿No será que estás haciendo todo esto para crear una distracción y quedarte con todo el dinero?

—¡¿Cómo te atreves?! —le gritó Ballesteros.

—¡¿Verdad que no es grato que duden de tu integridad?! —Ballesteros se quedó sin respuesta. Reflexivo, sacudió ligeramente su cabeza.

—Tienes razón, discúlpame por haber dudado de ti. Necesito tranquilizarme para pensar con claridad. ¡Tengo que descifrar qué mierda está pasando aquí! —se acercó a Sabine y la abrazó.

—De lo que no me queda duda alguna es de la intervención del cabrón de Peralta. Algo tuvo que ver. Nos quiere chingar. Qué casualidad que haya actuado con semejante rapidez para congelarnos las cuentas. Hizo alianza con alguien del equipo —decía mientras ponía las manos sobre su nuca y ponía la mirada en el cielo. De pronto, como si hubiera tenido una epifanía, creyó haber resuelto el misterio—. ¡Es clarísimo! ¡Joaquín tiene que ser el traidor! Se sabe perdido, se está preparando por si muere el empresario a quien le disparó. Lo más seguro es que hizo un trato para salir bien librado de la cárcel. Programa de protección de testigos a cambio de traicionarme. ¡Ese cabrón traicionero debe morir! Siempre fue un pendejo, jamás debí haberlo incluido en el equipo.

—Pero lo que no entiendo es como pudieron vaciar la cartera de bitcoins. Tampoco alcanzo a comprender lo de los depósitos… ¡No entiendo nada! —dijo Sabine. Ballesteros tenía las mismas interrogantes. Lo estaban carcomiendo al interior, lo torturaban, sentía que la cabeza le iba a estallar.

— CAPÍTULO 64 —

Faltaban dos minutos para el mediodía. El cielo estaba despejado. El sol dejaba ver que golpearía duro a la ciudad de Chihuahua. Las calles estaban desoladas. Los comercios cerrados. Sólo aquellos esenciales permanecían abiertos. López Dueñas iba a bordo de una Ford Lobo negra con los vidrios polarizados por completo. Estaba sentado del lado del copiloto. Iba a la cabeza de un convoy de tres camionetones de lujo último modelo. No eran policías. Era un comando privado de López Dueñas, malandros de lo más selecto del cártel de los Jasons. Unos carniceros al estilo medieval. Había que aprovechar el vínculo de complicidad que ahora existía entre ellos. Pensó que sería buena idea involucrarse en la eliminación de Roberto. «Para que las cosas salgan bien, hay que hacerlas uno mismo», pensó. Además, le traía ganas desde hacía rato, nunca le había caído bien y menos ahora que representaba un peligro para ellos. Ballesteros ordenó que se asegurara de que no volvieran a fallar. «Voy a borrar de la faz de la tierra a ese pobre infeliz», decía para sí con sed de venganza. Por eso decidió llevar un pelotón de fusilamiento. Todos los tripulantes que, contando a López Dueñas, sumaban diez, iban armados para ejecutar a cien Robertos. Portaban cubrebocas, no para protegerse de la pandemia sino de algo más perjudicial para ellos: el reconocimiento facial. López Dueñas iba con su uniforme de gala de combatiente de videojuego. Había tomado la precaución de no portar las insignias del SAT y la bandera nacional. No quitaba la vista a un geolocalizador que portaba en su mano derecha. Le indicaba la ubicación exacta de Roberto, pues ésta provenía de su celular. «Para mi fortuna, el muy imbécil no lo ha apagado», se dijo a sí mismo de manera burlona. En la mano izquierda, tenía un radio con el que se estaba comunicando con los de los otros vehículos y les daba indicaciones.

—En la siguiente cuadra vas a dar vuelta a la derecha. Ya estamos cerca —le dijo al conductor. Era un sujeto que tenía un anuncio de asesino en el rostro. El lugar estaba en la colonia industrial, una zona vieja de la ciudad. Circularon por varias calles en un recorrido que parecía un laberinto. Llegaron al destino. Calle Hermenegildo Galeana.

—Llegamos. Es en esa casa. Baja la velocidad —le señaló al conductor y les avisó por el radio a los demás mercenarios que hicieran lo mismo. López Dueñas revisó el cartucho de su Pietro Beretta 92FS. Se la enfundó. Era una casa de una sola planta. Construcción antigua, bastante descuidada en su aspecto. Color verde pistache con decoraciones de ladrillo. Tenía una ventana frontal, un viejo sicomoro y al costado derecho una cochera para un solo vehículo. El piso de cerámica estaba desgastado por el paso del tiempo. No había ningún vehículo estacionado. «El escondite perfecto», pensó López Dueñas. «¿De quién diablos será el domicilio…? En unos momentos más, eso ya no importará», reflexionó. Inspeccionó por unos instantes el lugar. Se aseguró de que no hubiera testigos en los alrededores; sobre todo policías. Sentía como si estuviera dirigiendo un asalto como los que salían en las películas de guerra del medio oriente. Tomó su fusil de asalto AR-15 semiautomático. Con un gesto de prepotencia, comprobó que la mira estuviera en perfectas condiciones. Se acomodó el cubrebocas táctico. La Ford Lobo se estacionó obstruyendo la cochera. Otra de las camionetas de lujo se paró detrás y una Suburban que también integraba el convoy se estacionó enfrente.

—Estén preparados para cuando dé la orden —dio instrucción por el radio. El plan consistía en que entrarían al domicilio siete sujetos. Se dividirían en grupos para localizar al objetivo e impedir que escapara. La orden era hacerlo picadillo y rescatar el teléfono celular. Los tres sujetos restantes aguardarían al frente del volante para tener listos los motores para escapar a toda prisa después de cumplir la misión. Era un plan perfecto. López Dueñas sentía la adrenalina recorrer su cuerpo. Se le vinieron recuerdos de cuando estuvo en la Policía Federal de Caminos y hacían operativos. Respiró hondo. Confirmó por última vez su geolocalizador y corroboró que la señal del celular de Roberto provenía de esa casa.

—¡Procedan! —gritó López Dueñas.

Los siete sujetos descendieron de los vehículos con prontitud y agilidad. Llegaron hasta la puerta. La tumbaron de una fuerte patada. Todos entraron apuntando sus fusiles de asalto. López Dueñas al frente. Se sentía en la gloria, como un gran guerrero. Recorrieron el interior del domicilio. Era una casa común y corriente. Parecía ser de una familia de clase media baja. Muebles viejos y de baja calidad. Primero pasaron por la sala, luego por la cocina, continuaron a un cuarto de baño. Enseguida llegaron hasta un pasillo en donde había una habitación del lado izquierdo y otra del lado derecho. Encontraron una más al fondo. Habitaciones decoradas de forma escueta. Entraron, abrieron los cuartos de baño interiores. Levantaron las camas, abrieron armarios, clósets. Buscaron debajo de las mesas. Nada. La casa estaba vacía. Salieron al patio. Nada, estaba vacío. López Dueñas observó el geolocalizador de nueva cuenta para ver si no se habían equivocado de lugar. La señal provenía de muy cerca. Estaban en el lugar correcto. Hurgó en una de las habitaciones. Uno de los sujetos gritó desde uno de los extremos de la casa:

—¡Aquí no hay nada, jefe! —el otro mercenario lo hizo desde el otro extremo.

—¡Todo despejado en este lado, jefe!

López Dueñas estaba confundido. «En algún lugar debe estar escondido este hijo de la chingada». El geolocalizador emitía una alerta de proximidad. Llegó hasta un clóset. Les hizo una seña a dos de sus mercenarios que iban detrás de él. Apunten, les dijo con la mirada. López Dueñas abrió con cautela el clóset. Estaba seguro de que Roberto estaría escondido en una esquina, en posición fetal, lloriqueando como una niñita. De puro coraje, el primer tiro se lo daría en la rodilla. Cómo lo iba a disfrutar. Abrió las puertas. Nada.

—¿¡Qué vergas!? —soltó. Hurgó entre la ropa y encontró el maldito celular, pero no a Roberto. Lo observó confundido. Sintió como si algo lo hubiera golpeado en el pecho. Los ojos estaban a punto de salírsele de sus orbitas. Lo comprendió de inmediato—. ¡Es una maldita trampa! ¡Vámonos! —gritó a todo pulmón. Los siete sujetos salieron despavoridos. Apuntaban sus armas al frente, preparados para encontrarse con su objetivo a la salida.

Al salir, se sorprendieron al no encontrarse con nadie. López Dueñas sintió un alivio. Si los querían emboscar, aún tenían tiempo para huir. Justo cuando se disponían a dirigirse a los vehículos, se escuchó una detonación. Todos se quedaron inmóviles. López Dueñas tomó posición de alerta. Volteó a su lado derecho y vio a los tres mercenarios adoptando la misma posición, buscando también de dónde había provenido esa detonación. Se escuchó otra detonación de nueva cuenta. Esta vez provino de su costado izquierdo. «¡¿Qué está pasando?!». No se notaba nada anormal, hasta que se dio cuenta de que el primer impacto había dado en el lado del conductor de la Suburban que se estacionó de frente. Una masa roja, amorfa, apareció embarrada en el vidrio. El otro impacto le voló la cabeza al conductor de la Ford Lobo. La bala traspasó hasta el lado del copiloto. Eran balas de muy alto calibre.

—¡Nos están disparando! —gritó con pánico. A partir de ahí, el lugar se convirtió en una pequeña zona de guerra. Detonaciones al filo. Confusión extrema. A dos de los sujetos que estaban a su costado derecho, sin previo aviso, salvo por las detonaciones que se escucharon, la cabeza les explotó como si fueran sandías. López Dueñas vio horrorizado como al mercenario que estaba ubicado a su costado izquierdo, primero le destrozaron el brazo izquierdo para terminar abriéndole un enorme boquete en el pecho. El máximo jefe de las aduanas en el país estaba horrorizado. Los cuatro sujetos que quedaban de pie, incluido López

Dueñas, empezaron a soltar ráfagas a diestra y siniestra, las balas de sus fusiles golpeaban todo y nada a la vez, era como estar disparando a fantasmas, pues aún no sabían quién diablos les estaba disparando. El conductor de la última camioneta arrancó a gran velocidad para tratar de huir, sin embargo, recibió una brutal granizada de balas y se estampó contra otro vehículo. López dueñas se echó pecho tierra para protegerse. Se resguardó debajo de una de las camionetas. Ya en el piso, pudo percatarse de que los disparos provenían de las azoteas de algunas de las casas aledañas. Eran francotiradores que estaban apostados en las azoteas. No sabía cuántos. Era una emboscada. Se podría decir que empezó a llover plomo. Se escuchaban gritos de terror. Sangre por todos lados, era una verdadera carnicería. Se arrastró debajo de la camioneta hasta salir. Se protegió en el costado frontal que no era visible para quien fuera que estuviera disparando. López Dueñas quedó petrificado cuando los sesos de otro de los mercenarios sirvieron para decorarle su atuendo de combatiente de videojuegos. Todo era confusión. Aprovechó que la lluvia de balas se estaba centrando en los mercenarios que aún quedaban vivos, quienes seguían disparando al aire. Era el momento ideal para huir del lugar. Corrió con todas sus fuerzas. Se alejó del tiroteo. Logró llegar hasta la otra cuadra. Gritaba, jadeaba. Sudaba a cántaros. Escuchó una detonación a lo lejos. Siguió corriendo hasta que sintió como si alguien le hubiera metido un puntapié. En principio no le dolió. Segundos después, con terrible dolor, cayó de frente. Amortiguó el golpe con las manos. Quedó tendido sobre la acera. Rodó para quedar bocarriba. Observó su pierna derecha y pudo ver que tenía la espinilla partida en dos. Pánico. Se arrastró hasta donde estaba un vehículo estacionado. Se levantó con gran dificultad, ahogaba su dolor para que no lo escucharan. Se apoyó sobre el cofre. Dolor infernal. Escuchó un motor acelerando a lo lejos. De la nada apareció una gigantesca GMC Hummer color negro. Iba directo hacia él. Todo parecía estar pasando lento, pero a su vez demasiado rápido. No pudo reaccionar a tiempo, así que terminó volando por los aires como un muñeco de trapo. Terminó tendido sobre el pavimento a varios metros de donde estaba en un principio. Estaba semiinconsciente, con el cuerpo destrozado. Ya no sentía nada. El sol le pegaba directo en la cara, lo encandilaba. Se sentía adormilado. Lo último que pudo ver fue cómo un individuo con vestimenta vaquera bajaba de la Hummer y se acercaba a él. No pudo distinguir su rostro. Le pareció ver que le estaba tendiendo la mano para ayudarlo. Se escuchó la última detonación.

— CAPÍTULO 65 —

El ambiente laboral que se había enraizado en la torre negra era brumoso, pero ese día lo era aún más. Tensa calma. Rumores, incertidumbre, murmuraciones empezaban a rondar a todo el edificio, como si fueran pequeñas hormigas trepando por un tronco. Ballesteros y Sabine seguían agazapados en la oficina. Estaban con una ansiedad e incertidumbre de los mil demonios. El enojo del máximo jefe estaba a punto de explotar pues intentaba comunicarse con Díaz Ordaz y López Dueñas sin ningún éxito.

—¡¿Por qué diablos no contestan ese par de pendejos?!

Justo cuando iba a intentar llamar de nueva cuenta, le entró una llamada. Era de un número privado. En la pantalla de su celular sólo aparecía "Desconocido". Desconfió e ignoró la llamada. Antes de que pasara un minuto volvió a entrar esa llamada. Sabine, quien estaba sentada enseguida de él, lo observó con semblante de incógnita. Ballesteros aún tenía duda y desconfianza, pero era más la curiosidad. «Tal vez sea una llamada importante...».

—¿Quién es?

—¿Cómo estás Gregorio? Espero no llamarte en un momento inoportuno.

—¡¿Quién diablos eres?!

—¡Válgame! Qué pronto me olvidaste. Y eso que era uno de tus prospectos de clientes más importantes. Íbamos a ser grandes socios —se hizo un tenso silencio—; habla Luciano Almonte.

Para Ballesteros, esa revelación se sintió como si hubiera cobrado forma antropomorfa, sólo para darle un sorpresivo golpe brutal. El desconcierto era su efecto secundario.

—¿Qué… quién… qué…? —tartamudeaba, no lograba estructurar sus ideas. Pasaron algunos segundos—. ¡¿Cómo conseguiste mi número?! —reclamó.

—Eso no importa. Mira, no quiero quitarte mucho tiempo, sólo te hablo para decirte que el trato que me ofreciste no va. No les interesó en lo absoluto a mis empleadores —dijo con desdén. Qué momento, vaya que lo disfrutó.

Ballesteros había puesto en altavoz la llamada. Sabine y él se observaban. Fruncían el ceño, apretaban los labios. Tenían la mirada perdida. Ballesteros hizo una mueca de "pero ¿qué se está pensando este insensato?"

—¿De qué mierdas estás hablando? ¡¿Cómo que no les interesó?! Creo que no están entendiendo las cosas. Mira, te lo vuelvo a explicar. Si no aceptan el trato se les termina el negocio a quienes tus llamas tus empleadores, y sin más ni más, se van todos a la cárcel. Como te lo dije, yo pasaría a la historia como el hombre que desmanteló a una compleja estructura empresarial que era utilizada para lavar miles y miles de millones de dólares del dinero del narcotráfico y de paso, defraudar al fisco. No te equivoques Luciano, no sabes de lo que soy capaz y del tremendo poder que estoy a punto de conseguir —dijo con una exagerada altivez que para esos momentos sonaba más como una brutal ingenuidad.

Luciano soltó una ligera risa.

—El que se equivoca eres tú Gregorio. No lo has advertido pero el ligero pelo de crin de caballo del cual pende la espada de Damocles que tienes sobre tu cabeza está a punto de ser cortado.

—¡¿Qué?! —Ballesteros sonrió de manera nerviosa. Sabine observaba con suspicacia.

—Por cierto, Gregorio, en virtud de que nos hiciste pasar un muy, pero muy mal rato a mi socio y a tu servidor, no te imaginas a qué nivel es que decidimos que lo más justo sería cobrar una indemnización. Tómalo como un resarcimiento por daño moral.

—¿Indemnización? ¿A qué te refieres?

—A que estamos a mano.

—¡Explícate! —dijo un impacientado Ballesteros.

—En el futuro deberás poner más atención en el cuidado de tus tesoros y no andar esparciendo por cualquier lado las migajas de tus secretos. Una última recomendación. Aprovecha que el precio del bitcoin está bajo en estos momentos, para que puedas volver a entrar, pues las predicciones indican que se va a disparar por los cielos en los próximos meses. No te vayas a quedar fuera de la jugada —dijo soltando una carcajada. Fue lo último que Ballesteros escuchó de Luciano. La llamada había terminado.

La revelación fue brutal, lo dejó sin aire, sintió como si sus entrañas fueran estrujadas. Las sospechas habían rebotado por su cabeza como si se tratara de una pelota en un juego de ráquetbol. Había pensado en todos; conjeturó sobre todas las posibilidades menos en esa, jamás se lo habría imaginado. ¿Cómo era posible? Se sentía como un imbécil, su ego se hizo añicos. Le costaba reconocer que había subestimado a una persona como Luciano. Pero aún persistía una interrogante que era lacerante, ¿cómo diablos lo había hecho? ¿Qué papel estaba desempeñando Ramiro Peralta? ¿Se habían aliado? ¿Era parte de un plan? ¡¿Qué chingados estaba pasando?! De pronto, la ofuscación empezó a envolverlo, trepaba sobre él, iba recorriendo todo su cuerpo, y poco a poco se fue transformando en ira, en algo incontrolable. El hombre atrabiliario hizo su aparición, perdió por completo el control. Empezó a maldecir, a gritar, su rostro se transformó, tenía los ojos inyectados de sangre, apretaba las quijadas, todos sus músculos se tensaron. Su laptop, mesa de escritorio y sillas fueron sus primeras víctimas. Las destrozó como un animal salvaje. Sabine se horrorizó al verlo en ese estado. Por más intentos que hizo para tranquilizarlo fue inútil, comprendió que lo mejor que podría hacer, era refugiarse en una esquina de la oficina. Ballesteros gritaba mientras terminaba de destrozar su oficina. Arrancó la litografía del famoso cuadro de Rembrandt. Lo hizo trizas. Su secretaría estaba estupefacta al escuchar el escándalo que provenía de su oficina, sin embargo, a ella se le advirtió que por nada en el mundo se le ocurriera interrumpirlo salvo que lo estuviera buscando el presidente. Así que no lo hizo. Lo único que le quedó hacer fue correr del lugar a varios burócratas que se habían acercado a curiosear.

Ballesteros rabió hasta quedar exhausto. A pesar de ello, lo que apareció a continuación, fue la sed de venganza. Se decía a sí mismo que debía tranquilizarse para idear un plan, para actuar de inmediato. Si Luciano se había aliado con Peralta corría peligro. No volvería a cometer el mismo error de subestimar a su adversario. Sabine lo observaba aún con miedo. Arrastrando los pies, Ballesteros se dirigió a un pequeño sofá de descanso y se tumbó. Se aflojó la corbata, estaba sudando, la adrenalina aún recorría su cuerpo. Sabine se acercó con cautela, temerosa de que fuera a arremeter en contra de ella. Ballesteros se tapaba la cara con ambas manos. «Piensa, piensa», se exigía a sí mismo. Tenía que actuar rápido. Hablaría con el presidente para exigirle su apoyo, ponerlo al tanto de la conjura de Peralta. Estaba seguro de que por ningún motivo el presidente apoyaría a ese maldito zángano lambiscón. El primer paso era la publicación del video de Peralta, eso destrozaría su imagen pública. Como si lo hubiera invocado, su celular timbró. Era el Díaz Ordaz. Por fin había aparecido. Ballesteros tomó la llamada con prisa, lo primero que soltó fue un fuerte reclamo.

—¡¿En dónde carajos te metes?! ¡Imbécil! ¡Tengo horas buscándote! ¿Cómo va lo del video de Peralta? ¿Por qué diablos no se ha publicado?

El Díaz Ordaz se escuchaba alterado, respiración agitada, voz entrecortada.

—¡Jefecito!, las tragedias se nos han venido encima —dijo sollozando.

—¡¿Qué diablos pasa?! ¡¿Con qué me van a salir ahora?! ¡Puta madre! —se estrujó el cabello.

—¡Acaban de matar a Matías! ¡Lo acribillaron en Chihuahua! La noticia está en todos los noticiarios.

La situación era intolerable para Ballesteros, estaba viviendo una pesadilla, un horror. ¿Cómo era posible que tantos infortunios se le pudieran venir encima como una densa niebla funesta? Era como el fin del mundo. No pudo contestar, se quedó mudo, no tenía fuerzas para responder. Ya no tenía control de su cuerpo, estaba demasiado agotado. Bajó el brazo con el que sostenía el celular, no se molestó en pedir mayores detalles. Sólo se escuchó la diminuta voz del Díaz Ordaz a través del auricular del celular. Un pensamiento taladró su cabeza. Tal vez había cometido el peor error de su vida.

— CAPÍTULO 66 —

El interior de Palacio Nacional lucía imponente, majestuoso. Cos Guerrero esperaba en un lujoso recibidor. Estaba impaciente, pero su rostro expresaba alegría. Una hermosa y joven mujer, ataviada con las mejores prendas ejecutivas, apareció al abrir unas enormes y elegantes puertas de madera de amaranto y caoba. Le informó que ya podía ver al presidente. Cos Guerrero se levantó. Caminó con la elegancia y formalidad que lo caracterizaba.

—Buenos días, señor presidente —Lúevano Alvelais estaba sentado a la cabecera de una elegante sala de juntas. Le hizo un gesto con la mano para que tomara asiento.

—¿Tienes el informe? —Le preguntó. Cos Guerero asintió y le extendió una carpeta con solemnidad. El presidente comenzó a leer su contenido con expresión taciturna. Hojeó la carpeta por varios minutos. La cerró, agachó la cabeza, puso su mano sobre su frente y se recargó con el codo. Negaba con la cabeza. Cerró los ojos, se masajeó las sienes. Cos Guerrero sintió nerviosismo, aclaró su garganta para estar listo por si le preguntaba algo. El presidente se quedó inmóvil en esa misma posición. Parecía que estaba meditando—. Hagan lo que tengan que hacer —dijo con voz baja y resignada.

—Así se hará, señor presidente —Cos Guerrero se levantó de su silla y salió de la oficina del presidente. Cuando se dio vuelta para cerrar las puertas, observó que Lúevano Alvelais seguía en la misma posición.

La noticia de la ejecución de Matías López Dueñas estaba en todos los noticiarios de cadena nacional y en las redes sociales. Los primeros reportes indicaban que había sido un enfrentamiento entre miembros del crimen organizado. Según declaraciones del titular de la Policía Ministerial en el Estado de Chihuahua, los abatidos eran miembros del sanguinario cártel de los Jasons, originarios de ciudad de México. Se reportaba que al parecer, López Dueñas, Administrador Central de Aduanas del SAT, estaba muy involucrado con este cártel y a últimas fechas se habían dedicado al tráfico de drogas, extorsión y a toda clase de tropelías en las aduanas del país, muy en particular, en las de Chihuahua. El cártel de los Jasons estaría buscando disputar el control de ese territorio. «Un ajuste de cuentas, parte de la guerra entre narcos», declaraba el ministerial. Todos los medios daban a conocer lo que ahora era el historial delictivo de López Dueñas. Y como las desgracias nunca vienen solas, junto a esta noticia se daba la primicia de que el empresario al que le había disparado otro de los altos mando del SAT —Joaquín Marín, quien estaba libre bajo fianza— acababa de fallecer después de haber permanecido en terapia intensiva. Marín acababa de ser reaprendido.

— CAPÍTULO 67 —

Pasadas de las tres de la tarde de ese fatídico miércoles. El Díaz Ordaz se dirigía a la torre negra. Su jefecito le había mandado un mensaje de texto para que se reuniera con él de inmediato. Iba con la cola entre las patas, con los nervios destrozados. Sabía que al informar a Ballesteros acerca de que Mr. Átomo se había negado de manera rotunda a publicar el video de Peralta y que, además, en la granja de bots de la colonia Nápoles se habían negado a abrirle la puerta, sería víctima de una brutal gritoneada. Pero con lo que se encontró a la entrada del edificio fue peor.

—¿Es usted Rubén Félix? —Le preguntó de muy mala gana un hombre con saco y corbata, obeso, con aspecto de gánster de los años setenta. Lo acompañaban otros tres sujetos del mismo porte.

—¿Sí? —Contestó el Díaz Ordaz con la voz temblorosa.

—Arréstenlo —el sujeto les hizo un gesto a sus hombres—. Soy el comandante Víctor Pérez. Se le está acusando de ser el presunto autor intelectual del asesinato de dos mujeres. ¿Le suenan los nombres de Denisse Alcázar y Guadalupe Ochoa?

—¿Qué...? ¿Qué... está... pasando? ¿Acaso no sabe quién soy? —contestó con pánico aderezado con una pizca de prepotencia, la última que le quedaba.

—Sí, vaya que lo sé. Es usted un asqueroso feminicida. Saquen de mi vista a este perro asqueroso —ordenó el comandante con altivez a sus subordinados.

El Díaz Ordaz empezó a llorar a cántaros, como un niño desconsolado.

—¡Por favor! Esto es un malentendido, hablen con mi jefe, yo soy un alto funcionario. ¿A dónde me llevan? ¡Suéltenme malditos cerdos! —gemía con tono de ardilla mientras lo subían a una patrulla. Para esos momentos, un ejército de youtubers y reporteros aparecieron de la nada y dieron cuenta del acontecimiento.

Ballesteros estaba con los nervios destrozados, observaba los reportes de la ejecución de López Dueñas y la muerte del empresario en su teléfono celular. Ingresó al canal de Mr. Átomo, buscando encontrar la nota informativa del video de Peralta. Quedó contrariado al descubrir que en lugar de eso se daba cuenta de que en los próximos días revelaría una investigación exhaustiva que había llevado a cabo, en donde daría a conocer al pueblo la corrupción insospechada y abusos cometidos por parte de los altos mandos del SAT. Sabine era un mar de lágrimas.

—¡¿Qué le pasa a esa maldita rata asquerosa?! ¿Cómo se atreve? Acaba de firmar su sentencia de muerte. ¡¿En dónde diablos está ese pendejo de Rubén?! —se quejaba con acritud Ballesteros.   Sabine lo observaba con incredulidad.

—¿Qué está pasando, Gregorio? —gemía como la llorona por sus hijos.

El estado de ánimo de Ballesteros empeoró cuando su nueva secretaria entró sin avisar a la oficina. La volteó a ver con el rostro encolerizado.

—¡¿Acaso estás pendeja?! ¡¿Eres una puta bestia?! ¡Por qué nos son capaces de acatar una orden tan sencilla! —le gritó con toda el alma.

—Tiene una llamada urgente del señor presidente de la república —le respondió Ernestina con evidente hartazgo en el rostro. A Ballesteros no le quedó de otra más que tragarse su coraje.

—Pásame la llamada y lárgate —le ordenó con prepotencia absoluta.

—Llama en el momento justo — le señaló a Sabine —, es el único que puede frenar todo este alud que se nos ha venido encima. El presidente me debe de dar todo su apoyo, pues sabe que conozco todos sus secretos fiscales. Le conviene que sea yo quien los resguarde. Se dirigió a lo que quedaba de su escritorio. Tomó un poco de aire, aclaró su garganta y tomó el teléfono—. Señor presidente, me da un gran gusto escucharlo. Es de la más extrema importancia que usted y yo tratemos varios temas. Peralta se ha aliado con el crimen organizado y han organizado una serie de actos para desestabilizar a su gobierno y tomar el control del SAT. Me quieren hacer caer en una trampa, por eso…

—Gregorio —interrumpió el presidente con voz enérgica y tajante—, necesito tu renuncia de manera inmediata. No te molestes en traérmela en persona. Con un correo electrónico será más que suficiente. La necesito, ya.

Ballesteros quedó estupefacto. Fue el equivalente a haberse estrellado de manera violenta y a toda velocidad contra una pared. Su cerebro estaba a punto de hacer corto circuito. Sintió un entumecimiento en el cuerpo.

—No… no lo entiendo señor presidente… ¿a qué se refiere? —Dijo, tartamudeando. Fue la única frase coherente que pudo estructurar.

—Lo que escuchaste. Lo mismo necesito de todo tu equipo. Hoy mismo. No me obligues a utilizar otros medios.

—Pero… pero… —no alcanzó a estructurar otra frase coherente, pues se escuchó un clic que cortó la llamada. Para Ballesteros había sonado como el estruendo de un cañón, uno que acababa de aniquilarlo y de paso de destruir por completo su naciente reinado como emperador fiscal. Era inconcebible que todas sus ambiciones y aspiraciones hubieran terminado con una simple llamada telefónica de duración de menos de treinta segundos. No, no podía terminar así, no era justo. El autoritario publicano empezó a caer al precipicio desde el último escalón de su meteórico ascenso al poder. La maldición de Ícaro se ciñó sobre él. ¿Qué iba a pasar con todos sus planes? Los había ideado y trabajado durante años. Por mucho tiempo moldeó sus ambiciones para encumbrarse en lo más alto de las esferas del poder, aprovechando una oportunidad de oro que le fue servida en bandeja de plata al ser nombrado presidente del SAT. Estaba en el lugar indicado en el momento ideal. Las condiciones en el país estaban dadas: una cultura de desprecio absoluto por las leyes y las instituciones, incompetencia legislativa sin límites, una sociedad que vivía con esqueletos fiscales en los clósets y un presidente empecinado en derrochar los recursos recaudados en programas sociales para alimentar su popularidad. Ballesteros supo acomodar todas las piezas. La idea de pensar que la gran maquinaria fiscal que había construido y con la cual tendría poder absoluto iba a ser aprovechada por otra persona que el presidente nombraría para sustituirlo, era como si se permitiera que un extraño tuviera relaciones sexuales con su esposa y tuviera que observarlo. Coraje y celos enfermizos recorrieron todo su ser.

Volteó a ver a Sabine con el rostro desencajado por completo. Ella lo miró, adivinó el motivo de la llamada. Ambos se quedaron en silencio, aturdidos. Ella tuvo un sentimiento como si su alma hubiera abandonado su cuerpo por algunos momentos. El presidente ponía y el presidente quitaba. Su decisión era irreversible e inimpugnable. No se podía demandar por despido injustificado y solicitar como prestación la restitución en el puesto. En las altas esferas del poder, las cosas no funcionan así.

—Ese maldito malagradecido se va a arrepentir de su decisión, acaba de cometer un error que le va a costar la presidencia. No está consciente de que tengo información suficiente para hundirlo a él y a todo el gabinete. Voy a alimentar toda esa información en el algoritmo para que se les programen auditorias y de paso dejar sentadas las bases para denuncias penales por defraudación fiscal, crimen organizado y delitos en contra de la seguridad nacional. Todos se van a ir a la cárcel. ¡Se van a arrepentir, te lo juro! —vociferaba Ballesteros, fuera de sí, con la mirada demencial, perdida. Sabine lo observaba horrorizada, en parte por lo que estaba diciendo y en parte por la noticia que acababa de leer en su celular: «El contralor interno del SAT, Rubén Félix, es detenido por una acusación de feminicidio».

—¡Tenemos que huir! No tardan en venir por nosotros —lo dijo en tono de súplica—. ¡No tenemos opción! —Ballesteros apretó los puños, agachó la cabeza, su rostro se encendió. En ese momento, supo que todo estaba perdido. Tomaron el ascensor privado y abandonaron la torre negra.

— CAPÍTULO 68 —

Se había desatado un escándalo de dimensiones insospechadas en el país. La estructura de la presidencia de Lúevano Alvelais sufrió una fuerte abolladura. De confirmarse varios de los sucesos que se estaban empezado a revelar, causarían un serio resquebrajo en sus niveles de aprobación. La oposición del presidente empezaba a rondar sobre el escándalo, como si fueran aves de rapiña sobrevolando un cadáver. Con el transcurrir de las horas, como si se tratara de hierba mala, pululaban las noticias y revelaciones en contra de la máxima autoridad fiscal del país y de sus altos mandos. Ya se había confirmado que los ejecutados en la ciudad de Chihuahua eran integrantes del cártel de los Jasons. La participación de López Dueñas en actividades delictivas estaba confirmada. Joaquín Marín había sido reaprendido en un fuerte operativo policial —lo habían sacado a rastras de su domicilio—. La investigación había pasado de ser una legítima defensa fabricada, a convertirse en una acusación de homicidio culposo agravado. Mr. Átomo y demás hordas de youtubers, otrora al servicio de Ballesteros, daban la primicia de que el titular de la contraloría interna del SAT, Rubén Félix, acababa de ser detenido por ser el principal sospechoso de ser el autor intelectual del asesinato de dos mujeres. Fue delatado por un sujeto perteneciente al cártel de los Jasons que cayó preso bajo la sospecha de haber sido el autor material del asesinato. La policía capitalina ya seguía su rastro desde tiempo atrás, pero al parecer estaba siendo protegido por alguien. El miembro de los Jasons lo confesó todo. Las pruebas en su contra fueron contundentes. Restos de su ADN y semen fueron encontrados sobre el cadáver de Denisse, a quien había violado y estrangulado por órdenes de Rubén Félix.

Eran pasadas de las cuatro de la tarde y Julieta Dohrn transmitía en vivo en su espacio informativo. Se estaba entrevistando con un personaje anónimo que se rehusó a identificarse, aduciendo temer por su vida.

«El doctor Gregorio Ballesteros ordenó mi asesinato, motivo por el cual me es imposible revelar mi identidad», dijo. Era Roberto Sáenz llamando desde un teléfono encriptado. Las revelaciones que hacía caían como bombas nucleares. Acusaba de manera directa a Ballesteros de valerse del puesto para llevar a cabo extorsiones en contra de miles de contribuyentes aprovechando las facultades casi omnímodas que le otorgaban las leyes. Narró cómo fabricaban denuncias penales y carpetas de investigación integradas por una tonelada de delitos fiscales que, como ladrillos, erigían una larga y pesada condena sin derecho a fianza, blindada en contra de defensas legales que burlaban el principio de presunción de inocencia. Todo ello para forzar arreglos fiscales. «Ballesteros creó el arma perfecta: "Plata o cárcel", a través de la creación de leyes draconianas, contrarias a los principios constitucionales y derechos humanos, valiéndose de la ofensiva ignorancia y valemadrismo legislativo.

El modus operandi consistía en ofrecer arreglos fiscales a cambio de no iniciar procesos penales por crimen organizado fiscal. Para taparle el ojo al macho y justificar recaudación para tener contento al presidente, una parte del dinero de los arreglos se iban a las arcas del Estado y el restante se exigía en efectivo para transformarse en bitcoin, que era la forma en que Ballesteros y sus secuaces desaparecían el producto de la extorsión fiscal del sistema financiero…», el entrevistado también aprovechó para revelar la forma en que el Díaz Ordaz y él hacían el papel de recolectores de impuestos del medievo. Le habló de las tropelías cometidas por el contralor interno y de cómo lo había amenazado para obligarlo a participar en un plan para incriminar a Ramiro Peralta. «Hay testigos de cómo me apuntó con un arma», le dijo con dramatismo a Julieta. Contó lo del lujoso avión personal al servicio del publicano y su séquito, así como de la existencia de suntuosas propiedades en Suiza.

Julieta Dohrn interrumpió por un momento la entrevista para dar una primicia.

«Según un informe que se ha filtrado de la Unidad de Investigación Financiera, a cargo de Ramiro Peralta, una investigación formal está en curso en contra de Gregorio Ballesteros y su equipo, por habérseles detectado ingresos millonarios en sus cuentas bancarias provenientes de fuentes cuyos orígenes, no puede comprobarse. Los primeros reportes indican el uso de complejas estructuras empresariales ubicadas en paraísos fiscales, sobre todo en Panamá. ¿Blanqueo de capitales con dinero de los contribuyentes? ¡Esto es un verdadero escándalo!», decía con sorpresa y excitación.

La entrevista se fue extendiendo a medida que Roberto narraba los mismos detalles que le había revelado a Luciano: manipulación mediática, granja de bots, alianzas con grupos delictivos a cambio de inmunidad fiscal, presión sobre jueces y magistrados para forzar fallos favorables al fisco, amenazas e intimidación a través del recién creado cuerpo de abogados fiscales que no era otra cosa más que un grupo de choque, de porros, utilizado con la finalidad de eliminar la defensa fiscal en el país. Esos abogados poco a poco se convertirían en una especie de Gestapo fiscal. Se habló de la fabricación de pruebas para hundir rivales, prepotencia extrema, asesinato y su plan maestro: la cláusula de exclusión fiscal que le daría poder absoluto.

«Ballesteros planeaba presionar al presidente para que diera el dedazo a su favor y lo designara en su momento, como candidato a la presidencia», cerró con broche de oro el entrevistado.

La titular del espacio informativo, Julieta Dohrn estaba extasiada, pues esa primicia la catapultaría dentro de los primeros lugares de rating y popularidad. No todos los días se revelaba un escándalo de tal magnitud, con repercusiones a nivel nacional. Corrupción, extorsión, peculado, cohecho y asesinatos. Todo en un mismo lugar. La prensa amaba ese tipo de cosas. En las horas que siguieron la presidencia de la república emitió un parco boletín de prensa en donde informaba la renuncia del doctor Gregorio Ballesteros como presidente del Sistema Administrador Tributario. Ningún medio de comunicación había podido acceder a una entrevista con Lúevano Alvelais, ni con la oficina de la presidencia, menos con su vocero. Era tal el escándalo, que se había anunciado la suspensión de la conferencia matutina del día siguiente.

— CAPÍTULO 69 —

Faltaban dos minutos para la medianoche de ese fatídico día. El cielo estaba muy nublado, caía una llovizna ligera, el ambiente era frío en la ciudad de México. Un Audi negro, con los vidrios polarizados, se abría paso a toda velocidad dentro de los accesos que albergan los hangares privados que hay dentro de las inmediaciones del aeropuerto internacional de la ciudad de México para aviones particulares. El vehículo bajó la velocidad al llegar a un hangar que tenía el espacio suficiente para albergar un Gulfstream G650 que se encontraba en el interior. Estaba en posición de salida. Las compuertas del hangar estaban abiertas. Abordo, se realizaban los últimos preparativos. Los pilotos revisaban la bitácora de vuelo. Se disponían a solicitar las autorizaciones necesarias para despegar a la brevedad posible, tal como se los habían indicado. El Audi ingresó y se estacionó enseguida del avión. Se abrieron las puertas y se bajaron con premura Ballesteros, Sabine y Diana Rendón. Tenían ya en el semblante la expresión de los perseguidos. Cada uno cargaba una pequeña maleta de mano. Ballesteros apresuraba a Sabine. Corrieron por las escalerillas para abordar el avión. El copiloto les dio la bienvenida. Ballesteros se dirigió directo a la cabina para ordenar al capitán que despegaran de inmediato. Éste le contestó que estaba esperando la autorización. Como ya era costumbre, Ballesteros expresó su malestar. Los tres exfuncionarios del SAT se acomodaron en sus respectivos asientos, se abrocharon los cinturones de seguridad. Sabine estaba pálida, Diana tenía los ojos llorosos y Ballesteros sudaba a cántaros. El capitán de la aeronave recibió una orden:

—¿Repita? —dijo. Hizo una mueca y volteó a ver a su copiloto, a quien hizo una seña para que apagara los motores. Ballesteros lo notó y se levantó de inmediato de su asiento para ir a reclamar —¡Qué chingados está pasando! —gritó. Al prestar atención a las ventanillas de la cabina del avión, observó que se aproximaba lo que parecía un enjambre de luces de colores que emitían zumbidos, no como insectos sino como el de las sirenas de la policía. Quedó horrorizado al ver que se aproximaba una veintena de vehículos policiales a gran velocidad. Estaban a escasos metros del hangar—. ¡Despega, cabrón! —dijo con desesperación, estrujando al piloto, quién con violencia, se quitó de encima las manos de Ballesteros.

Grandes camionetas y automóviles de color negro con sirenas al frente se estacionaron alrededor de la aeronave, haciendo un cerco para impedir cualquier intento de huida, aunque ya le habían dado la orden al piloto de no despegar. Sabine y Diana Rendón gritaban y corrían despavoridas en el interior del avión. No encontraban qué hacer, dónde esconderse; un llanto histérico se apoderaba de ellas. Ballesteros contempló la posibilidad de tomar su arma y dejar que el destino decidiera las cosas como en el antiguo oeste, pero más de treinta elementos de la fuerza pública, que apuntaban con armas de grueso calibre hacia el avión, hicieron que su mente quedara en blanco. Ya no le fue posible idear ningún plan.

Un policía que daba la impresión de ser de muy alto rango se posicionó detrás de la puerta abierta de uno de los vehículos, soltó una orden a través de un altavoz:

—¡Les ordeno que bajen del avión con las manos en alto! No se les ocurra hacer ninguna estupidez. Repito, ¡les ordeno que bajen del avión con las manos en alto! ¡No se les ocurra hacer ninguna estupidez!

Las primeras en bajar fueron Diana y Sabine. En una muestra de cobardía, Ballesteros las había mandado por delante.

—¡Canalla, maldito, nos arrastraste al precipicio! —Le reclamó Sabine con odio. El pánico hizo presa de Ballesteros, quien estaba temblando. Mientras descendía del avión, los ojos se le aguaron y la boca se le contrajo de manera involuntaria, estaba a punto de soltar el llanto. Se sorprendió al ver lo surtido y abundante que era la comitiva policial que los estaba esperando. Unos vestían saco y corbata, otros uniformes tácticos con casco y pasamontañas, algunos portaban uniformes simples e incluso alcanzó a vislumbrar a varios elementos del ejército. Se percató de la presencia de un arsenal de cámaras que soltaban flashazos como si fueran luces estroboscópicas. Era la prensa. Ballesteros bajó con las manos en alto. Lo que más le sorprendió fue reconocer a la horda de youtubers noticiosos que estaban haciendo acto de presencia y sintió un gran encono al ver a lo lejos a Mr. Átomo, quien sólo se limitó a encogerse de hombros y esbozar una sonrisita al verlo. A Ballesteros le estaban dando una cucharada de su propia medicina. Jamás imaginó que le aplicarían los mismos métodos de detención que él gozaba aplicar a sus enemigos y víctimas. En este caso, le estaban dando una doble dosis. Era una detención como las que se usaban con los criminales más peligrosos y buscados del país. El imperio de Ballesteros se había pulverizado.

427

— CAPÍTULO 70 —

Dicen que la venganza es un plato que se debe servir frío, pero en este caso se tuvo que servir justo al salir del horno, pues así obligaron las circunstancias. No se podía perder ni un solo minuto. A pesar de que el plan se había cocinado con ingredientes improvisados, el resultado fue un platillo exquisito. Previo a los acontecimientos que causaron la estrepitosa caída de Ballesteros y su séquito, Luciano, Roberto y Rómulo fueron llevados a una de las tantas casas de seguridad a las que tenía acceso el Licenciado. Era una residencia dentro de uno de los fraccionamientos más lujosos de la ciudad de Chihuahua en Bosques del lago. Mansiones de empresarios, artistas, políticos y narcotraficantes, abarrotaban el lugar. Ahí se encontraron con un maniatado Julio Velasco, que fue liberado en cuanto entraron al domicilio. Julio y Luciano se dieron un abrazo para celebrar la vida con lágrimas en el rostro. Luciano le presentó a quien se convirtió en su salvador, Roberto Sáenz. El domicilio estaba custodiado por los sujetos que horas antes estuvieron a punto de darles el tiro de gracia. De ser verdugos, pasaron con gran naturalidad a ofrecerles comida y hasta atención médica, por aquello de los golpes que habían recibido. El Licenciado estuvo en contacto con ellos todo el tiempo, a través de llamadas encriptadas.

Las personas clave con las que había pedido hablar Luciano eran el secretario de Hacienda, Adalberto Cos Guerrero, y el titular de la UIF, Ramiro Peralta. El Licenciado movió sus influencias dentro de los más altos niveles para contactarlos sin ningún obstáculo. Era fundamental inmiscuirlos dentro del plan para hundir a Ballesteros, pues Roberto, aparte de haberle contado de la conjura en contra de Peralta, le mencionó la animadversión que tenía Cos Guerrero hacia Ballesteros y viceversa. Rumor a voces que ya conocía Luciano por todo lo que se había comentado en los medios no afines al gobierno. Las revelaciones que les hicieron, les habían caído como un regalo divino.

«Ni mandado a hacer», había expresado con gran Júbilo Cos Guerrero, quien saboreaba todas las tropelías cometidas por su acérrimo rival. Peralta parecía niño con juguete nuevo y, conforme avanzaba la narración de los hechos, la sed de venganza lo seducía con lujuria. Fue él quien sugirió que se hicieran las conversiones de bitcoin a pesos mexicanos y se transfirieran a las cuentas de los funcionarios del SAT, con la finalidad de tener elementos para incriminarlos por operaciones con recursos de procedencia ilícita y defraudación fiscal. Al ser el tema de las criptomonedas algo que no estaba regulado en México, cualquier conversión de bitcoin, siempre era catalogado como una operación sospechosa e incluso ilegal y se emitían alertas antilavado. Peralta tenía la capacidad operativa y técnica suficiente para tener acceso a las cuentas personales de cualquier persona, y con un poco de manipulación de los sistemas, podía autorizar la recepción de transferencias e incluso hacer operaciones en cuentas ajenas. Por supuesto que era algo por completo ilegal, pero a quién le importaba y, sobre todo, quién se iba a dar cuenta. Rómulo fue de gran ayuda en esta etapa, dando una gran cátedra de lo que es ser un pirata informático. Todos estos movimientos se hicieron de madrugada. Era el momento perfecto, todos dormían. Peralta juntó a todo su equipo y les dio la consigna para que integraran el expediente de investigación por operaciones con recursos de procedencia ilícita más rápida de la historia. Fueron de gran utilidad todos los elementos aportados por Roberto, cuya información fue extraída de su teléfono celular sin necesidad de encenderlo y alertar a sus perseguidores. De nueva cuenta fueron de gran utilidad las habilidades cibernéticas de Rómulo. En cuanto se hicieron las transferencias, Peralta, con la autorización del propio secretario de Hacienda, procedió al bloqueo de las cuentas bancarias. Era el primer paso para las acusaciones formales en contra del presidente del SAT y su equipo. Por su parte, Cos Guerrero movilizó a su ejército de abogados para que trabajaran en una estrategia legal más sólida que el concreto.

El primer frente de ataque sería por malversación de caudales públicos y los demás delitos se empezarían a dar por añadidura. Sería una acusación monumental que tardaría meses en desarrollarse, pero para poner al tanto al presidente Lúevano Alvelais y sobre todo para obtener su autorización para proceder en contra de Ballesteros, quien se había convertido en su funcionario predilecto, Cos Guerrero se encargaría de integrar un expediente exprés y robusto, con la contundencia necesaria para presentárselo de manera urgente a primera hora de la mañana. La noticia le iba a caer como una bomba. No tendría otra opción más que dar el visto bueno y de paso exigir la renuncia de Ballesteros. No había duda de que Roberto iba a ser pieza fundamental para hacer caer el régimen de terror fiscal del SAT. Por ello, con la autorización del fiscal general de la república, a quien Cos Guerrero había tenido que sacar de la cama, le ofrecieron meterlo a un programa de protección de testigos con consideraciones especiales a cambio de su cooperación. Lo tomó con ironía, pues parecía que su destino siempre sería actuar detrás de las sombras, encubierto. Y de cierta manera ya le había agarrado sabor, así que aceptó.

Asestar un golpe mediático rápido y contundente sería fundamental para el plan. Para tales fines, Roberto tomó el control absoluto de la granja de bots que construyó Ballesteros para la manipulación mediática. Le resultó fácil, pues él era el encargado de tratar con la mayoría de los jóvenes hackers —en su mayoría aficionados a los videojuegos y a la informática—, cuyas edades oscilaban entre los dieciocho y veinte años. Hizo buena amistad con ellos. La promesa de una fuerte recompensa económica terminó por convencerlos de cambiar su temática. Roberto les dictó varias páginas de comentarios y noticias para que al igual que hicieron con Paco Iturriaga, despotricaran en contra del régimen de terror fiscal instaurado por Ballesteros. En lo referente al servil Mr. Átomo, bastó la amenaza de sacarle todos sus trapitos al sol, entre ellos el pacto de inmunidad fiscal y su afición por las damas de compañía ucranianas, para obligarlo a cambiar la temática de sus videos de YouTube y enfocarlos hacia el nuevo adversario del gobierno del presidente Lúevano Alvelais: el doctor Gregorio Ballesteros.

La siguiente parte del plan la ideó el Licenciado, quien vio la oportunidad de llevar a cabo un ajuste de cuentas con el hijo de perra de Matías López Dueñas. Éste se había metido en asuntos que no le correspondían, llevando a cabo actividades extraoficiales, invadiendo territorios ajenos y violentando, además, pactos que se tenían en las aduanas del país que, dicho sea de paso, jamás habían estado libres de la corrupción y de las manos del crimen organizado. Todo se controlaba mediante pactos con el gobierno. No podía funcionar de otra manera. Utilizarían el celular de Roberto para hacerlos caer en una emboscada. Lo activaron en el momento indicado para lanzar el anzuelo. No se necesitaba ser adivino para saber que acudirían de inmediato a buscarlo para terminar el trabajo que habían dejado incompleto. No tenían la certeza de que López Dueñas acudiría en persona, pero un conjunto de indicios apuntaba a que sí lo haría. Había estado utilizando a los sicarios de los Jasons para trabajos personales, circunstancia que ya había sido corroborada por el Licenciado, quien tenía conocimiento de que López Dueñas operaba en complicidad con ese grupo criminal que no tenía autorización de operar en el norte del país. Habló con el líder del grupo para avisarle que en caso de que se presentaran sus mercenarios se cobrarían la afrenta. «Sobre aviso no hay engaño.» El Licenciado le dejó ver que no le convenía en lo absoluto entrar en guerra con los del norte. Ellos eran un cártel pequeño que sólo operaba en Ciudad de México, podían ser desplazados con toda facilidad por otros mil veces más fuertes que ellos. El jefe de los Jasons se deshizo en disculpas y elogios hacia el Licenciado, afirmó no haber estado al tanto del involucramiento de López Dueñas y de sus actividades en intereses ajenos. Le dijo que no tuviera compasión con los sicarios traidores y que, en caso de que López Dueñas no acudiera al encuentro, él se encargaría de desollarlo en la primera oportunidad. Aprovechando la disposición del jefe de los Jasons, el Licenciado le pidió un favor adicional: que lo ayudara a averiguar si alguna de sus gentes tuvo algo que ver en los asesinatos de las dos mujeres de las que daban cuenta en las noticias, partiendo de la sospecha que tenía Roberto sobre el involucramiento del Díaz Ordaz en ello, pues al ser el coordinador del pacto de inmunidad con los Jasons, con toda seguridad se habría valido de un despiadado asesino a sueldo para ejecutarlas.

—No se preocupe Licenciado, si así fue, lo obligo de los huevos a que confiese —respondió con reverencia.

La última parte del plan era la repartición del botín de Ballesteros. A Cos Guerrero y Peralta no se les reveló a cuánto ascendió la malversación del régimen de Ballesteros, sólo se les dijo lo necesario y se les dieron indicios de que tal vez podrían existir otras cuentas en bitcoin, así como empresas fachada y propiedades en paraísos fiscales en donde estarían reflejados los tributos cobrados por el publicano. El gobierno se podría quedar con los ochenta millones que habían transferido los funcionarios del SAT, ahora caídos en desgracia. Ese dinero, al ser decomisado como parte de una investigación por lavado de dinero y defraudación fiscal, pasaría a ser propiedad de la nación para resarcir el daño. En ese sentido, la deuda estaba saldada. Además, lo único que les interesaba a Cos Guerrero y Peralta, era ponerle fin al régimen de terror fiscal de Ballesteros y de paso cobrarse las que les debía. Por justicia del desierto, Luciano y Roberto eran ahora los dueños de los bitcoins restantes.

Luciano le ofreció un trato al Licenciado. Comprar su salida, así como la de Julio, como socios de Actiolegal, con todo lo que ello implicaba en el más amplio sentido de la palabra, a cambio de una buena tajada de bitcoins que ya estaban servidos sobre la mesa, listos para transferirse y cuyo valor, según las predicciones, se triplicaría en corto tiempo.

—Es complicado, ¿cómo te sustituyo, Luciano? —había dicho con cierta renuencia el Licenciado.

Luciano sonrió.

—Licenciado, permítame recordarle que ya me había sustituido —dijo con algo de sarcasmo, haciendo obvia referencia a su cuasi ejecución.

El Licenciado no tenía motivo alguno para negarse, sabía que era lo más prudente, no tenía otra opción. De cualquier forma, ante la cadena de acontecimientos que se fueron dando, el despacho Actiolegal tenía que desaparecer, al igual que sus clientes. Ballesteros había destapado el hormiguero y con toda seguridad, al verse perdido, iba a revelar muchas cosas que los afectarían. Le tenía aprecio a Luciano, había mostrado gran lealtad durante los años que estuvo al frente, conocía a la perfección las consecuencias de violar pactos de confidencialidad y qué mejor que aceptar su renuncia a cambio de una buena tajada de dinero.

El Licenciado rio y aceptó.

— CAPÍTULO 71 —

Observaban el alba frente a un ventanal de la residencia en donde se encontraban. Era un lugar privilegiado que por la altura y lejanía del fraccionamiento permitía una vista panorámica de toda la ciudad de Chihuahua. Se alcanzaban a ver colores majestuosos que pintaban los cerros a la distancia, sobre todo al cerro El Coronel y el Cerro Grande. Una última decisión estaba pendiente. Los bitcoins remanentes fueron repartidos entre Luciano, Roberto, Julio y Rómulo, a quien por justicia le tocó una buena parte.

—Tómalo como pago por tus servicios a la nación —le dijo Luciano entre abrazos fraternales cuando vieron que su plan se estaba ejecutando a la perfección.

Luciano seguía agradeciendo a Roberto por haberlos salvado.

—Nada que agradecer le decía —respondía Roberto.

Desde el primer encuentro que tuvieron en la bodega, en donde el Díaz Ordaz le fijó el precio de la extorsión legal, había visto en Luciano a alguien en quien confiar, al igual que él había identificado la repulsión que le causaba a Roberto todo aquello. Por órdenes del Licenciado, los otros verdugos mandaron a traer un fastuoso desayuno para todos. Se acomodaron en una moderna barra grande que estaba en la cocina para comer, pues sentían que se morían de hambre. Habían sido días y horas infernales para todos. Jamás se habían enfrentado a algo parecido y menos a sentir tan de cerca el aliento de la muerte. Recibieron una segunda oportunidad. Supieron aprovecharla. Rómulo no podía contener su alegría.

—Ahora podré llevar a cabo todos mis sueños —decía—. Con las ganancias que me dejarán los bitcoins pondré mi propia compañía de software. ¿Quién sabe?, igual en algunos años, seré el Bill Gates mexicano —todos rieron.

Julio, que aún estaba aturdido por todo lo acontecido en las últimas horas, decía que lo primero que haría sería darse un buen baño, abrazar a su familia, dormir por horas y aclarar sus ideas.

—No quiero saber nada de nada, más que del precio del bitcoin —dijo encogiéndose de hombros.

—¿Tú que vas a hacer, Luciano? —le preguntó Roberto.

—Lo primero será recuperar el tiempo perdido con mis hijos. Empezar de nuevo. Las enseñanzas que me ha dado la vida han sido duras, mi estimado. Para este momento ya debo haber aprendido la lección.

—Me imagino que cuando se calmen las aguas, abrirás una firma legal de lujo ¿correcto? —preguntó Rómulo.

—Ni en tus sueños.

A pesar de todas las circunstancias, pasaron un muy buen rato en la gran cocina de la mansión, disfrutando un desayuno que les supo a gloria. Seguían expectantes del desarrollo del plan. Cuando Luciano supo que era el momento indicado, tomó por última vez ese maldito celular, el *otro*, para hacer una llamada. Vaya que iba a gozar haciéndola. Y así fue, sobre todo, cuando escuchó la voz confundida de Ballesteros.

— CAPÍTULO 72 —

Había pasado una semana desde que estalló el mayor escándalo político en la historia reciente del país. Era el segundo presidente del SAT que caía por corrupción en lo que iba de la administración del presidente Lúevano Alvelais. Sin embargo, lo que hizo Ballesteros no tenía punto de comparación. Así iba quedando demostrado en la medida en que avanzaba la investigación y el surtido de revelaciones del testigo protegido eran más abundantes. Poco a poco empezaron a aparecer detalles del pasado de Ballesteros y de sus compinches que habían ocultado muy bien. La popularidad del presidente se vio bastante afectada. Para agregarle más sal a la herida, se vino una andanada de quejas y denuncias por parte del gobierno de los Estados Unidos y de organismos internacionales con relación a los abusos fiscales cometidos en contra de empresas e inversionistas extranjeros, así como de la persecución y acoso al que estaban siendo sometidos los abogados. Indemnizaciones multimillonarias por reparación de daño se veían en el horizonte. Hubo una carta del embajador de los Estados Unidos en México, en donde exigía el cese inmediato de las hostilidades por parte de los que ahora eran conocidos como la "Gestapo fiscal". Se exigía al gobierno que procediera de inmediato a su desaparición y recomendaba, además, el desarme del SAT, en vista de los actos en que se vieron involucrados Joaquín Marín y López Dueñas. No estaban capacitados para portar armas y tampoco era la dependencia competente para ello. Para eso estaba la Fiscalía General de la República y las fuerzas del orden. El clamor más fuerte por parte de la sociedad, sin embargo, era que se llevara a cabo una reforma fiscal integral en las que se derogaran todas las leyes draconianas que habían sido aprobadas durante el reinado de Ballesteros. Se reclamaba el regreso inmediato al Estado de derecho y la restauración del principio de presunción de inocencia en materia fiscal. Surgieron organizaciones civiles que pugnaban por promover una verdadera cultura contributiva tomando como ejemplos países como Alemania, Noruega y Finlandia. Señalaban que los impuestos debían invertirse en soluciones a largo plazo y no dilapidarse en programas sociales que sólo son un paliativo temporal que, además, genera la proliferación de holgazanes. «Para un país como México, esos son sueños de opio», opinaron algunos. Los más.

El martes por la mañana, en su conferencia matutina, el presidente Lúevano Alvelais haría el anuncio oficial de aquella persona que habría de sustituir al doctor Gregorio Ballesteros. Sería la mejor persona para el puesto, llevaría a cabo los cambios de fondo al interior del SAT y trabajaría en cambiar las leyes fiscales persecutorias, según el anuncio dado. Ello no fue suficiente para acallar el gran escepticismo, desconfianza y miedo que se sentía en todos los sectores de la sociedad, pues la designación de Ballesteros también había sido anunciada con bombo y platillo, con los resultados catastróficos que ya se conocían. A quien se designó como el nuevo presidente del SAT fue al ahora ex titular de la UIF, el licenciado Ramiro Peralta, cuyo nombramiento fue visto con buenos ojos por algunos, pues había sido uno de los acérrimos opositores a las reformas fiscales de Ballesteros. También fue de los primeros en hacer notar la extrema arbitrariedad de la legislación fiscal y sus peligros, advirtiendo al presidente de ello, a quien en su momento no le agradó en lo absoluto la crítica. Otro punto a favor de Peralta es que era una persona muy cercana a Cos Guerrero, secretario de Hacienda, hombre en extremo institucional y moderado, que incluso salió beneficiado con el escándalo, pues se le veía como aquél que puso fin al reinado de terror fiscal de Ballesteros. Ahora se hablaba de él como uno de los posibles candidatos a la presidencia. La pregunta que quedaba en el aire era si el nuevo presidente del SAT iba a ser capaz de resistirse a los seductores encantos del poder absoluto de los que gozaría como domador de ese gigantesco y poderoso tigre.

— CAPÍTULO 73 —

Los procesos penales en contra de los antiguos inquilinos de la torre negra fueron turbulentos y hasta cierto punto escandalosos por todas las revelaciones que habían salido a relucir. Gregorio, Sabine y Diana fueron procesados por los delitos de operaciones con recursos de procedencia ilícita, peculado, defraudación fiscal, delincuencia organizada y delitos cometidos en contra de la seguridad nacional. Ballesteros estaba viviendo en carne propia el escarnio de sus propias leyes. El fantasma del antiguo legislador ateniense, Dracón, lo atormentaría de aquí en delante cuando durmiera en su fría celda. El Díaz Ordaz y Marín fueron procesados por los mismos delitos, adicionándoseles, al primero de ellos, el delito de feminicidio, y al segundo, el de homicidio doloso. Sabine y Diana fueron enviadas al Centro Federal de Readaptación Social Femenil, ubicado en el Estado de Morelos. Al ingresar al penal, la belleza que caracterizaba a Sabine ahora era sólo un recuerdo, su apariencia era el de una mujer delgada, demacrada, encorvada, a quien los años se le adelantaron de manera inmisericorde. Sentía un odio y resentimiento extremo hacia Ballesteros, a quien culpaba de todas sus desgracias y de haberla manipulado para arrastrarla por el fango del abuso del poder. Diana Rendón, sin su acostumbrado maquillaje y atuendos exuberantes que solía utilizar durante su reinado como la máxima auditora del país, lucía impresentable, a tal grado que dentro del penal, lo primero que hicieron las reas fue darle el apodo de "El orco".

Ballesteros, el Díaz Ordaz y Marín, fueron enviados al famoso penal de Almoloya. Los tres desfilaban con los característicos uniformes color caqui con el que visten a los presos del lugar. Un guardia con un aspecto en extremo amenazante y voz severa los guiaba hacia sus respectivas celdas, acariciando su cachiporra pegatina, gritándoles que por ningún motivo se salieran de la línea que estaba pintada en el piso, para evitar que los presos caminaran de manera desordenada. Todos los internos se arremolinaban en torno a ellos, para darles la bienvenida, como era característico con todos los presos de nuevo ingreso. Había gran expectativa, pues estos no eran presos comunes y corrientes. Eran unas celebridades. Se escuchaban rechiflas, mentadas de madre, amenazas, frases lascivas. De todo les gritaban. Caminaban con la cabeza agachada, atormentados por la vergüenza extrema y por el miedo que genera entrar al infierno terrenal. Sentían las miradas. Era una sensación muy extraña. Les enchinaba la piel. Eran penetrantes, densas, las podían sentir en su ser, en especial Ballesteros, a quien le empezaban a pesar como plomo. Las miradas que caían sobre él ejercían una fuerza casi magnética que lo obligaban a encontrarse con su origen. Cuando no soportó más y volteó, quedó petrificado al encontrar a los autores de esas miradas que ahora eran aniquiladoras, de odio. Provenían de tres sujetos con los que se topó casi de frente. Estaban parados con los brazos cruzados, con sonrisas de oreja a oreja. Una expresión de plena satisfacción se reflejaba en sus rostros. Eran Agustín Valtierra, Paco Iturriaga y don Eusebio Neumann. Rieron. Celebraron.

—Bienvenido, Gregorio —dijo Valtierra.

Nota del autor

Estimado lector, todos los personajes que aparecen en esta historia son completamente ficticios. Cualquier parecido con la realidad es mera coincidencia. Los nombres de algunas de las dependencias gubernamentales que se mencionan, así como de los puestos de los funcionarios públicos, fueron cambiados para efectos de la novela. De igual forma, la totalidad de los acontecimientos que se narran son ficticios, a excepción de dos que vale la pena mencionar.

El primero, como ya todos conocemos, es el tema de la pandemia generada por el virus SARS-CoV-2, popularmente conocido como COVID-19. Sobre este punto, los datos que se mencionan en el capítulo 41 sobre el cierre de la economía en México, así como la falta de estímulos fiscales para los contribuyentes y lineamientos de la autoridad laboral en el que se prohibía a los patrones castigar de manera alguna el sueldo de los trabajadores durante el cierre de labores, sí fueron reales.

El segundo acontecimiento que quiero destacar, y que en mayor o menor medida fue lo que me llevó a escribir esta novela, es todo lo relativo a la reforma en materia de delitos fiscales establecida dentro del decreto por el que se reforman, adicionan y derogan diversas disposiciones de la Ley Federal contra la Delincuencia Organizada, de la Ley de Seguridad Nacional, del Código Nacional de Procedimientos Penales, del Código Fiscal de la Federación y del Código Penal Federal, publicado en el Diario Oficial de la Federación el 8 de noviembre de 2019, y que entró en vigor el 1 de enero de 2020.

En opinión no sólo de un servidor, sino de muchos estudiosos de la materia, esta reforma fue en extremo agresiva —draconiana, por definirla de algún modo— e, incluso, violatoria de uno de los derechos humanos más importantes: el de la presunción de inocencia. Estimo que no es el espacio para profundizar sobre el tema, pero para que el lector pueda tener un contexto más amplio sobre la agresividad de esta reforma, podemos señalar que en los delitos de defraudación fiscal, en todas sus modalidades, (y que dicho sea de paso, errores en la contabilidad derivados de una mala administración pueden desembocar en este tipo de delito), el contrabando, así como la expedición, venta, enajenación, compra o adquisición de comprobantes fiscales que amparen operaciones inexistentes, falsas o actos jurídicos simulados, las penas de prisión se aumentaron de manera muy considerable.

Lo más grave, radica en el hecho de que cuando el monto de lo defraudado supere la cantidad de $7,804,230.00 pesos mexicanos, estos delitos se considerarán como amenazas a la seguridad nacional, lo cual puede dar lugar a que, mediante autorización judicial, se efectúen intervenciones de comunicaciones privadas de los imputados. De igual forma, en ese supuesto, los referidos delitos ameritarán prisión preventiva oficiosa (lo que coloquialmente se conoce como "sin derecho a fianza"), no procederán acuerdos reparatorios y, si tres o más personas pudieran estar involucrados en la comisión de éstos, pongamos como ejemplo a socios o accionistas de una empresa o sociedad, se considerarán como miembros de la delincuencia organizada.

¿Qué otros delitos se catalogan como delincuencia organizada en México? Delitos contra la salud, el secuestro, el terrorismo, la trata de personas, la pornografía infantil, el acopio y tráfico de armas y las operaciones con recursos de procedencia ilícita, entre otros.

Al tiempo que escribo estas líneas, la reforma aún está vigente. Quise mencionarlo por las severas implicaciones que puede tener sobre todos los contribuyentes en México, en donde prácticamente no hay margen para cometer un error en el cálculo y pago de impuestos. Dentro de la novela se exageran algunas situaciones de la aplicación de estas leyes, sin embargo, no estamos exentos de que en la realidad llegue al poder un autócrata como el que encontramos en esta novela y utilice el exceso de facultades fiscales como un arma de represión. Sirva pues esta historia como una advertencia sobre ello.

Por cierto, el artículo 3º del Reglamento Interior del Servicio de Administración Tributaria también existe. Está en vigor y, en silencio, en espera de ser aplicado.